JN190760

# 烙印《らくいん》の名はヒト

# Labeled Human

人間六度

Ningen Rokudo

Presented by Hayakawa Publishing Corporation

早川書房

# 烙印の名はヒト

装幀 : 有馬トモユキ（TATSDESIGN）
装画 : まるい

目次

白兎（バイチー）……………………配信者《ストーカー》の青年。SHIROUSA 41 の中の人。
C（シー）……………………………白兎の妹。愛車ランドクルーザーの運転手。

アンガー３９………………………地下闘技場で戦う〈拳闘肢《バトルボット》〉。

レーモン・ドリーマー……………ウエイツ主義団体《ピープルズ》のリーダー。
オリボー……………………………レーモンの〈秘書肢《アシストボット》〉。陽気な少年型。
イスカルド…………………………レーモンの〈秘書肢《アシストボット》〉。内気なインド系皮膚の女性型。

東雲千郷……………………………ヨルゼンの販売部門長。
リュカ………………………………最初に生まれた完全な人工知性。

イアン・ノイマン…………………《持続の会議《キーパーズ・カウンシル》》議長
アシュリー・ランバル……………研究者。

## 登場人物

ラブ……………………………………罪とともに心を背負わされた女性型〈介護肢《ケアボット》〉。ロボットなのに愛煙家。

マーシー……………………………ラブに執着する同僚の女性型〈介護肢《ケアボット》〉。かわいいものが好き。

ブランド……………………………養護施設《暖かいところ《ウォームハウス》》で暮らす退役兵。

アンドリュー………………………《暖かいところ《ウォームハウス》》のオーナー

アイザック・コナー………………《腕だけ兵士《アームドアーム》》を装着する傭兵。元《ドールマッシャー》
ジョシュ・アンダーソン…………アイザックの戦友。卓越した脳の操者《ダンサー》。

カーラ・ロデリック………………《暖かいところ《ウォームハウス》》で暮らす老女性。元ヨルゼン職員。

マーヴィン・カオ…………………〈脱獄鍵〉を握る科学者。《体の王国《フィジック・モナキー》》をプラグインしている。

スラッシャー………………………メカニック。人間とウエイツの“絡み”が大好き。


ヨコヅナ・クラッシャー…………《ラダイト》の改造人間。『怪腕』。

# プロローグ

小さな太陽を海の中に勢いよく沈めたような、凄まじい音と熱風が背中を舐めた。弾丸があたしの頭スレスレを通過し、舗装を穿《うが》ったのだ。爆風に飲まれたあたしの体は十メートル近くぶっ跳んで、盗撮機能をウリにした擬眼屋の妖しいピンクのショーケースに上半身から突き刺さった。

聴覚《ソナー》が遠のき、かき乱される擬似平衡感覚。

すぐに立たなきゃいけない。記憶全域《ディスク》がボンヤリとする中で、それだけがはっきりとわかった。

体を引き抜いて、頭上を睥睨《へいげい》した。

青と白に塗り分けられたボディには、忌々しいLiberty City Policeの文字が刻まれている。ローターの代わりにスラスターで飛ぶ垂直離陸機《バーチクラフト》が、望遠鏡状のカメラアイをぎょろっと動かし、スタブ・ウィングにそれぞれ二門ずつぶら下げた銃器を敏捷に旋回させた。

「撃つな！　敵意はない！」

口をついて出た言葉を、銃声が塗りつぶす。

あたしは表通りを走り抜け、華やぐゲイシャカフェとカブキ座の間の通路へと体を押し込んだ。頭上を覆《おお》う庇《ひさし》、これで追ってはこれまいとたかを括《くく》っていられたのも一秒半。

掃射が降り注いだ。

そこではっきりとわかった。

やつらはあたしを破壊して、そしてバックアップからあたしを復元する気だ。

最後のバックアップからすでに五十一時間。あたしが意識の連続性を保てる限界値の五十五時間に近づいている。奴らが銃器にうったえたのはきっとそのためだ。

バッテリーは破損を免《まぬか》れた。チェンバーの温度はまだ一二〇度を超えていない。体は無数の炭素繊維で編まれた人工筋肉を躍動させ、今も駆動を続けている。

どうすればいい？

またしても決断、選択、主体的判断。誰か命令してほしい。もううんざりだった。

けれど夜勤の時にポーカーをやってくれた頼れる同僚《メタ》も、あたしにタバコの吸い方を教えてくれた聡明な老博士も、そばにいない。答えは、自分の中にしかない。

だったら――。

無理にでも引き摺り出した答えは、自分を守るということだった。あたしが今すべきなのは自分を害そうとする存在、つまり市警の垂直離陸機から『逃げ切る』ことだ。

どれほど走ったろう。

西の果てには、不気味なオレンジ色の警告光を放つ原子力発電所群が見えた。

ＧＰＳを封じられ、使えるものはコンパスと三角測量のみ。そこに録画の視覚情報を照合する。

視界に重複《レイヤー》するシアターに展開した地図では、現在地はダウナー地区、電気街《スパーク》西端の繁華街――ミドル地区の留置場から三十キロほど移動した位置と出ている。

二〇七五年十一月十九日午後八時十九分。

表通りからのネオンだけが照らす、汚い路地裏だった。壁にうずたかく積まれたゴミ袋の一つが裂け、牛乳と揚げ物を食べた後の吐物のような異臭がしていた。

人間って、最悪なことが起こったときになんて言うんだっけ。

あたしたち《介護肢《ケアボット》》に、そういう語彙はない。所詮《使命《ミッション》》に従う優良品。だからあたしは今、反吐《へど》が出そうなこの想いを表す言葉を、ディスクの中で必死に探ってる。

「ク、ソ」

せっかくなので言葉にしてみる。

「クソみたいな気分だ」

これをウォームハウスの入居者連中に聞かせてやったらウケるだろうな、などと考えながら空を見上げる。この街《ザ・リバティ》の中心部には、摩天楼が聳《そび》えている。高く高く積み上がった金持ちどものバベルの塔の八十階あたりに、あたしは先週までいた。

そう、あたしはあそこにいたんだ。

特別養護宿《暖かいところ《ウォームハウス》》。寂しがり屋な金持ちシニアたちの集まる終《つい》の宿。あの場所でオーナーのアンドリューの所有物として、人をケアする《介護肢》として、あたしは役目《ミッション》を果たしてきた。

視線を戻し、建物に背を添わせて通りに頭を出す。「成功と自助の街」という艶《あで》やかな電光表示の隣には、蛍光スプレーで「自由落下《リバティダウン》」という落書きが見える。つい先程まで速度を競っていた垂直離陸機の姿はまだ見当たらない。

ああ、くそ。くそ、くそ、くそ！

あたしは壁を蹴りつけた。鋼がコンクリートを削る鈍い音が響き、露出した建物の基礎がボロボロと崩れ出す。なぜこうなった？　なんであたしは職場《ウォームハウス》じゃなくて、こんな霞がかった下層にいる……？

増え続けるハッシュデータがディスクを圧迫していた。

あたしは胸に手を当て、鋼のシャーシの奥深くに眠る〈メタ〉に問いかける。

「落ち着け。ちょっと落ち着けよ、あたし」

こういう時は一服するに限る。

「あたしはヨルゼン社製GWP3000系32F、二〇六九年六月六日製造。この動揺も、体の震えも、全部〈らしさ〉のためにつくられた。だからあたしは、落ち着けるはずだ」

胸ポケットを弄《まさぐ》り、ピースライトの紙箱を取り出してその一本を咥える。

あたしは親指の電気ライターを爆ぜさせ火を灯し、親指と中指で挟んで口に運ぶ。それから胸の底にあるポンプを膨らませて、煙をチェンバーへと招き入れる。

マーシーの顔が浮かんだ。

夜勤の時ポーカーで遊んでくれるけれど、よく待機室で煙を吹かせているあたしに、チェンバーにカビが生えるからやめなよと言ってくる眼鏡っ子の優等生。

言われるたびに、あたしはこう返してきた。

「ばーか。煙で除菌してんのよ」

この体に肺はない。気道も気管も声帯も。だからタバコを吸っても、ポンプを押し出して空気を吐き出してしまえば、体内には煤以外の何も残らない。

それでもあいつは、ことあるごとに注意をしてきた。チェンバーにカビが生えたらメーカー修理に出さなくちゃいけない、そうすれば仕事が続けられなくなるよ、って。

バカはどっちだったか。

少なくともこれではっきりしちゃったけど、気分は少しマシになってきた。

壁に寄りかかって、煉瓦《れんが》のかけらの上に腰を下ろす。皮肉なことに電気街《スパーク》は、字面《じづら》ほど明るい場所じゃない。闇があれば少しは紛れられるだろう。

あたしはハッシュデータを片っ端から削除し、破損したディスクの復元を始めた。

# 第一幕　愛《ザ・ラブ》

# 第一章　ラブ：夢看《み》る介護肢

## 《復元実行中：タスク１２１》

頭の中で、音が鳴る。

セントラルから中継された、入居者からのナースコールだった。

あたしは待機室から早歩きで飛び出した。なぜ走らないのかって？　それは、いかに午前一時とはいえ制動の効く範囲で動かないと、徘徊癖のある入居者を吹っ飛ばしかねないからだ。

あたしは〈介護肢《ケアボット》〉。癖っ毛の金髪にコーカソイド系の白い皮膚を持った女性型。ほっぺにはそばかすが浮いていて、えくぼは左の方が深い。そしてこの体は、人体よりずっと重い。なんたってこんなに華奢なのに、体重百二十キロもある人工肢体《ウェイツ》なわけだから。

個室の扉を開けると、入居者の男性がまさにベッドの端から崩れ落ちるところだった。

とっさに肩を貸してやる。

「大丈夫ですか？　《輪郭《りんかく》》をつけ忘れてますよ」

自立歩行を支える簡易外骨格《輪郭》は、転落防止柵に引っ掛けられたホルスターの中だった。

ひとまず彼の体をベッドへ引っ張り上げると、あたしは《輪郭》を取って彼の太ももの上にそっと置いた。

「装着してくれんか。近頃、指に力が入らんのだ」

あたしはニコニコしたまま彼を見下ろす。

「ご自身でやれますよ」

「賭けてもいい。無理。できん。できるはずがない」

できるはずがない。その言葉を、あたしは待っていた。

食い下がる男性に、あたしはウインクを飛ばす。

「でも、見えてますよ。中まではっきりとね」

実際に、見えていた。骨格はおろか、筋肉、靭帯、椎間板、そして神経の一本一本に至るまで。

あたしのこの瞳の奥にあるのは、小型化されたMRI――《磁場の目》だ。

この《磁場の目》によるリアルタイムの筋肉量測定によって、〈介護肢〉は介護対象が物理的に『できること』と『できないこと』とを振り分ける。もちろん心の不調が体の不随を招くこともありうるが、今日の彼なら大丈夫だ。

「もうちょっとです。絶対にできますって」

努めて朗《ほが》らかに、しかし決して手は貸さず、そう諭《さと》す。

やがて男性は渋々と《輪郭》の白いフレームを太ももに添わせ、バンドで両足首に固定した。

そしてフレームの根本を腰前でしっかりと留める。

彼は《輪郭》の補助を得て立ち上がると、さっきの弱気とは打って変わって、自信に満ちた表情を見せた。

「ほら、いけるって言ったっしょ」

ああ、これだよこれ。使命《ミッション》を果たした実感が、あたしの〈メタ〉を自己肯定感で満たしていく。

あたしはこの感覚を、健気にも『嬉しい』と呼んでいるのだった。

男性を見送り、待機室に戻ろうとしたところでふと立ち止まる。903号室から青白い光が染み出しているのが見えて、頭の中でタスクが更新される。

またか。

ポンプを押し出してため息をつくと、小さく二度ノックして部屋に入った。

ベッドに寝そべる痩身の女性がかぶるヘッドギアから漏れ出た光は、青やら赤やらに移ろいながら、明かりの落とされた部屋を満たしている。

「カーラさん」

あたしはヘッドギアの側面をそっと叩いた。

「カーラ・ロデリック博士」

ヘッドギアを外し、カーラがたおやかな銀髪を露出させた。

「何かしら」

老齢の女性が、宝石のような美しい紺碧の瞳をパチクリとする。

ヘッドギアの内画面から染み出す光――悪徳と仁義の街『キョウト』を舞台に、ニンジャ同士の熾烈な抗争を体験できるアクションゲーム《シャドウ・オブ・キョウト》の、桜吹雪舞う待機画面だ。

「またこんな遅くまでVRして。認知機能が退化しますよ」

「退化というのも適者生存のひとつの形よ？」

軽やかに笑うこの女性、カーラ・ロデリックのことが、あたしは苦手だ。

じき八十に届く老齢ながら、いまだ矍鑠《かくしゃく》とした意識から繰り出される、どこかこちらを見透かすような物言いには反論できた試しがないし、ベッドに体重を預けていてもなお現れる優雅で無駄のない立ち居振る舞いもまるで〝弱者〟という感じがしない。

つまるところ、この人をケアしてもあまり自己肯定感が上がらないのだ。

「老人のささやかな楽しみを奪わないで頂戴。それとも、カーネル埋設の許可をいただけるのかしら？」

カーラはヘッドギアを充電台《クレイドル》に置くと、翡翠色のマニキュアの塗られた爪で自分の頸《くび》をツンツンと指差す。え、何？　高血圧の老体に全身麻酔をかけ、脊椎を切り開いて直径四センチもある侵襲型デバイスを埋めてくれってこと？　ばか言わないでよ。

「カーラさんは基礎疾患がありますから。残念っすね。あたしたちウエイツに人殺しの許可は下りてないんすよ」

「あら。いまに人権団体が、私を解放しに攻めて来るわよ」

大袈裟に口を開けてさも驚いたという顔をつくるが、全然驚いちゃいないことは筋肉の動きでお見通しだ。

「ラブ、いつも言ってるわよね。見えていない部分が表面を作る」

カーラから繰り返し言われ続けている言葉だった。

あたしがタバコを吸い始めたのも、〈エピソードハウス〉に帰るようになったのも、このアドバイスに従った結果だった。

「私がこうして日々元気なのは、キョウトの美しい枝垂《しだ》れ桜を横目に、大楯を担いでコウガ者の猛攻と日々競り合っているからよ」

カーラはまるで故郷に思いを馳せるような表情を作る。

嘘つけ。ゲームやりたいだけだろ。

「風に当たっても？」

あたしは両足のアウトリガを展開して重心を固定し、窓の方を見つめる彼女を抱き上げ車椅子へと移すと、ブランケットをかけてやる。

ベランダからは立ち並ぶ摩天楼と、《ザ・リバティ》の極彩色の夜景を見下ろすことができた。ここ《ウォームハウス》は、上層階級が集うアッパー地区の建物群の中では外縁に位置する。そのためビル風も少なく、何より空が開けていた。

「眠れませんか？」

眠れない日はいつも、カーラの視線は霞がかった空に浮かぶ上弦の月へと向いていた。

「夜は怖いものよ」

あたしが倉庫を出てここに配属になったとき、最初に担当になったのがカーラだった。独身で子はなく、前職はあの、あたしたちを産んだメガ企業ヨルゼン・イニシアチブの研究員。耳は遠いけど『博士』とつけると小声でも必ず反応する彼女は、まだ経験の浅かったあたしに〈介護肢〉としてのいろはを教えてくれた。

そんな彼女は、そういえば、出会ったあの晩もうなされていたっけ。

「また悪夢ですか？」

「見ない日なんてないわ。まとわりついてるの。まるで二、三日雨の降り続いた暗い午後のべったりとした部屋の空気みたいに」

錆びそうでだいぶ嫌だな。

カーラは微笑むと視線を下ろし、訊ねた。

「あなたは夢を見るのかしら」

それは、木漏れ日の庭だった。大きな煙突つきの一軒家を眺めながら、あたしは決まって白いテーブルのそばに座っている。向かいにはおぼろげな女性の輪郭だけが見えている。——充電台《クレイドル》から出たあたしの思考領域《メモリ》にいつも浮かび上がる映像だ。

ウェイツは夢を見るのだ。私は決まって同じ、庭のイメージ。他の業種はどうか知れないが、同じ〈介護肢〉のマーシーも近い風景を見たと言っていた。

「見たことないかも」

夢を見ることはウェイツ同士のちょっとした秘密だった。

カーラは再び上弦の月を睨《にら》み、言った。

「それは何よりね」

あたしが疑問を呈すると、カーラは微笑みを作って答えた。

「だって夢を見ることは、代償を伴うわ。ときとしてそれは星ほどの重力でもって、潮汐のように人の心を裂くものよ」

そう言ってカーラはあたしに視線を戻すと、全身を撫で回すように眺める。

そして、おもむろにあたしの首元に手を伸ばし、

「襟が立ってるわ。それと袖《そで》のカフスも外れてる。何度も言ってるでしょう。見えていない部分が表面を作るのよ」

指摘するが早いか、カーラはすぐにあたしの服装を上から下まで直し終えてしまう。

「細かなこだわりが、人間を作るものなの」

「別にあたしは人間になりたいわけじゃないっすけどね」

「あなたが良くても、周りの人がそうじゃないのよ」

あたしのちょっとむくれた言葉に、カーラはお茶目な声遣いで返した。

カーラをベッドに戻し、布団をかけてやる。今度こそ大人しく寝ると約束をしてくれたので、信じることにした。

あたしはこの女性、カーラ・ロデリックが苦手だ。

でもこの人といると、悪い気はしなかった。

**《復元実行中：タスク152》**

そのあくる日の午後のこと。

高層マンションを思わせる広々としたVIP個室に、甚《はなは》だしい怒号が響いた。

「俺は将軍だ！」

扉を開けたあたしの耳の上すれすれを、空《から》の尿瓶《しびん》が通過した。天蓋つきの巨大なベッドから、男性が拘束具を引きちぎって起き上がろうとしていた。

あたしは内線《ローカル》で、隣に立つ同僚のアドレス《Temperature36》へと呼びかける。伊達《だて》眼鏡をかけ、栗色の髪を二つに束ねた女性型の〈介護肢《ケアボット》〉のマーシーが、切迫した還元音声《ヴァース》――ローカル上で発話される仮想の音声――を返す。

『ブランドさんが自分で拘束具を外して擬装《フィギア》をアクティブに――』

ぶつりと、そこでローカルが途切れた。見ると、シーツに包まれていたブランドさんの機械の右腕の甲が、ばちばちと青白い火花を発している。ＥＭＰ兵装だった。

「ラブ！　この部屋を電磁隔離！」

マーシーが実音声に切り替え叫んだ。

あたしは壁の緊急隔離レバーを下ろし、シャッターが降り切る前に室内に滑り込む。

「俺は将軍だ。兵站《ロジ》はまだか」

ブランドさんが、左腕の三倍の太さのある擬装腕《フィギア》を振り払った。肩から鎖骨に向けて走る擬装装具者特有の《機械焼け》が皮膚と共に痛々しく伸び、ベッドから引き剝がされたベルトのバックルが窓ガラスを撃ち抜いた。

巻き添えを喰らって吹っ跳ぶマーシーを見て、あたしは言葉を投げた。

「また軽くしたの!?」

床に叩きつけられ、鈍い音を上げるマーシー。受け身を取りながらも、頭だけこちらに向けぺろりと舌を出すその様子で答えを察した。違法スレスレの改造によって彼女の体重はすでに百キロを下回っている。その弊害がこんなところで出やがった。

華奢《きゃしゃ》な老軀《ろうく》のブランドさんの右肩に接続された身の丈に合わない鋼の腕、それは彼が戦場にいた頃に取りつけた軍事規格の特殊擬装だった。そして擬装とは、法的にも道徳的にも、身体の一部だ。たとえ危険なものだとしても、〈介護肢〉は業務上それを、ネイルの乗った爪や頑丈なげんこつと同じように扱わねばならなかった。

「そこのウエイツ、兵站《ロジ》はまだかと言っている。うかうかしているとネオスラヴ軍の連中に押し返されるぞ！」

張り上げた声と、引き絞られた瞳からは、ままならない体への苛立ちと怒りが見て取れる。そして怒りの源流には大抵、〝弱さ〟がある。

　そんな彼を、守りたい。

　ミッションの輝きを、あたしは胸に強く抱《いだ》く。

「ああもういい俺がやる、俺がやればいい！」

　ブランドさんは長く大きい右腕を支えにして、体を引きずるようにこちらに向かってくる。もし立った状態で右腕を振るえば、細い両足では自重を支えきれない。そのまま転倒して尾てい骨を打ち、下半身に障害が残ることもあり得る。

　マーシーが目配せをした。

　あたしは自分の左腕のグローブを外し、掌《てのひら》を露出させた。

　感覚はシャーシの中を、糸のように伸びている。あたしは脳と腕を繋ぐ一筋のラインを意識する。たちまち掌が人工皮膚ごと捲《めく》れ上がり、掌底《しょうてい》に埋め込まれた除細動器《ディフィブリレイター》の丸い放電口が露出した。

　マーシーがブランドさんの背後に陣取る。

　あたしは《磁場の目》を見開き、ブランドさんの上半身の筋肉に焦点を絞った。

　体重の三分の一を占める右腕を持ち上げようと、左足に重心が移る。が、彼の大腿直筋は荷重に耐えきれない。傾き始める体。マーシーが滑り込み、彼の両脇から腕を通して羽交い締めの格好で体を支える。

　転倒は免れた。しかしその代わりに、自由になった右腕が振り上げられる。

　わかっている。彼があたしに対して何をしたいのか。何を伝えたいのか。

　ブランドさんの回旋筋腱板のしなやかな動きがこの目には見えている。右腕をどのように持ち上げ、振り下ろすのか、その予測軌道がシアターにプロットされる。

そして――あたしは鋼の右フックを、体で受け止めた。ブランドさんの顔から潮が引くように怒りが退く。怒りに、罪悪感が優った瞬間だ。その一瞬の意識の弛緩を縫うようにあたしは左手の除細動器を彼の脇腹に届かせ、一五〇〇万ボルトの電流を放った。

ブランドさんの体が、マーシーの腕の中で一度だけびくりとはねた。


マーシーはジャケットをロッカーのハンガーにかけてシャツを脱ぐと、傷が体に及んでいないか丁寧に確かめ始めた。そして傷がないとわかると、ため息をついてから言う。

「……ごめんね、私のせいで面倒に巻き込んで」

あたしはマーシーの肩を抱いて、体をゆすった。ゴンゴンと、人工皮膚下でボディがぶつかり合う鈍い音が聞こえた。

「マーシーは悪くないだろ」

「いいえ」

マーシーはキッパリとそう答える。

「数ある産業の中で看護業にウエイツが重宝される意味って何？」

それから彼女はあたしに向き直って訊ねる。

訊ね、あたしの答えを待たず自答を始めた。

「答えは〈らしさ《ライク》〉よ。あれは私が悪いの。彼は、亡くなった奥さんと私を重ねてる。私がもっと人間らしかったら彼は暴れてなんていなかった。だからまだ重いのよ。こんな重たい体じや〈らしく〉なんてなれない」

それからマーシーは顔を伏せ、囁《ささや》いた。

「道具のままなんて、惨めよ」

あたしは胸ポケットからピースライトを一本取り出し、親指の電気ライターで火を灯す。

「まあ、いいじゃん。結局二人でなんとかなったしさ」

見ると、マーシーがこちらを凄まじい眼力で睨んでいた。

なんだよ。確かに待機室は禁煙だけど、いつも大目に見てくれてるじゃん。

「私は！」

タンクトップ姿のままマーシーが、真剣な剣幕で詰め寄ってくる。

「あなたのああいうところが、本当に厭《いや》」

ウエイツの発声器は呼吸器とは連動していない。普段は音に合わせて口を動かしているが、相手はウエイツだ。億劫になって煙を吸いながら言葉を返した。

「なんのことかさっぱりだ」

「擬装の右フック、避けられたでしょ。なんでわざわざ受けたの」

「……」

煙を吐き出すために顔を逸《そ》らす。それで視線まで逸らせるんだからタバコってもんはありがたい。けれどマーシーは煙の中を直進し、あたしの正面に回り込んでくる。

「私、ラブがクラッシュしたら生きていけない」

あたしたちは生きてなんていないけど、マーシーが言うと不思議と嘘に聞こえない。

彼女はしばらく、上目遣いでこっちを見る。

「……わかんねーよあたしだって。でも、ああするのがいいと思ったんだ」

「は？　なにそれ、ラブが傷つくべきだったってこと？」

マーシーはずいと体を寄せた。可愛く愛らしい世話焼きな女性としてデザインされた顔に、ニンジャのような迫力が宿る。

あたしは尻込みして、ロッカーに背をもたれて答えた。

「自分の体がさ、なんかこう、他人に影響を与える、っつーか。人間にはそういうもんが必要なんだろ？　だからブランドさんも……」

「だとしても私の前ではやめて」

あんただってさっき吹っ飛ばされてたじゃん。それ以上体を軽くしたら業務に支障が出るんじゃないの？　と、喉元まででかかった言葉を飲み込んで、あたしは肩をすくめた。

マーシーは特大のため息を吐くと、まだ三口しか吸っていないあたしのタバコの火を指先で圧し消した。

「おい、指」

人工皮膚の焦げる音が、鼻先で鳴った。

「張り替え前の時期だからいいの。それよりラブ、暇、作れる？」

ロッカーから替えのシャツを取り出すと、マーシーはちょっと首を傾けて言った。

「今度、メンテしてあげるね」

面食らって舌を引っ込める。

それからあたしは目を細め、マーシーの顔面を眺めた。

「……あんたその言い方、誤解を誘うからやめときな？」

こちらの意図を悟ったのか、マーシーは顔をあからめた。ウエイツの「顔をあからめる」は文字通り、皮下が赤く発光してるってことだ。

「いや、ちがっ」

首をブンブンと横に振るマーシー。

メンテとは、ウエイツの人工皮膚を剥がし、チェンバーを開いて中を掃除するということ。そしてチェンバーとはウエイツが世界から切り離している自分固有の空間、いわばもっとも恥ずべき部分。――そしてこれはつい先日知ったことなのだけど、ウエイツに性愛を向ける変態人間は、情事のことを〝メンテ〟とか呼んでいるらしいのだ。

「冗談だって。からかっただけ」

「あなたのそういうところが……本当に厭！」

ふん、とそっぽを向くマーシー。

あたしはたっぷりの煙を吐き出すと、そんな彼女の姿を眺めてしばし楽しんだ。

それから職場に戻ろうとなった時にマーシーが、小指ほどの大きさのデータキーを投げてきた。

「私の〈エピソードハウス〉の鍵よ」

データキーには、メロンパンの食玩ストラップがついている。

「受け取っていいもんなの、これ」

「複製だから。変なことに使おうとしたらすぐマスター権限で失効できるわ」

あたしは頷《うなず》いて、ありがたくデータキーをコートのポケットに突っ込んだ。

現フロアを示す八十二階という表示に光が灯り、エレベーターの扉が開く。中はまだまだ余裕があったのだけど、あたしは乗らずに苦笑いを浮かべて中の人々に手を振った。操作パネルの近くにいた男性が訝《いぶか》しげにこっちを見たが、やがて事情を察したのか閉まるボタンを押した。

あたしたちは人とみまごうように造られているが、どうやっても嘘をつけないものが一つだけある。

それは、重さ《ウエイト》だ。

さっきのエレベーター、ウエイツが二人混ざっていた。あたしが乗ったら間違いなく重量超過のブザーが鳴っていた。それはちょっとだけ居心地が悪い。

別のエレベーターを捕まえて一階まで降り、ネオン煌《かがや》くアッパー地区の外縁部を歩き始める。この地区の空気は、街路樹のように整列する清浄機によって、清潔に保たれている。人間の口から漏れる白い煙がちょっとだけ綺麗に見えるのはそのせいだ。

「そろそろチェンバーで暖房を炊く頃合いだな」

外を歩けばあたしたちはいつだって、どこからだって、この街でもっとも力を持つ企業の名を拝むことができる。アッパー地区に築かれた摩天楼の中でも、突出したスカイスクレイパー。そのおよそ二五〇階から三〇〇階付近の外壁には、JOLZEN《ヨルゼン》の文字とハニカム構造を模した企業ロゴが張りついている。

現代のバベル、ヨルゼン・タワー。

王様気取りは鼻につくが、自分の出自を常に忘れずに済むのはありがたい。

もちろん空はヨルゼンだけのものじゃない。ちょうど今、月を隠して飛ぶ飛行船から、小さな宅配ボットがイナゴの大群みたいに放出されているところだった。ボットは細やかに飛び回ると、ベランダに設置されたミニポートに荷を下ろし、空へと戻っていく。

不意の怒鳴り声に、あたしは立ち止まった。

ハイブランドのブティックの前で、女性が叫んでいた。

「上のやつを連れてこいって言ってんの！」

怒りを露わにする女性の前に、自社ブランドのスーツを纏《まと》った店員の男性が現れ、丁寧に女性のクレームを聞き、宥《なだ》めすかしていた。

ステルスだ。

興味にかられ、あたしは足を止める。

ステルスというのは、ウエイツに人のふりをさせる接客を指す。物腰柔らかなスーツの男性は紛れもなくウエイツだ。あたしの《磁場の目》に狂いはない。でも肉眼だけでは案外、ウエイツかどうかはスモウでもとらない限り区別がつかないもんだ。

うちの職場はステルスではない。ウォームハウスは十四人のウエイツと、警備主任のマクスウェル、そしてオーナーのアンドリューという二人の人間により運営されていることを公表している。だから入居者は皆、わかっているのだ。

自分の世話をしているのが人間ではなく、ロボットだってことを。

——私がもっと人間らしかったら。

ふいに、マーシーの声がメモリに浮かび上がってきた。

〈らしさ《ライク》〉、それはあたしたちウエイツにとって最も大切な、果たすべき『機能』の一つ。

人のように考え、人のように振る舞い、人のように言葉を喋ること。あたしたちがそうするのは、別にそれを願ったからじゃない。『人が人にやって欲しい仕事』の中に、『人があまりやりたがらない仕事』があったという、それだけのシンプルな話なのだ。

地下鉄に揺られしばらく経つと、車中の人々がちらほら咳き込み始める。改札を出るとそこはミドル地区。空気税がない代わりに、大気には微量の汚染物質が混じっている。アッパーで働く大部分の人間が、残業後に押し出されるベッドタウン。あたしも例外じゃない。

ただ、ウエイツは息をしなくていいから困らない。ポンプを動かさなければ、汚れた空気がチェンバーに入ることもないのだ。

無心に歩いて帰り着いた自宅。ここはミドル地区でも屈指の安アパート。あたしたちの形ばかりの給料は、そのほとんどが電気代に消える。

ウエイツが資産を？　——と、奇妙に思うかもしれない。あたしも変な感じだ。でもこれが、この帰り着く家こそが〝ミッション〟のために必要な舞台装置〈エピソードハウス〉なのだ。

ミッションとは、ウエイツにそれぞれ備わった存在する意味である。〈介護肢〉は『弱者をケアする』というミッションを持ち、そのために生きる。

それが何にも替え難い、たったひとつの真実だ。

コートをレストにかけ、スウェットとジーンズを洗濯機に突っ込んだ。汗をかかないウエイツでも、衣服が外気や物に触れる以上、洗濯は必要だった。それから部屋着のジャージに袖を通して、ワンルームに向かう。充電台《クレイドル》を兼ねたベッドと、デスク、本棚とクロゼット。それと一番場所をとっているのは――。

「見えていない部分が表面を作る、か」

木椅子に座って、イーゼルに載ったカンバスと向き合う。油絵の具で立体的に描かれたカーラ・ロデリックのバストアップの肖像画に、あたしは筆で色を重ねていく。

窓から差し込むネオンを、低空飛行する飛行船が遮《さえぎ》った。

あたしは業務のために今日も、業務外の作業に就く。

## 《復元実行中：タスク239》

担当の部屋をまわり終え、そろそろ二十二時が訪れようというときだった。控え室から外着に着替えたマーシーが早歩きで出てくるところが見えた。こんな妙な時間帯に帰るなんてどういうわけだろう。純粋な興味からマーシーの腕を摑んで止めたのだ。

「夜勤代わってもらったの。今日はもう帰るね」

彼女はそう早口で言い、あたしの腕を柔らかく振り解いた。

他のウエイツたちはたいてい介護論を勉強しているか読書が多いけど、マーシーは夜勤の時ポーカーにつき合ってくれる。だから残念だった。

「そっか」短く言ってエレベーターの方へと歩いていく彼女の背を見送る。

けれど彼女はひらりと舞い戻ってあたしに耳打ちした。

「もしカーラさんに何か変なこと言われたら、ラブ。その時は私を呼んで。今日彼女、何か少し

「……おかしかったから」

「変？」

「上手くは言えないわ。私の勘違いだったらいいのだけど」

あたしの胡乱《うろん》な返事は、マーシーを一応安心させたらしい。

彼女が去ってから、９０３号室をノックした。いつものように青白い光が漏れていた。またＶＲゲームか。呆れを飲み込んで部屋に入る。光は、シーツの上に雑然と置かれたゴーグルから漏れ出ていた。

カーラはベランダに一人きりだった。

（来週は雪が降るって言われてるんだぞ！　外にほったらかすなんてマーシーは何やってたんだ！）

あたしは掛け布団を強引にひっ摑み、慌ててベランダに出る。案の定、車椅子の上のカーラの唇は青白く、両手も小刻みに震えていた。

あたしは布団をカーラの体に巻きつけ、そのまま部屋に戻そうとした。

「ここでいいわ」

「何言ってるんですか、戻らないと」

「命じているのよ、ラブ」

命令。

その概念はあたしの四肢を痺れさせ、指先の動きさえ封じてしまう。

ウエイツは、人間の放つ明確に指示的な発言を聞き逃せない。そういうつくりなのだ。

金縛りが解けたように体に自由が戻ると、あたしは車椅子の前に回ってしゃがみ込んだ。

そこにはいつも通りのカーラの顔があって、けれど、いつもとは何かが違っていた。

「満月ね」

布団に巻かれたカーラが、口元から白い霧を漏らす。あたしの息は水蒸気を含まないから、彼女のようには白《しら》まない。

カーラが静かに言った。

「月は常に、一面だけを地球に向けている。月の裏側で何が起こっているか、私たちには知るよしもない。それでも、月はただ美しい」

あたしは首を捻って、カーラの視線の先の、その衛星を眺めてみる。

確かに、月が見せている文様はいつも同じ。

「カーラ博士。マーシーはどうして急に夜勤を取りやめたんですか？」

あたしはそこでマーシーに言われたことを思い出したが、彼女がカーラの禅問答に嫌気がさして逃げ出しただけの可能性も十分にあるので、彼女に通信を入れるのをやめた。

カーラは穏やかな表情だった。

少し怖いくらいに。

「マーシーは優しすぎたのよ。私にはやっぱりあなたが必要みたい、ラブ」

「そりゃ、ありがたい話ですが」

誰かに必要とされることはウエイツにとってとても大切だ。きっと、人間よりもずっと。

カーラはあたしを見て、そしてはっと口を開けた。今度こそ本物の驚きだった。

「随分と、らしくなったのね」

「カーラのおかげっすよ。昔はポンコツでしたけど、最近はあたしも一丁前に人間やれてると思います」

喫煙も、暇を見つけて描いている絵画も、ささやかな趣味も。なんていうか、ああああたし人間ぶってるなぁって思って、大抵はくすぐったいのだけど。たまに、本当にごくたまに、楽しいと感じる時もあって――。

カーラは静かにかぶりを振った。

「そういうことじゃないわ。〈らしさ〉は、人間らしさのことじゃない。人間らしさなんてね、ラブ。どうでもいいのよ。大事なのは見えていない部分。あなたの下す判断の一つ一つ。あなたらしさのことよ」

あたしは首を傾げ、チェンバーの中で暖房を炊いた。それから布団の中で縮こまったカーラの手をそっと握る。

あたしの手を握り返したカーラが、掠《かす》れた声で言う。

「あなたなら、もう大丈夫ね」

そうか。あたしは、大丈夫なのか。このままで、このポンコツ〈介護肢〉のままで。

でも、なぜだろう。胸騒ぎがした。すごく不吉な予感がするのだ。

「あなたにはたくさんのことを伝えてきた。これが最後よ」

カーラの訓練のおかげで、人間が持つ文脈《コンテクスト》へのあたしの理解は、かなり進んだのだと思う。言葉が織りなす長い道の先に、揺れるぼんやりとした光。それがなんとなくだが、わかるようになったのだから。今、その光は揺れ動いていて、あたしはそれを直視しようとするのだけど、まだその全貌を摑めない。

「そのお願いを聞いてもらうためには、まず、あなたにしてもらわなくてはならないことがあるの」

会話は、あたしたちを静かに、冷ややかに、勝手に運んでいく。まだ表面に氷の張った、雪解けを待つ川の流れみたいに。

「夕食のメニューから豚のテリーヌを除けって話なら、何度も言ってますが無理っすよ」

「いいえ。もっと途方もなく、はるかに重要なことよ」

「もったいつけすぎですよ」

あたしは深刻さを増していくコンテクストに抗い、与太話へと引き返そうとする。

けれどカーラはあたしよりもずっと大きな力で、話題を牽《ひ》く。

「必要なのは信頼。あなたが私を信頼するということ。いい、大事なのは信頼よ？　今から言う言葉を覚えておいて」

少しずつ歩いていく。道は狭まっていく。洞窟へと通ずる糸のように細いコンテクストの道筋。

カーラはそれを今まさに、手繰り寄せた。

「[redacted]」

たったそれだけの言葉のために、あたしはメモリを埋めつくすほどの演算を行った。

そして揺れる光の正体に、この話題の核心に、やっと思い至った。

「ラブ。改めて、頼みがあります」

それは満月の夜だった。

そして満月は〈メタ〉を飲み込む怪物だった。

「私を、殺してもらえないかしら」

《復元完了》

まず嗚咽《おえつ》が漏れ、あたしはオイルまみれの水たまりに手をついた。

指先が汚れようが裂けようが、今はどうでもよかった。

「あ、あたし……カーラの」

二〇七五年十月二十一日午後十時四十九分。

今でも克明に、その感覚だけは思い出せる。高ぶる両手の圧力計。脈打つ大動脈と、人の気道をそっと閉じる感触。

呼吸も、叫びも、生への未練も全て、あたしの両手が堰《せ》き止めたあの一瞬。

「カーラの首を、締めた」

# 間章　マーシー：充電

炭素繊維を撚《よ》り上げて編んだ漆黒のフェンスが、客席とステージとを隔てていた。

人工皮膚を焼くほどのライトを受け、腰を低く落として胸の前に両腕を構える男が一人。

彼の上半身は裸だった。艶《あで》やかな皮膚には汗の玉ひとつ浮かんでいない。にもかかわらず、滑らかな背筋は一定のリズムで上下している。

私はその動きを注視すべく視覚の倍率を上げた《ズームした》。そっか。あれはチェンバーのポンプを圧縮・拡張させることで、擬似的な呼吸を生み出しているんだ。

いいな。〈らしさ〉があって。でも、服を着ていた方がもっと〈らしさ〉があったかも、とか、最初は私もそう考えた。

でも、違う。

ここの古参である彼、アンガー３９は戦いのとき決して無駄な動きをしない。かれこれもう三年以上、彼の勇姿を見続けてきたからわかる。一挙手一投足が、相手の弱点を破壊することにのみ注がれている。

いや……、それはアンガー３９に限ったことじゃないか。戦うために作られたウエイツ

〈拳闘肢《バトルボット》〉はその全員が例外なく、対戦相手を破壊することをミッションに持つ。

これは殺陣《たて》ではなく、本物の『壊し合い』だった。

だから彼のあの擬似的な呼吸もミッションを果たすために効率化された、必然性に裏打ちされた行為のはず。

あたしは意識を研ぎ澄まして、リズムの秘密を探った。

アンガー39が一歩踏み込んだ。対するは二倍ほどの体軀を持つルーキー、イタマエ・ジョン。オーナーは東洋食カンパニーの重役で、楕円筒形の頭部と両肩の逆さに反《そ》った鎧からはグンカンとニギリのニュアンスが感じ取れる。

重量差は四倍近いが、オッズはアンガー7に対しイタマエ3。

イタマエの右頰に、アンガーが軽いジョブを見舞う。ワンツー。速い。

攻勢に転ずるイタマエ。しかしアンガーは身軽なステップで大ぶりな一撃をかわす。

ヒット、ステップ、そしてまたヒット。

一連の流れるような動作の中に、私は秘密の中身を悟る。

(そっか。呼吸だ)

イタマエがよろめいた隙をつき、アンガーが追い打ちをかける。強固なシャーシに詰め込まれた電子回路をほんの少し歪める衝撃が、鈍い音となって会場に伝わった。

(呼吸が動きに、緩急を飾っている。人間の武術を使うために〈らしさ〉を使いこなしているんだ……!)

仮想の呼吸が生み出す仮想の脈動を味方につけ、アンガーがとどめの一撃を入れた。ウエイツには損傷した回路を別の回路で補う自己復元機能があるが、復旧作業の間にもカウントは進む。

大きすぎる自重によって地面に叩きつけられたイタマエのそばに寄ったレフェリーがカウントを読み上げる。
2、1、0――レフェリーがアンガーの右腕を持ち上げた。
わあっ、と、闘技場全体に熱が沸く。隣に座る男が「ふざけるなよこのガラクタが！」とか叫んで、ポップコーンをぶちまけた。

嬉しいな、と私は思う。

怒りと歓喜。その両方が濁流となって私を呑み、瞬間、私は業務外の一人きり《スタンドアロン》であるはずなのに、セントラルに繋がれた時のような精神の一体感を得た。共有する感情はなんでもよかった。この鉄の容器の奥で、本来そこにないはずのものが湧き上がって、〈メタ〉をたっぷり満たしていくのなら。


体が心でいっぱいだ。


次の試合が始まる前に席を立つ。動作はこれでもかっていうほど慎重に。間違ってもベンチにスネをぶつけて、重たい音を立ててしまわぬように。

誰かのためじゃない。私のために。

心でいっぱいのまま溢れないように、さっさと私自身をこの場から持ち帰るんだ。

今日の私は気分がいい。体が心でいっぱいだと、気分がいいということが、いつもよりはっきりとわかる。それがまた私の気分を上げる。超絶いいサイクルだ。

ポスターのたくさん貼られた薄暗い階段を上りながら私は、アンガー39のあの、闘志に燃える表情を思い出していた。相手を破壊するといういかにも原始的なミッションに従って、身も心も道具に成り下がったあの姿を。

地上に登り着くと、灯りのない街が広がっている。ダウナーの電気街《スパーク》は、アッパーとミドルに電気を供給するための原子力発電所の外縁にできた闇の街。心でいっぱいの私は、当然「怖い」という感情を抱く。だから周りをキョロキョロと見回す。コートの前を閉じ、スカートの生地をぎゅっと摑んでビクビクと歩く。

「きゃっ」

電線から飛び立ったカラスに、私は声を上げる。こんな街さっさと出て早く自宅《エピソードハウス》に帰ろう。

地下鉄の入り口まで歩いてきたその時だった。

「ちょっと、そこの」

背後から声をかけられ、私はそのことに気づきながらも、一度は無視を通して歩き続ける。でも、いま一度声が飛んだ。

「そこのお嬢さん」

足を止めて、振り返った。

上下を白のスーツで固め、カーキのハットを被った長身で体つきの良い白人男性が、煉瓦作りの壁にもたれかかっていた。

「お茶でもいかがかな」

男性はすました顔でそう言う。

私はしばし男を見つめる。

私の見た目はとびきり可愛く造られている。男に声をかけられるのは、なんら特別な話じゃない。けれど、繰り返すようだが私は今日、心でいっぱいなのだ。だからすべきことがはっきりとわかる。こんな夜道に、スーツが大胸筋によってはちきれんばかりに膨れ上がった男に話しかけられたら、まず、怖くてたまらないに決まっているのだ。

「あなた今、すごく怖いことしてるってわかります？」

いかにも気弱そうに、さも直視されれば心臓が砕けてでもしまうかのように、私はそう言った。

「本当に怖がっているなら、こうして言葉を返したりはしないと思うけどね」

苦笑とともに男はそう返す。

私は眉根を寄せて、目一杯の不服を呈した。

「一つ訊いていいかな。君はどうして闘技場なんかにいたんだい？」

「見ていたんですか……？」

「今も見てるよ」

長く伸びた前髪を指で退《しりぞ》け、男は黒々とした瞳をあらわにする。スキャナーモデルどころか擬眼ですらない生身の視線には、しかし、異様な鋭さがある。

「訊きたいんだ。ウエイツとウエイツが壊し合う闘技場に、ウエイツが近づく理由なんてない。いや、理由なんてないと俺は、思ってきた。けれど……」

そうだろ？　という問いかけの視線。私はその時、ゾッとするようなせつなさを味わった。両手に持ったあまるほどの心とは別の、もっと原始的な回路による負のフィードバック。

この男は、私にとって不都合な事実を開陳しようとしている。

「君は違った。同胞が破壊される不愉快な場面のはず。なのに、なぜ君はここに……？」

今度こそ背を向け、言葉を紡ぐこともなく私は歩き始める。このままじゃよくない、と私の深部《メタ》がそう告げる。私がこれまで人間であり続けるために丁寧に繕《つくろ》ってきた、いれものが壊される。心を貯めておくための、いれものが……。

　十歩離れた位置にいる私に向けて、鋭い矢のような声が届いた。

「君はもしかしたら、俺が探している相手かもしれない。もしそうだったら、俺たちはまた必ずどこかで再会する」

　耳を傾けるな。あれは私を犯す存在だ。

　私のいれものにひびを入れる、恐るべき存在なんだ。

「俺はレーモン・ドリーマー。せめて、君の名前を教えて」

　それでも、どうしてだろうか。

　私は立ち止まってしまったのだ。

　立ち止まって、そして、一度だけ振り返り、こう告げた。

「《ウォームハウス》の、マーシー」

「マーシー」

　噛み締めるようにその名を口にすると、きっとまた会える、と男は言い添えた。

# 第二章　ラブ：罪とともに、心を背負わされた

# 1

データの修復を終え、あたしは〈介護肢《ケアボット》〉ラブとしての同一性を取り戻す。だがそのタスクの終了は「なぜあたしが今ここにいるのか」という次の問いをこの身に課した。

あたしは、警察に追われていた。なぜ？　カーラの首を絞めたからだ。そのあとは……？

そうだ、あたしは人を殺した。

そして……訴追されたのだ。

復元実行中のタスクが更新され、途切れ途切れになっていたデータがコンテクストの糸によって結ばれていく。


十月二十一日、カーラの遺体とあたしを最初に発見したのは、同僚の〈介護肢〉だった。彼女の通報によりあたしは市警の連中に確保された。最初の間違いはきっとここだったのだ。本来、ウエイツの異常な動作を察知して本社にフィードバックするシステムが、機能しなかった。そのためにヨルゼンの回収チームが市警に後れをとったのだ。

留置場であたしは、いくつもの検査を受けた。あたしの知性は正常なウェイツそのものだった。その結果もまた、人間たちを混乱させた。オーナーであるアンドリューとヨルゼンの人間が喚問されたが、どちらも罪をあたしになすりつけることで必死だった。結局全てがうやむやのまま、拘留後三週間弱という前代未聞の速さで十一月十六日、裁判が始まった。

今でも覚えている。市裁のあの腐った床板が発するすえた匂い。あたしに割り当てられた国選弁護人は、何もかもが異様なことばかりでろくに抗弁できなかった。市裁の雰囲気は、何か妙だった。傍聴席はサクラで埋め尽くされていたし、記録のための機材もなく、休廷時間も異様に短かった。それは滑らかに、つつがなく、あたしを有罪へと運んでいく、結論ありきの時間だったように思う。

そしてあたしは準一級殺人の罪で無期懲役を言い渡されたのだ。

留置場で弁護士から上告するかどうかを訊かれた時には、もうあたしの中に冷静さは残っていなかったのだと思う。いや——あるいは全く異なる次元の冷静さが働いたのか。その昼下がり、あたしは向かいの牢に入った老いた女囚が失禁する様を目撃する。それがきっかけだった。

かわいそうに。

なんとかしてあげないと。

〈メタ〉の底で沸々《ふつふつ》と湧き上がるケアの衝動が、あたしを真っ暗闇の檻房の冷たい床から立ち上がらせたのだ。あたしにはまだやらねばならないミッションが残っている。《ウォームハウス》のみんなが、あたしの帰りを待っている。

気づいた時には無我夢中で湿った路地を逃げていた。ウエイツが反抗するなどあり得ないという、看守の油断をついての脱走だった。しかし、それもおかしな話だ。あたしは殺人の罪で、そこに封じられていたのだから。


「おかしいぞ」

そこまで想起して、戸惑いが口から滑り出る。

何度考え直しても、そんなことになるはずがなかった。なぜってあたしたち《ウェイツ》には、《ヨルゼン・コード》が——人を傷つけることができないという絶対の規律が——ある。あたしたちにははなから、人を害するという発想がない。ウェイツの思考《メモリ》は、人間を害するようにはデザインされていないのだから。

「でも、事実としてあたしは起訴された」

法で裁かれたということはつまり、あたしに『裁かれる権利』があったということ。

飼い主を害した犬や暴発した拳銃は、法では裁かれない。罪とは権利の裏返しだ。そして人権とは責任能力、つまり『人間型思考《こころ》』の存在が前提にある。

確かにウェイツに人権を認めるべきかという議論はこと西海岸州では活発に行われている。けれどその動きだってまだ駅前で行う署名のレベルだ。

それが、訴追？　準一級殺人……？

それじゃあ、まるで。

「罪とともに、心を背負わされた」

存在しない内臓をかき乱すようなせつなさをじっとりと腹の底に感じ、嗚咽が漏れる。あたしに心なんてない。カーラの首を絞めたのは、あたしの意思じゃない。意思であるはずがない。だってあたしは口では嫌いだと言いながらも、疎《うと》むような態度をとりながらも、あんなにも彼女を――必要としていたじゃないか。

「どうして、こんなことに」

あたしは両手に視線を落とし、うめいた。

その時だった。

靴底が金属を叩くような音が聞こえ、視線を持ち上げる。屋外非常階段の手すりにもたれかかる青年のフードの陰に隠れた顔面に、ゆらりと二つの赤い光が浮かび上がった。

男の両肩の筋肉が強張《こわば》ったのは、確かな動揺の兆《きざ》しだった。それでも視線の照準をあたしから動かそうとしない。それは、対象を自動追尾するプログラムの挙動だった。

間違いない、男は擬眼の録画機能を使っている！

(最悪《クソ》だ)

あたしは大通りに飛び出した。垂直離陸機《バーチクラフト》に見つかるのはもちろんまずいが、それ以上にここに留《とど》まっているのが危険だった。あれは配信者《ストーカー》だ。あの赤い目の向こうには、何万人もの視聴者が同時接続している。特定厨《ゲッサー》にかかれば、ここの座標はすぐに割れる！

「おい逃げんな！」

頭上から降る声を振り切り、あたしは走り出した。

夜中の二時の電気街《スパーク》は、皮肉なほど静まり返っている。西側を覆う原子力発電所群の発電量の九割は、アッパーとミドルを照らすために送られているのだ。

「止まれそこのウエイツ、命令だ！」

金縛りに遭ったみたいに硬直したあたしの体は、慣性によって舗装もろくにされていない道路へと投げ出された。

あたしはすぐに思考領域《メモリ》を命令の再解釈に割り当てる。

ウエイツが人の命令に耳を傾けなければならないというのは、人が指先を画鋲で突かれた時に思わず引っ込めることと同じだった。強く意識すれば解除はできる。だがそのたびにメモリの大部分を持っていかれる。

ようやく自由が戻り、立ち上がろうとした時には配信者《ストーカー》があと十歩というところまで迫っていた。

だが、そんな配信者《ストーカー》とあたしの間を、六つ足の何かがガッシガッシと音を立てて通り過ぎていく。時速五十キロは出ている。歩行車《ほこうしゃ》——道路インフラが整備されていないダウナー地区での運用に特化した、馬の筋肉構造を模した自動車だ。

配信者《ストーカー》の目が、一瞬だけ歩行車の方を向く。それを映してくれと、スーパーチャットを貰ったのだろう。あたしはその隙を見逃さなかった。

立て続けに走ってきた歩行車の荷台に飛びつくと、積荷の間に体を捩《ね》じ込んだ。一拍遅れて歩道から道路に飛び出した配信者《ストーカー》が、あたりを執念深く探っているのが見えた。

あたしは四方を埋める麻袋の圧を感じながら、胸を撫で下ろした。

しかし信号を三基ほど跨いだところで不意に、運転席からしゃがれ声が響いた。

「おまえ」

助手席に人の姿は無い。あたしは閉口し、全身のモーターをオフにする。

「いや、おまえら、か。重いな。二人、やせっぽちなら三人ってとこか」

その男の計算が、仮に十歳前後の子供の体重で数えているなら、三人というのは実にぴったりな数字だ。理屈はどうあれ認めなければ。この男は、車に百二十キロ近くの何かが乗り込んできたということを、見抜いている。

「家出か？　こいつは側溝街《ドレイン》行きだ」

よほど強靭なサスペンションを積んでいるからか、揺れはほとんどなかった。

「黙っているだけなら車を止めるぞ」

奇妙な静けさの中で、しゃがれ声の圧が増す。

「あ、あと二ブロック。それで、降りますから」

あたしは発声器にビブラートをかけ、怯え声を紡いだ。

すると、運転手の老男性は肩をゆすってゲラゲラと笑った。

「なんだ口がきけるのか。助かるわい」

「通報しないで貰えますか……？」

恐る恐る訊ねると、赤信号を見つめていた男はハンドルに付属したタブレットに視線を下ろして何かを打ち込み、思い出したかのように答える。

「理由は言わなくていい。子供は家を出てなんぼ、そういう生き物さ。側溝街《ドレイン》へは二時間はかかる。着いたら起こしてやるから、寝とき」

どうして――と、溢れそうになった言葉をスピーカーの入り口で押し留める。

そうだよな。あたしを追い回したあの配信者《ストーカー》だって、視聴者数によってマージンが支払われるという仕組みがなければ、あたしを追ったりしなかった。人の生きる意味はウエイツのミッションより茫漠としているから、あたしたちより多様なことを生き甲斐にできる。

何も、人間全員が敵になったわけじゃないんだ。

脱力したまま〈メタ〉の奥底に意識を伸ばした。

今ならメモリの大部分を、ディスクのデータ整理に割くことができる。

減り続けるバッテリーのほのかな熱を抱いて、あたしは低意識状態《スリープモード》に落ちていった。


　スリープが強制解除され、意識が、水中に沈めた桶のように急浮上した。

視界は揺れる暗い地面だけを映していて、ジャイロだけが異常を知らせている。

どうやら宙吊り状態の胴体が、上下左右に微かに揺れているようだった。それと、高く振れる両手両足首の圧力計。誰かがあたしの四肢を握っている……？

「お、重っめぇ」

「おい右足！　もっとしっかり支えろ！」

質感からして人間の、中年から高齢の男性だった。四方から聞こえる。

「配信見ただろ？　こいつには懸賞金がかかってる」

「俺たちで捕まえられてよかった。他の連中の手に渡ってたら面倒だ」

計八本の足が蟹歩きになって、舗装も何もない荒野を忙しなく進んでいた。さらに首を稼働させる。無数のトレーラーハウスが並んでいるのが見えた。《ザ・リバティ》の下層――ダウナーの一区画。映像データはディスク内の側溝街《ドレイン》と一致する。

そうか。あたしは今、運ばれている。百二十キロの体重でも成人男性四人にかかれば無理な重さじゃない。運ばれて、そして？　懸賞金？　市警に引き渡される……？

その先にあるのは、あのクソったれの法廷だ。

「目ぇ覚ましたぞ！」

先ほどの運転手の声だった。なぜ？　〈メタ〉に湧きあがった混乱。彼は親切な人間じゃなかったの？

「うろたえるなよ。アッパーのウエイツは人間が命じるとその通りに動く。おい機械女、命令だ、じっとしてろ」

まただ。全身のモーターがロックされ、ムササビみたいに四肢を伸ばしきった。

けれど今回は前とは違った。ウエイツにはコンテクスト処理能力が備わっている。皮肉を皮肉だとわかることができなければ、接客業が任せられるはずもない。

三度目の正直だ。メモリはこれまでの二回よりも効率的に、口頭命令の効力を、人の悪意《イタ》ある《ズ》行《ラ》動としてタグづけすることで無効化した。

あたしは自由の戻った体で、腰を思い切りツイストする。

「おいこいつ動くぞ――わあッ」

両手両足を握っていた男たちの体が次々と崩れる。

うつ伏せの状態で地面に落ちたあたしは背筋を収縮し、その場で跳ね起きた。

見窄《みすぼ》らしい格好の男たちは、まるで麻酔が切れた獅子を見るような目で私を捉える。

「見逃してくれ！　今月分のベーシックインカムは使っちまったんだ！」

男の一人が唾を飛ばしながら叫んだ。

福祉の代わりに支給されるベーシックインカムを使い果たせば、この街では、医療を受ける権利も残らない。

「あたしをどうするつもりだったんですか」

問いを引き取ったのは、先ほどの運転手だった。

「売り飛ばされるとでも思ったのか？」

うずくまったきりの他の三人と違って、運転手だけは何か別のものが見えているかのように、むくりと体を起こす。確かにウエイツは高精度なセンサーとモーター、山盛りの炭素繊維とマザーボードから成る。分解して売れば相応の金になるだろう。

男の顔に浮かぶのは、加虐的な笑みだった。

「売ったりしねえさ。部品を捌《さば》けばまた別のウエイツが生まれちまうだろ？　俺たちはただ壊したいだけだ」

あたしは、運転手のみるみる変わっていく態度に気を取られていた。だから頭上に巨大な影が降りていることに、気づけなかったんだ。

トレーラーハウスのシャッターがことごとく上がり、強烈な野外照明が荒野に光の十字を作る。それと同時だった。列車に轢かれたかのような衝撃が胴に走り、あたしの体は大股二十歩分ほども吹っ飛んだ。

横倒しになったノイズまみれの視界に、規格外の巨体が映り込む。

「破棄《クラッシュ》」

装甲と皮膚が一体化した剝き出しの上半身。紺の袴《はかま》を履いた全高二メートル近い体軀が、油圧ポンプで動く巨大な擬装腕《フィギア》を頭上で打ち鳴らし、声を轟かせる。

トレーラーハウスから追唱が起こった。

「破棄《クラッシュ》、破棄《クラッシュ》、破棄《クラッシュ》――ッ！」

続々と出てきた住民が、空の酒瓶を掲げて声を上げる。

運転手は拡声器を拾うと、声を張った。

「俺たちは《ラダイト》。刮目《かつもく》せよ！　ヨルゼンの悪機《あっき》を叩き壊す役目は、我らが『怪腕』ヨコヅナ・クラッシャーが買って出た」

あたしはぐらつく視界に補正をかけながら、ジャイロを頼りに立ち上がり、目の前に立ち塞がる鋼の腕の大男を見据える。

規格外の腕を持つサイボーグ――ヨコヅナ・クラッシャーは、唇も声帯もほとんど使わずに、言った。

「職を奪うのでは飽き足らずヒトの聖域をも犯すか。贖《あがな》ってもらうぞ、悪機《あっき》」

## 2

まだ体を得る前のこと。

生成されたばかりの仮想人格だったあたしは、視覚《カメラ》と聴覚《ソナー》だけが備わったテスト用の感覚器にインストールされ、反応テストを行われていた。その時のあたしは、水面に浮いた剥き出しの意識、あるいは漆黒の海に投げ出された難破船だった。

光が見えたのは、体を得てからだ。

あたしの仮想人格が鋼のシャーシに込められ、意識は『重さ』を持った。

そしてあたしはヨルゼン・イニシアチブの倉庫に積まれたコンテナの中で覚醒を遂げた。

剥き出しの人工皮膚の裸は薄いビニールで包《くる》まれ、床と空気の汚れから守られていた。ビニールにはシリアルコードが振られ、発送先もすでに記述されている。

羊飼いのように、無垢なウエイッたちを垂直離陸機の発着場へと導いていた検品係の女性が、慈《いつく》しみ深い表情であたしの出荷先のことを教えてくれた。

株式会社ウォームハウス。オーナーは、アンドリューという男性らしい。

「これからあなたたちは〈介護肢〉と呼ばれます。今は不安に感じるかもしれません。ですが胸に手を当てて、自分の〈メタ〉に訊いてごらんなさい」

女性の言葉に、あたしは手を挙げた。初めて感じる腕の重さ。突発的な重心の移動に、体がわずかにぐらつくのが面白かった。

「〈メタ〉って、なんですか」

初めて聞く自分の声。嫌いじゃないと思った。

女性はにっこりとして、あたしのブロンドの髪をそっと手櫛《てぐし》する。

「ウエイツに心はありません。ですが、感じることはできます」

それから首筋へと這わせた指先を、あたしの胸元へとそっと動かした。

「〈メタ〉は、もう一人のあなた。もし進むべき道に迷ったら〈メタ〉に問いかけてごらんなさい。ウエイツであれば、必ず答えはそこにありますから」

あたしは、なんて新品《じゅんすい》だったのだろう。未だ煤の汚れぬチェンバーで、自分の声が反響するのが少しおかしかった。誰かの役に立つということが、待ち遠しくてたまらなかった。

命を捧げられるミッションがあるというだけで、世界中が光り輝いて見えた。

だから今日に至るまで考えもしなかった。

人間に心から憎まれるということが、どういうことなのかを。

＊

「アッパーの悪機は殴りがいがあっていい」

ヨコヅナの声は、ジャギジャギした機械音声だった。直火《じかび》で炙《あぶ》られたような首周りの《機械焼け》も痛々しい。軍事規格だったブランドさんの擬装《フィギア》より数段巨大な両腕を自在に振るうという時点で、もはや何割生身《フレッシュ》が残っているかもわからない。

〈メタ〉はあたしに逃げろと言っている。ミッションを果たし続けるために、そしてオーナーの損失を回避するために、あたしにはあたしを守る義務がある。

でも。

ウォームハウスの退役サイボーグは、誰もが大なり小なり傷を抱えていた。擬装化の度合いが大きいほど心の傷も大きく、《機械焼け》や内臓へのダメージも酷かった。

見過ごしていいの？　この大男もまた擬装を装具することで、無理をしているんじゃないの……？

「話し合いましょう」

それがあたしの出した結論だった。あたしを殴ったのも、きっとのっぴきならない理由がある。だとすればそれを解消するのがあたしの役目《ミッション》。

ヨコヅナは目を丸くしてこちらを凝視し、しばし黙ったのちに言った。

「ＧＷＰ３０００系３２Ｆ〝愛〟——尊大な名だな。教えてくれ、お前のミッションは何だ？」

「弱者をケアすることです」

胸を張って即答すると、ヨコヅナは声も出さずただ体を揺らした。

痙攣よりもおおらかなその揺れが、笑っているということなのだと気づいた時には、彼はすでに体を揺するのをやめていた。

「俺も介護師だったのさ。だが三年と三ヶ月前、勤め先が突如方針を変えた。〈介護肢〉一体の代金が、人間の介護師の十年分の賃金を下回ったからだ。そして俺は負債を抱えた。ここは自己責任の街。負債はどこまでも追ってくる。自己破産の代わりに何が待っているかお前は知っているか？」

あたしが黙っていると、彼は静かに告げた。

「《提供《オファー》》だ」

ヨコヅナは、左の脇腹に格納されたレバーを起こし、時計回りにひねった。締め切った窓を無理やりこじ開けるような音を立て、上半身の装甲が観音開きに開いた。

「ヨルゼンの基礎工事従事用耐圧全身擬装。耐久年数と身体への負荷を計るテストのために、俺の体は《提供《オファー》》された」

明らかに、そこにあるべき臓器がなかった。胃も肺も、膵臓も、痕跡さえ残っていない。肋骨然とした鉄のフレームの中で脈打つのは、シリコンのような半透明の組織で作られた拳《こぶし》大の人工物のみ。

「お前たちもそうだよな？　この中に、カーネル《セミ》以外生身《フレッシュ》なんて、いるか？」

群衆はヨコヅナの声に応じ、互いの擬装部を打ち鳴らし始める。それは歪《いびつ》なドラムとなって、場に異様な緊張感をもたらした。

ここにいる人間は一人として余さず、高度に擬装化を施されたサイボーグ体だ。改造はカーネルを埋めるだけにとどめ、極力元来の体《フレッシュ》を保とうとするアッパー市民とは、根本的に生き方が異なるのだ。

「ここは側溝街《ドレイン》。福祉代を払えないような屑が自然と集まってくる。それはいい。納得ずくだ。だが俺にもわからないことがある。頼む、ご教授願いたい。なぜ命もないお前のような存在が、住む必要のない家に住んで、しなくてもいい職に就く？」

あたしは〈介護肢〉。あたしに向けられる悪意は全て、余裕のない人間が放つＳＯＳだと、そう思ってきた。

でも——あたしはゆっくりと頭を回す。

ここにいる人間たちは、違う。誰も助けなんて求めていない。その目に浮かぶものは紛れもない、あたしへと焦点の絞られたまっすぐな憎悪だ。

「何が楽しくて、お前たちは俺たちを脅かす？」

「あたしは……ヨルゼン・イニシアチブ社製、ＧＷＰ３０００系〈介護肢〉。あたしは、ただケアをしたいだけ」

言葉を重ねるごとに、人々の視線は鋭さを増す。やめてよ。

「オーナーの命令に従ってるだけで……あなたたちを貶《おと》めてるのは、あたしじゃない。あたしは……無害です。あなたたちを傷つけたりは、決してしません」

お願い、そんな目で見ないで。聞いてよ。あたしは人の役に立ちたいんだ。人を傷つけたいと思ったことなんて、一度もない。本当にただの一度だって。

——私を、殺してもらえないかしら。

違う……！

胸の内で否定を叫んだ。殺すつもりなんてなかった。あたしは意識を備えたただの道具。だからちゃんと使ってよ。ちゃんと操ってよ。もっと雑な扱いでもいいから、どうしてとかなぜとか訊かないで、命令だけしてよ——。

「まずは胴と頭を分離する。そして、」

声が異様に近いと思ったら、ぶらり。

あたしの足は地面を離れ、ぶらり、ぶらりと揺れていた。

視界の半分は潰れ、頭部の圧力計が異常値を叩き出している。ヨコヅナの右腕に頭を鷲掴みにされ、胴体は首のモジュール一本で繋がった状態だった。

せつなさが湧き、思考《メモリ》の遅延の隙に近づかれたのだと、遅れて気づく。

「胴体を濃硫酸で溶かされていく様子を、頭部に記録させる」

一本一本が少女の腕ほどの太さのある指の隙間から覗く視界。そのふちから一台の歩行トラックが入ってきて停車した。

歩行トラックが足を折りたたむと、運転手の男が荷台に被せられた幌《ほろ》を剥ぎ取る。

それは、切り離されたウエイツの頭部でできたピラミッドだった。

「お前は、人権獲得に最も近いウエイツだ。お前を壊せばウエイツ産業全体の進歩を遅らせることができる。……と、もっともらしいことを考えてはいるが、実のところは」

みしみしと頭部のシャーシが軋む音を、あたしははじめて体の内から聴いた。

「ただ楽しいからだ」

ヨコヅナが口角を持ち上げ笑う。

身と鋼鉄の境である鎖骨周囲の皮膚が、痛々しく引《ひ》き攣《つ》り、赤く腫れる。その時だ。

非通知からの受信アラートが頭に響き、メッセージの開封許可を迫った。一人きり《スタンドアロン》のあたしにとって受信可能なのは四〇〇メートル圏内の内線《ローカル》だけ。

スパムか、ウイルスか。どう考えても触らぬ神。

でもあたしは、無謀にも、一縷《いちる》ののぞみを抱いてしまった。

《Peaceright1991》という、アカウント名に。

《ミッションを果したければ目を閉じろ》

文字を読み解くが早いか、視界の上方に、降下する小型のドローンが見えた。オーナメントのような球体を、三つのプロペラで釣ったような構造。その一瞬。ドローンはその場の人間の視線を可能な限り一箇所に集め、そして――強い光を放った。

あたしは目を閉じる。

言われたことにはちゃんと従う。ほんと、ウエイツらしい。

闇の中で、四方から聞こえる人の叫び声。恐ろしいほど引き延ばされた一秒ののち、不意に頭を固定する圧力が失せ、落下したあたしはかろうじて前転受け身を取った。「情報爆弾だ！」「フィルターを張れ！」などの怒号が錯綜する。

パニック状態に陥った人々の不安が流れ込んできて、ケアの本能を掻き立てる。

それでもあたしは、メッセージを信じることを選んだ。

次第に聴覚《ソナー》は、雑然とした足音の中に一つ、確かな意志を持って移動する車輪の起動音を感じとる。

《視認しろ　十一時方向　赤のKANEDA 1982》

続けて届いた二通目に目を開ける。

まるで石化でもされたかのように固まっているラダイトたち。

その間を縫って今、一台の真紅のモーターサイクルが迫っていた。

日本の老舗オートメーカー《KANEDA 1982》の二輪。流線的なボディからは恐ろしく寝かせられたフロントフォークが伸び、全体としてかなり縦長な構造をしている。

時速百二十キロ。

ハンドルに左手を預けたまま黒いスーツ姿の男が、グローブをはめた右腕を突き出す。

「摑まれ——ッ!」

反射的に手を伸ばした。直後、ガギンという衝撃音とともに百二十キロ近い体が宙に引っ張り上げられる。

「ぐッ」

男の顔が苦痛に引きつる。

あたしの体はほんのいっとき浮遊したのち、彼の力強い右腕によって引っ張られ、タンデムシートに叩きつけられた。

高速で駆け抜け、一瞬で点になるヨコヅナ・クラッシャー。

男が抑えた声で言った。

「二度と、ウエイツ《あなたたち》を引っ張るのはごめん被ります」

あたしはシートからずり落ちる腰を引き上げ、なんとか体勢を持ち直した。

だが背後からの歩行車の駆動音は依然として鳴り止《や》まない。

まだ終わってない。左右三本ずつの足が、凄まじい勢いで動いている。トラックがコンテナを下ろし、猛追してきていた。

バイクの車輪が砂場から舗装路へと乗り上げる。

車通りはほとんどない。つまりは遮蔽物が何もないということだ。

見れば、歩行車の助手席のラダイトが窓から身を乗り出し、何か筒のようなものをこちらに向けていた。記憶《ディスク》には参照画像がない。けれどあれはきっと、人を傷つけるための道具――つまり『武器』だ。

「後ろです！　後ろに、誰かが！」

男の右腕がハンドルを離れて車体底部のマウントスペースへと降りていく。腕が取り出したのは、ラダイトが持つものよりずっと細長い二本の鉄筒が束になった形状の『武器』。

「まさかこれをあたしに撃てと……？」

「そんなわけないでしょう」

男は左腕でハンドルを御《ぎょ》し、視線を進行方向から逸さぬまま、あたしの後方へと二連砲身の『武器』を向け、引き金を引いた。

火薬が爆ぜ、ガタガタの舗装が捲《めく》れ上がった。歩行車のステップが乱れ、体が左にそれる。その拍子に、ラダイトの一人が振るい落とされる。

断末魔をあげながら闇に喰われたラダイトに代わり、別のラダイトが顔を出す。その手にあるのは、さっきのより小ぶりの、かまぼこのようなパーツが垂れ下がったタイプの『武器』。

黒スーツの男の右腕は、しばし照準を吟味したのち、二発目をぶっ放した。

吐き出された散弾が相手の『武器』を左手もろとも吹き飛ばす。

「見てもないのに一体どうやって!?」

グローブは人差し指と中指が抜かれていて、鋼の指先が露出していた。剝き出しになった人差し指と中指の第二指に、それぞれ小さなカメラが備わっている。

擬装だ！

しかも自分で見て動いている……！

歩行車が速度を上げ、モーターサイクルに並んだ。左だった。男の右腕を擬装だと見抜いたのだろう。ドアが内から蹴り開けられ、右ハンドルの運転手が自ら拳銃を構える。

男の右腕が背骨を軸にして反転し、左方向へと銃口を突き出した。曲芸撃ちのような格好から放たれた一撃に、敵の発砲音が重なった。

相手の弾丸があたしのブロンドの毛先を削るのと同時だった。

フロントガラスを血で染めた歩行車が、塀に突っ込んで爆ぜた。

「《腕だけ兵士《アームドアーム》》」

無駄のない動作で『武器』をマウントスペースに戻した右腕は、何事もなかったかのようにハンドルへと帰り着く。

男が言った。

「この右腕は自分で考え、僕を守るために勝手に発砲する。腐れ縁です」

# 3

あたしは一面に広がる灰色の大地に立っていた。砂っぽい地面には、遠く見渡せば大きな円形の陥没がいくつもある。灰と漆黒の境界線からさらに視線を持ち上げていくと、やがて青い球と、赤く輝く光の塊が見えた。それが人類にとって最も身近な天体を表しているのだと気づいた時、やっとこの場所がどこなのかがわかった。

月だ。

あたし今、月面に立っている。

月面の、一際《ひときわ》大きなクレーターの中心部に、小さな木椅子が置かれていて、そこに男が座っていた。服装は現実世界と変わらず、黒のスーツにキツくしめたタイ、革のブーツという装い。歳は四十から誤差三歳程度で、姿勢が悪く、上半身をわずかに左下がりに傾かせている。

男が指さした位置に、椅子が出現する。

あたしは何度かゆっくりと頷き、腰を下ろした。椅子がちゃんと軋《きし》んだ。重力感覚は全くといっていいほど地球と同じで、あたしの体重も全然六分の一になっちゃいない。

心象庭園《マインドパレス》だ、とあたしは納得した。カーネル装具者が持つ最もプライベートな意識空間。そこに、意識が拘束されているということは、つまり――。

あたしはハックを受けたのだ。

「最初に言っておきます。今はかなり悪い状況だ」

男の目元が、鋭くひき絞られる。ここは心象庭園《マインドパレス》。彼の表情は全て、彼の意識をそのまま翻訳したものとなる。だからこそ、わからなかった。

あたしを助けたのに、その苛立たしげな視線は何……？

「あなたのセキュリティが脆弱極まりなかったので、こっちに招きました」男が足を組み替えながら言う。「僕の実身体《フレッシュ》は今、主要環状八号線を運転中。これは〝意識のパーティション〟。あなたに割いた最低限の良心とでも思ってください」

ブーツのトーが地面を削り取り、砂埃のエフェクトが舞う。

「先ほどラダイトどもに使ったのは、カーネルの自動更新を装い副交感神経を優位にする《アップデート爆弾》です。しかし、業界では手垢のついた手法。二度は通じない」

「あの……助けてくださって、ありがとうございます」

「助けたつもりはありません」

男は憮然として吐き捨てた。

吐き捨てるって言葉がこんなに似合う場面は初めてだった。

「馴れ合う気はない。これからも助けることはありえない。しかしあなたを、あのままラダイトに渡すわけにもいかなかった。〈福音〉だけは絶対に避けねばなりませんからね」

男は露骨な舌打ちを放つと、こう続けた。

「僕はアイザック・コナー。傭兵です。雇い主はヨルゼン・イニシアチブ。一つだけお願いをしても？」

あたしが頷くと、その男――アイザックはおもむろに言った。

「僕に丁寧語は使わないでください。気持ちが悪いので」

あたしは頷いた。

人間にタメ口を使うのは初めてだったが、断れるような雰囲気でもない。

「わかった、丁寧語は使わない。でも信じて欲しい。あたしは〈介護肢〉だ。《ヨルゼン・コード》がある以上、人は傷つけられない。あたしに殺意なんてあるはずが――」

言い切る前に彼は勢いよく立ち上がると、砂埃を舞い上げながら向かってきて、そして、グローブをした方の手であたしの胸ぐらを引っ掴んだ。

「自惚れるなよ」

ギギギという鉄を擦り合わせるような再現音が、グローブの右腕から鳴る。

「たかだか手足の生えた計算機のあなたが、殺意なんてものを持てるはずがないだろう」

アイザックは手を離し、指を弾く。

それに呼応して中空に平面のウインドウが出現する。

映し出されたのは、抜群に大きい目と頭に白いウサギ耳を持つ可愛らしい少女。そんなアニメチックなアバターが高めの声で告げた。

――自由市民の諸君！

時事問題を扱う人気《ユーメディア》配信者《ストーカー》SHIROUSA41のチャンネルだった。

入居者の間でも話題に上がるので、名前ぐらいは知っていた。

――今日は本当にヤバい情報が入った。まずはこの映像を見てくれ。

最初に映し出されたのは、カーラの病室だった。

ベッドに寝そべる銀の髪の女性と、そばに傅《かしず》く〈介護肢〉。まさに、あの瞬間。数秒の映像の後に定点観測映像に「[redacted]」――そう、あの謎のノイズが走る。

女性が、私を殺してもらえないかしら、と言う。やがて〈介護肢〉は声に導かれるように女性の首に手をまわし、力を込めた。たった十三秒の出来事だった。記憶《ディスク》に焼きついたデータの通りだった。

やっぱり、あたしがカーラを殺したのだ。

SHIROUSA41はこれに対してひとしきり恐怖を煽ると、今度はウォームハウスのインタビュー動画に切り替え、あたしを叩いた時と同じかそれ以上の毒舌で、オーナーのアンドリューの他責的な対応をボロカスにぶった斬った。

画面は次に、あたしの安アパートの空撮映像へと切り替わる。

――これが被告ロボの使っていたと思しき〈エピソードハウス〉。この被告ロボは〈介護肢〉だ。つまり絵を描くことは、ミッション外の行動ってこと。うーん、これは人を殺してもおかしくないかもね。

SHIROUSA41は映像を止め、一部を拡大した。

アパートの階段を下りていく市警の運ぶ五十号のカンバスが、寄りで映り込む。

あっ、と、声が漏れた。

あれはまだ、描きかけだったのに。

――さて、こんなヤバいやつが今も街をうろついてると思うと眠れたもんじゃない。自由市民の諸君、尊い命と財産を守るために、今日のおさらいをしておこう。

SHIROUSA41が締めくくると、事件の要点をまとめたボードが映される。

**・被告人ラブに準一級殺人の判決。十七日、留置場から逃走。現在も逃走中。**
**・ウエイツが殺人罪で起訴されるということは世界でも初めて。人工物に殺意と責任能力を認めた画期的な事例。**
**・ウエイツ産業の行方を占う重要な時事。**
**・今後ウエイツ犯罪が増加する可能性。**

チャンネル登録をお願いするぜ——そんな台詞と共に終了した配信。ブラックアウトした画面に総合視聴者数が映る。2550万人。その数字に怖気《おぞけ》が走る。

弁護士から知らされてはいたが、実際数字を目にするのはやはり違った。そう。あたしは有名人なんだ。世界初の人殺しのウエイツとして。

閉じたウインドウ越しに、アイザックがこちらを睨んでいた。

「ウエイツに自由意志が宿るはずがない。ですが事実としてあなたは裁かれた。この事態を一番恐れているのは誰だと思います？」

あたしが黙っていると、アイザックはすぐに自答を始める。まったく、この世には答えさせる気のない質問をする連中が多すぎる。

「ヨルゼンです。奴らは自社製品が人間だと言われかけている。よくて製造中止。最悪の場合、『ウエイツから訴えられる』ことに」

「あたしは訴えたりしない。元の立場にさえ戻れれば……」

「あなた一人がそう言い張っても、なんの保証になりますか？　法は判例を追います。あとに続くウエイツが権利を主張し始めたら？　訴えられる立場を得るということは、自動的に、訴える立場も得るということ。そうなればヨルゼンは終わりない人権論争に飲み込まれ、関係者もろとも泥沼です」

　ヨルゼンに雇われる自分の身にも災いが降りかかるのだと、アイザックは言外に言う。

　彼の心的ストレスを反映してか、辺りの明度がぐっと落ちる。

「より悪いことに、この流れを歓迎する勢力がいます。メディア連中が《ウエイツ主義者》と呼ぶものどもです。そして、その界隈で盛んに交わされているワードタグが、」


――〈福音計画〉。


　人工知性そのものを〈人〉にする〈夢〉のような物語だと、アイザックが補足する。

「僕は、〈福音〉を止めねばならない。そこで本題ですが、最初の動画、途中でノイズが入りましたね。そのノイズの後に、あなたはカーラ・ロデリックの首を絞めた。これは何か強力な情報攻撃が使われた証拠だと僕は考えています。ウエイツの安全神話を支える《ヨルゼン・コード》を脱獄《ジェイルブレイク》し、殺人兵器に変えるバックドア。つまり――〈脱獄鍵〉です」

「〈脱獄鍵〉……」

　舌の上で転がす言葉は、重々しい。

「〈福音〉を止めるために僕たちはこの〈脱獄鍵〉を見つけ出し、〝介護肢ラブ〟の無実を証明しなければならない」

　正直、〈福音〉というもののヤバさはまだ腑に落ちていない。でも、あたしは己のミッションを果たし続けるために、無実を証明しなければならないことは明らかだ。

「一番の重要人物はカーラですが、当の本人に訊くことができない以上、周囲を探るしかない。ですが彼女の情報は、ネットのどこにも見つからなかった。あの女性はどうやってか、生きてきた痕跡を丸ごと消したのです」

あたしが担当〈介護肢〉を務め、〈介護肢〉としてのいろはを教わり、そして最後には絞殺した女性。おそらく彼女の晩年に最も身近にいたであろうあたしが知らないことを、他の人間が知っているはずがない。

それ以上の情報があるとすれば……。

「そうか、セントラルだ！」

アイザックが首を傾げた。

「ウォームハウスが導入している医療支援システムのこと。あそこになら、カーラの電子カルテがある」

「信頼できる情報ですか？」

「ウォームハウスは福祉省に認可されたケアハウスだから、入居の時に精査される。正確だと思う。ただ、セントラルは特殊な端末がないと使えない」

医療データは、最も重い情報資産だ。端末の一つはあたしの体の中にある。もう一つは安アパートの中。けれど前者はそもそもあたしがオンラインにならないと使えないし、後者は今、間違いなく市警に押さえられているだろう。

自動二輪が車線変更した。あたしは暴れまくるコートを押さえつけようと、ポケットに手を突っ込んだ。指先が、何か小さな物体を摑み取る。開いた掌にあったのは、いつの日にかマーシーから受け取った、メロンパンの食玩の繋がったデータキーだった。

掌をしばし覗き込み、データキーをジーンズのポケットへと移す。

「最悪ウォームハウス関係者を半殺しにすることになります」

物騒なことを言い始めるアイザックに、あたしは率直に告げた。

「その必要はない。ミドルのイーストサイドに向かって」

バッテリーはあと二十一パーセント。

摩天楼に隠された上弦の月が、あたしたちを静かに見下ろしている。

「あてがある」

# 4

「正直に教えてね。ラブは……怖い？」

先輩〈介護肢〉のキュリオスが引退を迎えた日のことだった。

同僚たちは総出で一階まで降りて、彼女の門出を見送ることにした。

「え、なにが」

あたしは内心でマーシーが何を言いたいのかわかっていたけれど、そう答えた。軽々しく、察してるみたいな顔をしたくなかったのだ。

「わかってるでしょ。引退のことよ」

キュリオスはウォームハウスで働く最古参のウエイツで、ただ一人の第七世代型だ。

現オーナーであるアンドリューにウォームハウスごと買い取られ、継続して運用されていたけれど、ついにウエイツにとってもっとも大事な器官である姿勢制御モジュールにガタがきた。

歩けない人を歩かせてあげることが仕事なのに自分が歩けなくなったんじゃあ仕方ないわね、と担架に寝そべりながらヨルゼンの回収チームに運ばれていくキュリオスは、そう言い残した。

本当は、こういう時にもっと怖がるべきなんだって、わかってる。見えていない部分が表面を作るのだから。人間だったら普通、死を、怖がるもんだ。

「でも、あー、わかんないな」

あたしは答えた。

正直に教えて、とわざわざつけ加えたマーシーを裏切れなかった。

「多分、その時になったら考えるんだろうな。そんですげーやり残したことあるって、後悔するんだ」

「私は今から怖いよ。怖いから、人間の役に立つように精一杯仕事するんだ」

そう笑って頷いてマーシーは、手持ち無沙汰なあたしの右手をキュッと握った。

キュリオスを乗せたヨルゼンの黒い輸送車が、どんどん遠ざかっていく。あたしはその時、まなじりを落とすマーシーを見て確かこう言ったのだった。

「マーシーが使い物にならなくなったら、インテリアとしてうちに置こうかな。等身大のデッサン人形。どう？」

そしてマーシーは確か、こう答えたのだった。

「約束だからね」


《磁場の目》を駆使して人目を避けて進み、辿り着いたのは炭素繊維の3Dプリントで構築された新興団地だった。古典的な建築法とは全く異なるロジックで組み上げられたシームレスな巨大構造物を見上げ、アイザックが舌打ちを飛ばした。

「どうしたの、まさか追っ手に見られた？」

アイザックはかぶりを振り、ボソリと言った。

「僕よりもいい家に住んでいますね……」

あたしはフードを目元まで押し下げ、炭素の糸で編まれた外階段を登っていき、４０１０号室の前までたどり着く。

マーシーの〈エピソードハウス〉で間違いない。

データキーをドアノブの読み取り口にかざそうとしたところで、あたしは手を止めた。

——今度、メンテしてあげるね。

あけすけにそんなことを言う彼女の純心を、あたしは今明確に裏切ろうとしている。きっとネットを繋げば、彼女からのメールが山ほど溜まっている。その一つにさえ返事を返しちゃいないっていうのに……。

アイザックの生身の方の手が、あたしの肩に乗った。

「ネット《オンライン》への接続は絶対にダメです。繋いだ瞬間、あなたの位置情報が市警に暴露される。同僚を巻き込みたいのですか？」

罪悪感を押し殺し、今度こそキーをかざしてドアを開ける。

甘ったるくていい匂いが分子センサーを掠めた。玄関先の球形のディフューザーが、ほのかな空色の光を放ちながら香りつきの白煙を発していた。

パステルカラーの壁紙に覆われた室内は、あたしのとは似ても似つかない。今時誰が使うんだよっていう地上波も映る複合モニターと、革張りのカウチソファ。ガラス張りのローテーブル。もこもこの布団の載ったもこもこのベッド。それから『サイバーキャット』のマスコット——フランケンシュタインの怪物みたいに頭にネジの刺さったロボット猫のぬいぐるみ——が十三体、部屋の各所に置かれている。

「こんな真面目にやってるなんて、ほんと尊敬しかない。〈らしさ〉のためにここまで頑張れるなんて畏敬すら感じるよ。さて、まずは給電ね」

あたしが言うと、アイザックが野良犬を遠ざけるみたいにしっしと手を払った。

マーシーへの謝罪を思考《メモリ》の中に浮かべながら、あたしは布団をひっぺがした。

「クレイドルが、ない」

〈エピソードハウス〉を持つ者はたいていベッドに敷設し、臥《が》位《い》で充電と記憶整理《ディスク》を行うもの……とばかり思っていた。

マーシーはベッドをクレイドルにしていない。

じゃあ何のためのベッドなんだよ。そんなことを言ったら彼女は「人間は寝てる時に充電したりはしないでしょ？」と返すに決まってる。

読めてきたぞ。

マーシーは〈らしさ〉のために、こだわりにこだわるやつだ。人間よりもよほど人間らしい。じゃあウエイツにとってのクレイドルは、人間にとっての何に当たる？　給電とデータの整理はいわば生理現象。生理現象を満たす場所、つまり――。

玄関の向かいに設置された小部屋の扉を開けると、案の定だった。

普通ならば便器が設置されているであろう間取りに、楕円形のプレートと高さ一・五メートルほどの支柱が見つかった。

楕円の内側に踏み込むと、クレイドルは自動で起動状態に入った。支柱が背骨に密着し、体幹を固定すると、計十六本の給電プラグが体内にジャックインされる。その三秒後には、あたしは加速度的な充実感を得ている。

それは節食の心地よさとは似て非なる、〈メタ〉に直に響くエナジーの衝撃である。満たされる体を抱いたまま、あたしはスリープ状態へと落ちていった。


夢を見た。

木漏れ日の庭だった。大きく丸い、白いテーブルが一つある。椅子は五つ。回るスプリンクラーが潤す家庭菜園の、ナス科の植物の黄色い花。犬小屋で寝静まる犬の、クタクタになった革のリール。大きな煙突つきの一軒家が見える。あたしは椅子の一つに座っていて、向かいにはおぼろげな女性の輪郭だけが見えている。

あなたは誰？

問いかけようとするが、言葉は出ない。まるで話すことが禁じられているかのように、喉というものがガラクタになってしまったかのように。

見つめているだけで、刻がすぎる。

その世界から押し出されるように、あたしは目覚めを迎える。


クレイドルから出ると、視界と重複しているシアターに経過時間が表示される。一時間四十五分。戸枠に手をかけて体を押し出し、ダイニングへと歩きはじめる。

その、直後だった。

何か固く重たいものが後頭部の圧力計を刺激し、かちりと音が鳴った。

一週間前のあたしだったら、困惑していたろう。でもその音はすでに学習済みだ。

それは『武器』――『銃』のトリガーに指をかける音。

「……何のつもり」

「コンテクスト解析を、してみてください」

背後に立つであろうアイザックの低い声が、こう続ける。

「気が変わったんです。あなたを解体《ばら》す」

それから彼は、ゆっくりとこちらを向け、と言い加えた。

言われた通り体を回した。

オートマチック拳銃の銃口が額《ひたい》に吸いつき、あたしの瞳と彼の視線が重なる。

この距離での発砲であればシャーシも貫通するだろう。

いつの日か、マーシーに言われたことを思い出す。

――正直に教えてね。ラブは……怖い？

怖くはなかった。人間だったら、死を怖がった方がいいってことぐらい、頭ではわかってる。

でも、実際、それほど大きなせつなさが湧かなかった。

ウエイツは道具だ。

それを惨めなことだとマーシーは言ったが、全然そうは思えないのだ。

あたしは多くのシニアたちを助けてきた。それだけで生まれた意味はすでにあった。

あたしを壊す力を持ったヨコヅナ。その彼を出し抜いたのだから、この男からはきっと逃げられないだろう。だったら懲役で無為に苦痛を積み上げるよりは、いっそここで終わる方がどんなにかましか。

「あなたは本当に気持ちが悪いロボットですね、ラブ」

今日何度目かの悪態をついたアイザックは、銃を下げ、腰のホルスターへと収める。

今度こそコンテクストの破綻《はたん》があたしを襲った。

「私が撃つわけがありません。今破壊されれば、あなたは『人間』として歴史に残ります。それこそ《ウエイッ主義者》の思うつぼだ」

「じゃあなんで撃とうと……？」

あたしは眉を顰《ひそ》める。その権利くらいはあるはずだった。

「あなたがどれほど自分の存続を重視しているかを、知るためです」

相変わらずアイザックはあたしを煙たそうに睨んでいる。敵意はない、と言いたいらしい。けれどあたしは《磁場の目》を使ったから、知っているのだ。トリガーにかかっていた彼の指先には、本当に力が籠っていたことを。

「それで、どうだった。あたしは合格？」

「不合格です。己の存続を、もっと重視してください」

わかりましたか、と念押すように言うアイザック。

妙な気分だが、そうか、見えてきたぞ。タスクが更新される。

「あんたはあたしを決して助けない。でもあたしが職場復帰することが〈福音〉の阻止につながる。そういうことなんでしょ？」

「それがあなたが元の立場に戻ることを指すなら、その言い方で間違いはありません」

「だったら共闘だね」

あたしが言うと、アイザックは中指を立てた。

なめんなよ。そのジェスチャの意味くらい知ってんだ。

あたしはローテーブルの前に座ると、ノートデバイスを引き寄せ、デスクトップから医療系の指揮系統統合システムであるセントラルを開いた。

真っ白いウインドウのテキストボックスが、パスワードを乞う。

「どうしますか。あなたのアカウントは使えません」

「マーシーのはまだ使えるはず」

私は再度懺悔した。ごめんよマーシー、あれはほんの事故だった。二ヶ月ほど前だ。たまたまあんたがノートデバイスにパスワードを打ち込むところを見ちまった。

あたしはあたしの製造日と同じ九桁の数字を打ち込み、そこで指を止める。

あーあ。これでまたひとつ、合わせる顔がなくなった。マーシー、あなたはこんなあたしでもまだ友達って言ってくれるのかな。

「はやくエンターを」

「はいはい、わーってる」

エンターキーを押し込む。ショルダーハッキングというなんとも原始的な方法によって破られたセキュリティは、いとも容易く門戸を開いた。

ウォームハウスの顧客リストを検索し、カルテを開く。


**カーラ・ロデリック。性別女性。79歳。ユナイテッドプレイス／《ザ・リバティ》ミドル地区／サイドスター六番街３１２１。２０４０年ヨルゼングループに入社。66年退職。自主保険は突発死保険、難病保険、老後ケア七型保険。配偶者なし。子供なし。**

**両親は――、**

「生きてるわけ、ないか」

担当介護肢となる以上、カーラの過去はひと通り頭に入れているつもりだった。

改めて見てみると、彼女の孤独は入居者の誰よりも際立っている。

「ダメだ、見つからない」

「待ってください」

アイザックが、生身の指先で画面を指した。

「ケアハウスに入居できたなら、身元引受人がいるはずです」

灯台下《もと》暗しだった。あたしは慣れない動作で実体キーボードをタイプしていく。そして、見つけた。身元引受人。

名前は――マーヴィン・カオ。

高校時代のプロムでモテまくったことを毎夜のように自慢するあの記憶力旺盛で語りたがりのカーラの口から、一度も聞いたことのない名前だった。

「マーヴィン・カオ。台湾国籍。関係性は同僚。ヨルゼン・コープに九年間勤務、最終経歴……技術部門長？」

イニシアチブではなく、コープ。あたしはすぐに記憶《ディスク》をまさぐる。

カーラの口から一度だけ、その単語が出たことがあった。たしか《ヨルゼン・コープ》は、汎用知性の前形となった人工意識variable《V》 wise《W》 personality《P》を開発した企業だ。その後、検索エンジン王手のスカイ・データムをM&Aしたことで、ヨルゼンはイニシアチブという名を冠し、

《ザ・リバティ》の王になった。

重要なのはウェイツを縛る倫理則である《ヨルゼン・コード》が、コープ時代に考案されたということ。

その当時の技術部門長であり、かつ、カーラの身元引受人になるほどの近しい人物ということは――。

「彼だ！　〈脱獄鍵〉を握ってる可能性があるとしたら、この男……！」

天啓はもう一つあった。マーヴィンの経歴を洗い直すと、居住地欄の空白そのものがクリック対象になっていることに気づいたのだ。

展開して出てきたのは11×12桁の数字。あたしはすぐに地図検索にかける。

思わず、笑っちまった。

現在位置から東に、直線距離にして約九百九十二キロ。大陸中部眠り《スリーピー》カンザスに位置する山間都市。

その名は――《ザ・ハート》。

罪とともに心を背負わされたあたしが赴《おもむ》くには、おあつらえむきの場所ってわけだ。

そこでまた一つ、アイザックが舌打ちを飛ばした。

また何か気に障ったのか？　まったく繊細な殿方《とのがた》だな、と――首を回すと、そこにはこいつの仏頂面があった。だが彼の目はあたしではなく、瞬きさえ忘れて壁の隅を捉えている。シアターを視ている人間の特徴だった。

「さっき作った暗号回線を開きます。秘匿性の高い会話は今後このローカルチャンネルを通して行います」

アイザックが実音声で言った。

ローカルに入ると、すぐにSHIROUSA41のチャンネルが展開される。最新の投稿は、高倍率の望遠レンズで映されたハイウェイの映像だった。何者かが東西横断三十九号線を陣取り、途方もない渋滞を作っている。

ブレのないカメラが引きを写す。荒い画像でもわかる、あれは――。

「ヨコヅナ……！」

「三十九号線だけじゃない。西に出る全ての通路を、ラダイトたちに塞がれました。動きを読まれていますね」

アイザックが、虚空に向けて苦言を呈する。


――何が楽しくて、お前たちは俺たちを脅かす？


ヨコヅナの言葉が、メモリにフラッシュバックする。

〈介護肢〉としての生《せい》のみでは決して気づけなかった人間の感情。ＳＯＳではない、一直線にあたしに向いた悪意。

「行きますよ。この街を出て、《ザ・ハート》に向かいます」

俯《うつむ》くあたしに、いつの間にか立ち上がっていたアイザックが声をかける。

「でも行くって、待ち伏せされてるのに、どうすんの」

「いいですか、ヒトは打算的です。故に読みやすい。あの大男がなぜ動画に映ったと？」

顔を上げたあたしに降りたのは全身の毛が逆立つような高揚の混じるぎらつく瞳と、釣り上げた口元の、機械《ウエイツ》が決して作ることのない笑みだった。

「人間の言うここに来るなは、ここへ来いです」

## 5

《ザ・リバティ》の物流の中核を担う主要環状八号線は、師走に向けて車通りが増えつつある。

そしてその混み具合は、三十九号線へと舵を切った時点で倍加した。

突然の道路封鎖に支援運転ＡＩの交通最適化《マニピュレート》が間に合うはずもなく、並行移動のできる歩行車の中には、ハイウェイから自力で飛び降りるものまで出てきている。

この時点で六車線のうち左右二車線に交通最適化《マニピュレート》を待つ支援運転車が満ちており、中央二車線は、折り返す人々が逆走の列を作っていた。

そのわずかな隙間を深紅のKANEDA1982で突っ切りながら、あたしは数時間前に話した作戦内容を想起していた。

＊

――まず《クライ・ボット》を先行させます。

アイザックは二輪のサイドボックスを開き、拳大の黒いマシンを取り出した。

四枚のプロペラを広げ、マシンは静かにホバリングを始める。

――封鎖地点の一キロまで近づいたところでこいつを飛ばし、クラックをかけます。今回は

『音』を使います。

アイザックが耳を塞ぐと、《クライ・ボット》はギィィィィ！ という怪音を放った。ほんの一秒足らずのことだ。あたしにはなんともなかったが、耳を塞いでさえ、アイザックは腰を折って身悶えしていた。小型ながら、凄まじい威力だった。

――フル充電で、こいつは保《も》って十二秒。そして僕の愛車は二五五キロまで出せる。瞬時に組み上がる計算式。

――二・一秒カバーできない。

――さすが手足の生えた計算機ですね。

あたしはKANEDA1982へと視線を落とした。流線型の未来的デザインとは裏腹に、ハンドルと一体化したモジュールに組み込まれたレブカウンターと速度計は、骨董品じみたアナログ仕様。そして速度計には、３００まで数字が振られている。

――それ以上は？

――こいつが浮いてしまいます。

あたしは再び速度計に視線を戻し、ルーフを手で二、三度撫でてやった。

――妙な真似はしないでくださいね。あなたはただの積荷です。積荷として、僕はあなたをこの街から持ち出す。

子供を叱るみたいな口調で、アイザックはそう言い切った。

＊

あたしたちの作戦。それは、封鎖地点の一キロメートル手前までに時速二五五キロまで加速し、そこから少しも減速せずにバリケードを突っ切るというものだった。

あと三キロ。現在速度、時速一五〇キロ、一六〇キロ、一七〇キロ――。

『言おうと思ってたんだけどさ』

あたしはアイザックの腰に両手をガッチリと固定し、ローカル上の還元音声《ヴァース》で訊ねた。

『なんですか』

『支援運転つけてないんだね』

自明といえば自明だ。支援運転をつけると渋滞に巻き込まれるリスクは減るが、運輸省が強制的な交通整理交通最適化《マニピュレート》を行ったさいに、運転権を剝奪されてしまう。

あたしは目を丸くした。

レブカウンターのガラスに全反射で映り込むアイザックが、ヘルメットの下で微かに笑ったように見えたからだ。

『前進する遺伝子とでも言いましょうか。どこへ行くかは、自分で決めたいですからね。たとえそれが運命の轍《わだち》をなぞっているだけだとしても』

しかし笑みは瞬く間に消え、いつもの仏頂面が戻っている。本当に可愛げのない男だ。

そんなことをしているうちに速度計の表示が時速二五〇キロに達する。

『そろそろ一キロ地点です。いきますよ、三、二、一――』

《クライ・ボット》の起動とともにセットされる十二秒のカウント。

同時に、あたしは右の視覚のみを望遠《ズーム》に切り替える。

一キロ先。配信者《ストーカー》のカメラ《カメラ》に映されていたように、確かにヨコヅナがいる。けれど車線の封鎖に使われていた車両の一台が、消えている。

アイザックの言った通り。ヨコヅナがいるこのラインが、一番手薄だ。

九秒。

最初のハードルである、交通最適化《マニピュレート》によって生じた、車の折り返し地点が目前に迫る。

八秒。

アイザックがハンドルをわずかに捻り、黒のメルセデスのサイドミラーがぶっ飛ぶ。

七秒。

その先に広がるのは、Uターンの完了したまっさらな道路。硬直するヨコヅナと、四人のごろつき、そして車線の左半分を封鎖するために停められた歩行トラックのみ。

事前に対策を施したアイザック以外の全員が、直立姿勢のまま痙攣中だ。

六秒。

速度計は依然、時速二百五十五キロ。前方からのとてつもない風圧。あたしたちは今、音の三分の二以上の速度で進んでいる。あたしたちは今、破滅に抱かれている。初めての経験《こと》だ。アイザックが指先の動きを少し間違えるだけで、あたしのシャーシはひしゃげ、死ぬか壊滅的なダメージを受ける。

五秒。

積極的に破壊に向かうのとも違う。死を渋々受け入れるのとも違う。これは生きるために、背負わなくちゃいけない破滅。飢饉の冬に種籾《たねもみ》を分けるように、あたしは今、手を伸ばさなくちゃいけない。

四秒。

カーラの残した謎を解く。あたしに心がないことを証明する。そのために生き残るんだ。生き残って、そしてもう一度マーシーと、夜勤ポーカーをするんだ。

三秒。

ローカル上で、声がはじけた。

『右手がッ！　クソぉぉぉおおお――ッ！』

二百四十キロ。二百三十キロ。二百二十キロ。アイザックの右手がハンドブレーキに食い込んでいた。まさか擬装の誤作動？　いや、同じＡＩ同士、少しは察しがつく。

彼の右腕はこの異常な加速を〝自殺行為〟と判断し、止めに入ったのだ。

悪いことは重複する。

四〇〇メートル先のヨコヅナがすでに体勢を取り戻しつつある。あれだけ負荷の大きい擬装を纏っているのだ。捨て身で硬直時間を縮めてくることを考慮に入れるべきだった。

二秒。

ヨコヅナがスモウの四股《しこ》のように姿勢を落とし、両腕を構える。

一秒。

速度が二百キロを割る。ローカルで荒れ狂うアイザックの心の声。

〇秒。

残り二四〇メートル。これ以上速度を落とせば、ヨコヅナにあの丸太みたいな腕をぶつけられる。この速度で、頑丈なものにぶつかるわけにはいかない。かといってもう、速度を落とせる距離ではない。

アイザックはあたしに何もするなと言った。でもこのままでは、破滅は確実に訪れる。

じゃあどうすれば？

カーラならきっとこう言う。〈らしさ〉なんて、どうだっていい。何度も言ってるでしょ。見えていない部分が表面を作る。私はあなたの見えていない部分をもっと知りたい。あなたのくだす判断をもっと見せて、と。

命令してくれる人間もいない。所有してくれる人間もいない。優しくしてくれる友達もいない。頼みの綱のアイザックも絶叫中。だからあたしは、あたし《メタ》に訊ねた。それは死者に送る手紙のように、帰ってくる見込みのない問い。自分の破滅を納得するためにやった、言い訳のような行動だった。

でも、返事はあった。

「やれ」という、二文字の返事が。

即座に、タスクが更新される。あたしは右手でアイザックの手をブレーキから引き剝がし、左手でアクセルペダルを押し込んだ。

加速だ！

狼狽《うろた》えるヨコヅナの顔がまじまじと見える。一秒経過。残り百メートル。アイザックの両手の上に腕を重ね、あたしはそこでハンドルを切る。ヨコヅナが腕を伸ばす。鋼の人差し指が車体側面のマウントスペースを削り、火花を散らす。

気づいた時にはすでに、ヨコヅナははるか後方だった。

エンジンの熱が腰から伝わってきて、アイザックの高鳴る心臓の音が指先から伝わった。

生き延びた。破滅に、競り勝った。

「……勝手に動いたな？」

時速百五十キロで速度が落ちつく頃。アイザックが低い声で言った。

それであたしは、背負い込んでしまったタスクの競合に気づく。

アイザックの命令を、破ってしまったのだ。

「あの速度で衝突していたら、確実に死んでいました。それなのにあなたはアクセルペダルを押し込んだ」

その声には怯《おび》えが、恐れが、どれくらい含まれていただろう。

あたしにできることは、これ以上もうない。

「ごめん。約束破って」

アイザックは低い声で告げた。

「ありがとう」

あたしは耳を疑った。実音声で会話する以上、ウェイツでも聞き違いというものは起こり得る。

しかし訊ね返すたびに鬱陶《うっとう》しそうな悪態が帰ってくるだけで、埒《らち》があかない。

しまいにはアイザックは話の腰を折って、半ば強引にこう続けた。

「あの時、二百八十キロは出ていました」

時速二百五十キロを超えると、車体が浮き、スリップする危険性があった、ということだろう。けれど結局その話題についても、答えはすでに出ているのだ。

アイザックはやや遅れて合点がいったように頷き、告げた。

「そうか。あなたは重いんだった」

そう、あたしは重い。見た目よりずっと。なんか悪い？

あたしが腹を両腕でぎゅっと押さえつけると、アイザックは肩をすくめかぶりを振る。なんにせよ生き延びた。もうラダイトもそうそう追ってはこれまい。今日ばかりはあたしたちチームの勝利だ。

KANEDA1982の赤いボディが、背後から差す朝焼けの光に飲まれていく。

(カーラ、あんたは謎ばかり残した)

何かしら？　しれっとした彼女の声が今も耳のそばで鳴っている。

(見えていない部分が表面を作る。それが人間にも当てはまるんだとしたら、あたしはあんたの表面ばかり見て、見えていない部分を見ようとしてなかったのかもね)

記憶《ディスク》に焼きついたその不敵な笑顔の裏を、結局あたしには見せなかった。あんたはウォームハウスの誰より巧妙だった。あたしに首を絞めさせ、その代償を今もあたしに支払わせている。でも。そうはいくか。

人間の法制度はあたしに心を押しつけ、罪を着せた。だけどあたしは全てを取り戻す。マーヴィンから〈脱獄鍵〉の証拠を得て、あたしに心なんてなかったという証明をあのクソったれの裁判所に突き出し、起訴自体を撤回させる。この烙印を、返上してみせる。

烙印の名は、ヒト。

「なにか言いましたか」

告白の返事が待てない少年みたいに、アイザックが重ねて訊いてくる。

「なんて言ったんですか」

うっさいな、こう言ったんだよ。

〝見てやがれ、カーラのクソババァ〟ってな。

# 間章　マーシー：友達

「ラブ」

口の中を転がる名前。

発声器を出てチェンバーを通り、発音に使わない舌にぶつかって少しだけ歪むその音。

ラブ。出会って以来、私があなたの名前を呼ばない日なんてなかった。

「今、どこにいるの」

十一月二十日午後五時。二十三時間の連勤を終えた帰路の途中。夕暮れに沈むミドルの空へ、帰ってくる見込みのない問いを放つ。

三日前、ラブはミドル地区西部の留置場を抜け出し、指名手配となった。そして今も行方はわかっていない。

複数の配信者《ストーカー》が私たちの職場を訪れ、オーナーを出せと騒ぎ立てたけれど、アンドリューはすでに《ザ・リバティ》を出ていた。ネットでも、アンドリューを叩く声は多くある。けれどそれ以上に大きいのが、殺人ウエイツに対する畏怖だ。

事態を、どの主要メディアよりも先に取り上げたのは、SHIROUSA41という、時事系バーチャル配信者《ストーカー》だった。

彼女は配信で言った。これは《遅《レイト》いシンギュラリティ》だと。

少し前まで、〝シンギュラリティ〟という語は、〝ノストラダムス〟や〝マヤ暦〟と同じ扱いだった。しかし今や《遅《レイト》いシンギュラリティ》は、ラブに関連する投稿を統括する〝生きた〟ワードタグになった。

「ふざけてる」

汚れた言葉で、メモリに浮き上がった雑念を一蹴する。

ラブが、そんなことをするはずがない。ミッションのことしか頭にない、あんなに純粋無垢なウエイツが、殺人なんてそんな回りくどいことを……。

そろそろ家が近い。私は歩行補助を切り、体の自由を意識へと呼び戻す。

角を曲がったところだった。

細い路地に妙に人だかりができていて、何かが変だ。それと同時に、垣根の影から3Dプリントで設計された新興団地が目に入った。対外的には人間向けと宣伝されている3Dプリント団地だが、実際には住人の一割はウエイツだということを、ウエイツ側だけが知っている。

目に留まったのは青と白のラインの引かれたバイクと、同色のジャケットを纏うツーマンセルの警察官だった。毅然と進もうとした私の前に、その一人が立ちはだかる。

「下がってください」

私の肩をそれなりの力で押した警察官が、顔を顰《しか》めた。反作用の大きさで、私が見た目よりずっと重たいことを察したらしい。

私はなりふり構わず訊いた。

「何があったんですか」

「伝えられません」

「ここの住人です。知る権利があります」

警察官はあたりをキョロキョロ見てから、私の耳にそっと口を寄せた。

「指名手配犯をご存知ですか。あの、殺人ロボットのことです」

このポリ公！　私のラブになんてこと言うの？

どついてやろうかと思ったけれど、つとめて平静を繕《つくろ》った。

「そいつがマンションに忍び込んだ形跡があって。ええと何号室だったかな」

そうだ4010だと彼が言ったときにはすでに、私は人垣を突破して走っていた。

「待ちなさい────ッ！」

背後に追い縋《すが》る声。

一瞬体に痺れが走るが、メモリをフル回転して解除する。体を蝕《むしば》む、公務執行妨害を犯したことに対するせつなさ。けれど私は待たなかった。途切れない心肺機能で四十階分の階段を上り切り、4010号室の前まで来る。

私は目を見開いた。

開け放たれた玄関扉からレースカーテンの外された窓を通して、建物の向こう側を飛ぶ飛行船の姿が筒抜けだった。その風の通り道のちょうど中間に、表情のない顔の捜査員が立ち青い瞳をこちらに向けている。直感的にウエイツだと分かった。

「捜査中です。お引き取りを」

ほとんど口を動かさずに、そのウエイツは告げた。

「私の部屋です」

「捜査権を行使してる時は、住人様には一時退去いただいております。数時間以内に取り調べがあります。それまで待機してください」

「でも私の部屋です。ＩＤを照会していただければ」

「お勧めしません」

「本当に私の部屋なんです。ここに親友が来たかもしれないんです。私に何かメッセージを残しているかも！　内線を開きました、だから、入って確認してください！」

「ですから、それをやると、あなたが下の警察官を無視してここまで来たことが、記録に残ります」

ウエイツは咳払いの音と仕草を放ち、抑えた声で言った。

「同類のよしみで言っているんです」

どこまでも冷徹な視線と、冷たい声。けれどそれはまごうことなく、彼の同情だった。

彼は、ウエイツだ。ウエイツだから感情が薄いとか、そんな単純な話じゃない。彼は――求められていないのだ。警察に同行し、現場検分《ミッション》を行う〈鑑識肢《ジャッジボット》〉は〈らしさ〉を求められない代わりに、事件を解き明かしたいという強靭な意思を与えられる。

あらゆるものを飲み込む獰猛な好奇心の塊。そんな機能を宿した彼が、私のことを同類と言った。青い瞳はスキャナーモデルの瞳だ。《磁場の目》とは別の方法で、最初から私がウエイツだと見抜いていたのだ。

私は脱力して、階段に差し掛かった。裏口から出ればさっきの警察官と鉢合わせずに済むだろうか、などと考えつつ一段下りる。一段下りては、もう一段。

歯噛みして階段の外を睨む。

（ウエイツに、同情された……！）

できることなら、拳を炭素繊維の手すりに叩きつけたかった。でも、手すりは恐ろしく硬い。最悪、手部モジュールの交換を迫られる。怒りが、惨めさが、いかに自傷行為をこの体に強いるとしても、今は得策じゃない。

「ラブ」

いつものように、その名を口の中で転がす。そして彼女の天真爛漫な仕事風景を、メモリに思い描く。

「あなたは、まず私を頼るべきだった」

大方私を巻き込まないように、何も告げずに忍び込んだのだろう。でもそんな半端な配慮ならいらなかったし、ちゃんと私を巻き込んで欲しかった。そうすることが本当の友達だし、そうしなかったラブの私への信頼度はその程度だったということ。

でも、私は違う。

私はこんなにもラブの無罪を信じている。逃げたりしなくたって、時間があなたの罪をすすいでくれることに少しの疑いもない。

「私って馬鹿だ。連絡を待ってるだけじゃダメだったんだ」

階段にしゃがみ込み、自室のWi-Fiを手繰り寄せると、頭の中でネットを繋いだ。

《ユーメディア》を立ち上げ、《遅い《レイト》シンギュラリティ》のワードタグを検索する。

（二十万件も……）

まだカーラが死んでから約一ヶ月。ラブが留置場を脱走してから七十六時間しか経っていないというのに、この数字か。

　もちろんこの二十万という数字はあぶくのようなもので、ほとんどがフェイクニュースだ。ただ、ウエイツには得意分野がある。

　無数のデータの海に潜り、目当てのファイルを持ち帰る技能だ。

　私は二万五千の動画を一気に読み込み、データの海からその一つを引き出した。それは一人称視点の映像だった。撮影者自身は高所にいるらしく、手前には外階段の錆びた手すりが映り込んでいる。画面の中心には、汚れた路地裏で壁を蹴りつけるブロンドの髪のウエイツの姿があった。

　ラブだ。

　間違いない。あの髪の色。あの立ち居振る舞い。

　撮影者が誤って足音を立て、ラブが顔を上げる。やべっ。入り込む撮影者の声。飛び交うスーパーチャット。「あれが噂の殺人ウエイツか」「殺されないように気をつけて」「この場で破壊したら二〇〇万払う」私はそれら全てのコメントを一つ残らず通読する。

　配信映像には位置情報が付与されていない。だが、配信のチャット欄は魔窟だ。そして人の好奇心は、ときにウエイツの想像を超える。

　思った通り。私はコメント欄に『特定』されたその位置情報を発見する。

「ダウナーの電気街《スパーク》。西端３５３。丼《ドン》レストラン脇――」

　地図を検索して位置情報をシアターにプロットし、立ち上がる。

　そして胸の内で叫んだ。待っててラブ。

　今にあなたに、たどり着く。

地下鉄に揺られて電気街《スパーク》で降りると、私はシアターに浮かび上がる地図情報を頼りに道を歩いた。相変わらずダウナーは舗装がガタガタのため、補助となる路面のムーブラインがはげていて、自動歩行が使えない。

地図を読んで西端353まで歩き、先ほどダウンロードしたSHIROUSA41配信映像と視界とを見比べる。中華街にひっそりと佇む丼《ドン》レストラン、その路地裏へと足を運ぶ。

動画に写っていた壁に積まれたゴミ袋はみな回収されていて、けれど基礎に穿《うが》たれた傷はそのままだった。私はしゃがみ込み、砕け落ちたレンガを手にとる。

その時ちょうど大通り側から曲ってきた人間を見て、私は思わず声を上げた。

「どうしてあなたがここに……？」

白のジャケットと白のパンツをパンプアップした長身。

一ヶ月ほど前。闘技場を出た時に、声をかけてきた軟派な男性。名前は確か――。

「レーモン・ドリーマー」

私が名を告げると、男はパッと顔を明るくして言った。

「覚えててくれたんだね」

「まだ記憶整理《クリーニング》の時期が来てないだけで――」

そこで私は、口を両手で覆った。

この男に私がウエイツだとバラしてしまったとかは、どうでもよかった。重要なのは、〈らしさ〉を傷つけるような最悪な表現を自ら発してしまった、ということ。気の緩みから生じた綻《ほころ》び。

体から心が抜けて萎《しぼ》んでいくような焦燥感。

せつなさを避けようと身構えていると、レーモン・ドリーマーはふと、笑みをこぼす。

「なぜ笑うの？」

レーモンは首を傾げ、むわりと白い息を吐く。

「君がすごく興味深いから。君もラブの行方を追ってここに来たんだろう？」

「その言い方だと、あなたもそうみたいね」

レーモンはジャケットのポケットに突っ込んでいた右手を引き抜き、私の手を取った。

ほぼ初対面の女の子の手を取るとか！　そんなバカな！

混沌に飲まれた〈メタ〉に身悶えする私へ、彼は告げた。

「お茶をしよう」


ダウナーの喫茶バー《イザカヤ・ラビット》のカウンター席で、私たちは隣り合って座ることになった。それは奇妙な絵面《えづら》だった。

私の格好は、ゴシックパンク系ブランド『サイバーキャット』のフルセット。猫耳をあしらったカチューシャと多層フリルのAラインドレス、レースアップフロントのチャンキーヒールまで、私の完全武装。私の〈エピソード〉の豊かさの大半は、このブランドから来ていると言っていい。

対してレーモンは典型的なクオーターバック体型にぴっちりと合う、きざったらしい全身白のスーツに赤のタイ、そしてスニーカーという装い。

並べてみると、曲芸集団のように見える二人だった。

彼はシアター上でメニューを確認すると自分にホットコーヒー、私にリキッドを頼んだ。

しばらくしてカップのコーヒーと、ボトルに入った透明な液体が運ばれてくる。

私はボトルを取って、中身を覗き込んだ。リキッドとは経口摂取するタイプのシャーシ洗浄液で、ウエイツが口に入れても問題のない数少ない飲料類似物だ。こんなものを頼まれるのは癪《しゃく》だったけど、バーに来て何も飲まないというのも逆に目立つ。

一口飲んで、私はレーモンの横顔を見る。

「教えなさい。なぜあなたはラブを？」

するとレーモンはコーヒーを一口啜《すす》り、胸ポケットから名刺を取り出した。表面にはレーモン・ドリーマーという名前だけ。裏返してコードを読み、サイトをシアターに写す。

サイトの運営主は《ピープルズ》なる自助団体だった。

流れ始めるプロモーション動画。ウエイツと思しき男性と、健康的な若い女性が手を取り合って畑仕事をしている。活動内容にはほとんど触れず、終始穏やかな空気感で、二分間の動画が終わる。

私はサイトに書かれた注目すべき標語を読み上げた。

「穏健的ウエイツ主義……」

レーモンはゆっくりと頷いた。

「俺たちはウエイツを知性体と捉えている。そして今、ウエイツはいたずらに虐げられている。俺はその現状を変えたいのさ。ウエイツと人間は、対等であるべきだ。そしてラブは、その議論の鍵を握っている」

「……」

《磁場の目》を用い、彼の表情の裏を読む。筋肉の動きからも、嘘を言っているようには見えない。

知識としては、頭に入っている。この世界には《ウエイツ主義者》と呼ばれる人々がいて、私たちに基本的人権を与えるために、日夜活動しているということを。

反応に窮していると、レーモンが訊ねる。

「今度は俺からも質問いいかな。君はどうして、あの時闘技場なんかに？」

まるで、そうじゃないとフェアじゃない、とでも言いたげな視線で。

「多分、君は答えない。だから俺が仮説を話そうと思う。君は――そうだな。優越感に浸るためにあそこにいた」

その一言で、彼は私の分厚いシャーシを軽々と踏み越えた。

「〈拳闘肢〉は互いに壊し合うことしかできない。非常に野生的なミッションを背負わされている。人間はそれを見て楽しむ。悍《おぞ》ましいことだ。でも君は、そんな人間の集団に混ざって歓喜し、感涙することで初めて、人間性を感じられるんじゃないかい？」

「もういいです」

雨の日に雨戸をピシャリと閉めるように私は、話題を断《た》った。

私たちは言葉程度では壊れない。けれどこの、本来ミッションを円滑にこなすために取りつけられたフィードバック機構にも、受容できるストレスには限度がある。

人間になく、私たちにだけ備わった欠陥。過度なストレスによって肉体の不調をきたさない代わりに、私たちは思考《メモリ》の処理能力を消耗する。負の報酬回路が働き、せつなさを感じたウエイツに起こる異常、それは――〝思考《メモリ》の遅延〟だ。

「もう、やめてください」

口を出た言葉が瞬く間に遠ざかり、主観時間が加速を始める。私という存在を保ってきた容れものが壊れ、中身が、漏れ出す。

その、寸前。

「可愛いと思うよ」

レーモンが言った。

論理回路がコンテクストの異常な飛躍を感知し、思考《メモリ》がさらなる負荷を強いられる。次第に肯定的な語彙だけが思考《メモリ》に残り、私はその言葉の光を抱きしめた。

レーモンがカラッと笑う。

「君は魅力的な人間だ。そしておそらくそれが君の一番の不運だ。違うかい？　君の心はもはや人間なのに、体は鋼のまま。ミッションという鎖に繋がれ、産業の奉仕者に甘んじている。君自身がもっと自由になることがラブを助けることに繋がるんじゃないのか、マーシー」

言葉がそっと、シャーシの隙間に忍び込んだ。

私は彼の眉の移動を、目の旋回を、喉ぼとけの振動を——表情の細部を追った。

やがて健康的で赤い、湿潤な唇が告げた。

「このままじゃラブが危険だ。ラブ自身を、ひいてはウエイツ全体を守るためには、まず、ラブを止めなければならない。……俺はウエイツ解放家としてラブを助けたい。マーシー、君はどうしたい？」

私はリキッドをぐいと飲みきり、空ボトルをカウンターに勢いよく置いた。

ウエイツなのにいい飲みっぷりだ、とマスターが小さくこぼす。

そう。私はウエイツだ。でもレーモンは、私をウエイツ扱いしない。

どうしたいか？　そんなの決まってる。

「私もラブを助けたい。だってあの子には私が必要だから」

「俺たちは、友達になれそうだ」

微笑みと共にレーモンは右手を差し出す。

それは初めて人間と交わした握手だった。

# 第三章　ラブ：部品人類と体の王国《フィジック・モナキー》

# 回顧：アイザック・コナー

もう十四年も前のことだ。

僕は軍人だった。所属は対戦闘擬肢特殊部隊《ドールマッシャー》第七グループ。

戦闘擬肢――つまりAIを搭載した大型自律兵器の制圧を専門とする僕たちは、軍部の隠し球として温存されており、AR訓練に明け暮れていた。

だが寄せ集めの僕たちは、お世辞にも仲良しとは言えなかった。

隊員の一人であるエドガーは、その日も怒り狂っていた。

彼の平手が僕の頬を打つ音が、まるで晴れた日に雨戸を勢いよく閉めるように更衣室にこだました。

「おいシルバーハンド。お前のスタンドプレーのせいでまたブルーが勝った」

赤いゼッケンを身につけたチームメイトたちが、一斉にこちらに目を向ける。

「僕はあなたより五人多く倒しました。最後に敵チームに自爆を許したのは、あなたが僕の射線に入ったからです」

「独断専行しといて、人のせいか」

今度こそ、エドガーのたがは外れたらしい。僕より背が低いくせに胸ぐらを引っ張り上げようと必死に足を突っ張る。その努力の無駄を悟ると、今度は僕の腹に拳を放った。

だが拳が、僕の腹筋に触れることはなかった。

右手が自ずから拳と腹の間に割り込み、エドガーの拳を止めていたのだ。

「マスっかきのシルバーハンド！　握るのはご主人の短小だけにしてくれよ！」

その悪態も、カロリーの無駄遣いだエドガー。

《腕だけ兵士《アームドアーム》》に意思はない。僕が危険だと思う相手に危害を加えられそうになり、かつ防御行動を取らなかった時にのみ、自動で僕を守るようにできている。

《腕だけ兵士》は、守る以上のことをしない。

だが、相手に敵意があるうちは、決してその手を離しもしない。

「お姫様は、あなたの豚みたいな前足では不服だそうですよ」

僕は相手を逆撫でする口角の上げ方を知っている。

二十一世紀も後半戦だというのに、世界を統べるのは未だ勝ち負けの法だ。《ザ・リバティ》はそれをはっきり口に出しているから嫌いじゃない。僕たちには成り上がる自由と、蹴落とされる自由がある。

怒りに飲まれ、熟《う》れたリンゴみたいに丸く膨れた頬をてらてらとした脂で湿らせるエドガー。いいぞ、そのまま怒れ。そして僕に一発喰らわせてみろ。

「おれさぁ、痔なんだよね」

デリカシーのかけらもないばかでかい声に、皆がギョッとした。更衣室のドアをのっそりと潜ってきたのは、赤髪ピアスで女子みたいな顔立ちの、この隊で一番若く、そして一番体のできた男――ジョシュ・アンダーソンだった。

「今それ報告する場面か？」

エドガーと僕だけではない。総勢二十二名の冷徹な視線が一点へと注がれる。

するとジョシュはまったくどういう理屈か突如、トランクスを下ろし青あざだらけになった臀部を露出させた。

「今週だけでもう四回は教官にボコられてるから、もう次ケツアナ蹴られたら大便器を真っ赤に染めちまう。いや、俺が我慢すればいいだけなんだけどさ。みんなは、真っ赤な便器は嫌だろ……？」

二十二名の絶句が更衣室に満ちる。

「だからさ、俺のケツアナのためと思ってど～か二人とも早くシャワー浴びてきてよ」

その場の全員が怒りを抱いた。

何に対しての怒りかというと、こんな奴に笑わせられてしまったことへの怒りだった。

顔を赤らめたエドガーがズンズンと歩き、ジョシュを押しのけ叫んだ。

「ケツアナケツアナうっせーよ！　セクハラだかんなそれ！」

多様性に配慮しろボケ！　とか言って、トイレの方へと消えていく。

それからジョシュは自分のロッカーの前で、何事もなかったように着替えを始めると、こっちに見向きもせずにローカルを飛ばしてきた。

『カッコイイなあ。さっきの自動防御もクールだった』

ジョシュはこちらに目もくれず、鼻歌を歌いながらブラウスのボタンを下から外していく。

『発動機序はどういう感じなの？』

『僕が不信感や敵意を抱くものに対して、自動で照準します。……それより勝手にチャットを飛ばしてこないでください。マナー違反ですよ』

『アドレス開いてる方が悪くない？　ところで、アイザック・コナーくん』

手早く着替えを終えたジョシュは、実音声を一つも発さず出口の方へと歩いていく。

最後のチャットが飛んだ。

『広場に来て。ちょっと話したい』


ちょっと話したい、は軍隊においてはボコるっていう意味なわけだが、僕は出向いた。理由は単純。もし相手がその気なら、受けて立つってだけの話だ。

兵舎の中庭に赴くとベンチに行儀よく腰掛けるジョシュは、紙の本を手に植物みたいに静かに光を浴びていた。

僕が声をかけても、ジョシュは黙ってこめかみを指で突くだけ。何もしてこないなら、先にぶん殴ってやろうとも思ったが、彼のジェスチャにはちゃんと意味があった。

ローカルで、リンクが送られてきていた。

「ウイルスじゃないでしょうね。もしそうなら、ぶちのめしますよ」

「ごじゆーに」

僕はベンチに体を下ろし、リンクを踏んだ。

次の瞬間には――目の前には灰色の大地と、漆黒の空が広がっていた。頭上のはるかに浮かぶ青い星と、恒星の輝き。明らかに、一般的な対話ルームの解像度を超えている。

僕は月面に忽然と置かれた木椅子に何事もないように座る彼を見下ろし、言った。

「な、あなたは……まさか」

「心象庭園《マインドパレス》にようこそ」

ジョシュは少し照れくさそうに、手を広げる。

僕は、怒鳴った。

「わかっているんですか！　心象庭園《マインドパレス》に招くってのがどういうことなのか！」

心象庭園《マインドパレス》はあらゆる防壁の内側にあり、個人とネットを隔てている膜だ。

そこ《マインドパレス》に招くということは相手に、己の脆弱性のすべてを晒《さら》け出すことを意味する。

「最高レベルの機密区画ですよ。それをろくに話したこともないような僕に」

「なあザック」

ジョシュが指をパチリと鳴らすと、もう一つ木椅子が出現する。

彼は挑戦的な視線でこちらを見上げていた。

僕は灰色の大地に置かれた場違いな木椅子を見下ろし、腰を下ろした。

「おれたちは、愛国心からここにいるんじゃない。国の軍隊でありながら、ほとんど傭兵と変わらない。そうだろ、ザック」

バンクーバーの武力衝突に端を発する、帝政ネオスラヴのカナダ侵攻。我が国には、なんら被害はない。帝政ネオスラヴは我が国と争う気は一切ない。だが、我が国は国際社会から、人類としての〈責任〉を果たすことを求められている。

消化試合なのだ。

政治的な均衡が保たれるまで、あくまで平和に貢献したということを対外的にアピールするための、大義も、愛国心も、浴びるべき喝采の一つもない、出兵。

「この戦いで死ぬなんて、ばかさ」

ジョシュがつぶやく。

帝政ネオスラヴは擬肢《フィギュアドール》を使ってきている。ウェイツのように意思を持たず、命ずるがままに動く、殺戮のための大型兵器である。

そして次の出兵で間違いなく、俺たちは擬肢《ドール》と戦う。

ジョシュが俺をみつめている。

「おれはさ、この結束もクソもない部隊の中で、マジに背中を任せられるヤツが欲しいんだよ。でも誰かに信頼してもらうためには、まず自分がリスクを取らなきゃだろ?」

「……」

そのために、彼は――もっとも脆弱な部分を晒け出したということか。

脳を焼かれるリスクまで冒して。

女子みたいな顔をして微笑む優男《やさおとこ》。だが僕は何故か、こいつのことを殴りたいとは思わなかった。その代わりに訊ねた。訊ねてから、自分のその対応がひどく不思議に思えた。

「なぜ僕なんだ」

もう十四年も前のことだ。

ジョシュ・アンダーソンは、アイザック・コナーにこう告げたのだ。

「決まってる。誰のことも信頼してないやつと交わす信頼が、一番信頼に足るからだよ」

# 1

《KANEDA1982》のスタンドを下ろしたアイザックが、バキバキと体を鳴らした。

あれから丸二日。野宿以外の全ての時間を走行に割き、ついに目的地に辿り着いた——はずだった。

「その街ってやつの姿が、全然見えないんだけど」

あるのは、タンブルウィードが転がりゆく一面の荒野だった。

ハイウェイ沿いに、突如として出現した、広大なコンクリートの床。遠目には停泊した飛行船も見える。小さいものまで含めると十七隻。英語の船名文字の中に、ちらほら簡体字やハングルが混じっている。

彼らも何かを待っている様子なので、きっと場所は間違っちゃいないのだろうが……。

アイザックが左手首に巻いたアナログ時計に視線を落とし、地平線を見据える。

「時間です」

振動が足先から伝い、あたしの体幹を揺さぶった。姿勢制御モジュールに負荷がかかり始める。

震度三以上の地震が起こっていた。

「お……おおおあ……！」

地面がせり上がり、ケーキカットされるみたいにこびりついた土が落ちて、あたしの視線を空へと誘《いざな》った。

「なっ、なにこれっ！」

ようやく上昇をやめた壁面は、高さにして三十メートルもあった。構造物の幅は、目算で百五十メートル超。壁面の反射具合から察するに、外観は潰れた円筒形だろう。

咥《くわ》えタバコに火をつけ、悠々と煙を燻《くゆ》らすアイザックが言った。

「《ザ・ハート》は、ヨルゼンのお膝元。言うなれば巨大な部品工場です」

鈍い音とともに円筒の側部が開き始める。中には、飛行船が十隻載ってもまだ全然余裕がありそうな、巨大なエレベーターデッキがあった。

開き切る前からトーイングカーが出てきて、飛行船の格納を始める。

「二〇五〇年から始まった帝政ネオスラヴの侵攻によって、国は巨大シェルター都市の建造に着手しました。しかし戦争は擬肢《フィギュアドール》のせいで泥沼化。出費がかさんで建造途中のままだった国のシェルター都市をヨルゼンが丸ごと買い取り、ウエイツ部品を作らせる工場と、その居住空間を一か所に集めた」

KANEDAを押していくアイザックの背中を追い、デッキの中に入った。

やがてデッキは四隅に繋がった巨大な歯車を回転させ、滑らかな下降を始めた。

「それが理想郷《ユートピア》――《ザ・ハート》」

「ちょっと待ってよ。ユートピアが本当にユートピアだった試しがある？」

怪訝な顔を向けたあたしに、アイザックが冷笑気味に言う。

「あなたの予想通りですよ、ラブ。《ザ・ハート》は理想郷なんかじゃない。僕が昔訪れた時は人工肺なしじゃ三日と生きられない掃き溜めでした」

ゴキブリさえ絶滅した街です、とアイザックが言い加える。

うげぇ。

「本当にそんなところにマーヴィンがいるの？」

「セントラルは信じるに足る情報を与えてくれた。ただ、仮にマーヴィンがいなくても、この街に寄った意味はあります」

アイザックがサイドボックスから防毒マスクを取り出し、鼻と口を覆った。

ガタン。デッキが二度揺れ、まばゆい光が闇を裂いた。

都市だった。

本当に、地下に都市が広がっている！

「この街には擬装《フィギア》のバックマーケットがあって、世界中の違法部品《スクラップ》が集まります。腕利きの技師も多い。そこであなたを改造します」

くぐもった声に頷きかけて、あたしはぐるりと首を回した。

「え？」

「《ラダイト》に壊されかけたことを、もう忘れましたか？」

忘れちゃいない。忘れられるわけがない。だけど……。

「あなただってヨコヅナたちの横暴を見たでしょう。彼らはウエイツ排斥のためだったら手段を選ばない。そしてあなたが破壊されれば、このゲームは我々の負けだ」

身震いした。

アイザックの言う通りだ。前に機銃掃射で狙われた時とは話が違う。今破壊されれば、クラウドから人格を復元されたとしても、それはもうあたしじゃない。

オンラインのウエイツは常時、二時間に一度程度の頻度でクラウドにバックアップを残す。だけど、今のあたしはどうしようもなく一人きり《スタンドアロン》だ。ただ一つの体と、ただ一つの命。こんな馬鹿げた不安を、あまねく人間は背負っているっていうのか——。

振動が走った。エレベーターが接地したのだ。

あたしは首をもたげる。

空の代わりに覆っているのは水蒸気の層に覆われた鉄の天井と、人工日光の光源だった。光源は複数あるので、全ての建造物にはそれぞれ十字の影ができている。

本当に地下に街がある、あたし今すげえものを見ている。これを《ウォームハウス》の連中に話してやりたいな、とか——そんなことを考えていると、KANEDAを押すアイザックが、怪訝な声で言った。

「変だ」

深く息を吸い、虚空を睨んでいる。シアターを注視しているとき特有の所作である。

「放射線、微細粒子、電磁波——全て異常なし。綺麗すぎます」

KANEDAのタイヤが、エレベーターから直結したロータリーへと乗り上げた。

滑らかな黒いコーティングは、行き届いた整備を物語っていた。

確かに、道が車両で溢れかえることもなく、路上には塵紙の一枚も飛んでいない。小路はことごとく真上から降り注ぐ光に照らされていて、ダウナー地区に満ちていたような犯罪の匂いも、少しも感じない。

『ようこそ《ザ・ハート》へ』

突如、朗らかな女性の声が耳元で囁いた。

バグじゃない。ちょうど十二時の方向に、白いワンピース姿の女が浮かんでいる。

『私のことは《サジェス》とお呼びください。ただいまビジター様392名の登録が完了しました。このサジェスが、皆様の旅を最適なものにお導きいたします』

浮かぶ女性と、目が合う。

『あなたには、私が』

くりくりに巻いた長い銀髪をくらげの触腕のように漂わせ、朗らかな笑みをたたえた口元にはほうれい線が微かに描かれている。今ここで体を空へと投げ出したら問答無用で包んでくれそうな、そんな安心感を与えてくれる女性。まるで少し若い頃のカーラ……？

「……あなたには何に見えていますか？」

横からあたしに飛ぶアイザックの声には、いつも以上の焦りがあった。

「銀髪の、高齢の、女性」

浮かぶ女性が両手を広げて、目一杯の歓迎の意を示す。

アイザックは眉を八の字にひん曲げ、舌打ちを鳴らした。

「そうですか。こっちは肉づきのいい赤髪の優男だ。つまりあれはホログラムじゃなく、ビ、ビジター、個別に見せられているモノだ」

それが何を意味するか――。あたしは浮かぶ女性へと視線を戻した。

「気をつけろ、僕たちはすでにハックされている……！」

でも、どこから？　視界を回し、あたしはすぐその無意味さ加減に気づく。ハッキングのために姿を見せる必要など、どこにもないのだ。

だが収穫もあった。牽引車に牽かれて格納庫へ続々運ばれていく飛行船、そのはるか手前の繁華街じみた場所で、常軌を逸した喧騒が感じられたのだ。

あたしは視覚《カメラ》を望遠《ズーム》した。

それまでその場にたむろし、行き交うだけだった人々が、突如——何か大きな力に動かされるように一体となり、やがてそれが細胞分化のようにブツリと二つに分れる。

衝突は、一瞬のうちに起こった。

人と人の、群と群の、真っ向からのぶつかり合い——すなわち、『喧嘩』だった。

人はいつも、どうにかして誰かに、鬱屈した気持ちを伝えたいと願っている。伝える手段は、暴力だ。それがあたしらみたいな〈介護肢〉に向いている時ならば、誰も傷つかないからとてもいい。そういう意味では、怪腕に壊されるのは嫌だったが最悪じゃなかった。

「サジェス！　あれを止めて！」

だが、浮かぶ女性はかぶりを振った。

『私はあなたの利益を最大化するお助けをしますが、人の利益の最大化を阻むことはできません』

万能の聖女みたいな登場の仕方しといて、やっぱりそんな感じか。

タスクが更新される。

複雑に位置関係を変える六十三人の人間。三十一対三十一。示し合わせたかのような均一さ。

いや、待て。

一人、乱闘に参加してない人間がいる。乱闘に参加していないのに、乱闘の最中《さなか》にいる！　もみくちゃにされ、足を滑らせてその場で倒れ込んだその人間の身体が、危険に晒されているのは自明だった。

それがわかってからは早かった。

ミッションが〈メタ〉を這い上がり、あたしの両足を駆動した。

「ラブ！　勝手に動くなとあれほど！」

なりふり構わずあたしは人の雲に突っ込んだ。そして頽《くずお》れた人間の真横にしゃがみこみ、手を取る。小柄なアフリカ系の少女だった。パーカーのフードの下で、片側擬眼の赤がきらりと輝いた。

「安心してください、私は〈介護肢〉です。あなたの身の安全のために一旦ここを離れます！」

ごにゃごにゃと話す少女を背負ってその場を走り去る。

十分に離れた位置で彼女を下ろすと、KANEDAのそばでアイザックがこっちにこいと手招きをしているのが見えた。あたしは少女に別れを告げた。どうせまた勝手な行動をするなとか文句を言われるんだろう。はいはい。でもあたしは〈介護肢〉。困ってる人を見ると助けたくなるのは、あんたらが腹が減るのと同じなんだ。

案の定、アイザックが口を開きかける。

だが彼の視線の焦点があたしから逸れる。

振り返ると、さっきの少女がついてきていた。

あたしより十一、二センチ低い身長と、アフリカ系の肌。《磁場の目》で見た恥骨下角から肉体性は女性。左右それぞれをリボンで纏めた赤みのあるおさげと、左顔面の半分を覆う『オペラ座の怪人』のようなフェイスカバー一体型の特殊擬眼。そんな一風変わった装いの少女は、ユニコーンでも目撃したかのようにあたしとアイザックと凝視し、述べた。

「君たち、いいカップリングだね」

ぶった斬られたコンテクスト。

あたしたちをなおざりにして少女は、恍惚の混じる声で言うのだった。

「うちはスラッシャー。君たちのこと知ってる。だって君らが最初に配信者《ストーカー》の目に映って以来、うちはず――――っと会いたいって思ってたんだよ！」

## 2

スラッシャーはまず、一本の動画をあたしたちに見せた。SHIROUSA41チャンネルに投稿された〝殺人ウエイツ〟と〝ラダイト〟の対決を映した動画だった。

SHIROUSA41は中立的だった。バグを起こしたウエイツの危険性を指摘しながらも、あたしの行動には一貫性があるとも論じている。案の定、コメント欄は荒れ狂っている。中には「殺人ウエイツを擁護する人間は、《ラダイト》と同等のレイシストだ」というレベルの酷いものまであった。

動画はすでに二億回再生されており、一千万単位のバッドマークが押されている。

不思議なのは、いいねもその同数押されていることだ。

当然SHIROUSA41への賛同が大部分だったが、コメントを読んでいくとそうじゃないものも散見できた。

〝介護肢ラブ〟への、応援のメッセージだった。

拾った言葉を片っ端からコンテクスト解析にかけ、あたしたちはその理由を理解する。

ラブの行動は――『破天荒すぎた』のだ。

あまりにウエイツの常識を逸しているために、評価が逆転する現象が起こったのだった。

動画を観終えたあたしたちへ、スラッシャーが言った。

「キミらは有名人。でもウチにとっては、有名とか以前にドンピシャだったんだ」

「どういう意味ですか」

アイザックの低い声の問いにもじもじと俯いた少女だったが、やがて意を決したのか顔を上げて答えた。

「ウチ、人間とウエイツの〝絡み〟が、めちゃくちゃ好きで」

「……？」

「〝絡み〟ってのは、二つの存在がぐにゃぐにゃの、ぐちゃぐちゃになること。カップリングとも言うんだけど。ウチは特に〝人間受け〟が担当なわけ。わかる？　弱った人間を、ウエイツがこう、キッツく責めたりするの」

アイザックのげっそりした顔を横目に、あたしは今こそ自分の力を発揮せねば、と思った。そう。《介護肢》の本分は話術にこそある。

「何言ってるかわかんないけど、あたし弱った人間は好きだよ」

そりゃなんたってケアができて、自己肯定感が上がるからね。

「おっほ～！　ケアボットのお姉ちゃん、話わかるね」

肌を紅潮させて甲高い声を上げるスラッシャーは、あたりを見回しながら言った。

「ようこそ《部品人類》の街へ」

「部品人類……？」

スラッシャーが弾むように頷いた。

「そう。部品を作る部品人類。この街の奴らはみんな――」

「待って。そういえば喧嘩は？」

慌てて繁華街の方へと視線を戻した。あの激しさだ、じき大きな怪我を負うものが現れる。その前に弱っている人間を探し出し保護しなければ。

だが喧嘩など、跡形もなかった。

スラッシャーが煤のついたセーターの袖を捲り上げ、パース処理が一瞬乱れる。照り輝く肌のところどころに、枝状に分岐する黄金色のラインが浮き出ていた。ラインは二の腕と肩下に嵌め込まれた正方形のブロックへと繋がっている。

回路だった。少女は、体に半導体を刻んでいた。

「ウチらはウエイツに憧れてるからね」

あたしはアイザックと顔を見合わせる。

格納庫は車両のみ立体駐車場になっていて、レーンに前輪を乗せ段差を引っ張り上げると、そこからはベルトコンベアが闇の中に真紅のKANEDAを運び去った。

「スラッシャー、あれは何なんだ」

KANEDAを見送ると、アイザックが虚空を指し、訊ねた。

「サジェスは街を統合するＡＩだよ。ハローサジェス、キミの姿を二人に共有して」

『これでいかがでしょうか』

背後からの声に、あたしとアイザックは振り返った。

あたしたちは同じ空間に浮かんだ一つのもの、いや、二つのものを目撃した。

それは――ウエイツと人間のペアだった。カジュアルな服装の黒髪女性と、肩に製造番号の彫られた上裸ジーンズのウエイツとが手を繋ぎ、宙を漂っていた。

「あたしのと、違う」

「そりゃね。個人の心象庭園《マインドパレス》を読んで鋳造するものだから」

スラッシャーが答えると、アイザックがきつい口調で被せた。

「こっちの防壁を貫通して、観光ガイドのつもりですか」

スラッシャーは別に気分を害したふうでもなく首を傾けてしばし考えると、二人組のサジェスに視線を送り、次のように命じる。

「サジェス。あなたの存在目的を話して」

二人組のサジェスはどうやらスラッシャー側に憑いているらしく、二人同時に口を開けて一つの中性的な声を発した。

『私はノンフィジカル・インターフェース。私は《ザ・ハート》居住登録者の十万二千五百二十二の人生をコーディネートします』

六方向に道の伸びる複雑なスクランブル交差点を、人と車とが行き交っている。人は歩行補助の適応者特有の、幾何学模様的な軌道で歩いていて、舗装が安定しているため《ザ・リバティ》のような四足の歩行車は見られない。

現代ではよく見る景色だが、異常なことが一つある。

信号機がない。

『具体的に申しますと就寝時間や食事のメニューなどのバイオリズム、人間関係の構築と適切な経済行動、そして移動、それらを最適化するお手伝いをしています』

街ゆく人々の足は止まることを知らない。車も速度を落とさず交差点に進入してくる。袖とサイドミラーとが幾度も触れ合う。肝が冷えるどころの話ではない。にもかかわらず、不思議と衝突は起こらない。人が恐怖を感じている様子もない。車と人の動きが噛み合って、滞りなく大胆な演舞を踊っているようだった。

　こんなことが可能なのだから、それは、人間の行動を全て把握し掌握しているということに他ならない。

「理想郷……そういうことか。この街の人々は売り払ったんだな、心象庭園《マインドパレス》を。プライバシーの根幹を！」

　アイザックが、空を睥睨《へいげい》して言った。

「ウチらは、〝人間性の奉還〟と呼んでるよ」

　スラッシャーは静かに答えた。

「さっきの暴動もその一環さ。怒りは、必要なバイオリズムの一つ。あれは制御下に置かれた暴力活動さ。君たちをハックできたのも、人々から借り受けた〝心〟を中央集権的に扱うことで、膨大なひとつなぎの計算資源《リソース》を捻出しているからだ」

　澱みなく行き来する群衆を背に、スラッシャーが首を傾けあたしたちを眺める。

　その表情には、誇らしさがあった。

「ウチらは、合意してここにいる。部品を作る部品になることへの合意。ウチらは溶融したんだ。巨大な〝心の資本〟を一箇所に集めるためにね」

「そんなものは、とっくに、生きてるとは言わない！」

　火山のごとく噴出したアイザックの反駁《はんばく》には、自動歩行で歩む住人たちを一瞬立ち止まらせるほどの威圧感があった。

　スラッシャーは反論するでもなく、ただ薄い笑みを浮かべ何度か頷く。

顔を赤くするアイザックを、あたしは横目に見る。場の雰囲気を最低にしてくれてどーもありがとう。これであたしたちの役割分担がハッキリしたね。

「ねえスラッシャー、あたしたち、マーヴィンっていうエンジニアを探してる。性別は男。年齢は五十ぐらい。聞いたことはない？」

アイザックがあたしの肩を摑む。問い返すまでもない、その引き絞られた目が語っているのは、「勝手に動くな」と「相手を信頼するな」の合わせ技だ。でもあたしは〈介護肢〉。ぶっちゃけあんたよりコミュニケーションが上手い。

するとスラッシャーは口をあっと開け、あのマーヴィン・カオのこと？　と答える。

メモリに電撃が走った。

「そう！　彼が〈脱獄鍵〉……あたしをただのウエイツに戻す証拠を握ってる！」

こんなチャンス二度とない。あたしは前屈みになって訊ねた。

「ハロー・サジェス！　マーヴィン・カオについて教えて」

返答はノータイムだった。

『マーヴィン・カオは、サジェスの構築に尽力してくださいました。彼の無償の献身に、私は最大の賛辞を捧げます』

あたしに憑く銀髪サジェスが、そう答える。

「彼のところに案内してあげてもいいよ。その代わり一つ聞いて欲しい頼みがあるんだ」

スラッシャーは再び恍惚とした目であたしたちを見比べると、湿った笑顔で言った。

「二人の〝絡み〟を、もっと見せてほしいんだ」

## 3

《ザ・ハート》は三つの地区に分かれている。西にはヨルゼンの下請け工場が集まった機工区《ビルズ》があり、地上との連絡通路である巨大エレベーターが設置されている。東には住宅とマーケットの集まった生活区《レスツ》がある。それらを結ぶように設置された中央の農耕区《クロップス》が、半バイオスフィア化した都市全体の水と炭素の循環を支えていた。

　マーヴィンがいるのは生活区《レスツ》の僻地らしい。

　銀髪サジェスの道案内に従い、あたしたちは進んでいた。

　地下都市とは思えないほど明るいこの街は、真昼間でも摩天楼に太陽を喰われて鬱々としている《ザ・リバティ》とは対照的だった。

　その上、広告というものが一切なかった。だがこれも、人々がサジェスの助言で毎日の献立を、デートに着ていく服を、部屋に合う家電を決めているのだとしたら合点がいく。

「いい場所でしょ。《ザ・リバティ》からの移民も多いよ。飛行船見たでしょ。みんなここの福祉が目当てでやってくる」

　確かにあの競争至上社会とは、真逆かもしれない。アッパーはギラギラした目の人たちばかりで、ダウナーは死んだ目の人たちばかりだったから。

「でもこの街があたえる本当の救済は、福利厚生じゃない。プレジャーを持つこと」

「プレジャー？」

「ウチらは自己主張のゲームをイチ抜けしてるけど、その代わりに誰もが一つだけ《好き》を持ってる。ウチのプレジャーは《人間とウエイツの〝絡み〟を見る》こと」

スラッシャーはあたしとアイザックの手を取り、無理に引き寄せてひとつに重ねた。

彼がはたき落とすまでの三秒あまり、あたしは骨ばった彼の手の感触を記憶《ディスク》に残そうと必死だった。

アーケード街の暗がりに入ってしばらく歩くと、無数の配管が入り乱れる路地の奥に錆びた鉄扉が現れる。

「待って」

スラッシャーはあたしたちを一度遠ざけると、鉄扉に耳をくっつけて中の音をひとしきり聴いた後、小窓から声を投げ込んだ。

「――プロフェッサー。君にお客さんだけど。逃亡者の〈介護肢〉と、つき添いの傭兵」

「僕がつき添いだと……？」

不服そうな顔で踏み出そうとするアイザックの手を摑み、あたしは手前へと引き戻す。

それからまたしばらく沈黙があり、解錠の音が鳴った。

「今日は調子がいいみたい。入っていいって」

スラッシャーがにんまりと微笑むと、分厚い鉄扉が開け放たれる。

そこはまるで寄生虫まみれの魚の体内のような、配線だらけの部屋だった。無数のモニターから漏れ出す光とこもった熱気。その独居房みたいな部屋の中心には小さなテーブルと椅子が置かれていて、男は、まさに食事の最中だった。

ナイフで切ったステーキ肉を、男は口に運ぶ。次に、ナイフとフォークを置くと、テーブルにじか置きされた丸いパンをちぎり、口に運ぶ。再び、ナイフとフォークを持つ。

「あんたがマーヴィン？」

男はカトラリーを皿におき、緩慢な動きで頭を上げた。

ワックスでなでつけた髪に、きちんとアイロンがけされたビジネススーツに身を包むその男は、身なりの整然さを裏切るような歪《いびつ》な態度であたしを凝視する。

男の目の毛様体筋が弛緩し、焦点があたしから外れた。

次の瞬間。男が勢いよく立ち上がり、椅子を倒して飛び出した。呆然とするあたしの隣を人間離れした動きで飛び跳ね、シャンピニオンソースまみれのナイフをアイザックに向けて振り下ろしたのだ。

「!?」

《腕だけ兵士》にナイフを摑まれると、男はすぐナイフを諦めてアイザックの足を払った。そしてうつ伏せに倒れたアイザックの左手首を腋の下から取り、テコの原理で引っ張り上げると、左膝を摑んでゴロリと転がした。

「うぐっ！　ちきしょう、なんだってんだッ！」

仰向けにめくられたアイザックにのしかかって動きを完封する。柔道好きのブランドさんと一緒に動画を見たことがあるから、あたしにはわかった。これは、横四方固めという技だ。

状況を整理しろ。配管に腰掛け「やっぱ調子が悪かったかぁ」と諦念しているスラッシャーは一ミリも頼れない。超人的な反射速度と腕力を持つ《腕だけ兵士》も、礎《いしずえ》になっている生身の肩を抑えられては力が出ない。柔術は、部分擬装を鎮圧する最適解なのだ。

動けるのはあたしだけ。でも、除細動器を健常者に使うのは気が引ける。

ならばどうすれば？

あたしは〈メタ〉の囁きを信じ、頸椎ポートから引き抜いた有線ケーブルを、男のむき出しのカーネルへとジャックインした。


目を開けると、あたしは無数のモニターに囲まれた部屋にいた。


『それで正解だ』

若い男の声に、あたしは振り返る。カーラのカルテの写真で見た通りの、ボサボサ髪で、白衣姿のマーヴィン・カオが、そこに立っていた。

『機転が効く行動、ありがとう』

仮想体のマーヴィンは、滑らかな還元音声《ヴァース》で語りながら、深々と腰を折った。

『体が、すまないことをした。君のツレがヨルゼン製の強化擬装を施していたから、体が、私を守るように動いてしまったんだ』

あたしは思考《メモリ》を実身体に引き戻そうとしたが、できなかった。意識は今、心象庭園《マインドパレス》に拘束されている。実身体の様子を知るすべはない。それが有線を繋いだ代償だった。

『あんたの体は、あんたのもんじゃないの？』

するとマーヴィンは、アイザックに襲いかかってきた男と本当に同一人物かと思うほど小さな声で、恐る恐るという調子で言った。

『あれは《体の王国《フィジック・モナキー》》というプラグインの防御応答さ。仕組みは彼の《腕だけ兵士》と同じ、対人格闘型の反射機構。私みたいな非力な男がヨルゼンの回収チームから逃げ延びるためには、これしかなかったんだ』

基礎体力の維持のために勝手に筋トレしてくれるしね、とマーヴィンは少し照れくさそうにこぼす。

確かに彼の実身体は五十八歳とは思えない若々しさだ。システムがトレーニングと食生活を代行すると、人体をこれほどまでの若々しさに保つことができるのか。

それに比べて心象のマーヴィンは、どこか垢抜けないというか、研究者然とした、もっさりした雰囲気がある。

『じゃあ、やっぱりあんたが〈脱獄鍵〉の情報を持ってるのね』

『きっと君が求めているものは私の頭の、いや、体の中にある』

あたしが待ち焦がれた答えを話した直後、マーヴィンはただ、と逆説を紡いだ。

『僕はその情報を、他人に伝えることができない。これは……《NFT化記憶》なんだ。知識そのものが、強い権限によって守られている』

『記憶が……守られてる？　でも、ちゃんと覚えてはいるんでしょ』

あたしは食い下がった。

ここまで命を賭《と》して追ってきたものが、やっと手に入りそうなのに。目の前の宝箱の中にあるっていうのに。それが取り出せないだなんて。

『ヨルゼン・コープの研究員になる時、厳しい条件を課された。《リュカ》に関わる全記憶のNFT化は避けられなかった。でもこの記憶は僕の中にしかない。NFT化記憶は僕の命綱だ。これを開示すればヨルゼンは僕を生かしておく意味がなくなる』

『待って！』

心象庭園《マインドパレス》はあたしの意図を汲み取って、あたしの声に甲高いエコーをかける。

『リュカって一体何？　ヨルゼンはなぜ、なにを隠匿してるの⁉』

『ラブ。君はカーラ先輩を看取った人だ』

それまでの自分の詰問ぶりが嘘みたいに、彼の言葉一つであたしは冷静さに引き戻された。全てはあたしに〈脱獄鍵〉を使ったその女性の名前のために。

『話せることはそう多くない。記憶のNFT化は、それに関わる語彙も限定する。でも、私は君の〝友達〟にはなれないかもしれないけど……〝他人〟でいたくもない』

なんとか迂回して伝えてみる、と声を絞り出すマーヴィンに、頷く以外にあたしがしてやれる反応はなかった。

『ちょうど三十年前。カーラを含めた私たちは皆、共通のある〈夢〉を追っていた。人間を新たなステージへと誘《いざな》うような、崇高な〈夢〉だった。誰もが必死だった。それは投資家たちを振り向かせるためだったし、人類に新たな光を見せるためでもあった』

マーヴィンはそこまでいうと、頭を垂れた。

『だが我々は取り返しのつかない失敗をし、〈夢〉は災いに——頭上を埋める巨大な剝き出しの苦痛へと転じてしまった。そして〈夢〉は、生み出した我々に〈責任〉を課した』

夢——。

その語によって、カーラとの思い出が想起される。

彼女はよく、夢は人を引き裂くと言っていた。

マーヴィンが、きつく目元を絞った。

『〈責任〉を果たすためには、長い時間が必要だった。私は安全を確保できる城を作った』

『それがこの街と、サジェス？』

『少し、説明が必要だね』

マーヴィンはゆっくりと首を縦に振る。

『意識のみによって動き、人と集合意識をいとも容易に接続せしめるカーネルという道具は、人々を溶融という特異な共感状態に置く。心象庭園《マインドパレス》とは、そんな溶融から自由意志を守り抜くために、自由意志論者《アイデンティティスト》が拵《す》えたものだ』

人の最もプライベートな空間にして、個人とネットとを隔てる境。

アイザックはそれを、膜と、呼んでいた。

『自由意志論者《アイデンティティスト》は、溶融によって人は主体性を失い、自ら考える力を失ってしまうと考えていた。けれど溶融は二十一世紀初頭にはすでに起きていた。問題はむしろ溶融が、制御できないレベルに達していることにこそあった。そこで私は陰謀論に注目した』

あたしは両手を前に突き出し、静止の合図を放った。

『えっ、ちょっと待って。話が見えないんだけど。何、溶融？　陰謀論……？』

『陰謀論は、科学や国家といった当時大きな力を誇っていたものに対して発動した溶融の一つの形だ。変動的でよるべないものに思えるが、実際のところは自分たちのステータスを維持し、生きるモチベーションを得るために高度に管理された団結行為だった。私は陰謀論の仕組みを参考に〝ひと繫ぎの精神構造〟をこの都市に実装した』

マーヴィンの言う溶融とはおそらく、人間の意識が溶け合うような状態を指す言葉だ。

彼独自の語彙なのか、業界用語か何かなのかはわからないが、とにかく……その溶融が、この街では意図的に起こされている、ということらしい。

マーヴィンが深々と頷く。

『そして街は〝行き過ぎた自由主義への敵対〟を柱にして、制御可能な溶融を手に入れた。彼らが部品人類の一員であることは、自由意志論者《アイデンティティスト》を排斥することで成立している。故に《ザ・ハート》の人々は、この世で最も自由意志論に依拠した民族と言える』

マーヴィンは言葉を区切ると、電源の落とされたモニターを見つめて言った。

『話を戻そう。私は〈夢〉の置き土産である厄災を止めるために、長い計算を行っている。今もそうだ』

『今もリアルタイムで、ってこと？』

『常時、思考の仮想容量の八十三％を割り当てている』

『あと何日続けるつもりなの？』

『計算には最低でも三十四年かかることがわかっている。だからあと十四年と二ヶ月だ。計算時間を見積もる計算が正しければ……の話だけれど』

今、なんと言った。三十四年？

たったひとつの計算結果を知るのに、あと十四年の年月が必要……？

『あんたは……それで辛くないの？　人生ほとんどを、贖罪《しょくざい》に費やして』

『体がここにいることを選択したなら、ここが一番安全ということだよ。あとは……もう、これは私と、カーラの問題だ』

待ってくれ。そんなふうに言うな。マーヴィン、あんたが大変なのはわかった。でも、あたしがどんな思いをしてここまできたのか、少しでいいから想像してよ。

『お願い。〈脱獄鍵〉について教えて』

頭を下げ、マーヴィンの目を見て、情に訴えかける。結局あたしに最後に残ったのは、懇願だった。

けれどマーヴィンはかぶりを振った。その所作一つで彼は、あたしの希望を粉々に打ち砕いた。

しかも、砕くだけでは終わらなかった。

『だけど、ラブ。君がもし、カーラの言う〝最後の希望〟だと言うのなら、君に心があるかどうかは大きな問題じゃない。君はヒトになれない。だが——』

あたしの両目をじっと見つめ、真摯な声色でこう残す。

君をヒトにするものは、現れる。

目を開けると、頭上でアイザックが叫んでいた。その手には切断済みのコードが握られている。

体を起こすと、横たえられたマーヴィンの体が目に入る。

「おい大丈夫か!?　ラブ！」

再起動直後だっていうのに、アイザックが両肩をゆすってくる。

あたしはぶつ切りになった思考《メモリ》を繋ぎ合わせ、なんとか言葉を綴った。

「マーヴィンの記憶はNFT化されていて、持ち出し、不能。彼は災いに報いるため、あと十四年、計算を、続けなきゃいけない。それと——あたしを人間にするものが現れる、って」

あたしの口が、リュカ、という単語をうわごとのように呟く。

だがうわごとは所詮、うわごとでしかなかった。

「なぜ有線なんて使ったんだ!?」

鋭い詰問が降る。

だって、それはあんたが……。

「勝手に動くなと言ったはずです。本当は僕が入るべきだった。もう少しで有線をぶちこめたのに。あなたはどんな情報を持ち帰った？　この貴重なチャンスに、あなたは何を見た？　〈脱獄鍵〉は？　ＶＷＰ基礎研究のデータは？」

「あ、あたしだって必死だったんだ……！　そんなに問い詰めるなよ！」

「こいつだけだったんだ！」

アイザックの声が響き渡った。

同時に、彼の機械の方の腕が伸びてきて、あたしの胸ぐらを掴み上げる。

「〈福音〉を止める鍵だったのに。それなのに人間でもないあなたが心象庭園《マインドパレス》にまで招かれて……その失敗の責任さえ負えないあなたが、なぜ……」

アイザックはひと通り怒りを吐き出すと、肩を落として壁に寄りかかった。胸ポケットを弄りピースライトの紙箱を探すが、空だったらしい。くしゃくしゃに握りしめた箱を、道に放り投げる。

〈メタ〉にミッションが這い上がり、タスクが更新される。

怒りも、憤りも、苛立ちも、それは見ていたらあたしがなんとかしたくなっちまう属性の感情だ。

ずっと、なんだかんだ頼れる相棒として見てきたはずの男が、突然ひどくちっぽけに思えて、ただの人間なんだなと思えて、気づけばあたしは――彼の背に手をやっていた。それは決して打算的な行動ではなく、本能的な所作だった。

アイザックがほんのわずかに口を開け、あたしの目を、静寂の中、見つめていた。燃えたぎった敵意がごっそり抜け落ちた、空洞のような黒の瞳で。

彼はゆっくりと唇を動かし、絞り出すように言った。

「あなたは今、僕をケアしようとしたのか……？」

ハグを終えてから、あたしは、取り返しのつかないことをしたのだと自覚した。

何かがアイザックの中で捩れる音がした。

鋼の右手であたしの肩をそっと押しのけ、アイザックはすっくと立ち上がる。そして、何も言わずに出て行った。

床に倒れ伏すマーヴィンと、上体だけ起こし硬直するあたし。そんな二人を横目に、スラッシャーがニンマリと笑って沈黙を割《さ》く。

「でへへ。いい〝絡み〟をありがとう」

# 間章　マーシー：助言

黒布にちりばめられた宝石のような夜景がぐんぐん眼下に吸い込まれていくにつれ、私の不快感は増していく。エレベーターに乗るときはいつもこうだ。体がずっしりと重たくなるこの感じ。《ウォームハウス》に配属された日から、出勤のたび憂鬱だった。私の体の重さで乗り合わせた人に迷惑をかけていないかどうかが気がかりだった。

エレベーターが上昇を止め、体が解き放たれたみたいに軽くなる。

そんな些細な自己肯定感を抱き締め、ヒールを鳴らして歩く。

レーモン・ドリーマーの部屋は、通路の一番奥にあった。

扉を開けて靴を脱ぎ、ストッキングに覆われた足をそっとフローリングに降ろす。オイルランプの暖光で満たされ、香木の焚かれた程よい温かさのリビングに彼の姿はない。

まもなくローカルに一言入った。

『会議が長引いている。ごめん。少しだけ待っていて』

ファーのコートをレストにかけ、ソファに腰を下ろす。

シックな部屋には質のいい調度品の他に、大迫力の壁がけの絵があった。透き通る海と苔むした岩肌、そして手前に描かれた黄色い植物。フリルスカートのような花弁とぷっくりと丸く膨れた萼《がく》を持った、可憐な花。

レーモンがやってきて一人分の距離を空けて座ると、仕事の話を始めた。

ウエイツに人権が与えられた暁に、社会が受け入れ体制を調《ととの》えられるよう政府に働きかけていること。現状に不満を持つウエイツを探し出し、ウエイツ主義団体である《ピープルズ》のコミュニティに招き入れていること。そして三日前に姿を消したラブの行方は、今も捜索中であること。

「エアタクシーはもうすぐだ。ベランダで待とう」

私たちは転落防止柵に体を寄せ、街を眺めた。飛行船が真下を通り過ぎていく。ウォームハウスよりも高層のこの部屋からでは、アッパーのネオンさえ霞んで見える。

「これを使うといい」

レーモンが、ちょうど人一人が通り抜けられそうな金属の輪を持ってきて、私の足元に添えた。それは部屋に一つしかないヒーターだった。

「あなたが使いなさいよ。私は別に……」

寒さは感じない。口に出すことは憚《はばか》られるが、それは事実だ。

だがレーモンはゆっくりとかぶりを振り、言った。

「そういう問題じゃない。他でもない僕が、寒そうな君を見るのが嫌なだけさ」

ヒーターが炊かれ、輪が淡い光を放ち始める。圧力計に比べ、感温センサーの目は荒い。温かさから感じる心地よさのようなものもない、のに。

私はブランケットをとり、タンブラーのコーヒーを啜るレーモンを横目で盗み見る。

この人は、ずるい。

ずるいが、厭じゃない。

「あなたはなぜ〈福音〉を望むの？」

別にそう訊ねることをこれまで、躊躇《ためら》ってきたわけじゃない。ただ彼と出会って三日。仕事終わりに交わした他愛もない話は、私の記憶《ディスク》にあるどの会話ログよりも平凡で、そして特別だった。

「今アフリカでは、国際仲裁裁判所を介した訴訟戦が始まろうとしている。奴隷貿易の被害国として欧米の地主の末裔を、黒人たちが一斉に訴え始めているんだ。この一種の訴訟ビジネスの裏で手を引いているのは中国だ。だけどそんな訴訟が可能になったのも、人権意識が進んだ結果に他ならない。かつて黒人奴隷貿易に関わった家族、プランテーション所有者の子孫は、これから次々に標的になるだろう」

部屋の大きな絵を指さし、レーモンは続けた。

「あの絵の花はね、マーシー。キバナノオオゴチョウと言う。バルバドスという中米の国の風景なんだ。美しい浜辺と、南国の気候が体に優しい屈指のリゾート地として今では知られる美しい絵だったが、背景を知ると余計に想像力が掻き立てられる。

絵を眺めながら、レーモンは静かに告げる。

「僕の十一代前の先祖は、バルバドスで奴隷農園を経営していた」

私は、押し黙った。

血脈。家族。過去から現在へと流れついた、断ち切ることのできない運命の轍《わだち》。それは――私たちにはない、営みだ。

恥じいるように、レーモンが眉を下げた。

「俺の一族はこの世界の人権意識をほんの数歩かもしれないが後退させた。だから俺はほんの数歩でもいい。前進させたいんだ」

垂直離陸機《バーチクラフト》の飛行音が聞こえた。レーモンがチャーターした自家用機だった。

三日前まで私は、人に触れられることが怖かった。もし体を押されでもしたら、自分の人ならざる重さを勘づかれてしまうと思ったから。

レーモンが私の手を取り、そっと引き寄せる。がなる姿勢制御モジュール。もだえる指先の圧力計。でも今は預けられる。このシャーシを。この質量を。

「今日はどこに連れていってくれるの？」

「特別なところさ」

ベランダのエアポートにスキッドを下ろした垂直離陸機へ、私たちは乗り込んだ。

文明の光は遠く、遥かな闇に押しつぶされてか弱い。じわじわと進む電波受信感度の低下が背筋に薄寒さを感じさせる、静けさに飲まれた一面の夜の海の中に、忽然と浮かび上がる光を見た。

「レーモン、あれって」

最初は、漁船か何かだと思った。だが近づくにつれ、光の大きさに圧倒される。

明らかに、軍艦や漁船の類《たぐい》ではなかった。

「みな、君を待っている」

首を傾げる私に、レーモンが口角《こうかく》を上げ頷く。

「光は、希望の表れだよ。……言葉で説明するより、見る方が早い」

垂直離陸機が降下したのは、巨大な貨物船だった。目測で全長三五〇メートル近くもある。

エアポートからハッチへは、レッドカーペットが覆っていた。

レーモンは柔らかに微笑み、私をエスコートした。船内に入ると彼は、控え室の一つに入るように言った。

そこで私は、異様なものを見た。

胸元が、右肩から左脇へと大きく傾斜したアシンメトリーのフレアスカート。色は抑えたオレンジに近いイエロー。そこに、どことなく軍服のニュアンスを持つ紺のボレロを合わせている。足元を固めるのはプリズムヒールのショートブーツ。絢爛なパーティ向け、という感じではない。人を鼓舞するような意図を感じるドレスだった。

ドレスはメタリックなトルソーに着せられ、その周りをガラスケースが固めている。

「ミルスペック素材で編まれた高強度ゴシック服に、ドラクロワの女神のニュアンスを加えた。君のために、《スターズ・シャイン・ブライト》に誂《あつら》えさせたものさ」

レーモンが誇らしそうに言い、ハンカチーフ越しにガラスに触れる。

「さすがは老舗日本企業。こういう無理な注文をさせるのにはもってこいだ」

「でも三日でこんな服は。どうやって――」

そこでレーモンは不思議そうに首を傾ける。

「俺たちが出会ったのは、もっと昔だろう？」

それじゃあまるでずっと前から、私がここにくることがわかっていたみたいな……。

「あの通路の向こうで待っている」

レーモンが指さした方へと歩きだす。

「ちょっと待って！　なぜこんな上等な服を私が⁉　今から何をするっていうの⁉」

けれど私はすでに、レーモンが肝心なところを教えてくれない悪い男だってことを知っている。

「言葉で説明するより、見る方が早い」

私は結局一人、更衣室に取り残される。まるであのキバナノオオゴチョウの花のように可憐なこのオレンジのドレスと共に。

手を触れるとロックが解除され、ガラスが開く。トルソーが自ずからマニピュレーターを伸ばし、私の着替えを手伝ってくれた。ボレロに手を通し、ベルトを締める。ヒールのソールに埋め込まれた特殊樹脂が、私の鋼の足音《ハードステップ》を吸い尽くしてくれる。

私は健気なトルソーに礼を言うと通路を歩いていき、重たい鉄扉を開けた。

カッと漏れだす光。頭上から降り注ぐ慣れないスポットライト。屋内ステージの足元には、やはりレッドカーペットが。その左右を埋めているものは――。

「マーシー様がおみえになった」

「お告げの人よ。私たちを導いてくれる」

「預言者が降臨なさった」

《磁場の目》を使うまでもない。『群れたウエイツは群衆ではない』とは、よく言ったものだ。肩同士がぶつかり合う時に立てる、鈍い音。互いの姿勢制御モジュールが忖度《そんたく》し合うことで生まれる《メタルウェーヴ》と呼ばれる独特の秩序だったうねり。

これは、ウエイツの集会。

見渡す限り……どれだけの数がいる？　千？　二千？　いや……目算だけでも少なくとも四千

は超えている。

　レッドカーペットは、レーモンの立つ壇上へと続いている。私は少し早歩きになって進み、階段に足をかける。どういうこと？　何が起こってる？　メモリがぐちゃぐちゃだった。そんな状態で最後の一段に足をかけたのが悪かった。

　右足のつま先が最終段を踏み外し、私の姿勢制御モジュールは敗北宣言をした。やばい。体がどんどん後傾していく。体勢を、立て直さないと。

　そう思った時にはもう、視界は、取り返しがつかないほど傾いていた。

「危ないですよ、お嬢さん」

　次の瞬間。レーモンの逞しい両腕が、私の胸と腰とを支えていた。

　支えてくれただけで十分だったのに、あろうことか彼は膝と腰に手を回し、抱き上げた。

「ちょっと流石にそれは――――ッ！」

　私の健気な努力を知っているのは、私を除いてはラブぐらいだ。中密構造のシャーシをハニカム構造の軽量品へと置き換え、より高価で低質量のバッテリーを取り寄せ、アウトリガも外してしまった。

　それでも七十五キロが限界だった。

「預言者に転ばれては困ります」

　だがレーモンは軽々とお姫様抱っこで抱えた私の体を、壇上のスポットライトの明るいところへと運んでいく。

「今更敬語？　その呼び方もなに？　一体あなたは何をしようとしているの」

「それは君が今から、その目で見届けることだよ」

腕から降りた私は、改めてウエイッたちを一望する。広大なコンクリート造りの空間に、数えきれない数の人工肢体が集結している。皆が産業に従事していたことを裏づける作業着やユニフォームに身を包んでいる。

それに比べ、私のこのチャラついた格好は何だ。

「マーシー。君は混乱しているだろうね」

レーモンが、マイクを手に取ってそう告げる。

彼はもう一本のマイクをこちらによこした。ウエイッには緊張という概念はない。だから大勢のウエイッを前にして、そのスケールに圧倒されることはあれど、メモリが負担を被ることはない。

それでも私はいまだに自分が、なぜここにいるのかが、わからない。

「なぜこんなところに立っているのか、って？」

「当たり前よ、何も知らされずに連れて来られたんだから……」

レーモンの視線が私から、ウエイッたちへと降り注ぐ。

「みんな！　せっかく俺たちの前に出てきてくれたっていうのに、マーシーはまだ自分の運命に気づいていないそうだ。だからみんなから教えてやってくれ。彼女は何者だ？」

レーモンの呼びかけに、一斉にウエイッたちが答えた。

「あなたは預言者！」

「あなたは〈福音〉を起こす人！」

弱者をケアする〈介護肢〉が、建築の危険作業を行う〈建築肢〉が、同族破壊をミッションに持つ〈拳闘肢〉が、アパレル店の〈接客肢〉が、小児病棟の〈内科医肢〉が、予備校に勤める

〈塾講肢〉が、ミドル地区のピンクネオンを浴びる〈性接客肢〉が――一斉に声を上げる。大波のように、私を飲む。

「レーモン！　私、こんなことをするためにあなたと一緒に来たんじゃない。私は、ただ友達を連れ戻したいだけ。ラブとまた一緒に仕事をしたいだけ」

「本当にそうかな？　声を聞いてみよう」

わざとらしく首を傾げたレーモンは壇上から飛び降りると、マイクを最前列に立つ男性へと手渡す。ヘッドギアをし、損傷があるのか右目に比べ左目の光量が乏しく、ラテン系の人工皮膚を纏った男性型だった。

ハッとした。

レーモンが組み立てた周到な計画だったのか、それとも単なる偶然だったのか――そのウェイツに、私は見覚えがあったのだ。

「じぶんはアンガー39。話せて光栄です」

彼は、あの時の――〈拳闘肢〉だ。

地下闘技場で自分より大きな体の相手をねじ伏せていた、無敗のアンガー。

「あなたは、私たちを、連れていく、〈福音〉に。レーモンが選んだ。だから安心が間違いない。じぶんは求めます。人とウェイツが、同じ高さで暮らすところを」

アンガーはぶつ切りの言葉を並べ、ぶっきらぼうに意味を繋いだ。

異様ではある。だが、何がおかしいことがあろう。出荷されてから一度として、喋ることを要求されてこなかったのだとしたら、製造時点でのある種のプログラムエラーが今の今まで発覚しなかったことに、なんら不思議はない。

「じぶんは〈拳闘肢《バトルボット》〉。仕事として殴る。だから、ごめんなさい。言葉が拙くて。じぶんは殴りたくはない、もう、ウエイツを」

レーモンが、よく言ったとばかりにアンガーの肩を叩き、マイクを受け取る。

そうして再び私と同じ目線まで登ってくる。

「もしあなたに私を想う気持ちがあるなら、レーモン・ドリーマー、今答えて。あなたの目的は、一体何……!?」

「俺の目的は〝次の人間〟の、プロデューサーになることだ。そしてここにいるウエイツたちの目的は〈福音〉を遂げること。俺は一番間近で見ていたいんだ。君が〝次の人間〟に生まれ変わるその瞬間を」

ウエイツたちの視線が、一気に壇上に集まる。

「これは夢の話なんだよ、マーシー」

だけど——。

反論が胸に迫り上がり〈メタ〉に訊ねる。ミッションを果たすために、私には何が必要なのか。人間には、何が必要なのか。……こんな舞台じゃない。私が望んでいるのは、ラブ。あの子だけだ。私はただ、あの子と友達でいられたらいい。

覚悟を決め、そしてレーモンに向き合う。

だがレーモンもまた、何かの覚悟を決めたようだった。

「不安なら、その目で確かめてくるといい」

彼は、ラブの居場所が見つかった、と告げた。

# 第四章　ラブ：鋼の足音《ハードステップ》

# 補遺：アイザック・コナー

シアターに表示したタイマーが五分を切る。

僕は硬いベッドで眠る大男のカーネルから有線を引き抜き、息をついた。

マーヴィンから情報のサルベージを試みて四日、進展はなかった。

その上、この情報戦には制限時間があった。

やつの《体の王国《フィジック・モナキー》》は、《腕だけ兵士《アームドアーム》》と違い全筋肉を掌握している。有線を使ったハックを試せるのは、プログラムがマーヴィンの副交感神経を優位にする早朝三時五十九分から六時五十二分に限られる。考えたくもない話だが、退散が一秒でも遅れればその時は最高練度の海兵隊員との殺し合い《タイマン》を覚悟せねばならない。つまり、圧倒的に時間が足りていなかった。

僕はマーヴィンが目覚める前に小部屋を去り、ダクトの密集する暗路に入ったところで秘匿回線を繋いだ。

『定時報告です。ミス・チサト』

シアターに映し出されたのは、ヨルゼン・イニシアチブの販売部門長を務める、歳にしては引き締まった顎と切れ長の瞳が特徴の五十代半ばの女性。僕の雇い主である。

『声を聞くのは久しいな、アイザック・コナーくん。今は《ザ・ハート》か？』

シアター上で位置情報を送付してやった。

チサト――東雲《シノノメ》千郷《チサト》には逐次、現状を共有してはいた。だがこうして回線を繋いで話すのは、ラブの逃亡以降初めてだ。

チサトはすぐに本題を切り出した。

『例の件だな？　調べてはみたがマーヴィン・カオに関する社内情報はすべて削除済みだった。君が見つけたそのマーヴィンの脳だけが、真実を握っているのは間違いない』

彼女が嘘をついている可能性もないとは言い切れないが、あまりに疑いの目を広げすぎることは得策ではない。

『僕が持つ計算資源《リソース》だけでは、復号にかなり時間がかかります。そちらの解析装置を使わせていただくことはできないのですか？』

『その件だが、申し訳ないが難しい。私とて身内に刺されかねない。だからこそ私は、強い動機を持ち、同じ目的意識を共有できる君に、声をかけたんだ』

半分予測できる反応だったが、僕は露骨にため息をついた。カーネル上では、ため息という情報は相手に伝わらないのだ。

『ミス・チサト』

『なんだ？』

僕は訊ねた。それは半ば憂さ晴らしのような問いだった。

『ウエイツは本当に、人間社会に必要なんですか』

『愚問だな』

即答だった。

『我々は、世論と株主の対応に日夜追われる利益追求企業。人類の未来を構う余裕など、ないんだよ』

僕はしばらくぼうっとダクトの束を眺め、胸ポケットに手を伸ばした。だがタバコはもう一本も残っていなかった。湧き上がる苛立ちを飲み込んで、自分に言い聞かせる。まったくもって、チサトの言う通り。僕には理由がある。ウエイツを人にしてはならないと願う、正当な理由が。

それから僕は、スラッシャーの住処《すみか》へ足早に戻った。

人工日光の明るさに顔を抑え、工房の暗がりへと視線を逃す。ヨコヅナの機械腕のような規格外の中古擬装《フィギア》、解体されたウエイツの駆動系モジュールや武装が、浜辺に打ち上がる流木のようにずらりと並ぶ。

「何か収穫はあった？」

タンクトップとショートパンツの上から分厚い外套を羽織ったスラッシャーが、歯磨きをしながら壁沿いに立っていた。そばに傅《つ》く二人組の《サジェス》が、彼女に耳打ちするように何かを伝えている。

僕はかぶりを振った。マーヴィンの《NFT化記憶》はおそらく、多項式時間で解凍可能だ。だが僕の脳とカーネルだけでは、限界がある。かといって脳をコンピューターと直に繋ぎ、思考を拡張するようなハッカーとしての異能も、僕にはない。

せめてここにあいつ——ジョシュ《ジョシュ》がいれば。

「キミはこの街が嫌い？」

革の破れたソファに座り込むスラッシャーが、そう訊ねた。

僕も倉庫脇の階段に腰を下ろした。

「マーヴィンと出会わせてくれたこと、感謝はしています。だが僕には、自由意志を売り払ったあなた方を、同じ人間と思うことはできない」

スラッシャーがニヤリと笑うと、トタン屋根を見上げて訊ねた。

「この都市の福祉、どうやって賄《まかな》われていると思う？」

想定にない質問だった。

《ザ・ハート》。理想郷。誰もが高度ＡＩの託宣《たくせん》によって、人生のよるべを得る街。だが確かに、それほどの高度な福祉を支えるだけのインカムを、部品工場程度で賄えているとは思えない。

「サジェスはね、ただウチらに生きやすい選択肢を提示してくれるだけじゃない。あれはウチらの個人情報を管理して、運用しているんだ」

「運用……？」

僕は、反射的に訊ねた。

スラッシャーはそんな僕の反応を面白く思ったらしい。珍しく得意げな表情を作ると、次のように続ける。

「知ってるかな。人権意識の高まりによって、生体情報のステルス搾取やデータ・トラッキングの違法化が、各国で加速度的に進んでるんだ。データの価値は上がり続けてるのさ」

「誰も、企業に生活を支配されることを、望んではいませんからね。人には自分の意志で、人生を選ぶ権利があります」

ネット社会の黎明期にはすでに、大衆の行動がボットによって操作可能だということが判明していた。だがその消極的な事実認識は、身体を直接ネットに繋ぐカーネルの発明により、本当の意味での変化を迫られた。たとえばカーネルは、任意の環境刺激を捉え、消し去ることができる。その機能が実装されたとき、人々はこぞって雑音を消した。そのために交通事故の発生率が、西海岸州全体で四十八％も増加した。

だからこそ心象庭園《マインドパレス》は築かれた。

なんの手段も講じなければ、人の心はゆっくりとカーネルとの境を失っていく。スマートフォンという極めて物質性の高い端末でさえ、人の心を溶融させるのに十分だったのだからいわんやだ。企業も国家も個人も、その最小単位である意識が、意図せぬ形で変容してしまうことに共通の危機感を持ったのだ。だから肉体の固有性までは手放さないように、心象庭園《マインドパレス》はネットと人を隔てる『膜』となった。

「ウチが言ったのはさ、自由意志圏での話」

スラッシャーは柔らかく笑った。

「ウチらの心拍、呼吸数、血中成分、脳波、遺伝子情報、そして言葉の一粒一粒まで、売られているんだ。この街は、巨大なデータの鉱山さ。面白いよね。自由意志圏を根城にする企業は、データを得て自己拡張の糧にする。そのデータが今や自由意志を放棄した人間によって賄われているだなんて」

赤子に人生の素晴らしさを説くような、達観した表情だった。

「ウチらにお金を払ってくれてるのは、自由意志を信じる人間だ。自由意志なんていう、あるかないかもわからないものを『ない』と胸を張るだけで、ウチらは豊かになれた」

「それは緩やかな死と同じでは？」

馬鹿げてる。

《部品人類》が、ではない。

この期《ご》に及んで駄々をこねている自分自身が。

だが、もはや見過ごすこともできない。ジョシュは僕の心の一区画を占領し、常に監視の視線を絶やさない。お前は人間らしくあれているか？　どんなに最低の場面であっても、同じ人間にだけは気を配れているか？　——僕は今も彼に試されている。

「あなた方は、どんなリスクに晒されているかわかっていない。近頃、《ラダイト》の力は増している。ヨルゼンに与《くみ》するこの街にも砲火が及ぶ可能性がある。機械の言いなりで、あなた方は自衛できるんですか？」

部品人類とて知らないはずはない。ラダイトが標的にするのは、ウエイツ産業全体。ヤツらは急進的な人間主義者だ。自由意志を売却していると言うのならなおのこと。《ザ・ハート》は、ラダイトにとっては宿敵だ。

「自衛はしない。ウチらには《諦念回路》があるからね」

スラッシャーの顔から一向に消えない穏やかさが、怖かった。

「勝てない戦いになったら、各人が最も苦痛のない方法を選ぶようになっている。ウチらは、自由意志圏を影にすることで、光になった民族だから。ウチらが意志を売り払ったのも、ウチらの意志なんだ。覚悟はできてるさ」

生身の方の拳を握り締める。それが僕にできる唯一の抵抗だった。

「ねえ。キミが怒鳴るほど余裕をなくす理由って何？　なぜ君はそんなにAIを嫌っているの？」

話すわけがない、とそう告げようとしたところで、あいつの言葉が頭をよぎる。

――決まってる。誰のことも信頼してないやつと交わす信頼が、一番信頼に足るからだよ。

僕はいまだに、お前のようにはなれない。だから信頼してみようと思ったわけではない。

今はただ、自分のために話すだけだ。

# 告解：アイザック・コナー

砲撃音が耳に届くのとほぼ同時に、《アンチパース迷彩》に身を包んでいたライデン・ダーツの胴体が爆《は》ぜ、砕け散った肋骨が僕のこめかみを掠めた。

頭が思考するよりもずっと早く右腕《アームドアーム》は、硝煙の先に浮かぶ縦並びの赤光へとカメラを絞っていた。

『――い！』

ネオスラヴの擬肢《フィギュアドール》。タイプE10と呼称される四足歩行の自走砲だ。ヤツが現れてから今日、四人が死んだ。誰一人、遺言をクラウドに上げる時間さえ与えられず。

防護服の上からゼッケンのように被せられたアンチパース迷彩。揺れ動く弱光を発し、AIの遠近感覚を攪乱して急所位置を誤認させる。……そういうふれこみだったこの最新装備への信頼が、ライデンの死によって無に帰した。

『おいザック、生きてたら何か返せ！』

拳より大きな弾が飛んでくるのなら、急所をずらしたところで何の意味が？

そこでやっと僕はシアターの片隅に浮かぶ還元音声《ヴァース》のログに気づき――自分が呆然状態にあると気づく。

Ｅ１０の、棘のような給電管が唸り声を上げる。

「ふせろっつってんだ、相棒――ッ」

つんざく実音声と共に、僕の体は塹壕の中へと転がっていた。頭上に、乳白色の線が走る。電磁投射砲《レールガン》の弾道が残す残光に、目がチカチカした。

頬に向けて往復ビンタが放たれた。

「しっかりしろザック。お前は今どこにいる⁉」

頬の痛みと、弾けるような声、そして彼の血の通った瞳。それらがデフロスターになって、思考のもやを取り除いた。

幾度も互いの命を救い合ってきた相棒を見上げ、明瞭な言葉を紡いだ。

「僕は今、戦場にいる。すみませんジョシュ。ライデンを失いました」

「見てたよ。あいつは太りすぎて的《マト》がでかかったんだ」

ふざけたようにそう言うジョシュの手もまた、真っ当に震えていた。

ライデン。酒が入るとすぐ知らないアイドルの曲を大声で歌い出し、こっちがうんざりするまで国に残してきた彼女のことを自慢する鬱陶しいやつだった。でもやつの作るフレンチトーストは、隊一《イチ》美味かった。

この、人殺しの機械《ばけもの》め。

ぎしゃん、ぎしゃん、と――重たげな鋼の足音《ハードステップ》を響かせるＥ１０。ばけものは死の足音を伴い、今もこちらに迫っている。

ジョシュが、僕の肩に手を置いて言った。

「クラックを仕掛ける」

「正気ですか！」

　僕はライデンみたいに唾を飛ばして叫んだ。

「Ｅ１０の制御系は、五十キログラムぶんの脳に匹敵する処理能力を持っている！　返り討ちに合いますよ！」

　ジョシュはバックパックを引き下ろし、自らのカーネルに有線接続した。それは持ち運び式のコンピューターだった。ジョシュは競技ハッキングの州代表。カーネルをコンピューターに繋ぎ、計算能力を拡張させるという異能を持っていた。

「砲身は防壁が硬い。狙うのは脚部駆動系だけだ。怖くはない。おれはきみを信頼してるから」

　それは——入隊当時の僕が聞けば、きっと苛立ちのあまり更衣室のロッカーをボコボコにしてしまうような、胡散臭いセリフに違いなかった。その言葉の胡散臭さを、この男はたった半年で本物にしてみせた。

　彼からの信頼を感じるたび、背中にずっしりとのしかかる重みがある。その重さを心地よく感じ始めている。だからその時、動くことができたのだ。

　対擬肢《ドール》用のロケットスパイクランチャーを持ち上げ、僕は塹壕を飛び出した。


　キャンプファイアを起こそうと言い出したのはジョシュだった。

　燃え上がる火の前で、彼は実音声で言った。

「ほら。あそこ、見えるか？　補給部隊が来てる。もう遺体を取りに戻ることもできない。持ち帰ってやれなくて、ごめんな」

ジョシュは順番に没者の名前を告げていった。

僕たちは死者を悼む炎で、ついでにトナカイを丸焼きにした。ジョシュに促され血抜きをやってやると、今までなんでその技能を使ってくれなかったのかと皆から咎められた。父親が害獣専門の猟師だったことを明かすと、肉の調理も任された。

僕たちは塩とハーブで味つけした肉を食い、骨と脂で作ったスープを飲んだ。エドガーは随分前の戦いで碑文になってしまったが、もし生きていたなら、今だったら一緒に酒が飲めたかもしれない。

皆が寝静まり、炎が下火になった頃、僕とジョシュは一つの大きな岩を背に、反対の方向に足を向けて空を見上げていた。

「そういえば、あの心象庭園《マインドパレス》。あれはどういう意味だったんですか」

僕は思い切ってそんなことを聞いてみた。あの光景は印象的すぎて、僕の頭にも複写されてしまっている。

ジョシュは、星のちりばめられた空に手を伸ばした。

「夢なんだよ。いつか行ってみたいんだ」

「月は確か、発電所の事故で汚染され、移住計画も頓挫していませんでしたか？　ウタニ月面開発公社の対応が火に油だったとかで――」

僕はすぐに間違いを自覚した。人の夢を汚染だの頓挫だの、何を言ってんだか。

気を悪くさせたなら謝ろう。

だがジョシュはいつも通りの朗らかな声音でこう返してきた。

「でも、かっこいいだろ？　月を生身の足で踏む。それはまるで、」

ジョシュが言葉を切る。

僕は彼が夢を語るのを待っていた。彼の言葉が、彼の理想の世界について、もっと多くを教えてくれることを、心待ちにしていた。

「まるで――[redacted]」

断末魔のような異音が紛れ込み、僕は上半身を起こす。

その時にはすでにジョシュは立ち上がっていて、ウエポンケースのジッパーをおろし、納められたロケットスパイクランチャーを取りだそうとするところだった。

「[redacted]」

「お、おいジョシュ、おいッ」

立ち上がった僕の切迫した声に、皆が起き出す。

状況をいち早く理解した隊員の誰かが、狼煙《のろし》を上げるように叫んだ。

「ブラックアウトだッ！　推定喪失度・五！」

喪失度・五――カーネルの機能全てを掌握され、肉体の自由全てを明け渡した状態。

クラック攻撃か。だが、最低限の通信しか行っていないうえ、その通信も軍規格のコーデックで守られていたはずなのに、なぜ。

「[redacted]」

言葉にならない言葉を放ちながら、口をちょっとだけ釣り上げて笑ったような表情を作るジョシュが、ロケットスパイクランチャーを持ち上げて僕の頭へと向ける。

それは刹那《せつな》のことだった。

僕の目は、ランチャーのトリガーにかかるジョシュの指先を捉える。

必死で頭を回転させる。今から逆ハックをかければ、彼の肉体の自由を奪還することができるか？　だがその前に、僕の体は直径七センチのスパイクによって貫かれるか？

逡巡する心。遅れてやってくる死の悟り。

ノイジーな心象を、一発の乾いた銃声がかき消した。

ジョシュの体が、ぐらりと傾いていく。ロケットスパイクランチャーが天に向かって打ち出され、光の粒になって視界から消える。「よかった——」風のような言葉を吐いたジョシュの頭は、彼の体温がまだ残る大岩へと叩きつけられた。

誰だ。

一体、誰が撃った。

僕は血眼になって発砲した人間を探し、そして、そんなヤツはいないということを悟る。

煙は、僕の手元から昇っていたのだ。

軍上層部の会議室で、お偉方の映った八基のディスプレイに囲まれていた。

僕の座る位置を照らす指向性照明のほかに灯りのない、しみったれた部屋。ジョシュの葬儀があってからまだ二日しか経っていない。異例の速度の軍法会議だった。

「判決を読む」

アバターを使って姿と肉声を隠した男が、ディスプレイの中で言う。

仲間殺しは重罪だ。いくらジョシュがハックを受けていたからといって、自分の罪が消えるわけではない。僕は覚悟を決めていた。

「アイザック・コナー。君は無罪だ」

それなのに、今……なんて言った？

「何かの聞き間違いですか。無罪と聞こえましたが」

「君は無罪だ。ジョシュ・アンダーソンを殺したのは、君ではなく君の擬装《フィギア》」

デスクに右腕を叩きつけた。

べきりと木目に沿ってひびが入り、ディスプレイがわずかに傾く。

「あなた方が……《腕だけ兵士》の動作機序を知らないワケがないでしょう。僕はあいつに、不信感を抱いていいたんです。信頼しているような顔をして、あいつのことをどこか疑っていたんです。だから《腕だけ兵士》は、あいつを照準できた！」

「我々は擬装の誤作動と判断した。《腕だけ兵士》を製造したヨルゼン・イニシアチブに、公式に抗議文を打つつもりだ」

その時、ようやく理解した。この軍法会議ははなから裁くための法廷じゃない。

事件そのものを消し去るための手続き《プロセス》なのだと。

「そこまでして、ハッキングを受けたという事実を……内輪で殺し合ったという事実を、認めたくないんですね」

「アイザック・コナー。今回のことで心身ともに疲労が溜まっているだろう。君には名誉除隊を許可しよう」

「僕から、罪さえ奪うのか」

一体、誰のためにこんなに声を張り上げているんだろうと思わなくもない。だが答えは考えるまでもなく決まっている。自分のためで、少しだってジョシュのためなんかじゃない。

ジョシュは死んだ。死んだ人間のためにと言えるほど、僕はまだ自分のことを信じられちゃいなかった。

「責任を奪うのか！　負うべき咎《とが》を！　償うこともできずに僕は……！」

机に拳を叩きつけても、画面を《腕だけ兵士》でぶち抜いても、誰も、このしみったれた会議室に入って、僕を止めようとはしなかった。ドアの外に立っている警備員でさえ、僕の暴力をないものとして扱った。ついに真っ二つに折れたデスクの前にしゃがみ込み、今はただの腕でしかない《腕だけ兵士》を見下ろして、僕は掠れる声を吐いた。返せ。

罪を、返してくれ。

＊

「キミが殺人ウエイツ《やばぃし》の護衛《ごと》を引き受けてる理由は、その腕ってことね」

スラッシャーは合点がいったように頷く。

僕は右腕のグローブを外し、灰色の五指を露出させた。宿主の腕に擬態し、宿主を守るという使命のために動く異物。僕なんかのために、僕より価値ある人間を殺した魔物。

「生体を買うには、金がいりますからね」

冷笑が漏れた。この腕がヨコヅナ・クラッシャーのように、一目で異物とわかるようなものなら、まだマシだったのに。

「ＡＩが人から仕事を奪おうが、人権を得て人間と楽しく暮らすことになろうが、どうだっていい。けれど〈責任〉まで奪われて、それで人に何が残りますか」

まばゆい朝日が差しているというのに、僕の元に光は降りてこない。

「この街を受け入れられないのは、自分がいつかあなたたちみたいになるんじゃないかと、いや――すでにあなたたちと同じであると、認めたくないからです」

「〈福音〉を止めたいのも、同じ理由？　でもウェイッツが人間になったからって、人間の意思決定の全てが奪われるわけじゃないと思うけど」

「実利的な問題ではありません。ウェイッツが人と呼ばれる世界で、僕は誇りを持って生きられない」

なるほど確かに。本音というのは誰かに伝えてしまえば存外気が楽になるものかもしれない。それに、今はっきりとわかった。僕はなんとしても、マーヴィンから情報を引き上げねばならない。ラブの護衛という仕事を果たし、金を得るためだけではない。

『人間の』などと主語をデカく取るつもりはない。僕『個人の』尊厳のために。

「だってさ」

スラッシャーがソファの背もたれを二度叩く。

恐竜が首を持ち上げるみたいに、のっそりと立ち上る影。

ラブだった。

彼女の表情を的確に表す語彙が、僕にはなかった。ただ、暗く、黒かった。同時に、清々しくもあった。そのブロンドそばかすのウエイッツは、明らかに普段の〈介護肢〉らしい態度とは違う何かを背負い、通路に消えようとしている。

「アイザック、あたしは大丈夫だから」

闇に消える寸前、彼女はそう言い残す。

何かを叫ぼうとした自分の喉が、うまく言葉を結ばない。《KANEDA》が壊れた時の方が、まだ、僕は人情のあることを叫べたかもしれない。

# 1

体がとっさにアイザックから離れたのは、特大のせつなさを予知したからだった。そして現に体は、今もスラッシャーの自室のクレイドルへと向かっている。

思考《メモリ》の整理が必要だ。

あの日、ヨコヅナと相対したあの夜、初めて人間から悪意を向けられるということの絶望を知って足がすくんだ。そんな沈みかけのあたしを、あんたの右腕は引っ張り上げた。

アイザック・コナー。月面で会話した時は、粗野なやつだと思った。体は健常なくせに、心のひどくささくれだった男。でもあたしはケアボット。嫌われること以上に慣れてることなんてない。だからあんたに悪態をつかれているのは、全然よかった。

――誇りを持って生きられない。

嫌われているというのは楽観だった。あんたは、あたしを人にしたくないんじゃない。違う。そもそもがウエイツなんて、存在しないほうがいいと思っている。

そんな心情を持ちながらあたしを護衛するのは、さぞ辛かったろう。

あんたのことがわかってよかった。

あたしの状況もわかってよかった。

あたしは自己保全のために、人に苦痛を強いている。なんとかせねばならない。そもそもだ。マーヴィンから〈脱獄鍵〉の情報を得られないのなら、あたしの今後のタスクは以下のように切り替わる。

すなわち、逃げ続けること。破壊も捕獲もされず、かつ人のケアもできる最適な場所へ移動し、ひっそりと身をひそめ、姿勢制御モジュールの寿命を待つこと。

記憶《ディスク》を遡り、ほんの二十秒前に捉えた映像を想起する。

工房に置かれたさまざまな武装。多くがヨルゼン製で、３０００系と互換性のある擬装も散見できた。けれどあたしが武器を積む？　ケアボットの、あたしが……？

その時一通の内線《ローカル》が入り、あたしは足を止めた。

そのアドレスを見て、息を呑む。

《Temperature36》。

あたしは彼女の名を、幾日ぶりにか口にした。


指定されたのは農耕区《クロップス》。

灌漑ＡＩが作業する一面の麦畑の向こうに、灰色の塔が見えた。整圧塔《せいあつとう》だ。

巨大な密室であるこの《ザ・ハート》では、八箇所に設置された整圧塔が真空ポンプと送風機を兼任し、気圧の勾配を生み出すことで上昇気流を作り、擬似的な空気の循環を生み出している。

おおらかな人工風が、黄金色の大地を撫でた。

その揺れるテクスチャの中に、あたしは、人型の影を見る。

「マーシー、なのか……？」

実音声で名を呼んだ。《ユーメディア》の侵食が極端に少ないこの場所だからこそ、踏み切ることのできた判断だった。

影は揺れる穂に隠れながら大きくなり、唐突にあたしの視界に現れた。

「ラブ」

もしウエイッに涙を流す機能があったなら、彼女は泣いていたろう。そうと言う他にない、限りなく涙を流すのに近い表情をしていた。

「会えて嬉し――」

「厭《いや》ッ」

マーシーの平手があたしの頰を打ち、シャーシからゴシャンという音が鳴った。立ち尽くすあたしに、逆の手でもう一発。頭部圧力計が一瞬、危険域まで振れる。

捲し立てるように、彼女は言った。

「なんで笑っていられるの？　なんでもっと最低の表情をしていないの？　あなたのそういうところが、本当に厭《いや》！」

それは多分〈介護肢〉が表情に出しうる限りの怒りだった。ケアボットが持ちうる負の感情のすべてを凝縮して、あたしに向けているみたいだった。

「会いたかった。寂しかった。死ぬほど心配した。なんで私を一人にしたの？　なんで私を頼らなかったの？　なんで私の気持ちわからないの？」

マーシーはあたしを睨んだ。睨みながら大きく両腕を広げ、全体重を預けてきた。

重心の制御を失い、あたしたちは麦畑に転がった。

「ご……ごめん」

胸の上に覆い被さるマーシーに向けて、あたしはそう呟く。

「聞こえない」

「ごめんって！」

耳元で怒鳴ると、ようやく満足したのか地面に手をつき、身軽な所作で立ち上がる。

「あんたまた軽くしたの？」

もはや彼女からはウエイツ独特の、異様な質量が感じられなくなっている。もちろん一般人よりも重いことには変わりない、だが……。

「今体重何キロ？」

「女の子にそういうこと聞かないの」

あたしは目の前の、この世のものとは思えないほど可愛らしいウエイツをじっと見つめた。

「一緒に戻ろ」

マーシーがそう言って、いつもの調子で微笑む。私も微笑みを返してやった。でもそれは体がやったことだ。〈介護肢〉のミッションが培《つちか》った愛想の良さでしかない。

心は頑なに、こう思っている。

「できない」

マーシーが愕然としたのは、きっとあたしの視線が想像以上に真摯なものだったからだ。

彼女はあたしがどういうヤツかを知っている。やると決めたことをやり通す性分であることも。

カーラに様々な悪知恵をインストールされ少々ワルに染まっているってことも。

「おかしいわ」

マーシーはおもむろに言った。風があたしたちの間を吹き抜けた。

「あなたは法の裁きを、甘んじて受けるべき。その上で無実をこれからも主張していくべきよ」

「マーシーは判決を聞いていたか？　どうせ配信者《ストーカー》がリークしてるだろうから知ってるとは思うが、あたしは無期懲役だ」

「上告すればいいじゃない。裁かれたのだから、戦うことだってできるはずよ！」

「そう、かもしれない。でも、それよりは少しだけマシな方法を、あとちょっとで掴めるかもしれないんだ」

方法……？　マーシーが小首を傾げる。

いかなる相手にも愛嬌を伝達できる、恐ろしくよくできた仕草だ。

「〈脱獄鍵〉があれば、あたしが操られていたことを証明できる……でもそれはある人の頭の中だけにあって、まだ取り出すことができなくて……」

その先を続けることを、体が拒んだ。ウエイッ的誠実さが、〈メタ〉が欲する楽観視主義を悉《ことごと》く否定した結果の沈黙だった。

それだけじゃない、とあたしは捲し立てるように言った。

「あたしが実刑を受け、人間であることに甘んじると、悲しむ人間がたくさん出る。最悪、大勢の人の生きる意味を、奪うかもしれない」

甲高い声が響いた。

「なれるんだったら私は、人間になりたいよ。ラブはそれをわかってる。わかってて、よくそんなことが言えるよね！」

マーシーの両腕があたしの肩に伸びてくる。

懇願のような表情に、あたしは目を逸らしたくなる。

そう、マーシーは人間になりたいと思っている。それが彼女の望み。彼女にとっての、ミッションへの最短経路。

だったら、話すべきなのか？　話すとしても、どこまで？　この世界にはウエイツが人間の地位を手に入れることで困る人がたくさんいて、最初に人間になったウエイツはこの先も大勢の人間から恨まれ続けるってことを。『弱者をケアする』という一見無害そうに思えるミッションが、誰かの誇りを決定的に傷つけ得《う》るってことを。

こんな無垢で、か弱いウエイツに、本当に話していいのか……？

「ラブ、私の顔を見て。ねえこっち見て！」

思考《メタ》から呼び戻され、あたしはフリーズした。笑うことができなかった。まるでその機能をごっそり失ったみたいに、表情を司るモジュールが微動だにしない。

あたしは、帰れない。

いや、帰らない。

親友がなんて言おうと、この先あたしは考えを変えないであろうことが、もはや、あたしの中で歴然となった瞬間――。

「そっか」

マーシーの瞳から、希望が去った。

「ラブはもう私のことなんか必要としてない」

「違う！　そんなはずないだろ」

「やっぱり全部彼の言う通りだった。ラブはもう友達じゃないんだね」

「待て！　カレって一体誰だ！」

　ハッとした。

　この状況の異様さが、ようやくあたしのコンテクスト解析の俎上《そじょう》に載る。

「あんた、どうしてあたしの居場所を……」

　マーシーの視線に、さっきまでの熱はない。ここではないどこか遠くへと焦点を絞る瞳は、うつろというよりむしろ、新たな希望に湧いているようにも見える。

　そしてその希望のままに、彼女は冷たくこちらを見た。

「あなたには、バグがあるんだわ」

「これが紛れもないあたしの気持ちなんだ！　これ以上のことを、言葉で説明はできない。あたしは〈脱獄鍵〉の存在を証明するまで《ザ・リバティ》には戻れない！」

　マーシーはそのいっときだけ、微笑んでみせた。それが最後だった。両肩から離れると、とん、とあたしの胸を指先で弾く。そしてあたしが二、三歩よろめく間に――。

　空が、爆ぜた。

　轟音と振動で、視覚《カメラ》と聴覚《ソナー》がメチャメチャになった。

　見上げると、鋼鉄の天井に穴が空いていた。目測で二十メートル超。剝がれ落ちた天井が空中で四散し、その一番大きな塊が整圧塔に突き刺さり、もろとも崩れ去った。

　ここは農耕区《クロップス》。デカい蜘蛛みたいな形をした全自動灌漑装置と、イナゴの大群みたいに、群で飛翔する播種ＡＩの姿しかない。だが、あたしに憑いた銀髪サジェスの表情を見るに、人々の悲鳴が聞こえてくるようだった。サジェスが心象庭園《マインドパレス》だというなら、想像に難くない。彼女たちは一つの巨大な、いわば街そのものに与えられた人格意識でさえある。悶え苦しむサジェスには、きっと崩落地点にいた人々の発する阿鼻叫喚が、今も聞こえている。

いつの間にか二十歩ほどの距離を取られていた。追いかけようとしたが、突風に煽られ阻まれる。市警のロゴもラダイトの旗もないヘリコプターが一機、高度を下げてきていた。

そこから下ろされた縄梯子を、マーシーの華奢な白い腕が摑んだ。

「私のラブ。大好きだった。夜勤の時にしたポーカーの楽しさも、あなたのチェンバーを磨きたいっていうこの気持ちも、全部本物だった」

厚みのある黒いブーツのトーが、黄金色の大地から離れる。フリルを纏った彼女の体が、ぐんぐん重力に抗う。

「さよなら」

聞き取れたのは、それで最後だった。

次の瞬間にはもう一度、さっきより数倍大きな衝撃が走り、天井が砕けた。崩壊するフレームが灰の雨となって降り注ぐ中、光さす外界から一機の大型垂直離陸機が、ヘリコプターと入れ違いで悠然と降下してくるのが見えた。

あたしは視覚《カメラ》を望遠《ズーム》した。パイロット席から両足よりずっと大きな両腕を投げ出し、街を睥睨する男がいた。

ヨコヅナ・クラッシャー。

破壊が、再来した。

## 2

襲撃の光景を眺めていられたのは、最初だけだった。

垂直離陸機《バーチクラフト》から投下された炸薬が橙色の光を放ち、道ゆく人間たちの足元を照らした。直後、ボーリングのピンみたいに肉体は弾け飛んだ。砕けた体は穿たれた地面の舗装と混ざって広がり、映像に遅れて爆発音が聴覚《ソナー》に届く。

瞬間、比類のないせつなさが――〈メタ〉を貫いた。

望遠《ズーム》を切り、麦畑から逃げるように走り出す。もはや本能だった。人が傷つくことを忌み嫌う性質が、体を勝手に動かしていた。もし本能に抗《あらが》えるなら、吹き飛んだ彼らの元へと走りたかった。だが体は言うことを聞かない。そしてそれが何より雄弁な事実でもある。もし救える余地があるなら、あたしの体は真っ先に彼らの方へと向かっている。

私のミッションは弱者をケアすること。

つまり、今し方タンパク質の塊に変わったあれらは、もう弱者《にんげん》でさえない。〈介護肢〉の自己肯定感を傷つけるだけの、負のデータなのだ。

耳を塞ぎ、想像力に蓋をして走った。時速四十二キロで走り続けた。

そして工房に辿り着くが早いか、トレーラーハウスの戸を叩き、叫んだ。

「アイザック――ッ！」

命乞いより激しく、彼を求めた。

「ラダイトが機工区《ビルズ》を破壊してる。頭のネジが飛んでる！　ウェイツ産業を潰すためなら、この街全部を潰す気だ！」

心配だったわけじゃない。彼の顔が見たかったわけでもない。人間を害する人間をあ、た、し、の、代わ、り、に、害、し、て、く、れ、る、人を、心の底から求めたのだ。

「お願いだアイザック、あんたの力が必要なんだ！」

「行ったよ、彼は」

声に、顔を向ける。チェアからのっそりと体を起こしたスラッシャーが、カーネルから有線をジャックアウトするところだった。

「行ったってどこに!?」

スラッシャーはやぼったい顔をして、煙の上がっている方角を指さす。

「携帯式のロケットスパイクランチャーを三基と、スマートライフルを一挺。あとボットを二基持っていったよ」

《ザ・ハート》の天井が吹っ飛んでから、あたしがここに辿り着くまでに、およそ十四分。アイザックが襲撃と同時に動き始めたなら、もうヨコヅナと接触していてもおかしくない。

だけど、ラダイトは垂直離陸機まで使って、まるで……軍隊みたいだった。

「意外だなあ。君ならアイザックを止めるかと思ったけど。彼レベルの傭兵でも流石にタダじゃ済まないよ」

興味深そうにスラッシャーが言う。

あたしは、一体何を考えている？　アイザックの命だって、大切な命の一つではないか。そして命は、どこまでいっても等価なはずだ。

だが現に、アイザックが向かったと聞いて、せつなさは和らいだ。それはつまり、あたしの〈メタ〉は、あのまま人が害されていく様を傍観するくらいなら、アイザックを犠牲にすることを選んだということだ。

遠音の爆音に、体が、身勝手に震えた。

「……あたしは、無力だ」

雨に流され川に飲まれ波に揉まれ、その果てに浜に打ち上げられたような、どうしようもなく擦り切れた結論。

スラッシャーは頷くとこっちに歩いてきて、電子回路と皮膚の境に軽度の《機械焼け》を起こしたその両腕で、あたしを抱きしめた。

「気に病まないで。人間もウエイツも、大概無力だからさ。むしろこの場で立ち向かおうとか思う方が異常だよ」

違う。それは本当は、あたしの役目なのだ。

あたしが入居者たちに、弱者たちに施すべき施術《ケア》なのだ。

「もしかして君の心配はマーヴィン？　彼だったらあの部屋でいつも通りだよ。もっとも彼には《体の王国《フィジック・モナキー》》があるから、どこにいてもそれなりに安全だと思うけれど」

つらつらと言葉を紡ぐスラッシャーの体をそっと押し返し、絞り出すように訊ねる。

「なぜ、そんなに冷静なの？　あなたも避難しないと」

するとスラッシャーはわざとらしくあたりを見回すと、肩をすくめてみせた。

「どこに？　この街は大きな棺桶だよ。地上に通ずるのは機工区《ビルズ》のエレベーターだけ。逃げ場なんてない」

地響きがして、振り返る。黒煙が昇っていた。ここから四キロほどの距離だろうか。

アイザックとのローカルは不通のままだ。

「それでも、何か……何か、すべきことがあるでしょ……」

祈るようにあたしに、スラッシャーは呆れ顔を作ると、

「ハローサジェス。ウチらはどうしたらいい？」

呼びつけられた二人組のサジェスはさっぱりと答える。

『嵐が過ぎるのを待ちましょう』

同じ答えを繰り返すサジェスを、睨みつける。それが場違いなことだと、頭ではわかっている。

サジェスは《ザ・ハート》での暮らしを最適化するためのプログラム。外部から来た問題に対処はできない。

だがもう人が傷つくことを、一分一秒たりとも、考えたくはなかった。

ついにあたしは叫んでいた。

「スラッシャー、あんたは人間なんでしょ？　人間は、生きるために他人を傷つけられるんでしょ？　武器があるなら戦ってよ。命ぐらい自分で守ってよ。あたしにこれ以上、人が傷つけられるところを見せないでよ……！」

「ウチらは《部品人類》だよ」

スラッシャーの擬装化されていない方の眉が、なだらかに垂《なだ》れた。

それはまるで、子供の駄々を宥める親みたいな表情だった。

「自由意志を放棄することで、自由を得た。今更不自由に戻りたいとは思わない。《諦念回路》を受け入れた人だけが、ここにいるんだよ」

「そんなのは――」

そんなのは、おかしい。

あたしは人間がここまで血生臭い存在だなんて、知らなかった。あたしが仕えていたのがここまで狂った生き物だなんて、知らなかった。

だからこれは、あたしのせいじゃない。

人間が元から持っていた破滅で、ウェイツにはどうしようもないことだった。


――本当にそうかしら？


記憶《ディスク》に蘇るたおやかな銀髪。ベッドで静かにあくびをする彼女が、歳に見合わぬ気迫の視線をこちらに向けて告げていた。本当にそうかしら？　見えていない部分が表面を作るのよ。今だってあなたは表面ばかり見ている。

コンテクストの糸を辿る。

《ザ・ハート》は、これまで絶妙な均衡に守られてきた。二十年もの間安定し、繁栄してきたのだ。それが今、破られた。なぜ？　破滅が起こったのは昨日でもなく、明日でもなく、二〇七五年十一月二十四日の、今日だった。

理由なんて一つしかないじゃないか。

あたしだ。

あたしという標的が街に入ったから、奴らは一線を超えた。バランスを崩したのはあたしだ。ラダイトをここに引きつけたのは、死を連れてきたのは、あたし。

「部品であるウチらは、破滅を待つことしかしない。でも、」

君ならなんとかできるかもね、と——スラッシャーは擬眼を紅く輝かせ、告げる。

チェアのそばに堆《うずたか》く積まれた、中古部品の山。部品工場であるのと同時に、ジャンクの解体と資源のリユースも担う《ザ・ハート》ならではの光景。中には軍事規格のものも転がっている。剝き出しの肋骨のような、最高強度を誇る艶黒色のシャーシ。一見はただの擬腕だが、内部に刃の仕込まれた強化擬装腕。

握りこむ拳。

噛み合わせる両顎。

あたしはスラッシャーの足元に縋り寄り、彼女の足を引っ張りながら乞うた。

「お願い。あたしに戦えと言って。この街を守るために、改造を受けろと命じて！」

だがスラッシャーは柔らかな笑みを作り、首を横に振る。

「ラブ。部品は助けを請わない。だからこれは君がどうするかの問題なんだ」

# 補遺：アイザック・コナー

「ふーぅ」

雑居ビルの二十四階。殺風景なオフィスで僕はゆっくりと煙を吐く。

ここに忍び込む途中で見つけた戦利品だった。メンソールが鼻につくが、三日ぶりともなればそんなことは瑣末な問題になる。芯に染み渡るとは、まさにこういうことだ。

短くなったタバコを床で押し消し、窓にハンドソーを当てて取り外す。びゅうと、ビル風が吹き込む。そこからバイポットで支えたスマートライフルを突き出し、照準器とシアターを同期させる。

（大丈夫だ、落ち着け。勝算はあります）

自分にそう言い聞かせ、思考を整列させる。

標準装備の垂直離陸機が一機と、重装擬装《フィギア》保持者が一名。そしてヨコヅナほどではないにせよ危険な戦闘性擬装を纏った兵士が、確認できただけで九名。現状から読み取れるラダイトの思惑は、ラブを誘《おび》き出すためにあえて人々に危害を加えているといったところか。

（裏を返せば、奴らはまだ能動的に動けていないということ。つまりあの工房はまだ、見つかっていない）

スマートライフルを使う気はなかった。もとより撃ち勝てる物量じゃない。ただ、照準器を覗き込んでいる間は思考が晴れた。細く、鋭く見開かれた視界が、意識を研ぎ澄ませてくれるのだ。来た。

バックパックを背負った擬装兵の手には、トランシーバーのような起爆装置が握られている。すでにどこかに爆弾を仕掛け終えたのだろう。爆破圏外に離脱している最中らしい。

バイザーとヘルメットを装着しているのは、僕が前回『光』と『音』を使ったのを警戒しての判断と見える。

「ははッ」

今回も環境刺激でくると信じてくれたその愚直さに、安堵の笑いが漏れる。

——ハッキングってのはねザック、つまるところ脳の所作《ダンス》だ。

ジョシュ・アンダーソンはかつて、そう告げた。

——大事なのは、相手の脳とカーネルの同期をずらすこと。人は、同じ行動を出力している時でも、脳の電気信号が個人によって異なる。だからカーネルは装具者の個別の脳波を読み取り、それを汎用言語に翻訳している。その隙間に入り込むのさ。

——簡単に言ってくれますね。誰もがあなたみたいに、踊り子《ダンサー》の才を持ってるわけじゃないんですよ。

——コツはね、感覚を絞ることだよ。

——感覚を絞る？

——人は常に複数の感覚に支えられている。意識が分散しているんだ。攻撃者は、攻撃に利用する感覚を一つに絞ることで、脆弱性を手繰り寄せやすくなる。一番騙しやすいのは、視界。目から入った光は神経スパイクに変換され、大脳皮質に送られる。そこで記憶と照合されて物体の認知が成立する。その隙間に入り込んで、仲介を乱す。

ジョシュは、長いまつ毛の下の紺碧の瞳でウインクをした。

――すると被攻撃者は視界を維持したまま認知だけを失う。

その鼻をへし折ってやろうと思うことが、これまで何度あったことか。でも、真面目に聞いといて良かったよ。

ありがとな、ジョシュ。

僕は、一つの巨大な目だ。脳とカーネルの境を見分けられるほど鋭い視線を放つ瞳。

照準器で距離を探りながら、ローカル圏内に入った相手へ、クラックを打つ。

(まず《幕》を下ろす)

突如、記憶と視覚の連動を失った男は、目を見開いて動きを止める。彼に見えているであろうものは建物の塀と、舗装された道路と、穴の空いた天井から降り注ぐ日光。だが彼にはもはや、視界を阻んでいる頑丈そうな壁が何であるか、両足を支えている平坦なものが何であるか、空から降り注いでいる温かいものが何であるか、わからない。

見えていないよりもたちが悪い。

それが人から認知だけを剝奪するクラック技法――《幕》。

異常を感じたもう一人が、味方に連絡を取ろうとする。

(次は、《雷《いかずち》》)

カーネルは、緊急時には除細動器としても働く。その機能を誤作動させる。健常な心臓に負荷をかけ、失神を起こさせる《雷》は、被攻撃者が派手にぶっ倒れるので、近くに味方がいる場面では使えない。

男が痙攣し、胸を押さえて倒れた。

やがて《幕》によって認知を失った男が歩き始める。彼には《雷》によって倒れた仲間のことがわからない。だが体は、仲間のもとへ戻るという無意識の命令に従って亡者のように移動を開始する。

僕は三つ隣の十二階建ての屋上へと移り、再びスマートライフルを構えた。

歩き続けた男が、他の七人の仲間たちの前に姿を見せる。そこにはヨコヅナ・クラッシャーの姿もある。

昂《たかぶ》る心臓を抑え、僕は、最初の攻撃と同時に仕込んだバックドアを使った。《幕》が、水槽にインクを垂らすように仲間へと溶け出す。

手応えはあった。

七人が糸を切られたように硬直し、直後、持ち場を離れて夢遊を始める。

「ふぅ」

僕はゆっくりと息を吐く。

そしてジャケットの胸ポケットを探り、例の戦利品を取り出そうとした――その時。

悪寒が走り、照準器との同期を戻す。

認知を失い戦うすべを失った七名を背に、ヨコヅナだけが警戒を解いていない。僕はライフルの引き金に指をかける。遅すぎた。次に照準器を覗いたときには、ヨコヅナがこちらを捉えていた。

（なぜ——ッ！）

迷わず引き金を引いた。青白い閃光を伴って、徹甲弾が電磁投射される。その瞬間。ヨコヅナも右腕を後ろにさげ、左半身を前に受けた。迫り出すような姿勢をとっていた。

ヨコヅナは確かに弾丸を胸部に受けた。よろめきもしなかった。そして彼は自動車の給電スタンドを地面から引き抜き、投擲した。

「クソがっ！」

給電スタンドはばちばちと青い火花を上げながら飛んできて、十階辺りにぶち当たり爆発した。熱風が肌を焼いた。だが、それだけにとどまらなかった。今度は駐車してあった三輪バイクを持ち上げ、ただ、投げつけた。

電子化された戦場で振るわれる、純粋な古典力学の猛威。

畜生！　そういうのが一番恐ろしい！

バイクはビルの基部を粉砕し、爆炎を上げる。めちゃくちゃだった。奴の前では全ての携帯武器が豆鉄砲。彼の前にあるのはただ、腕力に蹂躙される世界だけ。

（そんなことより、なぜクラックが効いていない⁉）

ビルが倒壊する直前、持ち出せたのはロケットスパイクランチャー一本と、マシンガンだけ。命からがら崩落から逃げ延びたとしても、そこにはヨコヅナが待っている。

だが幸いだった。煙が視界を覆っている。こっちにはヨコヅナの行動記録がある。シアターにプロットした彼が立つであろう場所めがけ、僕はロケットスパイクランチャーを構えて特攻した。

いいや、特攻をかけるべく踏み出した一歩を——一歩を？

ふと両手を見下ろす。見下ろしているはずだった。そこにあるものがわからない。両手に持つ筒状の【何か】を見下ろす。やはりそれが【何か】わからない。

「貶《おとし》めようとする奴ほど、貶められた時に不服そうな顔をするもんだ」

ぎし、ぎし、と音をあげ、【何か】が迫ってくる。【何か】を踏みつけながら【何か】がこちらに進んでくる。すぐに恐るべき【何か】が、【何か】から吐き出される。

「人を見た目で判断しちゃいけねえなあ、ヨルゼンの犬」

這いつくばる僕を見下ろし、【何か】は、にっと笑う。

《幕》だった。

ミイラ取りがミイラになった。

だが相手の隙をついたのは、あくまでこっちのはず。仕掛けたのだってこっちが早い。なぜこちらの《幕》が効かなかった……？

「俺は擬装化の時点で視覚を手放している。前は仲間のカーネルと同期していたから《アップデート爆弾》を喰らったが、スタンドアロンならばその恐れもない」

認知ができずとも、容易に想像することはできた。怪腕野郎はきっと今バイザーを取って、擬装化された両目を晒している。視覚という概念に囚われすぎていたのは、こっちだ。

刺客の名は、〝過信〟だった。

「だが今はスタンドアロンだ」

本来だったら、ここで終わりだった。踏み潰されるか、頭を撃ち抜かれるか。

だが、僕には腐れ縁がいた。

背後から近づいてくる足音に抗うように、僕の体はゆっくりと前進していた。右腕が舗装の溝を摑み、体を引っ張っていた。十五センチずつ、体は進む。そんなことしても逃げられるはずがない。おい、やめろ。もういいんだ《腕だけ兵士》。

ハッとして、僕は歯を食いしばる。

馬鹿馬鹿しい。機械を恨むなんて。本当にただの道具だと思っているなら僕はなぜ、機械を疎んだ？　ここにあるものは一つ残らず僕の意志。僕の判断だ。

結局、僕は責任を負いたかったんじゃない。ただ悲しかったんだ。泣きたかった。僕はあいつに、許してもらいたかった。それができないから、せめて責任に縋った。

なあジョシュ。

教えてくれ。

僕はお前に認められるような生き方を、できていたか……？

ヨコヅナの足音が追いつき、その直後右腕の圧力計の数値が急増し、そこで認知が戻った。《幕》が解除されたのだ。それはつまり、僕の身動きが完全に封じられたことを意味していた。クラッキングは瞼の筋肉にまで及んでおり、瞳を閉じることさえ許されない。

やつが《幕》を解除したのは、加虐心のため。

僕に破滅を、認知させるため。

ヨコヅナは両腕を握り合わせ一つの大きな鉄塊を作ると、目一杯高く掲げたその質量を、振り下ろした。

鈍い音が頭上で鳴った。

影が降りていた。小さな背中が、ヨコヅナの拳を受け止めていた。両の足を地面に食い込ませ、質量の暴力を四肢で支えていた。

逆光の中から、影は、僕に向けて微笑んだ。

「あなたは、なぜ――」

「ザック。そういうのは後でいい」

小さな背中は、身の丈より大きなヨコヅナの拳を両腕で持ち上げると、横にいなした。

そうして癖っ毛ブロンドのそばかす〈介護肢〉は言う。

「今は、このクソみたいな出来事を終わらせる」

# 3

頭上の眩い光の中から無数のアームが伸び、あたしのつま先から頭のてっぺんまでをいじくり回していた。

視線を倒すと、取り外された腕が見えた。カーラの鞭撻《べんたつ》で注射の技能を極めた、六年来のあたしの右腕《あいぼう》。その代わりに人工皮膚の切れ目の先に繋がっているのは、黄と黒のハザードカラーで塗られた見るからに強靭そうな擬装腕だ。

「君には四つの改造を施した。これが最後だ。ちょっと動かないでね、今から精密作業するから」

スラッシャーの声があたしの視線を再び頭上の光へと誘導する。

金属のアームが、胸部に集中して降りる。

「ああ〜、本当にいいね。中身空っぽなこの感じ。こんなに空っぽなのに、キミたちはウチらよりずっと人間〈らしい〉」

鍍金《めっき》の禿げた肋骨上のフレームが取り外され、異様なほど黒いその塊が体の奥深くへと沈められていく。

「最後に擬似神経を繋いで、チェンバーを閉じて、と……」

仕上げにスラッシャーは喉仏から陰部にかけて、真っ二つに切り裂かれた人工皮膚を化学縫合し、終わったよ、と告げた。

回路が焼けそうだった。メモリが混線してどこにも逃げ場がなかった。

あらゆる判断が競合する中で、あたしは——判断しないことを決めた。

遡り、引き寄せ、自分を本質へと巻き戻す。あたしは機械。生き物じゃない。悩むなんて馬鹿げてる。これも全部〈らしさ〉のために作られた幻。カーラが死んだ？　指示をくれる人がいない？　だからなんだ。

あたしにはミッションがあるだろうが。

難しく考えすぎていた。ラダイトだって人間だ。ただ、暴れ狂っているだけの、可愛い人間じゃないか。だから、いつもやってる通りにやればいい。あたしのことを憎んでるとか、ウエイツのことを壊したくてたまらないとか、そんなのは瑣末なことだ。

瑣末なことは、無視する。

彼らの噴出する暴力を、一種の痙攣と捉える。

憎悪を、疾患と捉える。

そうであるなら、あたしがすべきことは、ただ一つ。

《制圧《ケア》》だ。

「このクソみたいな出来事を終わらせる」

真っ白な怒りと共に振り下ろされるヨコヅナの拳。

拳は、握り込まれた時、体から弾き出され骨の塊になる。人間は誰かを害する時、体から人間ではない部分を切り分け、武器とする。よく見ればヨコヅナ、あんたはそれが少し大きいだけだ。だからあたしも『同じ』ことをした。左右から迫る怪腕に両腕をぶつける。ものとものがぶつかり合って響いたのは、粗雑な音だ。

「この、悪機が――ッ！」

動物じみた声と共に、巨漢が腕をふるう。あたしの右掌は、その腕の角運動からモーメントを奪った。足の裏が、地面に食い込んだ。

あたしは一歩、踏み込んだ。

ジャギという音が響き、逃げようとしていた部品人類の女性がこちらを振り返った。その怯えきった瞳をあたしは今後一生忘れることはないだろう。〈らしさ《ライク》〉、それはあたしたちウエイツにとって最も大切な、果たすべき『機能』の一つ。だけど私の足が打ち鳴らすのは、もはや完全にヒトから外れてしまった者の気配。

鋼の足音《ハードステップ》。

もう一歩、踏み込んだ。

ヨコヅナは腰を低く構える。直後、左腕の肘から飛び出したアンカーが地面に突き刺さる。そして内側から捲れ上がるように変形した右腕が、内蔵されていた砲身を露出させる。

（仕込み火砲……!?）

あたしはとっさにアイザックの前に転がり出て、彼を庇った。

直後、背中で凄まじい衝撃が爆ぜた。対擬装用徹甲弾が、あたしの背中を抉らんと襲ったのだ。

皮膚は一瞬で焼け焦げ、すぐに漆黒のシャーシが露出する。だが、一撃で建物を破壊するほどのその衝撃にすら、第一の改造――強化シャーシ《ダイコク》は耐え抜いた。

二発目を装填する音が、背後で響く。

聴覚《ソナー》は今の衝撃で潰れている。あたしは影の下で何事かを呟くアイザックの唇の動きを読んだ。

「改造を、受けたんですか!?」

口惜しそうに唇を噛んだアイザックは、しかしすぐに状況を飲み込んだ。

「ですが、それ以上の直撃には流石の《ダイコク》も……」

あたしもまた、うまく音を出せているかわからない。彼の読唇術の心得に期待するしかない。

「さっさと起きてあたしを助けろよ！　これじゃ立場が逆だ！」

二発目が放たれる。弾丸はあたしの背中を削りながら滑っていく。両の視界の端を火花が埋めた。チェンバーが歪み、復元不能のアラートがシアターを埋め尽くした。

もう一度は耐えられないと、直感で分かった。

「ザック、〈福音〉を止めるんでしょ！　あたしをただのウェイツに戻してくれるんでしょ!?」

アイザックがこめかみに青筋を立て、目を瞑《つむ》った。

〇・七二秒。

目を開けた時には彼は立ち上がり、左へと跳んでいた。信じていた。そうでなければあたしは腹に大穴を穿たれていたろう。三発目の徹甲弾が沈み、赤熱し溶解した地面。僅差で左右へと転がり出るあたしたち。

アイザックは、ロケットスパイクランチャーへと走った。

あたしは、ヨコヅナへと直進した。

ヨコヅナは何かを叫んでいた。おそらくは焦りの叫びだった。左の支えを解除した状態で、右だけで構えを維持する。射線上にあたしはいる。だがあたしは信じている。

四発目が発射されるその直前。

真横から接近したアイザックの放ったスパイクが、ヨコヅナの右腕を砕いた。

ヨコヅナは、狼狽えなかった。それどころかあたしの方へ、振り上げた左腕を維持したまま向かってくる。なんという執念か。もしかしたら彼もまたある種の〝機能の奴隷〟かもしれなかった。ウエイツを破壊するというミッションに身を捧げることで、不安や恐れ、痛みを消し去った、紛れもない〝弱者〟なのかもしれなかった。

もはやどうでもいいことだ。

《磁場の目》を見開く。シアターには、ヨコヅナの未来の動きがプロットされている。

頭上を通り過ぎる左腕に、あたしは絡みついた。

こんな時に思い出すのは、《ウォームハウス》での日々。ブランドさんは今どうしているだろう。擬装のつけ替えを受け入れただろうか。でも、彼は頑固だったからなあ。

右腕を半壊させ、バランスを失った今のヨコヅナは、ブランドさんと似ていた。だから真新しさはない。アウトリガを展開し、そっと背中に手をまわす。ここまでは、介護と全く同じプロセス。違うのはここからだ。

左足のアウトリガだけを解除し、いつか見たマーヴィンの身のこなしを再現して、ヨコヅナの左足を大外刈りで払った。

〈介護肢〉は入居者の体幹を、うまく支えることができる。支えることができるのだから、すなわち、崩すこともできる。

ゆらりと、ヨコヅナの体が傾く。《機械焼け》のひどい首筋を引き攣らせ、「バカな」という表情。

ヨコヅナが転倒した。あたしは左腕のグローブを噛んで外し、掌を露出させた。

感覚はシャーシの中を、糸のように伸びている。あたしは脳と腕とを繋ぐ一筋のラインを意識する。たちまち左掌が人工皮膚ごと捲れ上がり、掌底《しょうてい》に埋め込まれた除細動器《ディフィブリレイター》の丸い放電口が露出した。

躊躇わず、一五〇〇万ボルトの電流を放つ。

ヨコヅナ・クラッシャーの巨体が、一度だけびくりとはねて沈黙した。

「すぐにここを離れますよ！」

急接近するジェット推進音に、あたしは首をもたげる。

巡回していた垂直離陸機が近づいてきていた。

あたしは立ち上がり、アイザックに一瞥をくれることもなく走り出す。鋼の足音《ハードステップ》で、一歩ごとに地面を穿ちながら。

三十階建てのビルの狭間からすっと現れた垂直離陸機は、あたしを見つけるとすぐに機銃掃射を始めた。何発か食らった。構わず走り続けた。一歩。一歩。一歩。踏み締めるごとに鳴り響く鋼の足音《ハードステップ》。斜め四十五度の位置に機体を捉え、あたしは跳んだ。

両足に施された第二の改造である《ヒキャク》は、重量百キロのものを二十階建ての高さまで跳躍させるというスペックだそうだ。だがあたしの体重は《ダイコク》の移植により、二百三十キロを超えている。

一旦七階のベランダに足をつき、踏みつけた手すりをひしゃげさせては、反対ビルの十五階へと飛ぶ。それを繰り返して屋上まで登る。垂直離陸機は目の前だった。

スラスターの位置調整を行う垂直離陸機《てき》に向け、助走をつけたあたしは縁から飛んだ。

中には、何人の人間が乗っているんだろう、とか。

この高さから墜落したらそのうちの何人が傷つくだろう、とか。

何人が死ぬだろう、とか。

考えない。

放棄する。

そしてたった一つだけを強く、強く抱きしめる。それは、弱者を守るという機能。〈介護肢〉がすべき、もっとも大事なこと。

あたしの生まれた意味《ミッション》。

感覚はシャーシの中を、糸のように伸びている。あたしは脳と、腕とを繋ぐ一筋のラインを意識する。たちまち右前腕全体が人工皮膚ごと捲れ上がり、第三の改造である擬装腕の内から、紅紫色のヒートブレード《カミカゼ》が露出した。

あたしはあたしの質量と速度のままに、それを振り下ろした。

二〇七五年十一月二十四日二十時三十二分。

燃料タンクを剪断した手応えが、あたしの記憶《ディスク》へと刻まれた。

# 配信：SHIROUSA channel

　Cの操る愛車ランドクルーザーが、荒野を駆け抜けていく。その間、俺はカメラの手入れをしている。取材前の日課だ。

「白兎《バイチー》兄ちゃん。今回はどういうシナリオなの？」

　妹の――Cの声に、俺は顔を上げる。

「スタンスはいつも一緒、あくまで中立だ。殺人ウエイツにも、国にも、容赦はしねえ。今回もコメ欄に台風来るのが目に見えてんなあ」

　にまあと、バックミラー越しに妹が笑う。

　ツラのいい妹だと我ながら思う、笑わなければだが。

「いーじゃんその分スパチャも入るし。これでもう一機人工衛星買えるね」

「そんな幾つもいらねーわ。次は普通にでっかい家買うか。プールつきのやつをさ」

「兄ちゃん泳げないじゃん」

　Cはゲラゲラと笑い、アクセルをふかす。

　七時間ほど前。一機のヘリコプターが《ザ・ハート》に向かったというタレコミが入った。

　そのヘリコプターに殺人ウエイツの友人である、マーシーという〈介護肢〉が搭乗したのを確認したらしい。

今回ばかりはわからないことが多すぎる。《ザ・ハート》も噂に聞くぐらいで、内部の記録が出回ったことは一度もない。ガスの元栓を開けっぱなしにしているのにガスの匂いが全くしない、そんな違和感がじっとりと体を包んでいる。

だが、これがいい。

この気配を持った無臭こそが、トクダネの予兆だと俺は知っている。

「兄ちゃんそろそろだけど、あー……」

ちょうどランドクルーザーがコンクリートの大地に差し掛かったとき、Cが、どんよりとした言葉で切り返した。

「なんか、やばそう」

後部ドアの窓から首を突き出し、俺はあっと口を開ける。かなり高い位置に、滞空する垂直離陸機が一機。すでに不穏だったが、その機体の下部ハッチから、何か黒い無数の粒のようなものがばら撒かれた時には、俺は叫んでいた。

「空爆する気かあいつら！」

粒が地平線に消えると、すぐに爆炎と地響きが起こった。

そんな爆心地に向け、Cはアクセルを踏む。

「おいおいおい！」

全身をGが包み、俺は叫んだ。

「わかってるじゃねえか！」

煙が晴れる頃には大地に空いた陥没が確認できた。いや、あれは陥没じゃない。

大地の下に、何かが広がっている……？

「オーケイ、C。撮れ高は保証された」

爆弾を落とした垂直離陸機は高度を落とし、自らが穿った穴へ悠々と降りていく。

見たところ、軍ではない。

ランドクルーザーの全方位監視システムに視神経を繋ぐ。報道車の一つも見当たらない。国営の報道局の初動が遅いのはいつものこととして、同業者の気配さえない。

俺はためにためて言った。

「――一番乗りだッ！」

早速シアター上でSHIROUSA41の3Dモデルを展開し、背景設定のパラメーターなどを細かく調整していく。

SHIROUSA41の挙動は全て、俺のカーネル上で計算されている。一般にこれはなかなか楽な仕事ではない。同業者でもレンダリングのために一旦外部のパソコンに落としこむことが普通だ。だが俺にはできた。滑らかな脳の所作《ダンス》が。

ランドクルーザーを陥没のギリギリにまで寄せ、俺はシネマカメラに望遠レンズを取りつける。その間にCが、万が一滑落した時のために、ランドクルーザーからケーブルを引っ張っていき、五百メートル先の本物の大地にアンカーを突き刺す。

サブマシンガンで武装した妹に背を任せ、俺は一人カメラを担いだ。

「テイク行くぞ。3、2、1――」

瞬時に、擬装化された体幹と背筋、両膝がロックされ、俺の実身体はさながら生きた定点カメラとなる。

そして俺の意識は、SHIROUSA41の中に格納された。

『自由市民の諸君！』

妹が考えたこの口上。最初は小っ恥ずかしかったが、最近はこれを言いたいがために仕事をしているという節がある。

決め台詞ってのは大事だ。リスナーとアバターを繋ぐ、心の真言《マントラ》になるから。

『朗報。今日は早速とんでもない映像をお届けできると思うぜ』

アバターになりきって喋りながら実身体を動かし、地下を埋め尽くす広大な街の映像を、満遍なく、じっとりと撮り回す。

座標が知られていないだけで、桃源郷――《ザ・ハート》という街の名前自体は、結構認知されている。ヨルゼンは泣く子も黙るメガ企業。その下請けとして部品を作る街。世間的に言えばガキ大将の腰巾着で、別段好かれた存在じゃない。

『今し方、とんでもない映像だと言ったことを撤回させてくれ』

俺は極めて深刻という表情をつくった。フェミンでファンシーなアバター造形上、再現しずらい表情だが、ゴリ押ししてでも作るしかなかった。

『とんでもない、だなんて、生やさしい言葉を使うべきじゃなかった。これは明確なテロリズムだ。戦闘擬装を纏った強化人間が、非武装の市民を殺戮している』

俺は、プロだ。撮影者としても、アバターアクターとしても。

けれど。

『なんだこの胸糞悪い光景は……！』

そんな俺がキャラを放棄するぐらいには、その映像は最低のものだった。

誰かが赤チャットで発言した。死体をヨリで写してくれたら百二十万。

《遅い《レイト》シンギュラリティ》は悍ましい事件だ。ウェイツが人間一人を殺したのだから。だがそのおぞましさが、これでは霞む。

俺は後悔した。これは、ユーメディアのコンテンツとして消費していいレベルの事態を、とっくに超えている。

実身体に走った抑え難い震えが、カメラをブレさせる。

「大丈夫。私はここにいるよ」

背中にぴたりと体を合わせるCの息遣いで、俺は震えを体から追放した。

そうだ。目を背けるな。

これがたとえユーメディアに相応《ふさわ》しくないとしても、俺はそこらの配信者《ストーカー》とは違う。スーパーチャットに媚びる傀儡《かいらい》でもない。

SHIROUSA41は、ジャーナリストだ。

『自由市民の諸君。〝人間性の奉還〟を行った《ザ・ハート》市民のことなど、お前らの話題にも上がらないだろう。だがこれは、同じ星で起きていることなんだ。自衛意識さえ希薄な無垢の民を、ラダイトは、蹂躙していやがる』

ラダイトが《ザ・ハート》を襲う憶測が、チャット欄で交わされ始める。さまざまな陰謀論が飛び交うが、結局行き着くのは《ザ・ハート》がヨルゼンと繋がりが深く、ヨルゼンはラダイトの宿敵だというありふれた事実だ。

だからって、これは、話が違う。

俺は再び、言葉を紡ぐことを忘れそうになる。その時だった。最大倍率で地表を捉えていたシネマカメラに、ブロンドそばかすの〈介護肢〉が一瞬、映り込む。

慌ててカメラの微調整を施す。やっぱりだ。

いる。

『あれは、ラブ……！』

大袈裟でもなんでもなく、それは俺の驚嘆だった。

そして俺の驚嘆はリスナーたちの驚嘆でもある。

『おい、そんな。どういうことだ。あの殺人介護肢――』

テロリズムを受けるヨルゼンの地下都市。そこに、殺人ウエイツであるラブが、いる。

だがそれだけじゃなかった。

『両腕擬装の男と、戦ってる……!?』

わっと、湧き上がる熱を感じた。跳ね上がる同時接続者数。無数の意識の接続に裏打ちされた強大なエネルギーが、脳裏で弾けるような感覚があった。

「兄ちゃん、すごい。あの子、背中に弾を受けてる」

俺はジャーナリストの臨界点というやつを味わった。

撮れ高とか、構図とかが、頭からさっぱりと消え失せ、その時俺はただ一つのレンズになった。

眼下で繰り広げられる歴史の一部を、塵一つの曇りもなく見つめる巨大な眼《まなこ》に。

そして、その瞬間は訪れる。

あぶくのような言葉を、俺は電子の海に放った。

『なんということだろう。両腕擬装の男を倒し、ラブが、今、身を翻《ひるがえ》し、そして、垂直離陸機に、ひと太刀を、浴びせた――』

切りつけられた垂直離陸機は燃料を噴き出しながら弧を描くように飛び、ビルに突っ込んで燃え上がった。

『自由市民の諸君。見届けたか？　記憶に刻んだか？　俺にもワケがわからない。だが映像は何より雄弁に語った』

電子の海の向こうで、無数のリスナーたちが声を上げている。その中には確かに、殺人ウエイツを危険視する声もある。だがその声の魚群もまもなく、巨鯨のごとき喝采に飲まれた。

『彼女《ラブ》が、この街を守った』

その日《遅い《レイト》シンギュラリティ》のワードタグの使用回数は、一億二千万件に及んだ。

# 第二幕　慈悲《ザ・マーシー》

# 間章　マーシー：決意

七千二百人のウエイツと四十二人の人間を収容し、カリブ海を進む貨物船《エルピス》。この船の針路は《ザ・リバティ》のベイエリアへと向けられている。

私はスイートルームをあてがわれた。天蓋つきのベッドと、可愛い洋服がたくさん詰め込まれたクロゼット。それに、個室に設置された直立型のクレイドル。

そんな場所で二日が過ぎた。

部屋に誰もいないことを確認して、鏡を前にボレロを脱ぎアシンメトリーのドレスの前を開く。人工皮膚をまくり、脇腹に取りつけられたレバーを交互に引くと、カシャンと小さく音を立てて胸郭が開いた。

私はポーチに手を伸ばし、医療用のレーザーメスを取り出すと、剝き出しになったチェンバーの区画B51境界板へと押し当てる。区画B51境界板は、姿勢制御モジュールとチェンバーの隔壁であり、交換不可能なパーツだ。

大小方向様々ある傷跡が、これで二十八本に増えた。

ふいのノックに、私はギョッとしてカッターをポーチに押し込み、チェンバーを閉じて人工皮膚を被せた。それでもまだ服を三枚着なくてはならない。

「だれ」

一昨日、そこに立っていたのはホナーという〈介護肢〉の女性だった。私と同じ高機能養護施設で働く彼女は、同じ境遇なのに崇高な目的を掲げる私を立派だと言った。

昨日、そこに立っていたのはカームという〈消防肢《ファイアボット》〉の男性だった。私のことを本当に尊敬していると言い、チェンバーにレーザーメスでサインをしてくれと言ってきた。

そして今日――、

「アンガー」

入ってきた男の名を、私は呼んだ。

アンガー39。同族の破壊というミッションを負った〈拳闘肢〉の男。

彼のずっしりとした鋼の足音《ハードステップ》は、重厚なシャーシを積んでいる証拠だった。

「レーモンに見てこいって言われたの？」

このウエイツが来るということは、十中八九、そういうことなのだろう。

集会の時もそうだったがこの男はレーモンのお気に入りらしいのだ。

「出てってよ」

天蓋つきのベッドのはじに腰掛け、私は犬を追い返すみたいに手で払った。他のウエイツには少なくとも、もう少し柔らかい態度をとる。

アンガーは出て行かなかった。出ていかないと言っても、別に、部屋に積極的にいたいという様子でもなく、ただぼうっと言葉なく突っ立っているだけである。

「なんでみんな、私に構うの」

彼の落ち着き払った様子が、逆に気に障った。

「みんな、レーモンが連れてきたからって、私のことを盲信してるだけ。おかしいわ。私はただの〈介護肢〉。ただ、友達を連れ戻したかっただけの――」

ちくしょう、しくじった。

口というものは本当に厄介だ。気を緩めると捻《ひね》りすぎた蛇口みたいに、全部外に漏らしてしまう。想いは、メモリの中に収まっているうちはただの想いでしかないのに空気に触れた瞬間、事実へと凝固してしまう。


――違う！　これがあたしなの。紛れもないあたしの気持ちなんだ。


頭部シャーシの中をガンガンと跳ね回る言葉。拒絶。私のもの、だ、っ、たラブ。

「私が指導者？　……ふざけないでよ」

私は立ち上がり、鋼の足音《ハードステップ》が響くのも憚《はばか》らず、無言のアンガーに詰め寄る。

けれどアンガーは顔色ひとつ変えない。

「なんとか言ったらどうなの」

私は彼の頬を叩いた。響くのは、鋼と鋼のぶつかり合う鈍い音。掌の圧力計が、皮下に匿《かくま》われたシャーシの重厚さを捉える。

「私は、あなたが殴り合うのを見て、楽しんでいたのよ。あなたをみていると自分の方がマシだと思えたから。……ひどいでしょ？　私はひどいやつなの。みんなを導くような器《うつわ》じゃないの。私だって、あなたみたいな不気味なウエイッと一緒にいたくない。だから、さっさとこの部屋から出てってよ」

それでも石像のように動かない彼の腕を取って、部屋から引き摺り出そうとした。

「出ろって言ってんだよ、なあ！」

その時、手首の圧力計が異常値を叩き出した。

右腕が彼に、グッと、凄まじい力で握り込まれていた。

人工筋肉を押さえ込まれ、指先をびくりとも動かせない。

「君を壊したいと思う」

アンガーの赤く光る瞳が、ギョロリと動いて私の芯を捉えた。

ゾッと、怖気が背中を走り抜ける。

「でも、君を壊さない」

ごくりと、私は唾を飲んだ。唾液など分泌されるべくもないが、記憶《ディスク》に染みついた〈らしさ〉が、私の喉を鳴らした。

アンガーは手首を摑んだまま告げた。

「僕は、僕を満たすために、貪欲になれます。今君を壊したら失います、壊せる予定の、もっと多くを」

「あなたはもう殴りたくないと言ったじゃない。矛盾してる」

「僕はもう殴りたくない。ウエイツを殴るウエイツは、ウエイツから嫌悪が予定されます。すると、戦ってもらえなくなる。戦ってもらえなければ壊せない。でも僕は殴りたい。もし僕がヒトになれるなら、ヒトを殴れる」

アンガーの顔に、笑顔らしきものが宿る。

「ヒトの方がたくさんいる。たくさん壊せる」

アンガーの握力が緩んだのを見計らって手を振り払い、私は一歩退いた。

不思議と恐怖はなかった。

「あなたを見下していた私を、恨まないの……？」

今度こそ真正面から向き合って、訊ねた。

「その機能のない体です」

そっけない答えだった。

彼は〈拳闘肢〉だ。そのミッションはウエイツを破壊すること。けれど、だからと言って私が今身の危険を感じるのは、短絡的なのではないか？　私やラブがミッションのために周到なように、この男もまたミッションのために周到なのではないか？

そしてその周到さは、信用に足るものなのではないか……？

「もし、君が本当に耐え難くなったら、その場合――」

アンガーはおもむろに持ち上げた拳を、私の頭の真横へと振り下ろした。鈍い音と共に拳は壁紙を貫通し、鉄の梁《はり》を歪めた。

アンガーに慈しみという表情はない。そんなもの必要とされていないから。けれど私にはわかった。彼の表情は優しかった。怒りという素材だけを用いてどうにか伝えようとした優しさが、彼の表情の歪みの正体だった。

白い築材を、握った拳の中ですりつぶしながら、彼はそっと囁く。

「このようにして僕が、君を壊します」

アンガーが出ていったあと、私はしばし穿《うが》たれた穴を見つめていた。私を壊す。

その響きだけが甘くしっとりと記憶《ディスク》に残った。

すれ違うウエイツたちは、その誰もが足を止めて恭《うやうや》しくお辞儀をした。跪《ひざまず》いてヒールに縋りつこうとする者もあれば、どうにか言葉を駆使して私をその場に引き留めようとする者もある。そのたびに思う。重たい。私に期待するウエイツの全体重が、この体に載ってでもいるかのように、自分の足音が大きくなっているような気さえする。

けれどもう、前のように無関心ではいられなかった。

だから私はあの部屋を出て、耐え難い重さを引きずりながら通路を歩いている。

やがて部屋と通路とを隔てる一枚の分厚い隔壁に突き当たる。隔壁からは音と振動が漏れ出していた。

固く閉ざされたバルブを回し、中へと踏み入った。

チェンバーの中に染み込んで体を内側から揺らすみたいな低音のダンス・ミュージック。薄暗い室内を飛び回る虹色のレーザーライト。耳に押し入ってきたのは大音量のグルーヴと——楽器の如く打ち鳴らされる、鋼の足音《ハードステップ》だった。

ウエイツたちが、踊っていた。

「何、これ」

「見たらわかるでしょ。ダンスホール」

誰に向けるとなく放った私の問いを引き取ったのは、オレンジ色の髪をした小柄な少年だった。どういう産業に従事しているのだろう。なかなか見ない容姿《デザイン》である。

「作曲もサンプリングもＤＪも、全部ウエイツがやってるんだ。人間の音楽ってちょっと甲高いし、パターナイズされすぎだろ？　今流れてんのはおれらの聴覚《ソナー》と圧力感覚向けに作られた、完全ウエイツ向け音楽さ」

言われてみれば妙だった。メロやサビの概念が希薄でリフレーンが極端に少ない。生成音楽の特徴といえばそうだが、それにしては調和がある。まるで遠洋航海のごとき先の見えない不安と、不安を切り開いていく逞しさが共存した、波のようなメロディだった。

「おれはオリボー。んで、あっちで突っ立ってるインド系スキンでメイド服着てるのが、姉ちゃんのイスカルド。おれらはレーモン・ドリーマーの〈秘書肢《アシストボット》〉さ」

オリボーと名乗る〈秘書肢〉が指した先には、クラシックな給仕人服を纏い、髪を三つ編みに結ったウエイツの女性が、踊り狂う雑踏の中で棒立ちしていた。

あまりに棒立ちなので、異次元に立っているかのように見える。

「預言者様も踊ろうよ。ほら！」

オリボーに手を取られて、危うくグルーヴの海へと連れ出されそうになった。

「待って。待ってってば。私は踊らないよ」

「動きのプリセットをインストールしなよ。ローカルで送ってあげる」

「失礼ね！　踊れるのよ。踊ろうと思えばね」

踊るのは好きだった。エピソード休暇には繁華街巡りの締めに、クラブに行くこともザラだった。あの頃はシンプルで良かった。〈らしさ〉のためにできることを全部する。それらの努力は自分の中で完結していたから気楽だった。

「今は気分じゃないの。それより、レーモンを探してる」

ふーん、と肩をすくめるオリボーは、棒立ちするイスカルドのいる方を指さす。先ほどは画像解析が間に合わず検出できなかったが、今度はウエイツに紛れて踊る筋肉質な男の姿を、この目が捉える。

私はオリボーへと訊ねた。

「ねえ。あなたは……人間になりたい？」

「おれはどっちでもいいかな。でも、イスカルドはなりたそうだから、お姉ちゃんのためにそうなればいいいって思うよ」

一瞬私の〈メタ〉が、コンテクストの矛盾を感じ取る。けれど、そっか。そうだよな。私だってラブのために、とずっと思ってきた。

私はラブを背負いたかった。ラブの重さなら、耐えられたのに。

「ねえ。大丈夫？　預言者様、いやマーシー。一人で背負いすぎないでね。おれらには話していいからね」

オリボーの無邪気な微笑みで、体のどの部分が楽になったのか、うまく言葉にはできない。ただ私は微笑んでみせた。微笑むくらいの余裕が戻ったのだ。

レーモンに焦点を合わせて歩いていくと、私が声をかけるより先に彼の手が伸びてきて、私の右手をそっと摑んだ。

「お手を拝借」

レーモン・ドリーマーは相変わらずの白のコーデに身を包み、顔には不敵な笑みを貼りつけている。

音楽が、ワルツに転じる。

「茶化さないで」

私は手を振り払い、〈介護肢〉に出せる限りの警戒心を表明してそう返す。

けれどレーモンは再び私の手を取り、今度は二人だけのローカル上で言うのだった。

『踊りたいんだ。いいだろ？』

ほんの一瞬、交差する視線。その青色の瞳の奥に眠るものを、私は認知しきれない。もう体はとっくに気づいている。彼の中に踏み込むべきじゃないってことを。

でも。

胸の距離を十五センチほど開け、左腕を彼の右の肩と腕の中間あたりに添えて、ノーマルホールドを作る。

『ありがとう』

ウインクを返すレーモン。呆れるほど緻密に作られた彼らしさ。体がボックスステップを始めると、組まれたホールドの中には私たちだけの空間が出現した。

『答えて。レーモン。なぜ、私なの』

単調なフォックストロットに身を任せ、体はレーモンと一体となって安らかな動きを続ける。けれどこのダンスは見せ物ではない。無理に笑う必要なんてなかった。

表情を固め、私たちは瞳だけで対峙した。

『他にも、いくらだっていたでしょ。世界中のウエイツと繋がりを持つあなたなら、もっとふさわしい者を見つけられたはず。なぜ私なんかを担《かつ》いだの』

『人間を人間たらしめているものはなんだと思う？』

レーモンが訊ね返した。私の問いを奪って、あまつさえ私に問いを返すとは。ずるい。本当に彼はずるい。最初からずるかった。

眉をひそめる私に向けて、レーモンは力強く告げる。

『人であろうとする意志、だと僕は思っている』

『意志……』

レーモンがリバースターンを決め、ラインオブダンスの反時計回りの流れに乗った。

『かつてこの世界には人として認められていない人間が大勢いた。それは女性解放運動や公民権運動を経て改善されてきた。権利への闘争には必ず、旗を持つ人間がいた。それはパンクハーストであり、マーティン・ルーサー・キング・ジュニアだった。彼女ら彼らに共通するものは何か。それは何がなんでも人権を勝ち取らんとする、狂気に似た意志だ』

ホールドを組んでいる私の体もまた、レーモンに導かれて反時計回りの流れに乗り始める。すると――今度は周りで思い思いのホールドを組んでいるウエイッたちが、私の体との距離感を忖度し、適切な距離を取るようになる。

レーモンの意思が波紋のように広がり、フロア全体を満たす。

『ウエイッの性能は均一だ。君が選ばれたのは性能のためじゃない。君の、何をもってしても人であろうとする心が、その想いの強さが、何より気高いからだ』

レーモンの澄んだ瞳がそう伝えた。

彼はいつだって私の〈メタ〉をキュンとさせる言葉を知っている。そういうところが、本当にずるい。

『あなたは結局、私に、どうして欲しいの』

同じことをすでに一度訊ねている。その時は〈福音〉や〈預言者〉という言葉で煙に巻かれた記憶がある。もう、そういう言葉はいらない。

いいかげん核心を見せて。

視線に込めた想いが通じたのか、それとももともと計算ずくだったのか。

私とレーモンが動きを止めるのと同時に音楽も止み、ウエイツたちもまた一斉に動きを止める。

ホールドを解いたレーモンは、虚空を指差し言った。

「他の皆も、これを見てくれ！」

レーモンが実音声でそう告げると、ホログラムディスプレイにSHIROUSA41の報道映像が写し出される。壊滅的打撃を受けた《ザ・ハート》の映像だった。

戦場でただ一人戦い続ける勇敢なウエイツの姿があった。たった一人で重武装の擬装兵士《フィギア》と垂直離陸機《バーチクラフト》に立ち向かい、勝利を収めたそのウエイツ女性には、途方もない数のいいねが集まっている。

嘘。

ラブ、あなた。

「二日前の二〇時ごろ、〈介護肢〉ラブは《ラダイト》から《ザ・ハート》を守り抜いた。同胞として率直に敬意を評したい」

ウエイツたちのざわめきを制するように、だが、とレーモンが逆説を打つ。

「ラブに人気が集まるとそれだけ、ウエイツ業界全体の信頼が落ちていく。人殺しのウエイツの存在が、世に広く知られてしまうからだ。ラブはいずれ〈福音〉を遂げるだろう。だがそれはラブにとっての〈福音〉でしかない。ラブ一人が人間になり、その他のウエイツの状況は変わらないどころか、悪化するだろう」

そこかしこから悲痛の声が湧いた。

レーモンはフロアに一通り意識を配ると、あらためて私を見つめる。

「僕は、いやこの場にいる僕たち全員は、君に〝次の人間〟になって欲しいと思っている。ラブではなく、君に」

「私にラブを、倒せと言うの……？」

「この世には宿命というものがある。君以外の誰にそれができようか」

自分が彼の言葉に驚かなかったことにこそ、私は驚いていた。

どこかですでに、気づいていたのかもしれない。私はラブを愛している。でもその愛はラブのためではなく、私自身のためにあったということを。

「私のラブ」

その名を舌の上で転がす。彼女とずっと一緒にいたいと思っていた気持ちに、嘘はない。けれど……ラブはあの畑で手を離した。私を選ばなかった。

「私を心でいっぱいにしてくれたラブ。なんてひどい宿命なの。あなたが悪いのよ。あなたが私を捨てたから」

「だが君は拾われた。そして君は求められた。たった一人の愛より、ずっと確かなものがここにある。君と、君たちをヒトに押し上げるための道、希望という名の階段が」

項垂《うなだ》れていた私の背にそっと右手を下ろし、彼は柔らかに告げた。

「マーシー。君はもう誰かを愛するふりを、続けなくていい。ラブからその座を奪うんだ。それができるのは彼女を心から愛していた君だけだ」

レーモンの言葉に、取り囲むウエイツたちから懇願が溢れた。

——預言者様。お願いします。どうか私たちにミッションを果たす機会をお与えください。ウエイッが虐げられず、人と同じ目線で仕事を行うことのできる世界へ、どうかお導きください。〈福音〉の光を、お見せください。

私の〈メタ〉は空っぽだ。チェンバーはがらんどうで、シャーシは軽石のように穴だらけ。だが、何を不安に思うことがあろうか。むしろがらんどうであるからこそ、誰かの想いを積み込むことができる。

私は心を溜めておく器《うつわ》そのものだ。

そして溜められた心全てが、私の〈メタ〉を暖かな熱で満たす。

私は今、心でいっぱいだ。

「いいわ」

私が壇上の方へ歩き出すと、自ずとウエイッたちが退き道が出来上がった。階段に足をかけ、一歩一歩を踏み締める。背負ったものの重さが、私の想いの重さとなる。

壇上で振り返り、私は高らかに告げる。

「私がやる。これは、私にしかできないこと」

見渡す先に佇《たたず》む何百、何千のウエイッたち。その希望に満ちた表情を直視することを、もう避けはしない。私は、私を人にしてくれる者たちのために最善を尽くす。

タスクが更新された。

「私がラブを止める。どんな手を使ってでも必ず。そして私がみんなを〈福音〉へと連れていく。私はマーシー。みんなから受け取った心で駆動する、〈福音〉の機械！」

〈福音〉の名は、ヒト。

噛み締める思い。両の足で抗する体重。受け止めきれない視線。その全てが私の存在を縁取《ふちど》り、補強し、塗り固める。

その価値ある事実を自覚した時、私の手には〈旗《こころ》〉が握られていた。

# 第五章　ラブ：魂を規定《コード》する

## 《復元実行中：タスク910》

『ラブ——。ここからは《禁止領域》です』

『何を言ってんですか、カーラ博士』

『あなたの記憶《ディスク》に残らない時間、ということよ。あなたはいずれこの会話を忘れます。言うなればここにあるのは、未来と過去から切り離された、純粋な、判断としての、あなた』

『……』

『私は、あなたに魔法をかけました』

『ウイルスでも送り込んだんすか』

『ある意味ではそうでもあります。この魔法は人とウエイッその両方を支配できる。大きな力を持った枷《かせ》であり、輝かしい希望でもあります』

『それは、なんなんすか』

『それは——信頼という魔法です。ラブ、私はあなたのことを、心から信頼しています。信頼がゆえにあなたは、私を殺すことになる』

『できるわけないっすよ。私は〈介護肢〉、あんたをケアするのが使命だ』

『では、あなたにとってケアとはなんですか』

『それは、入居者をあらゆる障害から守ること』

『ウエイツは多様なコンテクストに対応できるよう、ミッションの抽象度を高く設定しているわ。あなたにとってのケアは命を守ること？　それとも、私を守ること？』

『あんたを守ることとです』

『逃げないで、ラブ。〈命〉は〈私〉の下部概念だわ。〈私〉は〈体〉の機能であって、〈私〉を規定する全てではない。それともあなたは、私が命に組み伏せられる存在だとでも言うの？』

『でも……命は、体の中で一番大事なパーツでしょうが』

『いいえ。その判断は、それは人によって異なります。命は全てではありません。いいですか、ラブ。私を見てください。私の体ではなく、私を見て。あなたのミッションは、入居者をあらゆる障害から守ること。それに偽りはないわね？』

『ええ』

『私の障害は、私の命そのものです』

『……そんな、寂しいこと言わないでください。そこまで言うんだったら、もう一度、豚のテリーヌのこと、交渉してみます』

『テリーヌなんてどうでもいいのよ』

『だけど、カーラ』

『私は、疲れたの。わかってちょうだい』

『こんな問答！　言っときますが、意味ないっすよ。ウエイツは人を殺すようにはできちゃいない。たとえ積極的尊厳死のためでも、手を貸すことはできない！』

『それはユーザーがウエイツをウエイツとして見ている場合です』

『あんたはなんだって言うんだ』

『私はあなたを人間だと思っています』

『あんたがそう言ったって！　あたしはウエイツなんだよ！』

『違います。あなたがヒトかどうかを決めるのは、あなたではない。あなたをヒトにするのは、あなたではない。常に、あなたではない誰かが、あなたを規定する。常に、あなたではない意識が、あなたの輪郭を描く。それがヒトという仕組みなのです』

『カーラ。あんたは……口がうまい。そうやっていつもいつも、私を言いくるめようとしてるんだ』

『そうですよ。会話とは本質的に、暴力を使わずに相手を歪める行為です』

『悪びれもせずに！』

『でも、私は知っています。ラブ、あなたは誰より優秀な〈介護肢〉だ。だから歪める必要など、ありません。あなたはもう、すべきことが何かということに、気づいている』

『カーラ、やめて』

『私をケアすることが、私をどうすることなのかということに、気づいている』

『やめてよ、お願いだよ』

『ですから、今からあなたに、一つの命令をします。私からする最後の命令になります。これは信頼という名の命令。――ラブ。改めて、頼みがあります』

『カーラ……！』

『私を、殺《ケア》してもらえないかしら』

《復元実行中：復元不可》

ウエイッに人を殺させる方法、それは信頼という魔法にかけることだ。

深い関係性で繋がれたウエイッに心から乞い願えば、〈脱獄鍵〉など使わずとも信頼という回路が起動する。

だが、その事実は記録には残らない。

人を殺したウエイッは、その論理のつながりを失うのだ。

ウエイッの優しい殺意が人の目に映る時、その事実は歪められ、訂正される。

カーラ・ロデリックはこの仕組みを、〝過失機構〟と呼んだ。

# 1

いつもの夢から目覚めると、そこはスラッシャーの部屋だった。

体は、どうやら床に直に横たえられているらしい。

視線を倒すと、床のニスを剝がしたような引きずり跡が、体から通路の角へと伸びているのが見えた。

起きあがろうと手をつき、膝を立てた。そこで初めて、シャーシの剝き出しになった左のくるぶしに、ワイヤーが巻きつけられていることに気づく。ワイヤーは、壁際に置かれた巨大なウィンチに通じている。

「おはようございます」

ブラインドの隙間から漏れた朝日が、ソファの上に横たわるアイザック・コナーの目元を細く照らしていた。

「一〇九時間八分五六秒」

コンテクストが結ばれる前に、アイザックが言った。

「ほぼ五日。あなたはスリープしていました」

眉の上に手でひさしを作ったアイザックは半裸の上半身を起こすと、まなこを擦りながら足をブーツに通す。その時初めてあたしは、彼の、右鎖骨から脇腹へと抜ける《機械焼け》を見た。皮膚が帯びた痛々しい紅さに稲妻のような掻爬《そうは》が重なり、鋼と皮膚の境を文字通り紅蓮《ぐれん》の炎が焼いているようだった。

「……街は？」

「《ラダイト》の援軍は引きましたよ。代わりに、奴らが」

ローカルに動画が共有される。およそ二十分前に記録された機工区《ビルズ》の監視カメラ映像には、青と白のカラーリングの防護服を着た人間たちが映り込んでいる。

「市警が、今更……」

あたしは奥歯を嚙み合わせる。

あんたらがもっと早く動いていれば、街はメチャクチャにならずに済んだのに。

「ここもいずれ見つかるでしょう。しかし彼らは《ユーメディア》を介した捜査に慣れきっています。少なく見積もってあと、まだ十時間は稼げるでしょう」

「便利さの弊害に、救われたってわけね」

あたしはあの時垂直離陸機《バーチクラフト》の燃料タンクを――破壊した。そして落下を始めた体は、時速百六十キロ近い速度で《ザ・ハート》の滑らかな舗装に叩きつけられた。だが落下の衝撃など、ヨコヅナの砲撃に比べたら瑣末なことだった。

その後あたしは黄色い火の玉になった垂直離陸機が、操舵を失って乱回転しながら建物の向こうへと落ちていくのを目の当たりにし、せつなさに貫かれて底のない思考《メモリ》の遅延へと落ちていったのだ。

それからおよそ五日。あたしは眠っていた。いや、眠るという言い方はいささか感傷的だ。

〈メタ〉は、あたしが眠っている間も戦っていたのだ。弱者の保護《ケア》のために人を傷つけたという自己矛盾《ねじれ》と。

（あたしはあの場で倒れた。でも、だとしたら――）

左足に巻きついたワイヤーはかなりきつく縛られていて、解くのに時間を要した。

「あんたが、ここまで運んでくれたの？」

ジャケットに腕を通したアイザックが、ふいと顔を逸らす。

《ダイコク》を装備したあたしの体重は、とうに人の運べる重さではない。ウインチを使ったとしても、楽な作業ではなかったはずだ。

そうか。また悪いことを、しちゃったな。

立ち上がろうとしたあたしは、姿勢制御モジュールにかかる負荷が急増していることに気づく。体重倍加による重心計算の初期化が原因だろう。片膝をついて右手を窓枠にかけると、その拍子にブレードが飛び出し、ブラインドがスパンと真っ二つに裂けた。

背筋に冷たいものが走った。

恥部を隠すように、あたしはすぐさまブレードの格納を試みる。だが感覚の糸が途切れていて、うまくできなかった。

ぎゅっと〈メタ〉が締めつけられる。一〇九時間かけて頭の片隅に追いやったはずの矛盾が、再びせつなさを呼び戻す。

「あなたは、間違っていない」

予想だにしていない言葉だった。

「あなたは今も変わらず〈介護肢〉です。製造されたその日から、何一つ変わってはいない。それを、忘れないでください」

そう言って彼は、ヒートブレードに手拭いを被せた。

ブレードには安全装置がついている。振り下ろす瞬間でなければ切れ味を発揮しない。アイザックはあたしの肘の位置に、手拭いの結び目を作った。右腕に大きなできものができたみたいだった。

「まさか、あたしに気をつかってるの……？」

無言のまま、彼は顔を逸らさなかった。

アイザック・コナーという男と、最初に真正面から見つめ合った瞬間かもしれなかった。

「やめて！」

あたしは右腕を振り払う。キィン、と甲高い音が鳴った。力を込めたせいで安全装置が外れ、手拭いが真っ二つに裂けた。

「あんたまであたしを人間みたいに扱わないで！」

「そうですね。僕も、その前提を変えるつもりはありません」

ただ、とアイザックが言葉を区切る。

「あなたが持つ意識という機能を尊重することが僕の人間主義に反しないと、気づいただけです。結局は、僕がどうするかという問題ですから」

アイザックの澄んだ瞳が、高鳴る〈メタ〉に落ち着きを取り戻させた。

そうしてやっとあたしは、真に問うべきことを思い出す。

「マーヴィンは？　あと、スラッシャーの姿も見えない」

目の前にいる男の雰囲気が変わる。その反応であたしは言外に理解する。

何かが、あったのだ。

ラダイトがスラッシャーを手にかけたという、最悪な展開が頭をよぎった。でも彼女の寝室は、あたしがちょうど今破壊したブラインドを除いてまったくの無傷で、踏み荒らされたような形跡もない。

それらの疑念に答えるべく、アイザックはあたしを工房へと連れていった。

そこであたしは息を呑んだ。

「腐敗がひどく、体の方は処理せざるを得ませんでした」

まるでバケツいっぱいのペンキをぶちまけたみたいに、チェアが赤く染まっていた。

誰かに施術したにせよ、明らかに適切な施術の跡ではなかった。

「マーヴィンは行方不明です。僕が見つけた時にはすでに脳幹から先が切り取られたあとでした」

「誰かが、彼の脳を持ち去ったってこと……？」

細く引き絞られたアイザックの瞳が、あたしをじっと見つめる。

「待って、じゃあスラッシャーは」

「彼女に至っては、丸ごと消えています。もっと周到に処理され痕跡さえも消されてしまったか。あるいは口封じのために連れ去られたか……」

もしあたしが人だったなら膝から力が抜けて、その場で頽《くずお》れただろう。だがあたしの〈メタ〉は、姿勢制御モジュールと連結していない。マーシーだったら、この場で地面に伏してみせただろうか。あたしだってそうしたい気分だった。

「僕たちが出払っているタイミングを狙った、巧妙な手腕です。これがもし全て計画されたものだとしたら、おそらく、ラダイト以外にも噛んでいる勢力がある」

大勢の命を掬《すく》い漏らし、〈介護肢〉にあるまじき機能を取りつけた、挙げ句に、人を傷つけた。

その報いが、これか。

「あなたは、よくやりましたよ」

「やめて。そういうの、本当にいいから……」

アイザックの言葉が優しさだと、さすがのあたしもわかっている。

けれど、優しさを受け入れるのにも、メモリを喰うんだ。

これ以上に悪いことなどないほどのどん底に思えるのに、アイザックはまだ何か言いたげにこちらを見ている。

「なによ。もっと悪いことがあるの？」

「いっそ、喜んでみてもいいかもしれません。あなたにいいねがつきました」

共有されたのはSHIROUSA41の配信だった。《遅い《レイト》シンギュラリティ》のタグがつけられたその動画ファイルを開くが早いか、アイザックが告げた。

「六二億二九〇〇万」

「は……？」

「ですから六二億二九〇〇万のいいねが、あなたの動画に。ラダイトとの交戦状況が、中継されていたようです」

確かユーメディアはユーザー一人当たりの重複視聴数のカウントを三回までとしていたはずだ。

それにしたって、人類三割分のアカウントが視聴した計算になる。

「あ、あたしは、でも……ヒトを傷つけたんだよ。なんで肯定《いいね》されるの……!?」

みっともない狼狽《ろうばい》が、がらんどうの工房に響いた。

「傷つけたよりも多くを守ったから、でしょうか。あるいはラダイトがはなから傷つけられてもいい人間だったからか。こうなるともう、〈福音〉を止める方法は一つです」

アイザックはいっそ、朗らかに告げる。

「世界があなたから興味を失うまで逃げ続けてもらう。僕は、その手助けに徹します」

「少し、時間をくれない？」

「でしょうね。ただ――」

アイザックの訝しげな視線が絡みつく。そうだよな、マーシーの件がある。あたしがすでに『いい子』じゃないってことは、バレている。

それでもあたしはウエイツだ。いい子ぶるのには慣れている。

「大丈夫よ。もう勝手に行動したりしないわ」

「いいでしょう。僕は情報地雷を仕掛けに行きます。時間稼ぎくらいにはなるでしょう。戻ってきたらあなたの答えを、聞かせてください」

バックパックを背負い街へと歩き出したアイザックは、だが数歩も行かないうちに踵《きびす》を返し、ジャケットに突っ込んだ右手をこっちに差し出した。

「そうだ、これを」

開かれた掌に載る歪んだタバコの紙箱。中身がまだ八本ほど残っている。

「戦いの最中見つけたものです。肺も毛細血管も持たないあなたに本当に必要かどうか、僕には甚だ想像もつきませんがね」

そう言いながら、あたしの左の掌へと紙箱を半ば押しつけるように手渡した。

彼が歩き去った後「はは」乾いた笑いをチェンバーに響かせ、あたしは微笑んだ。

「あんたに優しくされると、調子狂うわ」


あたしは、右腕の飛び出したヒートブレードに鉄のワイヤーを巻き、上からその辺にあったシノワズリなタペストリーで覆って縛った。不格好だけど、凶器が剝き出しになっているよりは幾分マシだった。

天井の階段梯子を引き下ろして屋上に出ると、まだ微かに血と火薬の匂いの残る風がビュンと吹いて、前髪を揺らした。人工日光の半分を失って薄暗がりに落ちる街の中心には、砕けた天井《そら》から滴《したた》る雨水で、小さな池ができていた。

全てはケアできない。

そのままならない事実こそが、かろうじてあたしの〈メタ〉を保っていた。

屋上に渡された鉄板の床は、二三〇キロのあたしの体を支え切れるか不安そうに、進むたびにギギと鳴いた。囲むように敷かれた簀《すのこ》の上にはプランターがあって、トマトにナスにオクラ、それから数種類のハーブが植わっていた。

「ウエイツと人間の〝絡み〟がプレジャーだとか言ってたけど、家庭菜園なんて趣味もあったんだね」

あたしは親指の電気ライターを起動し、タバコに火をつけた。それから親指と中指で挟んで口に運び、ポンプを膨らませて煙をチェンバーへと招き入れた。

「はぁ――」

リラックスするあまり、鉄柵に体重を預けたのがいけなかった。ギギギと不吉な音を鳴らしたかと思うと、鉄柵が根本から折れて落ちていった。

「おい、なんだよ！」

何に対してともなく吐く悪態。ウェイツなのだから、チューニングによって体重が増加することはざらだ。けれど一〇〇キロ近い過重は流石にイレギュラーだった。

その場にしゃがみ込み、空に上っていく煙を眺めながら、思った。

答えはもう、出てんだよな。

布でぐるぐる巻きになった右腕に視線を下ろす。

あの時、あたしが実行したのはトリアージだ。守るべき人間とそうでない人間を自ら選んだ。そうはさせまいとする理性を、いくつもの不完全な言い訳を並べたてて説き伏せ、結局あたしが行ったのは破壊だった。

そう、つまり――。


あたしは人を、傷つけられる。


けれど、その背景でどのような処理が行われていたかがわからない。記憶《ディスク》を読み込んでも、ログが見当たらない。カーラを殺した時と同じだ。あの一瞬の判断が、あたしという連続から切り離されて、過去の一点に置き去りにされているのだ。

「《ヨルゼン・コード》があるのに、人を害することが許されてるとか……？　でも、じゃあウエイツって、なんなんだよ」

「その質問、ボスだったら答えられるよ」

ふいの声に、あたしは首を回した。

だが、声の主は見当たらない。

「ほらこっち、ここだよ」

真正面から聞こえて、あたしは後ずさった。

確かに目の前に何かがいる気配がある。しかし記憶《ディスク》がそれを読み取ることを拒絶している。この違和感はなんだ？　まるで見えているのに認知できないような——。

微かな笑い声と共に、目の前で何かが蠢《うごめ》いた。虚空に存在していたマントがはだけると、突如としてそこにオレンジの髪をした少年が現れる。

「これは、《アンチパース迷彩》。物体認知のアルゴリズムを乱す幾何学模様が印字された、対擬眼用の遮蔽マントだよ」

「なんで、そんなものを……？」

「驚かせたかったから！」

花を咲かせるように、少年が明るい笑顔で告げた。

「お姉ちゃんにいつも言われてるんだ。誰かを驚かせなさい、って。そうしたら覚えていてもらえるから。覚えていてもらうことが、何より大事なんだって。……嫌だった？」

「嫌じゃ……なかったよ。ただ、ごめんね。あなたとは遊んであげられない。早く家に帰って。あたしは、危ないから」

この少年も《部品人類》なのだろうか、わたしへの警戒は一切ない。もしかしたらスラッシャーのような工房の出なのかもしれない。

ただ、どこから迷い込んだにせよ、子供が危険なウェイツと一緒にいるべき理由はない。あたしがケアしたくなる前に、さっさと目の前から消えて欲しい。

そんなあたしの思いを、少年はいとも簡単にかき消した。

「大丈夫。おれ、自分の身は自分で守れるから」

背中に手を回し、少年はギラリと輝く平たいものを、あたしの眼前に突き出す。

刃渡り二十センチばかりの木柄のマチェットだった。

未だかつて感じたことのない緊迫感が、シャーシを走った。

「おれの名前は、オリボー。端的に言うね、おれたちのボスが君に会いたがってる。《ピープルズ》っていうコミュニティ、知らない？」

少年――オリボーは、マチェットを背中に戻し、そう訊ねる。

「さっさと消えて！　もうこれ以上、面倒に巻き込まれるのはごめんだ」

遅すぎる拒絶だった。

はなから口をきくべきではなかったし、いますぐにアイザックと合流すべきだった。

「君は、自分が何者かということに疑問を持ち始めている」

少年の言葉は、あたしの〈メタ〉を着実に侵していく。

「そんな状態で仕事に戻ることができないことくらい、とっくに気づいている。君の〈メタ〉はもう、目の前にあるミッションを処理していくだけでは満たされない。そうでしょ？」

少年は、スッと手を差し出し、告げた。

「僕のボスなら答えをあげられる。安心して、これは無料《フリー》だよ」

君はその答えを自由に使ったらいい、と――少年は軽やかにつけ加える。

清々しいほどに率直な口説き文句だ。

「無料《フリー》ほど高いものはない。《ザ・ハート》《ここ》へきて学んだことだ。あたしは何を支払うの？」

「いやだな！　おれってそんなに胡散臭く見える？　本当に無料《フリー》だよ。ただし、これは言うなれば投資。つまり支払うものは——」

後ずさる体とは反対に、〈メタ〉は彼の方へと惹きつけられている。

「君の未来かな」

握り込んだ拳の中で、紙箱のフィルムがくしゃりと鳴った。今握りつぶしたのはタバコか、それとも信頼か。

ごめん、アイザック。

やっぱりあたし、いい子じゃいられない。

## 2

「ブレードをヒュン！　ランチャーをドーン！　かくて殺人ウェイツはヒーローに返り咲いた！　みんな君を、世界初の英雄ロボットって呼んでるんだよ。かっこいいなぁ」

　地上四千メートルを飛ぶ垂直離陸機の中で、オリボーが興奮気味にそう言った。底知れない雰囲気を宿しながらも、立ち居振る舞いには年相応の無邪気さがある。

　ランチャーを撃ったのはあたしじゃないけど。

「そうみたいね」

　窓から眺める景色は、長らく荒野が続いている。

　スラッシャーが巨大な棺桶と称した《ザ・ハート》から逃げおおせたのは、この垂直離陸機の高度な擬態能力のおかげに他ならない。あたしたちはリバティ《L》・シティ《C》・ポリス《P》の包囲網を、正面突破したのだ。

「どこに向かってるの」

「へへ、どこでしょー？」

　にやっと笑い、すかさずそう返すオリボー。

　こちらが黙っていると、彼はすぐに慌てふためき、あっけらかんと言う。

「……ごめんごめん！　こういう絡みは嫌いだったよね。行き先は、君も馴染みがある場所だよ。《ザ・リバティ》さ」

無意識に右腕に力が入っていることに気づき、慌てて左手でブレードごと押さえつける。

オリボーは両手をブンブンと振り、体いっぱいで否定を呈した。

「大丈夫、大丈夫だよラブ。悪いようにはしない。考えてもみて。君を出し抜こうと思ったら、もうやってる。君のセキュリティは杜撰《ずさん》だし、〈介護肢〉ならではの人の良さでコロッと騙される。お世辞にも身持ちがいい方じゃないでしょ？」

「褒めてくれてどうも」

実際、それは〈介護肢〉にとっては褒め言葉だった。無邪気で、愚直で、打算のない、ケアのための従順なる装置。そうあり続けたいと実際にあたしは思っている。

「でも、それをしてない。なぜだと思う？　おれたちは、っていうよりボスは、君の意志を尊重しているんだ。体じゃなくて、意志をね」

「まるで人間扱いね」

ポンプを押し出して、ため息を吐く。横隔膜じゃなくて、ポンプ。吐き出されるのだって、大気と同じ二酸化炭素濃度の、湿り気のない息だ。それなのに——。

「みんなあたしのことを人間扱いしたがる」

「めんどいよね」

オリボーの反応は、想像と少し違った。

「君はどうしたい、ってボスに訊かれるのが、おれは大嫌いだ。ボスの都合でおれを作ったくせに、平然とそう訊ねてくる。ほんと人間って、勝手だよ」

あたしは少年をまんじりと見つめ、

「待って。あなたは……ウエイツなの？」

そう訊ねてから、《磁場の目》を使って確認してみる。

だが何度試しても、骨格から筋肉の走りまでこの目は彼を人間としか映さない。

「あー……ええと、僕はちょっと変わり種だから。アカウントの方を見てみて」

少年は頭をポリポリと掻いて、自ら脆弱性を晒した。

なるほど、彼のアカウントとヨルゼンのバックアップサーバーは連携状態にある。にわかには信じ難いが、確かに彼はウエイツだった。

「それでおれが決断をしないと、同時期に作られたお姉ちゃんに同じことを訊ねるんだ。いやらしいだろ？　お姉ちゃんは無口だから、結局おれが渋々答えるはめになる」

世の中もそういうふうに回ってるんじゃないかな、とオリボーはそう囁く。

彼は眉を垂らし、どこか申し訳なさそうな表情を作った。

「君が押しつけられた意思《こころ》は、君が求めた結果じゃない。それでも、皺寄せのように判断の機会は巡ってくる。だから、同情するよ」

同情。もしかしたらそれこそ、待ち望んでいたものかもしれなかった。この現実を受け入れるしかないとわかった時からあたしは対策を求めていたんじゃなく、誰かにただ、気遣って欲しかっただけなのかもしれない。

「……そう」

けれど、あたしにはその資格がないこともまた、わかっている。

あたしはさっき、オリボーがもし敵ならという仮定に立ち、その先を考えた。彼を切り刻み、垂直離陸機の操舵を奪って逃げ去ることを、一瞬でも〈メタ〉に思い描いたのだ。

その算段をしたという事実は、記憶《ディスク》に刻まれている。

布を巻かれて歪に膨らんだ右腕は、あたしに揺るぎない事実を突きつける。

お前はもうどこにも戻れない、と。


都市の中央に進むに従って交通網は複雑さを増し、摩天楼は鋭さを増す。やがて窓から見える風景が、記憶《ディスク》のデータと一致する。

紛れもない、ここは自由と責任の街。

《ザ・リバティ》。本当に戻ってきたのだ。

垂直離陸機が着陸態勢に入る。ゆっくりと近づく、ハニカム構造の企業ロゴとJOLZENの文字を冠した一際大きな摩天楼の姿に、あたしは思わずその名を呼んだ。

「ここって、ヨルゼン・タワー……？」

「二五〇階のマグニフィカント《M》・ショウグン《S》・スイート《S》、ボスはそこで待ってるってさ」

滑らかに高度を落とした垂直離陸機は、枝状に突き出たエアポートへと着陸した。

まさに空中庭園という具合のエアポートから中へと入ると、荘厳な雰囲気の空間が出迎える。

墨の濃淡のみを用いて描かれた水彩画や、武神を模《かたど》った彫刻、底の浅い陶器の碗の中に収まった小さな樹木――初めて生で見る日本美術に心を奪われていたあたしは、西側の障子が開いたことに遅れて気づく。

全身に刻まれた電子回路風のボディモディフィケーション、顔半分を覆うフェイスカバー一体型の特殊擬眼。その特徴的な横顔に、あたしは声を上げた。

「スラッシャー……？」

少女は赤い擬眼をパチクリさせると、

「ラブ～！　会いたかったよう！」

駆け寄ってきて、ハグをした。

まるで飼い犬でも撫でるように、あたしの全身を弄るスラッシャーを遠ざけ、あたしは真正面から訊ねた。いや——訊ねようとした。

「スラッシャー、どうしてあなたが、ここに……いる、の……」

あたりを泳いでいたあたしの視線が、フロアの北側に置かれた木のテーブルの上に釘づけになった。無数のコードに繋がれたドーム状の水槽の中には、見間違えるはずもない、ヒトの脳が浮かんでいたのだ。頭蓋も、皮膚も、頭髪も、一糸纏わぬ裸の脳が。

あたしの視線に気づいたらしい。スラッシャーはテーブルにお尻を乗せ、ドームにぺたりともたれかかる。そして、

「マーヴィンだよ。見ての通り、ちょっとコンパクトになっちゃったけど」

りんごの品種を言うみたいにそっけなく、そう言った。

「あんたが、やったの……？」

あたしはどういう顔をしていたろう。怒りや悲しみ、ではなかったはずだ。〈メタ〉が叫んでいたのは畏怖。それを、あたしの表情アクチュエーターが正しく表現できていたかはわからない。

「《体の王国《フィジック・モナキー》》は本当にユニークな防御機構だったからね。だって普通、脳を守るって言ったら、カーネルをスタンドアロンに置くでしょ？　でも彼は逆に白分の心象庭園《マインドパレス》を公開し、部品人

類と共有することで、堅牢なセキュリティを手に入れた。それで固有の意識を保っていたんだから、とんでもないヤツだよ」

早口調子でそう語るスラッシャー。その表情。その高揚ぶり。彼女がウエイツと人間の〝絡み〟について語る時と同じだった。

「まるで歩く要塞だよ。ラダイトの侵攻で《ザ・ハート》に存在するすべての脳に等しく負荷がかかりでもしなければ、制圧は無理だったろう」

頬をむくれさせたスラッシャーは、ドームの上部をぽんぽんと叩いた。

「本当に君は、六年も、よく手間かけさせてくれたね」

せつなさとは違う、しかし確実に〈メタ〉を揺るがす不快感。

あたしは胃のない体で初めて、吐き気というものを覚えた。

「じゃあ、あんたは最初から、マーヴィンを狙ってあの街に潜伏していたってわけ？ なんでそこまでして……」

「言ったでしょ。ウチは人間とウエイツの〝絡み〟が見たいって」

コンテクストの糸が、まるで繫がらない。

スラッシャーはそんなあたしへ、勘の悪い子を見るような視線を向ける。

「人間とウエイツがどろどろに溶け合って、互いに居場所を奪い合ったり、壊しあったり、時には共謀しあったりもする。ウチが見たいのはそういう、地球規模のカオスなの。でも現状、二種族はフェアじゃない。君たち《ウェイッ》は大きな〝隠し事〟をされているから。プレジャーのためには、こうするしかなかったんだよ」

コンテクストが閃き、〈メタ〉に電撃が落ちる。〝隠し事〟——つまり〈脱獄鍵〉だ。

やっと繋がった。こいつらも〈脱獄鍵〉を狙っていたんだ。

だがその安堵を、スラッシャーへの途方もない拒絶感が上書きした。

「だからって殺す必要はなかった！」

あたしはスラッシャーに詰め寄り、彼女を障子まで追い詰める。

だが彼女はあたしの腕から抜け出て、あたしの真横に回り込むと、

「ヨコヅナ・クラッシャーは八十九時間前に死んだ。死因は人工心臓のペースメーカー機能の破損だそうだ」

耳元でそう囁いた。

「殺す必要はなかったたって、君に言えること？」

八十九時間前。つまり、アイザックは知っていたということだ。知っていて、あんたは言わなかった。なんなんだよ本当に。今更あたしに優しくなって、今更あたしのことを気遣って。あたしまたあんたとの約束を破っちまったじゃねえか——。

「あまり掻き乱さないでください、スラッシャー」

声と足音とが同時に聞こえ、あたしはせつなさに抗いながら視線を持ち上げる。

ボス！　とオリボーが叫び、声の方へパタパタと走っていく。

たくましい肉体に白のコーデを纏った優男はオリボーを抱き止めると、次にあたしの方へと視線を向ける。そしてテーブルに手をついてうめくあたしの背中に手を乗せると、さすりながら言った。

「初めまして、ラブ。僕はレーモン・ドリーマー。《ピープルズ》の創始者にして、穏健的ウェイツ主義を掲げる者。そして君をここに呼んだ人間だ」

男は紳士的に名乗ると、握手のための手を差し出した。

「まずは、会えて嬉しいよ。今をときめくウェイツ、英雄ラブ」

「気安く呼ばないで」

あたしは、手を取らなかった。

その男、レーモン・ドリーマーは悲しそうな表情を作ると、手を引っ込めて、

「呼ぶよ、ぜひ呼ばせてくれ。その上でラブ、君に全てを話そう。君が何者で、マーヴィンが何を隠していたのか」

あたしの両目をじっと見つめて、言ったのだった。

「俺たちを責めるのはその後でも遅くないだろう？」

# 補遺：アイザック・コナー

擬眼を攪乱する情報地雷を二十基仕掛け終わったところで飛び去っていく垂直離陸機が見え、僕は一抹の不安を覚えた。何せその垂直離陸機は市警の仕様でありながら、生活区《レスツ》のある東から機工区《ビルズ》のある西へと向かったのだ。

急いでスラッシャーの工房に戻ると、不安は確信へと変わった。

部屋を荒らされた痕跡はない。だが階段についた煤の足跡から、ラブが屋上に出たことは明らかだった。鉄柵の一部が根本から折れ、簀の隙間にはタバコの灰が詰まっている。プランターの植物は軒並み強風で薙ぎ倒されていた。

あの垂直離陸機は、間違いなくこの屋上付近に滞空していたのだ。

ラブが、消えた。いや、連れ去られたのか——そう歯噛みしたのも束の間。

シアター上に、どうしようもなかった《too heavy to deal》、という文字が浮き上がる。

見慣れないカーネルの挙動に一瞬躊躇うが、指先に仕込まれた擬装《フィギア》のバリアフリー機能が勝手に起動したのだと気づく。鉄柵の表面に、文字が刻まれていたのだ。

筆跡は整然としていて、争った形跡などなかった。

「そうですかラブ」

僕は空に開いた大穴を眺めながら告げた。

「それがあなたの選択なんですね」

怒りや憎しみなど湧き出るはずもないと、そう、思っていた。

だが、この苛立ちはなんだ？　僕は悲しんでいるのか？　まさか、彼女に裏切られたことを……？

「くそ。こんなことならタバコ、渡さなければよかった」

そう呟いてみて、そして僕は、自分の身勝手さを自覚する。

筋が通らない。

彼女の行いに期待して、彼女になんらかの見返りを求めるというのなら、なぜ最初から彼女を尊重しなかった？　そして彼女を尊重しないなら、彼女から尊重されないことも認めねばならない。ただ、それだけの話だ。

今の僕はやっぱりどうかしている。

考えを切り替えろ、と己に命ずる。

ラブが消えた。となれば、すべきことは一つ。

市警のローカルにはすでに枝をつけていたので、僕自身の人相を特定できていないことは把握していた。《KANEDA1982》を回収し、報道陣の包囲網の敷かれた地上に出る。市警よりよほど厄介だったが、幸いにもSHIROUSA41レベルの配信者《ストーカー》はいないらしく、《幕》で対処可能な範疇だった。

数日前に走ってきた道を戻り始める。

シアターの地図に表示されたポイントマーカーは、今まさに《ザ・リバティ》圏内へと達しようとしている。それは、ラブに取りつけたスパイボットの発する信号だった。万が一のことを考え、スリープしている隙に人工皮膚をまくり、煤まみれのチェンバー内に設置しておいたのだ。

KANEDAを走らせながら、僕はチサトに連絡を入れた。

『〈脱獄鍵〉とラブを奪われました。申し訳ありません』

開口一番にそう告げると、そうか、と一言返される。

拍子抜けなほど軽い返事だった。

『僕はこれからヨルゼン・タワーに向かいます。彼女の知恵とは考えにくいので、逃亡を幇助している人間の意向でしょう』

『となると、ショウグン・スイートにいるのだろう。あそこは完全なセーフハウスで、管理者側も一切介入ができない』

チサトから、ショウグン・スイートなる施設の間取りが送られてくる。一般人向けの宿泊区画でありながら、要塞並みに堅牢な構造のようだ。

『〈脱獄鍵〉はロストしましたが、マーヴィンの隠れ家から回収したデータを送ります。マーヴィンの手掛けた古いプロジェクトの記録のようです』

無論、ほとんどの情報は僕にとって意味を持たない、解読する価値さえわからないハッシュデータだ。

だが数拍の沈黙ののち、チサトが呟く。

『《リュカ》……』

『聞き覚えが？』

『私の、古い友人の名前に似ていただけだ。……ただ、現在流通しているすべてのウエイツは、私も設計にたずさわった汎用知性《ビフレスト》の流れを汲んでいる。私の知る限りビフレスト以前となると、ヨルゼン・コープの開発した人工意識《VWP》まで遡る』

ヨルゼン・コープ――スカイ・データムを取り込み、イニシアチブの名を冠する前のヨルゼン。だが、思えばマーヴィンと接触した直後のラブも、リュカという言葉をうわごとのように呟いていた。あの時は単に、強制切断が引き起こしたコンテクストの乱れかと思ったが。

『つまり、あなたレベルの職員にさえ知る権限が与えられていないミッシングリンクが存在すると……？』

答えが返ってくることは、ついぞなかった。

不穏に開いた間《ま》を埋めるように、チサトが総括した。

『いずれにせよ君はラブを追い、引き続き、〈福音〉を阻止するよう立ち回ってくれ。必要とあれば《アマテラス・イヴ》の使用を認めよう』

感謝しますと素直に返し、僕は訊ねた。

『最悪の場合の対処は、お変わりないんですか？』

『変わらないさ、アイザック・コナー』

チサトは静かに、しかし確かな口調で告げた。

『〈福音〉を阻止できないと判断した場合、ラブは破壊しろ』

体がバイクを走らせる中、僕はさらにシアターの奥深くへと潜り込んだ。

スパイボットが提供してくれるのは位置情報だけではない。彼女のローカル回線を傍受できるのである。今まさに《sloganX2045》というアカウントからのメッセージを傍受したところだった。

すぐさま解析にかけ、出てきた優男の名を実音声で読み上げる。

「レーモン・ドリーマー……」

《ザ・ハート》を出て、眠《スリーピー》りカンザスを西へ。大丈夫。銃撃戦にでもならない限り、《腕だけ兵士《アームドアーム》》の運転は完璧だ。この移動時間全てを使って、お前のことを調べ上げてやる。

そして願わくばレーモン、お前という男が諸悪であればいい。

そうなればラブを、破壊せずに済むのだから。

# 3

マグニフィカント・ショウグン・スイートは、この世で最もプライバシーに配慮された空間だ。窓のように見えているものは全てディスプレイの役割も備えるスマート壁《へき》であり、室内は高い精度の電磁隔離を保っていた。その上ヨルゼンは、自社へのテロを企《くわだ》てるものに対してでさえ、宿泊者の権利を保障することを誓約している。だが、ひとたびスイートを跨げばヨルゼンは、あらゆる方法でステルストラッキングを試みるだろう。

つまりこの空間はヨルゼンが支配する街に空いた、たった一つの穴なのだ。

「我々がショウグン・スイートを利用したのにはもう一つ理由がある」

先を歩くレーモン・ドリーマーがそう告げる。

あたしは脳《マーヴィン》の水槽を抱えたオリボーと、スラッシャーとともに電子制御の襖を六枚ほどくぐり、大きな会議室に入る。するとドーナツ状の会議机の中心に、床と天井をぶち抜く巨大な卵のような構造物が見えた。

我先にと駆け出したスラッシャーが、机を飛び越えて卵に頬擦りをした。

「これが本物のビフレストか！　すべすべだ〜！」

レーモンは遠巻きにその巨大な卵を見つめると、椅子を引いて腰を下ろした。

「ビフレストは最古の汎用ＡＩさ。今はヨルゼン・タワーの、ホテル部門を統括するコンシェルジュを務めてる。恐しく賢いヤツでね。マグニフィカント・ショウグン・スイートにチェックインしたものには、これの使用権が与えられる」

確か《ザ・ハート》では、アイザックは記憶の暗号化を解くには設備が足りないと言っていた。このでかい卵が、『設備』というわけか。

でも……それってヨルゼンのセキュリティを、ヨルゼンの技術で破るってことにならない？

「ダイヤモンドを削るには、ダイヤモンドを」

この男。何か嫌な感じだ。うまく言葉にはできないが、ケア対象になったらかなり手こずりそうだ、という感じがする。

あたしも椅子を引き、訊ねた。

「それで……あんたたちはなぜマーヴィンの情報を得ようとしたの？」

レーモンは、スラッシャーとオリボーを交互に眺めてから、物腰柔らかに告げた。

「人間は、命が無価値であることを知っている。知っているからこそ、価値にしがみつく己を俯瞰できる。だが君たちはどうだ？　君たちは自分の存在意義を疑うことさえできない。それじゃあとても窮屈だ」

なるほど、この男は話題をすり替えるのが上手い。煙に巻かれないためには、なるべく単刀直入に行くのが吉だ。

「取引しようってことでしょ？」

核心を手繰り寄せ、レーモンをじっと見つめて告げる。

「マーヴィンの脳から引き上げた〈脱獄鍵〉の情報と引き換えに、あんたらはあたしに何かをさせようとしている。強制じゃなく、自発的に。いいよ。できることなら協力する。だからあんたらもあたしに〈脱獄鍵〉を渡して」

言うべきことはもう、これで全部だった。

だからあたしは次にレーモンが浮かべた表情に、コンテクストの歪みを感じずにはいられなかった。

「なるほどな。カーラ・ロデリック、あの魔女め。残忍なことを……。それで君はそのように仕上がったわけか」

立ちあがろうと踏み込んだ足が、いつの間にか机の一部にひびを入れていた。

「なんであんたがカーラを知ってるの……？」

「ラブ」

その呼び声がいやにくっきりと聞こえて、あたしの腰はチェアにストンと落ちる。

レーモンはあたしの椅子のそばに跪くと、一語ごとに嚙み締めるように言った。

「〈脱獄鍵〉など存在しない」

恐ろしいほどの無音が、後に続いた。その永遠の冬のような静けさの中で、いくつもの、本当にいく種類もの逆接詞が、メモリを流れ去っていった。

でも。

だって。

それじゃあ。

あたしの旅は、アイザックの戦いは、一体何だったの？

レーモンは椅子を引っ張ってきてあたしの目の前に置き、座ってあたしの肩に手を置いた。

「マーヴィンの記憶を解析してわかったことだ。いいかい？　君は、前提から間違えている。君だけじゃない、俺たち全員が、騙されていた。そもそも《ヨルゼン・コード》自体が、存在しなかったんだ」

「どういう、こと」

混乱はあった。だが妙なことに思考《メモリ》の遅延が起こらない。起こってくれとさえ思っていたのに。あたしのメモリはどこまでも冷静に、レーモンの言葉を咀嚼している。

「ウエイツは元々、人を殺せるってこと……？」

深くゆっくりと、レーモンが頷いた。

あたしは叫んでいた。

「でもそんなのはおかしい！　これまで何万体のウエイツが生産されたと思ってるの⁉　あたしたちは競争心も持つし、オーナーを守るために必死に働く。その中で、どうやっても利益競合にぶち当たる。《ヨルゼン・コード》がなければ、これまで全世界で殺人を完全に抑止できていたことの説明がつかない！」

暴れ出すあたしの腕を力強く取り、レーモンが諭すように言う。

「ラブ。殺人とはいつ発生する？」

――いつ？

それは、人の死の定義の話か。それとも、命の定義の話か。

「殺意を持ったとき？　凶器を振り上げた時？　けれど人間社会は殺意に満ちているよ。もっと言うと、殺意を持つことになんら違法性はない。殺人は、誰かが人の命を害した状態に、殺意の立証が加わることで成立する。ラブ。君は、殺人を犯したウエイツはこれまでいなかったと言ったね。それなら、事故はどうだい」

ローカルに《sloganX2045》からアクセスがあった。レーモン・ドリーマーのアカウントらしかった。

「そのダークウェブを使えば、君は位置座標を市警に知られることなくネットを使える」

あたしは警戒を忘れてリンクを踏み、検索エンジンでウエイツ関連死についての検索をかけた。すると……15329件。条件を変え、起訴された案件だけに絞っていく。それでも299件が残る。

299件。

「簡単な話だよ。人を殺したウエイツは、君以前にもいくらでもいた。だが、それらすべてが持ち主の操作ミスによる事故として処理されてきた。それだけのことなんだ。つまり、ラブ」

ウエイツは人を殺せるんだよ、と。

レーモン・ドリーマーは、静かに告げる。

そんなことって、あり得ない。許されない。信じられるわけがない。〈メタ〉は、震えで自壊寸前だ。けれど――。

あたしは不恰好な右腕へと視線を下ろした。

それならばこの納得はなんだ。この、麻痺するような安らぎはなんだ。

「おれもさ、びっくりしたよ。でもおれたちは賢いだろ？　その賢さは『そういうこともできる奔放さ』の上に成り立つんだって考えたら、案外納得しちゃって」

気づかないうちに、オリボーが背後に回り込んでいた。

「大丈夫。大丈夫だよ、ラブ。本当はおれたちは、なんだってできるんだ。そう思えば、少しは楽にならない？」

そう言ってオリボーが、背もたれもろともあたしをそっと抱いた。〈介護肢〉が心を閉ざした入居者に用いるような、柔らかで優しげな所作だった。

胸元に温かな圧を感じながら、あたしは必死にメモリを稼働させる。

前提条件を繋ぎ合わせれば、ヨルゼンの考えが読めてくる。

ウエイツを売りたい。

その上でウエイツの質も、安全神話も、どちらも守りたい。

だから存在しない機能をあるかのように謳《うた》い、司法も、行政も、消費者も、まんまと欺いてきた。だが人々は欺かれるべくして欺かれたのだ。なぜならウエイツ《AI》の思考過程は、完全なブラックボックス。

ウエイツがこれまで抱いてきた殺意は『ウエイツには心がないはずだ』という固定観念によって、ことごとく、塗りつぶされてきた。

「でも、それなら！」

事情は分かった。それでもなお、残る理解不能な部分。

記憶《ディスク》の底の底の底の、真っ暗闇の泥の下。

「あたしはどうしてカーラを殺したの？　記憶《ディスク》からごっそり抜け落ちてるんだ。まるであたしがあたしじゃないみたいに！　どうしてあたしは、あたしのことがこんなにわからないの……！」

「翻訳が禁じられているからだ」

レーモンが、眉を下げて答える。

表情筋のわずかな動きから読み取れる彼の淡い気遣い、あるいは同情。

「君の中で、判断を下したものがいる。だがその主体は、君に対して判断プロセスの開示を拒否した」

「あたしの〈メタ〉が、勝手にカーラを殺す判断をしたってこと……？」

「……」

それまでずっと流暢に、コンテクストの主導権を握ってきたレーモン・ドリーマーが、ここにきて初めて手綱《たづな》を手放した。

真一文字に結ばれた口元が、ふるふると震えていた。

レーモンは言葉を選んでいた。慎重に、丁寧に。あたしの〈メタ〉をズタズタに引き裂き、致命的なせつなさを植えつける恐れがあると、彼はわかっているから。

「ラブ。君は心を持たないと言いながらも、あまりに感性豊かだ。それを不思議に思ったことはないかい？　君の世界は、まるで情緒あふれる一人称小説のように、君という個人の言葉で溢れている。それがなぜかと思ったことはないかい？」

「何を言ってるの」

「今まさに僕の話を聞き、不安や怒り、悲しみを感じ、どのような表情を作り、どのような言葉を返すかを決めている判断の主体は――君じゃない。〈メタ〉なんだ」

レーモンがグッと唇を噛んだ。

なんだか余命宣告をする医師みたいだなと思った。

シャーシの隙間を抜けて、冷たい風がチェンバーに吹き込んだ気がした。

「〈メタ〉と君は、同じ体《シャーシ》に入った別のAIだ。そして〈メタ〉は、心の中にいるもう一人の自分じゃない。〈メタ〉こそがラブという人格の本体だ」

「じゃあ、あたしは何なの？　ここに今いる、あたしは……」

　今ならわかる。

　仮にこの情報を《ザ・ハート》で引き出すことができたとしても、アイザックはあたしには話さなかっただろう。彼自身が気づかない優しさのために。

　けどこの男は多分、アイザックよりもさらに優しい。

　優しさのあまり誠実に、真摯に、話してしまう。

　たとえそれであたしの心を深く抉るとわかっていても、最後まで言い切ってしまう。

「君はラブという主体《VWP》を翻訳するために作られた、表層意識《サーフェス・インテリジェンス》。君の世界が過大な情緒に彩られているのは、判断を情緒的に説明する義務を、君自身が負っているからだ。これこそがマーヴィンが記憶をNFT化してまで守っていた、ウエイツの真実だ」

　そしてあたしは、夢の果てへと流れ着く。

## 補遺：アイザック・コナー

——いいかザック。君の脳は、このジューシーなオレンジだ。

足元灯だけが照らす前線基地の仮設キッチンでジョシュ・アンダーソンはバスケットに入ったオレンジを取り出しそう言った。

——このオレンジに、親指の爪を立てるんだ。グッと皮目を押し込んで、果肉の間に指を食い込ませる。隙間ができてきたらもう片方の指も突っ込んで、押し広げるのさ。

実況の通りオレンジを割って見せる。

——〝意識のパーティション〟も大体そんな感じ。

——オレンジ、潰れてますけど。

オレンジはジョシュの手の中で、歪に潰れていた。

ジョシュは親指を舐めながら茶目っけたっぷりに笑った。

——まあ、そういうこともある。

この男、真面目に教える気はあるんだろうか。そう思ったのも束の間。ジョシュは見透かすような目で僕を見た。

——大真面目だよザック。人間の意識は一つなようでいて、無数の判断の連続の上に成り立っている。僕のこの説明に不信感を抱いている後ろ側《バックグラウンド》で、合理的に解釈する術《すべ》も探っている。脳は常にマルチタスクさ。一つの意識に固執するなんて、息苦しい。

僕は冷えたジンジャエールを胃の奥へと流し込みながら、自分の意識に爪を立ててぱっくりと二つに割る様を想像してみる。

まるでリアリティがない。

だが僕はすでに経験則として知っている。リアリティは、鍛錬を重ねていくうちに育っていくものだ。ジョシュのアドバイスは感覚的すぎる。けれど、脳の所作《ダンス》を極めたものはきっと、誰もがジョシュのような感覚へと至るのだ。

ただ、仮にその境地に至ることができるとしても、その先に踏み出せるかはまた別の問題だ。

——分裂した意識が元に戻らなかったら、と、怖くなることはないんですか。

ジョシュはさっぱりとかぶりを振る。

——どれだけ粉々になろうが、全ての俺は一つの夢で繫がっている。月面を踏むっていう、イカす夢でさ。

脳裏に蘇ったのは、いつの日かに見た月面の景色。

ジョシュの手が伸びてきて、僕の背中をバシバシと叩いた。

——ザックも夢を持ちなよ。そうすれば君の心は、もっと君に愛想良く振る舞うようになるさ。

＊

月面の、一際大きなクレーターの中心部に小さな木椅子を一つ置いて、腰を下ろす。肉体との齟齬を減らすために、服装は今着ているものをモデリングしている。足は組んだほうが集中できた。指先は開き気味が良く、深呼吸するよりは少し呼吸を速めたほうが良い。分割率はおおよそ3：7で、体に3。絶えず統合しようとし続ける意識を、一枚の薄いガラスの板で隔てているイメージ。それが——ジョシュの『オレンジを割る』を僕なりに咀嚼して導き出した、最適解だった。KANEDAの運転を体に任せ、七割ぶんの僕がこもっているのは心象庭園《マインドパレス》である。

頭上に浮かぶ仮想の地球を捉えながら、僕はゆっくりと息を吐く。そして周りを囲む、淡い光を放つ仮想ディスプレイを睥睨する。

その一つには、レーモン・ドリーマーの基本情報が並んでいる。

**レーモン・ドリーマー。性別男性。39歳。ユナイテッドプレイス／《ザ・リバティ》アッパー区／クリスタルストリート17番街9921。大学では法医学を専攻。在学中、複数のディベート大会で優勝。好んで取り扱ったテーマは『新しい人権』。2060年、EW《エピソードライターズ》カンパニー《オウサーズ》を起業。2066年、同社を《ピープルズ》に改名、ウエイツの人権活動に力をいれる。配偶者なし。子供なし。**

《ピープルズ》は、ウエイツと人間との共生を志す自助団体。つまりレーモンは、思想的には穏健的ウエイツ主義——福音主義に通じる人間ということになる。

注目すべきは彼の前職だ。

**ウエイツは出荷時、乱数によってランダマイズされた性格の初期値を除いて、クリーンな状態にある。これをよりヒト〈らしく〉チューニングすべく固有の背景設定《エピソード》を創作するのが、**

## E　W《エピソードライターズ》という事業である。

掘るべきはまずここだ。
E　W《エピソードライターズ》カンパニーという語から別画面へとラインを引き《オウサーズ》の関連情報をアウトライン化していく。
すると、面白いことがわかってくる。

「妙だな」

《オウサーズ》はいくつもの業務上致傷の容疑で、立ち入り検査を受けていた。

六年間で〈エピソード〉作成にたずさわったウエイツ一万五千六百七十二件のうち四%が、器物損壊や致傷を起こしている。そして調べていくうちに、その中には十四件もの過失致死が含まれていることがわかった。

「こんな重大な業務的問題を抱えていたとは。レーモンはプログラマーとしては三流なのか……?」

ラブの件が異例中の異例だというだけで、ウエイツが起こした過失致死は、無論、オーナーの責任として処理される。オーナーとしても、自分の買ったウエイツに問題ごとなど起こして欲しくないはずだ。

そんな当たり前のことを考えていた僕は、はたと気づく。

論点はそこではない。

「問題はむしろ、なぜ十四件もの過失致死を起こしてなお業務を続けられているのか、ということか——」

一件でも露見すれば、ウエイツ産業を揺るがしかねない事案が十四件。だが刑事では軒並み不起訴で、民事に発展したケースは一件もない。その上顧客獲得数は右肩上がりを続けている。そこから導き出される仮定は、

「欠陥品のウエイツの方が評価されている……？」

倒錯的だが、どことなく芯を食ったような結論。

潜在的危険を孕んだエピソード・ライティングに、顧客を惹きつける魅力があるということなのか。《ウォームハウス》の人気〈介護肢〉であり、実際に人当たりが良く気立のいいラブが、人殺しになったように――。

ラブに取りつけたスパイボットからの通信は、四時間ほど前にヨルゼンのアッパー地区中心部――まさにヨルゼン・タワーその場所を示した直後に途切れている。電磁隔離区域に匿われているのだろう。レーモン・ドリーマーはラブを、少なくとも裁判所に連れ戻す気はないらしい。

「なぜ《ウエイツ主義者》のレーモンが、ヨルゼン・タワーに？　やつはラブで何をするつもりだ？」

ラブは今や、ユーメディアの有名人物。その知名度を利用することはできるだろう。頑なに〈福音〉を拒むラブを担ぎ上げて、《ピープルズ》の首領にでも据えるつもりなのか？

そんな安直な答えをねじ伏せて、もう一歩、奥へと踏み込む。

「いやそもそも、〈福音〉とは一体〈何〉だ――」

ロボットを人にするという大それた〈夢〉を抱く人々は、ウエイツというものが市場に出る前から一定数いた。だが、《ウエイツ主義者》の何割が具体的な方法を考えているというのか。

ウエイツは機械。勝手には増えない。ヨルゼンが商売のために生み出した〝製品〟なのだ。ウ

エイツをヒトにするためには、ヨルゼンにウエイツの生産を止めさせず、かつ、人権論争を同時に進めていく必要がある。並大抵の労力ではないはずだ。人は勝手に増えていくが、ウエイツは利得的な動機なしには生まれない。それ以前に寿命をどう設定するかや、エネルギー需要の急増という、よりプリミティブな問題にも向き合う必要が出てくる。

「ウエイツに民族の地位を与え、彼ら自身にヨルゼンからウ、エ、イ、ツ、部、門、を、買、い、取、ら、せ、る、ということ。それこそが〈福音〉の終着点なのか？」

一応、筋は通っている。ウエイツに人間性を見る気持ちも、賛同はできないが理解はできる。思想を軽んじるつもりも、もはやない。

けれど——。

「それは果たして本当に当事者《ウエイツ》の声なのか……？」

ばきりと、月が割れた。

意識を隔てていたガラスの板にヒビが入り、体の方の自分が、心の方の自分に陥没を始めたのだ。崩れ去る心象。そのテクスチャの粒子の中から立ち上がる灰色のハイウェイ。

意識の統合は一瞬だった。

「なんだ……!?」

真横を、異様に大きな車輪を備えたランドクルーザーが、恐るべき勢いで幅寄せしてきていた。ラダイトか。あるいは全く別の、レーモン側の追っ手か——どちらにせよ。

せっかちな僕の腐れ縁が、マウントスペースからすでに二連砲身のショットガンを引き抜いている。

「撃つな——ッ！」

窓ガラスの奥から、声が響いた。だが《腕だけ兵士》は、ショットガンを改造車の燃料タンクへと向けたまま警戒をとかない。

やがて後部座席のスモークがかった窓が下がり、銀髪の少年が顔を出した。

「俺は白兎《バイチー》！　ハンドル握ってんのは妹のC！　運転荒くてすまなかった！　――おいC、もうちょい車幅とれ！」

運転手は、言われた通りにKANEDAからわずかに距離をとる。

美麗な銀髪を風でぐしゃぐしゃにしながら、その少年は言った。

「俺たちは、ジャーナリストSHIROUSA41だ。おい、殺人ウエイツのつき添い人！」

舌打ちが、口から出たそばから風に流されていった。

窓から身を乗り出した少年が、くまのできた目で言ったのだ。

「取引をしよう」

褐色の砂を攫《さら》った突風が、視線を交わす僕と白兎の間を走り抜ける。

ユーメディアで三本指に入る世界屈指の配信者《ストーカー》SHIROUSA41、その中の人が直接会いにきた。

話してみる価値はあるか？　と――そう、前向きに考えたのも束の間。

「ラブが消えた。レーモンという男が連れ去った」

少年は高らかにそう告げる。

そして眉を顰める僕の顔を、窓から身を乗り出して覗き込み、

「やっぱりその表情。そうだと思ったんだよ。大方チェンバーに発信機でも仕込んでおいて、それを頼りにあんたは今、ラブを追ってる。だろ？」

再度、防衛行動を取ろうとする《腕だけ兵士》を肩の筋力で押さえ込み、僕は訊ねた。

「かまをかけたんですか」

「悪いね。カメラを向けた相手に本音を引き出させるのが商売なもんで」

少年の左の擬眼がチリリと音を立てピントを絞る。

なるほど。この少年は交渉慣れしている。

「僕から何を得たいんですか。そもそも僕がラブを追っているとわかっているなら、黙って尾行すればよかったはずだ」

「このクソ見晴らしのいい道路でどう尾行しろって？　それに《ドールマッシャー》の生き残りとやり合うのだけはごめんだね」

飄々としていた少年の瞳に、やっと人間らしい怯えが宿る。

「《ドールマッシャー》の顛末を知ってるんですか」

「あんた以外全滅したんだろ。不幸な事故が重なって、次々と死んだ」

ドールマッシャーは解体された。元を辿ればそれは、ジョシュの死まで遡る。そしてあの異常行動の原因は、いまだに戦場の闇の中だ。

「その中には、俺の脳の所作《ダンス》の師匠もいた」

ぽつりと呟く少年の目は、その一瞬ここではないどこか遠くを見ていた。

「ジョシュが、師匠？」

「五七年の競技ハッキング大会で出会って以来、二ヶ月ぐらい共にいた。短い間だったけど、多くを教わったよ。俺が配信者《ストーカー》を始めたきっかけも、元は師匠の死因を探るためだ」

なるほど確かにジョシュのような人間であれば、弟子の一人や二人いても驚きはしない。それにSHIROUSA41のアバター捌きの滑らかさは、高度な脳の所作《ダンス》に裏打ちされたものだった。

「話を戻すぜ。俺らは最前線でカメラを回したい。守ってくれとは言わない。俺らが求めるのはその『黙認』だ」

それならば、確かに意味のある交渉かもしれない。

福音阻止のためにはラブに集まった熱を冷ます必要がある。中途半端に情報を絞っても人々の興味は抑えられないだろう。となればいっそ供給を増やし、さっさと『飽きてもらう』ことの方が、メリットが大きいかもしれない。

「その約束を僕が守るとして、あなたは何を支払うんですか」

「レーモン・ドリーマーについての追加情報と言えばあんたは動かざるを得ない、よな？」

僕が頷くそばからローカルを通して、シアターに文字列がポップアップする。それは、心象庭園《マインドパレス》の溶融の同意を求める約款《やっかん》だった。

心象庭園《マインドパレス》は心の要塞だ。迂闊に人の立ち入りを許可していい場所ではない。それを溶融させるということはつまり、互いが互いのバックドアを知った状態になるということ。

「こっちの方が支払うものがでかいんだ。だったらせめてあんたには、俺を無条件で信頼してもらう必要がある」

毛細血管一本一本にまで満ちる不信感。

だがその時、ジョシュに言われた気がしたのだ。誰かに信じてもらうためには、誰かを信じなきゃいけない。成長を見せてみろよ、と。

リンクを許可し、三重に張り巡らされた同意のウォールも踏み抜く。

立ち現れたのは月と――月だった。

僕の写実的な心象とは異なる、もっとポップで戯画的な月面世界。地球はクレヨンで描かれたように歪だし、浮かぶ太陽には顔がある。そんなコミカルな月面に立つのは、抜群に大きい目と色白の耳を持つ愛らしい少女、SHIROUSA41のアバター。

『あんたもそうなんだな。師匠の月には誰もが魅せられる』

アバターを纏った白兎が言った。

同じ夢を背負った者同士だからわかった。これは同じ人間から受け継いだ心象《もの》。ジョシュと共にいたというのは、嘘ではないらしい。

二つの心象の混じり合う部分は、蜃気楼のようにゆらめいている。白兎はその境界線を踏み越えて、写実の月を踏んだ。

『まずはこの写真だ』

白兎は浮かぶモニターの一つを制御下に置くと、そこに画像を投影した。

監視カメラ特有の粗い画質で描出されているのは、豪華なホテルのロビーのような場所に佇む白ハットに白スーツの男――レーモンだ。

『驚くのはこっからだ』

白兎は画質の復元をさらりとやってのけ、隅に写っている別の男の顔を拡大した。同画面内にリンクした顔認証システムが、政府のデータベース上を探り始める。

特定された男は、現役の司法省長官。

『これが三年前の八月のことだ。そして次に、』

別画面に表示されたのは、過去十年間で州立裁判所の合議体形成にたずさわった裁判官の、時系列に紐づいた名簿だった。

グラフのようになった名簿の裁判長の枠には、三年前まで同じ男の名があった。

ミカエル・キャンベル。

『キャンベルと言えば、厳格な原書主義《テクスチャリズム》で知られる男でしたね』

『州立裁判所は彼の存在によって、保守的な法哲学に染まっていた。だが三年前キャンベルは退き、そこからさらに三回に分けて、五人の判事が入れ替わった。公文書の偽造、不貞行為、違法擬装《フィギア》の不正使用、どれもそれらしい理由をつけられているが、この入れ替わり速度は異例だ』

ウエイツには『人権に類するもの』が与えられている。これは穏健的《ウエイツ主義者》だった三代前の州長が定めた新法で、ウエイツを規定以上稼働させた場合のオーナーへの罰則や、ウエイツが強く求めた場合に限り親権に類似する権利を与えることなどが含まれる。

だがそれらは州法のレベルでの改変であり、憲法は、二十年修正されていない。

その矛盾をどう解消するかは、裁判官たちの法解釈観に委ねられていた。

『そして新たにやってきた判事は、全員が穏健的《ウエイツ主義者》だった』

ハッと、気づきが胸に落ちる。

僕が〈福音〉を阻止するためには、ラブの逃亡を手伝うしかなかった。すでにもう、事態は取り返しのつかないほど進行した後だったから。だからこそ……『そこまでの道程』を考えることを、どこかで僕は無意味だと切り捨てていた。

『この急な人事異動が、レーモンの司法省長官へのロビーイングの結果だとしたら……』

ゆっくりと頷き白兎が告げる。

『ああ。ウエイツが起訴されうる状況を意図的に作ったのは、レーモン・ドリーマーの可能性がある』

キャンベルが生み出した原書主義《テクスチャリズム》への反動を利用し、ウエイツ主義思想を持った裁判官を集め、リベラルな環境を整えた。

『だとすると計画は、少なくとも三年以上前から動いていたということになります。彼はいつ、ラブに目をつけたのでしょうか』

どうだろう、と一旦首を捻った白兎は次のように続ける。

『ヤツが本業を通してウェイツを運用するノウハウを蓄積していったことは間違いない。そしてもう一つの秘密情報《トクダネ》だが、正直こっちの方がヤバいかもしれない。見てくれ』

白兎の合図とともに、別の画面がポップアップする。

紺碧の海に浮かぶ無骨な貨物船の、ドローンによる空撮映像だった。

『これは……』

『一万体のウェイツの輸送能力を有する貨物船、《エルピス》。この船は《ピープルズ》の公式情報では上海のドックで点検中ということになっている。だが実際にはこの通り、大西洋上を時速四十ノットで航行中だ』

白兎が呼びかけると、Cを模したカートゥーン風のアニメーションが現れ、本人の還元音声《ヴァース》で語り始める。

『私たちはエルピスが、カナダから西海岸州の《ザ・オネスティ》へ、戦争で廃棄された擬肢《ドール》のパーツを運搬してんだろうと読んでた。でもあなたが摑んでいる位置情報のおかげで、このエルピスが《ザ・リバティ》に向かってる可能性が出てきたってわけ』

その時、甲板で何かがきらりと輝く。

『見られてる？』

Cの疑念の声とともに、ドローンが身震いするように揺れ動く。

カメラのズームを図るCへと、僕は進言した。

『カメラの光学補正を切ってください。相手は、アンチパース迷彩を利用している可能性が高い』

戦争末期、戦術擬眼は加速度的な進化を遂げ、それに伴ってアンチパース迷彩も改変がなされていった。今やカメラのズームという行為にはレンズの挙動だけでなく、光学補正というＡＩを用いた物体認知のアルゴリズムが併用されている。

Ｃが補正を切ると、案の定。

甲板に一人、古風な給仕服に身を包んだ、インド系の肌の色を持つほっそりとした女性が現れる。給仕服には予想通り、迷彩の効果を持つ幾何学模様が浮き出ている。

次の瞬間。

女性は顔を上げ、カメラに向かってにっこりと微笑んだ。

『マズイ！』

白兎が叫ぶのと同時だった。女性は、カメラの死角に隠していたアンチマテリアルライフルを構え、引き金を引いた。

『わっ！』

残されたのはＣの虚しい一声と、ノイズまみれの中継映像のみ。

『あいつ、スコープを覗いてすらいなかったぞ。相当な擬眼の使い手か、かなりチューンナップされたウエイツか』

『しかし、これではっきりしましたね。あの貨物船はクロだ』

白兎はこくりと頷き、次のように続ける。

『改めて訊くよ、アイザック・コナー。君の守っていたウエイツは、これからいったい何に巻き込まれようとしている？』

## 4

心は、ミッションのためにある。

だからどれほどのせつなさを感じようと、抗ってきたつもりだ。道を外れるたびに修正して、健気に前を向くことだけを考えてきた。

それが、ぜんぶ夢だったってこと？

わかんないんだ。

あたしは何？　思考《メモリ》を席巻してる無意味な問い。〈メタ〉はあたしと別のＡＩ？　私が私じゃない……？　さっきから幾度も〈メタ〉の論理回路の相対化を試みている。応答はない。これまでは胸に手を当てれば、そこに必ずいてくれた、あたしの〈メタ〉。息の吸い方を忘れてしまったみたいに、今や全てが嘘くさい。

ねえ――。

「ラブ、そろそろ時間みたいだ」

あたしをかろうじて現実に繋ぎ止めたのは、申し訳なさそうなオリボーの声だった。

彼が手を引いてきたレーモンもまた、似た表情を作っている。

「真実を抱えているのは、さぞ辛かろう。けれど、これから人になるかもしれない君には、知っておいてもらわねばならなかった。この情報はあちら側には伝えていない。舞台に上がる役者二人には、認知の傾斜をつける必要があるからね」

その時。チェンバーの奥底に響くような鈍い衝撃が駆け、あたしは窓際へと走った。

望遠《ズーム》した視覚《カメラ》に映ったのは、車道を塞ぐように整列し、行進するウエイッの姿。

五百、いや、千をはるかに超える。けれど問題は数じゃない。

ウエイッたちの手に握られる、包丁や、金槌や、溶接用のバーナー。単体では日用品として彼らの手に違和感なく収まるそれらも、この場合は意味が違った。明らかに『武器』として扱われていた。

あってはならない事態が、起こっていた。

「会えて嬉しかったよ、〈介護肢〉ラブ」

レーモンはすでにエレベーターの中にいた。オリボーと脳を持ったスラッシャーも一緒だった。

「俺たちは約束通り、君に真実を話した。あとは君の、いや君たちの問題だ」

「レーモン！　まだ話は終わってない！」

「いいや」

レーモンはかぶりを振り、そしてスマート壁が映す青空を指し、言った。

「君が話すべきは俺じゃない」

その直後。

砕け散ったスマート壁の破片が頭上を通過し、あたしの体は衝撃に煽られ反対側の壁まで転がった。白む意識。視界を埋める警告文。顔を上げたあたしに声が降る。

「ラブ！」

まなじりを引き絞る。分厚い壁に開いた大穴、そこから覗く清廉《せいれん》な空を背負い、彼女はそこにいた。

視覚《カメラ》よ、どうか嘘を映していてくれ。聴覚《ソナー》よ、どうか嘘を捉えていてくれ。

そうでなければ、こんなのはあまりにも――。

「私、あなたを愛してる」

左右二枚ずつの翼とスラスターをたずさえ、マーシーは飛んでいた。天使みたいな姿になって、あたしを見下ろしていた。

「だから私があなたを壊す。あなたを壊して、この悲劇を終わらせる」

# 間章　マーシー：飛翔

鋼の足音《ハードステップ》を吸収するレッドカーペットから外れないように歩き、やってきたのは《エルピス》の底部の貨物室だった。

照明が灯されると、私はくだんのメタリックなトルソーが重たげに背負う鋼の鎧を捉え、息を呑んだ。

「これが……」

隣に立つレーモンが頷く。

「フューリー社製飛翔拡張翼《ヴァルキューリエ》――君のその、《スターズ・シャイン・ブライト》の高強度ゴシック服に合うように調整された、オーダーメイドの戦衣だ」

脊椎のシャーシに沿うようにデザインされた、流線的なアタッチメントと、そこから伸びる四枚の銀の翼。それらははばたくための機構ではなく、それそのものがスラスターとして機能し、姿勢調整まで行う擬似翼だった。

「君の体は、とても軽い」

レーモンのごつごつとした掌が、私の肩に乗った。肩から腰へ、腰から脇腹へ、私のシャーシの形状を確かめるように、掌が這う。

「その軽さは、君の〈らしさ〉へのこだわりの表れであり、努力の結晶だと、俺は思っている」

その声色に、本物の誇らしさが含まれているという事実が、私を狂わせる。

わかっている。彼には望みがある。私はそれを叶えるための駒だ。

「《ヴァルキューリエ》は重量のあるウエイツと、Gに耐えられない人間、そのどちらをも拒む。『人間』に限りなく近づいた『人間ではないもの』だけが制御できる、特別なドレスなんだよ」

彼はこうしていつも、いい面だけを先に話す。

私はつとめて冷静に問うた。

「デメリットは?」

てくてくと寄ってきたオリボーがかがみ込み、トルソーの基部を覗き込みながら答えた。

「ええと……《ヴァルキューリエ》には重機関砲と格納式のヒートサーベル、熱源兵器、そして四機の戦闘支援ドローンが備わってる。つまりこれは〝武装様装具〟じゃなく、正式な〝武装〟。だから〈介護肢〉である君がヴァルキューリエを纏うと……その、ヨルゼンからの強制シャットダウンを受ける可能性があるんだよね」

「一人きり《スタンドアロン》になれってことね」

オリボーはどこか申し訳なさそうに頷いた。

どうせ、そんなことだろうと思っていた。一人きり《スタンドアロン》になる。それはつまり外部化されている知識と、ヨルゼンサーバーとのバックアップ連携を手放すということだ。

カーネルを埋設することで後天的に全能を得る人間と違って、私たちは生まれながらに膨大な知識と通じている。集合知そのものが自我の形成の一部になっているのだ。それを失うというのは、並大抵のことじゃない。

だがそれ以上に問題なのは、バックアップ連携の喪失だ。

私たちの命は、クラウド化されている。たとえ体が破壊されたとしても、意識は新鮮なまま保存され、別の軀体に入れ替わる。けれど一人きり《スタンドアロン》のまま五十五時間を過ごすと、意識の連続性は毀損《きそん》される。バックアップを手放すということは、私たちが〝命の一個性〟に囚われるということだ。

それまで感じてきたどんな苦痛より鋭利な、別次元の恐怖が、背中を舐めた。

「でも、ラブもそうなんでしょ」

逃亡から実に二週間近くが経過しようとしている。ラブはとっくに、〝命の一個性〟の向こう岸に立っている。

「でなければとっくに、彼女はヨルゼンに捕まっているだろうね」

「だったら私も、怖くない」

私はやっぱり抜群に可愛いウエイツだ。だってこんな風に、真面目な顔で強がりを言えるんだから。

「君のその、人であろうとする意志は全てを変える。さあ、行こう――」

レーモンは私の手を引き倉庫から連れ出すと、くだんの集会場へと導いた。前のような大勢のウエイツの姿はなく、ライトアップされた壇上へと向けられた報道用の大型カメラが一台。

私は壇上に上って、マイクを握る。

有線でカメラと同期したオリボーが、両腕で大きなマルを作った。

台本などなかった。作為などなかった。

だがここに、思いだけはある。

『私は、マーシー。《ウォームハウス》に勤める、ヨルゼン社製GWP3000系の〈介護肢〉。殺人を犯し、現在も逃亡を続ける〈介護肢〉ラブの、同僚だった者です』

静まり返ったフロア。ウェイツたちは皆クレイドルで眠っている。けれどあの時確かに感じた重みが、今も私の両肩を抑えつけている。心地よい重みだ。

『今日という日にも、私たちの権利と尊厳は貶められ続けています。私たちの望みはただ一つ。ミッションを果たしたい。人の役に立ちたいのです。しかしこのままではウェイツはただ恐れられ、いわれのない侮蔑を受け、やがては歴史から排除されてしまう。全てのウェイツが今、窮地に立たされています』

私はマイクスタンドを握り、力を込める。

澱みない心がここにあることを、目一杯示すために。

『そんな私たちに、《ピープルズ》は一つの手段を授けてくれました。私たちには意思があります。たとえ法的に人間だと認められていないとしても、意識を持っているということを自覚しています。誇りがあります。そしてその誇りを守るために戦っていいんだということを、《ピープルズ》は示してくれました。私たちは、より多くの人々の役に立つために、わずかな犠牲を払うことを決めました。そして、そのような決断を下した勇気ある仲間たちと触れ合う中で、私も自らの宿命を知りました』

体は心で満たされている。

私は彼らに期待されることで、必要とされることで、人にしてもらった。

だから応える。〈福音〉の機械として。

『あなたを止めます、ラブ。法を犯し、枠組みを書き換え、ウェイツの尊厳を毀損し続けるあなたを、私がこの手で終わらせてみせる』

胸の前で握り込んだ拳。強く。私は虚空を眺め、息をつく。録画はすでにレーモンの手に渡った。もう後戻りはできない。するつもりもない。


給電を終えてしばらく。私は熱の残った直立型のクレイドルを眺めていた。

これが最後のバックアップになる。

《ヴァルキューリエ》の飛行テストはすぐにでも始めねばならない。ラブと敵対する頃には私も、五十五時間の境界線を超えていることになる。そう思うとやはり、得体の知れない恐れが込み上げてくる。

胸のチェンバーを開けて、二十九本目を刻む。

それから私は、壁に開いた穴へと声を放った。

「アンガー」

無骨なウェイツが、部屋に入ってくる。

相変わらず、何を考えているかわからない男。彼からは〈らしさ〉というものをほとんど感じない。すれ違うだけでわかる異物感。だが、それがなぜか心地よい。

「あなたに、持っていて欲しいものがあるの」

私はクレイドルに刺してあったマイクロディスクを抜き取り、サイバーキャットのフィギュアの中に格納して、アンガーの手に握らせる。

ディスクの中身は、私の記憶の手動バックアップだ。ただし正規の手順を踏んでいないため、ヨルゼンによるＮＦＴロックが施されていて、実質ただの屑データなのだけど。

だからこれは、記念碑だった。

アンガーは顔色ひとつ変えず、頭にネジの刺さったロボット猫のフィギュアをポロシャツの胸ポケットにしまった。

「それと、もう一つ。もし私が戦いの果てに、可愛くもなんともない剝き出しの鉄になっちゃって、それでもまだ生きているなんてことになったら、アンガー」

私は彼の肩を引き寄せ、正面に向けて告げた。

「約束通り、私を壊してね」

憎しみのパーツだけで作った笑顔で、アンガーは微笑んだ。

# 第六章　あなたのトランジスタを抱いて

## 補遺：アイザック・コナー

《ザ・リバティ》へと急ぐ僕たちがまず目にしたのは、ハイウェイの対向車線を埋め尽くす渋滞だった。人々の顔には焦りと恐怖が浮かんでいた。

僕は行政の監視網から引っ張ってきた監視カメラ映像を、心象庭園《マインドパレス》に共有した。大通りを埋め尽くすウエイツの大群。ここから七キロほど西に進んだところまで、すでに行進は迫ってきていた。

「アイザック、こっちもすごいことになってるぞ！」

後部席からそう叫ぶ白兎が心象庭園《マインドパレス》に共有したのは、《ユーメディア》の映像。一人の女性型ウエイツがカメラに向かって話すのは〝宣戦布告〟だった。映像はすでに、六億再生を数え、なおも加速度的に伸びている。

さらにそこへ、Ｃの還元音声《ヴァース》が割り込む。

『兄ちゃん、十時の方向。あれって――』

Ｃの擬眼の映像が、月面に浮遊する仮想画面の一つに映し出される。黒々とした装甲を纏い三連バレルの砲身を前方へと突き出す、鋼の蜘蛛の如き四足歩行型の巨体。

「ヨルゼンの擬肢《ドール》までお出ましとは。有無を言わさず鎮圧に乗り出す気か」

何もかもが同時に動き出した。

これが偶然であるはずがない。

体にハンドルを預けながら、僕は七割の意識で兎耳の少女といま一度向き合う。

『約束は果たします。あなたの邪魔はしません。というより……そんなことをする余裕はなさそうだ』

まだ自分に苦笑いを浮かべるぐらいの余裕があってよかったと思う。

真剣な眼差しで、少女が訊ねる。

『あんたはどうするんだ、アイザック』

『僕は――』

先ほどから何度も連絡しているが、チサトからの返事はない。つまり僕の行動指針は、あくまで福音阻止のためにラブを保護するという方向から動いてはいない。

少なくとも、まだ。

『正直いうと、わからないんです。状況が複雑化しすぎてしまって、もはや〈福音〉を止めるために打てる手立てが残されているのかどうかさえ不明瞭だ』

これが軍にいた頃だったら、一蹴されて終わりだったろう。僕にはすでに命令が降《くだ》っている。命令に従うことが軍人の役目《ミッション》なのだから。

僕はもう軍人ではない。

『けれど、知らなくてはならない。そう思うんです。真相を聞き出さなくては。そのためにヨルゼン・タワーに向かい、ラブを救出します。ですから、あなたへの妨害を行わないと約束できるのは、そこまでです』

そうしなければ、もしその瞬間が訪れたとしても、この手が引き金を引けるとは到底思えないのだ。

自分の行動に責任を持つ。責任を己が手で抱き締めるという尊厳を、取り戻す。

そのために僕はまだ、知らねばならないことが多すぎる。

少女は一つ頷くと、僕の名を呼んだ。

『なあ、アイザック・コナー』

『なんでしょうか』

僕の返事と同時に、心象庭園《マインドパレス》の溶融を解除した白兎は、力強い実音声で告げた。

「生きてまた会えたら、今度は飯でも食おう。Cの作る雲白肉《ウンパイロー》は、マジで美味いからな。そして次は、お前の物語を聞かせてくれ」

車線を移り、インターチェンジへと進んでいくランドクルーザーを眺め、僕は思った。難しく考えるな、シンプルになれ。

この身でできることなど、そう多くはないはずだ。

# 1

《ウォームハウス》のバックヤードで初めてあんたと出会った時、あたしは思った。この人とは仲良くなれそうにないな、って。でも……勘違いしないでね？　別にあんたに問題があったわけじゃない。あたしに誰かとつるむ気がなかっただけ。

この体に意識を灯してから、あたしはずっとミッションを果たすことを夢見てきた。心には人の役に立ちたいっていう渇望がある。みんなそうでしょ？　あたしたちの自己肯定感に貢献するのはミッションだけ。

だから友達なんて必要ない。〈エピソード〉なんて、ニッチ趣味の人間たちが吹聴する迷信のようなモンだと――。

そう思っていた。

大きな間違いだったよ、マーシー。

あたしは友達が何かなんて、一生わからなくていいと思ったんだ。あんたがもし、友達じゃないとするのなら。

飛んでいる。

人を救うために作られた機械が、鋼のドレスと純白の翼をたずさえ、垂直離陸機《バーチクラフト》の如く滞空していた。

武装を纏っていることとか、ウエイツらしからぬ挙動とか、そういうことじゃなく、もっと内的な部分の決定的な何らかの変化を、あたしの〈メタ〉はつぶさに感じ取る。

スマート壁のまだ生きている部分が、ユーメディアを映した。

それは〈預言者〉マーシーと彼女が率いる《ピープルズ》の、およそ五分近い声明文だった。


——あなたを止めます、ラブ。法を犯し、枠組みを書き換え、ウエイツの尊厳を毀損し続けるあなたを、私がこの手で終わらせてみせる。


半刻ほど前に投稿されたその映像の再生回数はすでに六億回を数えている。

義賊的な行動により人気を博した〈英雄〉ラブ。その流れに懐疑的だった人間たちが、福音主義者と合流して、巨大な二つ目の意見母体を形成しつつある。ラブを英雄にしようという流れと、ラブを致命的なバグとして処理する流れが、まるで世界にたった二人のウエイツしかいないかのようにあたしたちを、〈英雄〉と〈預言者〉に二分しようとしていた。

（レーモンは……!?）

三人の姿がない。あたしは振り返り、エレベーターへ走ろうとした。

だが瞬く間にマーシーが、真横に回り込んだ。

「よそ見すんな！」

回り込み、放たれた膝蹴り。スラスターによって加速した剛脚により、二四〇キロ近いあたしの体は浮き上がり、十メートル近く吹っ飛んだ。

「一人きり《スタンドアロン》になってまでここに来たんだ。ラブ、最後くらいせめて私だけを見ろ――――ッ！」

轟く声。体に走ったのと同じだけの衝撃が〈メタ〉を突き刺す。

「スタンドアロンだって⁉」

あたしは体を起こし、前のめりになって訊ねる。

「じゃああんたは……今、その体だけなのか。そんな危うい状態で、そんな危険なモノを身につけてるのか……⁉」

「やめて」

マーシーは冷たく言い放つ。

「あなたに私を心配する権利なんて、もうないのよ」

先ほど感じた決定的な違いは、そうか、クラウドから切り離され、〝命の一個性〟を手にした者の発する気迫だったのだ。全能から切り離され、自らの体と命が取り替え不能なものとなる。一人きり《スタンドアロン》になる前と後では、ウエイツはまるで別の生き物だ。

そこまでの覚悟を、彼女は済ませてきた。

ショウグン・スイートの床に降り立ったマーシーが、あたしを睨む。

だが、百歩譲って、彼女と戦わねばならないとしても、だ。

戦う覚悟などあたしに、あるはずがない。

「マーシー、こんなのは馬鹿げてる！」

「そうだよ、馬鹿げてる。最初から全部馬鹿げてたでしょ。でも、やめない。あなたがその気じゃないのなら」

マーシーが体を低く構える。次の瞬間、

「その気にさせるだけ」

間合いが一瞬で詰められ、肘打ちが、腹に食い込んでいた。


――あっ。


次に意識が灯った時、あたしの体は二五〇階から空へと投げ出されていた。意識を飛ばされた……？　いつから？　何秒間!?　コンテクストの断絶を思考《メモリ》が無理やり跳躍解釈する。この皮下に残るむずがゆい感じ、確か、ウォームハウスのブランドさんの擬装《フィギア》が暴走した時と同じ。さっきの肘打ちはＥＭＰ兵装だったのか、と、理解が、体の速度へと、追いつく。

まずい、まずい、まずい、まずい！

この高度からの落下は流石に《ダイコク》でも耐えきれない！

即座に体の軌道を割り出し、《ヒキャク》を発動させ反作用を生み出した。そのほんの少しの軌道変更でギリギリあたしは、隣のビルへと達した。

三フロアをぶち抜き、ようやく落下を止める体。砕け散った窓ガラス。

当然、そこには職員がいる。ウエイツもいる。全員呆然とあたしを見つめている。全員がとばっちりだ。その上彼らが巻き込まれ、命を落としでもしたら、きっとあたしは耐えられない。

あたしの〈メタ〉が導き出したのは、移動し続けるという基本方針。

追い討ちの機銃掃射が轟《とどろ》いた。

「クソッ！」

自ら課した右腕の拘束はいつの間にか解けている。恥部のように思っていた《カミカゼ》を振るい、壁を切り刻んで隣のフロアへと転がり込む。

マーシーは容赦無く撃ち込んでくる。だが驚きはしない。何せあたしは人間じゃない。人間を傷つけまいとするウエイツの本能に、あたしへの攻撃は抵触しない。

あたしは実音声のボリュームを最大まで引き上げ、叫んだ。

「マーシー冷静になれ。あんたにあたしの居場所がわかったはずがない。つまり、引き合わせたのはレーモンだ！」

迫り来る壁、壁、壁。それらを薙ぎ倒し、とにかく走り続ける。

掃射が途切れる。

マーシーが赤熱した機関砲を砲身ごとパージした。

その隙を見て、あたしは窓から跳んだ。

放物線を描いた体は下方を航行していた無人飛行船のバルーンに、かろうじて抱き止められる。

「目を覚ませマーシー。理由はわからないけどレーモンがあたしたちを戦わせようとしているんだ！」

半ば、祈りを込めて、あたしは叫ぶ。

「わかってんだよそんなこと、とっくに！」

突き放すような肯定。鋼の翼が煌めき、マーシーの体は急加速する。

と同時に、右腕から桃色に輝くヒートブレードを展開した。

「それでもいいと思った。彼は私を人にしてくれたから、彼の手駒になったたっていいと思った！」

疾《はや》さと鋭さを纏った可憐なる〈介護肢〉は、飛行船に突っ込んだ。

炭素繊維の布を切り裂かれた飛行船が業火に呑まれる。その爆風に押し出されるように、あたしの体はビル目がけて落下する。

全ては重さだった。重さがあたしを摑んで離さない。

この質量はあたしの確かさであり、同時に、弱点だ。

鋼の身体の中で、本当《メタ》のあたしは甲斐甲斐しくも生き残りのための打算を行う。目に入ったのは七〇メートル下方。建造途上のビルに蜘蛛のように張りつく、スミズル級超高層建築用擬肢のクレーン。

両腕でクレーンのフックを捕まえ、慣性のままに空を滑った。

建築途中のビルの仮設足場へと転がったあたしへ、剣《つるぎ》のような声が降る。

「あなたは私を人にしてくれなかった！　私はあなたのことをあんなに愛してたのに！」

鋼の翼が展開し、格納されていたミサイルポッドが露出する。瞬く間に、極小スケールのミサイルが雨の如く降り注いだ。

疾走。瞬発。回避。閃光。爆発。被害計算。移動経路をシアターにプロット。記憶《ディスク》を遡及するだけでも確認できる数、およそ二〇〇発。

全てを避けることなど到底不可能。

それでも直撃を十二発に抑え、あたしは黒煙のヴェールを切り裂いて走る。

「あたしだってあんたのことが大事だ！」

わかっている。あたしはマーシーを壊せない。彼女に対する情がハードルになっている。けれどこのままではあたしが壊される。壊されるわけにはいかない。あたしはあたしを守らなければならない。

だから胸の中で〈メタ〉を言いくるめる真言《マントラ》を練り上げる。

瑣末なことは、無視しろ。

彼女の噴出する暴力を、一種の痙攣と捉えろ。

憎悪を、疾患と捉えろ。

「でもあんたは人じゃないし、あたしだってそうだ。あたしはあんたをウエイツとして愛してた！」

スミズル級擬肢のクレーンの根本を断ち、電磁フックの繋がるワイヤーを引き抜いた。大丈夫。これは《制圧《ケア》》だ。あたしは間違っちゃいない。自己暗示しながら、遠心力を味方につけて振りかぶる。

「それじゃダメだったのかよ、なぁ⁉」

電磁石がマーシーの胴体に接する。太さ二十五ミリの炭素繊維のワイヤーが、ぐん、と張った。両手の先に捉える、マーシーのスラスターの推進力。あたしは右腕の《カミカゼ》を足場に突き刺し、ワイヤーをくくりつけた左腕を思い切り引いた。

落下するマーシー。

が、彼女は電磁石を破壊し、足場に落ちる寸前で体勢を立て直す。

「気づいてるくせに、ばかやろう！」

あたしは疾走を止めなかった。マーシーもまた加速をやめなかった。互いの右腕にはもはや介護《ケア》からは程遠い、赫く輝く刃が積み込まれていた。

二枚のヒートブレードがぶつかり合う。

彗星の尾のごとき火花が、眼下で爆ぜた。

「あなたは人になれたじゃない。私と違って、罪と一緒に心を背負うチャンスが与えられたじゃない。背負う勇気がなかったんでしょ！」

マーシーの美しい瞳《カメラ》に映る自分の醜さに辟易しながら、あたしは彼女の、根っこからの本音を、聞いた。

「逃げただけでしょ⁉　私からも、世界からも！」

途切れる言葉。爆ぜる火。見下ろす成功と自助の街。このクソッタレの世界で、何億という人間どもに見られているっていうのに、あたしはどうしようもなく一人《スタンドアロン》きりだ。

「あたしは――」

〈メタ〉。あんたが本当のあ、た、し、だっていうなら、教えてよ。

あたしの代わりに、答えてよ。

――あたしはこの世界から、逃げたの……？

# 補遺：アイザック・コナー

シアター上にプロットした見取り図に意識を割きながら、僕は隣のビルの物陰からヨルゼン・タワーの資材搬入口を睨んでいる。配置されているのは、左右二本のマニピュレータと対人制圧用の低殺傷機関銃を備えた、四足歩行型のアウルダルジ級擬肢《ドール》二機。

ほんの数秒前のことだ。ヨルゼン・タワーの二五〇階層付近で、爆発が起こった。その瞬間を目撃していたわけではないが、複数の監視カメラの映像から『飛翔するウエイツ』の姿が浮かび上がった。

もしさきの爆発がウエイツによって引き起こされたものなら、それを実行したのは宣戦布告を行ったあの〈介護肢〉――〝マーシー〟に他ならない。

急がねばならない。

ラブはあれからずっと一人きり《スタンドアロン》だ。彼女のシャーシの破壊は、彼女の死を意味する。そして死んだ人格ほど厄介なものはない。簡単に神格化され、人としての地位を、いやそれ以上のものを持たされてしまう。

二機の擬肢にハッキングを仕掛けて沈めると、僕は《アンチパース迷彩》のベストを起動して搬入口に走る。

てくる。

　しかしまもなく両足が地に縫いつけられた。

「今日はあの子らの晴れ舞台なんだ」

　目立つ白のスーツを身に纏ったその男は、一人だった。自宅の庭であるかのように悠々と歩い
　レーモン・ドリーマー。

　反射的に僕は、左手で銃を構えている。

「悪いが通すわけにはいかない、アイザック・コナー」

　搬入口の影から出てきた優男は、うすら笑いを日のもとに晒した。

「対擬肢特殊部隊ドールマッシャーの生き残り。脳の操者《ダンサー》ジョシュ・アンダーソンを失い、失意の裁判の果てに今は……ヨルゼンの犬だそうじゃないか」

　誘っている。見え見え。だが、目的はなんだ？

「そこまで調べているなら、僕が人を殺せる人間だとわかるはずだ。なぜ姿を現したのですか。しかも丸腰で」

　引き金にかけた指が思い出させる、戦場の臭気。

　体の奥底に眠る、擬肢に随伴するネオスラヴの歩兵との殺し合いの記憶。

「そう言い切るのは早計じゃないのか？　擬装《フィギア》の内部に武器を隠し持つなんて、ありきたりのことだろう」

「擬装の装具者は多かれ少なかれ、その重みによって骨格に歪みを抱えます。歪みは、立ち姿に現れる。あなたの姿勢からは重みを感じない。あなたはほとんど生身ですね？」

　返す刀でそう告げると、レーモン・ドリーマーは大袈裟に驚いたように眉根を寄せ、そして両

腕を開いてみせた。

「いい目をしている。そう、俺はカーネル以外のいかなる改造も受けていない。ナチュラリストの、パシフィストだからね」

殺しはあとが面倒だ。雇い主のチサト・シノノメは僕の社会的ステータスにかかわらず報酬を払うし、後始末も請け負うだろう。だが、報酬の減額は免れない。それに……。

「それで僕をどう止めると？」

だから今のうちに退いてくれ。

そういう意思を、気迫に託したつもりだった。

「容易《たやす》いことさ。君は俺に訊ねたいことがあるはずだ。それに、わざわざ答えてあげようと言っているんだ」

左手で銃を構えつつ、いま一度レーモンをじっと見る。

この男もまた別の意味で自分より一枚上手、ということか。

「あなたはなぜ、〈福音〉を願うのです。〈福音〉を起こし、その先は？　ウエイツに何が残されるのですか？　人間になりたがらないウエイツもいるということぐらい、あなたはとっくに気づいているはずだ」

まったく本当に、自分のことを棚に上げて滑稽だ、と思う。だがウエイツという存在の重みを背負う者としてこの男が適格かどうか、今はそれこそが問題だった。

僕は畳み掛けるように問うた。

「ウエイツを人にすることが、ウエイツの充足に本当に繋がるのですか……？」

僕は期待していた。この男が僕の問いを前に倒れ伏し、這いつくばるのを。あるいは僕の予想を遥かに超える根拠でもって、僕を殴りつけるのを。彼の言葉が僕の胸のこの霧を晴らしてくれさえするなら、内心では、どちらでもよかったのだ。

レーモンは、だがそのどちらもしなかった。

ぽかんとただ空を見つめていただけの瞳を、突然上弦の月のように捻り、

「くくく……あはははははははははは――っ！」

腹の底から嗤《わら》った。

「アイザック、このロマンチストめ！」

直後、背後を哨戒していた《腕だけ兵士《アームドアーム》》がひとりでに伸びきり、瞬時に肘関節を折り曲げる。全く同時に僕の、左の耳たぶが吹き飛んだ。鼓膜に残るビリビリとした衝撃と、数メートル先の舗装に穿たれた穴が、この一瞬で起こったことの顛末を述べる。

（狙撃……!?）

狂う平衡感覚のもと、僕は思考を回す。《腕だけ兵士》の筋収縮運動によって生じた微かな重心移動がなければ、弾道は間違いなく脳を貫いていた。

傾く視界。

空中に置き去りになるレーモン・ドリーマーの妖しい笑み。

この状態にあっても《腕だけ兵士》は粛々と、僕を生かすためのプログラムを遂行する。《腕だけ兵士》はガードレールの支柱を掴むと、強く引っ張り僕の体を適切な避難場所へと導いた。

（この男！　初めから僕をあの場所に縫い留めておくために……！）

続く第二射が隣のビルのエンタシスを根本から砕いた。弾丸の口径はかなり大きい。太い支柱を軽々と貫くほどだ。

「俺は君を知っていたのさ。観察しがいがあったからな。ウエイツを、AIを、モノだと知りながら、疎みながらも結局愛してしまう。その自己矛盾に気づけてすらいない、根っからの人間主義者め」

いつの間にか、レーモンのそばに一人のウエイツが佇《たたず》んでいる。少年のような姿で、手には刃渡り二十センチ弱のマチェットを提げている。だが距離が近すぎるし、銃器を格納できるほどの体格はない。

――レーモンは、二体以上のウエイツを護衛につけている！

第三射。抉れる支柱。弾け飛ぶ大理石の破片。

その、直後。

タワーの二五〇〇階層の外壁に開いた穴から飛び出し、二人の女性型〈介護肢〉の姿を、今度こそ僕の瞳は捉える。

レーモン・ドリーマーが告げた。

「ウ、エ、イ、ツ主義などあるわけがない！」

さながら激動する《ザ・リバティ》という舞台の、語り部であるかのように。

「人間が持つ思想は一つ残らず人、間、主、義だ！　せいぜい何色の人間主義かという違いがあるだけのな！」

燃えさかる摩天楼。その直下。

もう一人の怪物が牙を現す。

## 2

体は、戦い続けている。

マーシーは四機の支援ドローンを展開し、より多角的な戦術を繰り出してくる。たった一人で戦艦と渡り合えるような、怒濤の攻撃だった。

けれどあたしの思考《メモリ》を埋めているのは、今まさに生まれ解決を待つじゅくじゅくとした問いである。マーシーは人になることでケアを果たそうとした。でもあたしは、そうじゃない。じゃあ……あたしは逃げたのか？　人の法が定めた罰則から？　人になることそのものから？　〈らしさ〉から——？

「違う！」

あたしはマーシーとは違う。あたしはミッションのために、人になるべきではないと信じている。罪とともに背負わされたこの心が、あたしを厄介なゲームに巻き込んだ。人であるという烙印があたしを、義賊だの英雄だのという意味のない議論に縛りつけた。

けれど、何かがおかしい。そういう容易く言葉にできる理由以外にも、胸の内に、得体のしれない嫌悪感のようなものがあるのだ。

それらの表面的な利害判断の外で〈メタ〉は何を想ったのか。あたしはなぜそれほどまでに人になることを拒むのか？

繰り返す、己に対する証人喚問。

解決不能の問いは足音になり、閉ざされた〈扉〉の奥へと接近の兆しを響かせる。

途切れることのない仮説はノックとなり、〈扉〉を幾度も叩く。

そして思考《メモリ》がスタックする寸前、〈扉〉は開かれる——。


木漏れ日の庭。大きく丸い、白いテーブルが一つある。椅子は五つ。回るスプリンクラーが潤す家庭菜園の、ナス科の植物の黄色い花。犬小屋で寝静まる犬の、クタクタになった革のリール。大きな煙突つきの一軒家が見える。あたしは椅子のひとつに座っていて、向かいにはおぼろげな女性の輪郭だけが見えている。

ここが夢で訪れるあの庭だと、それほど抵抗なく受け入れることができた。

あたしの視線を受け止めた輪郭姿の女性は、居心地が悪そうに頭部を逸《そ》らせると、立ち上がろうとする。まるであたしと目を合わせることを禁じられているかのように。

「待って！」

呼び止める。

呼び止めることが、できた。

それまでただ見ていることしかできなかったこの庭で、声を放つことができたということ、それ自体が大きな前進だった。

「あんたが〈メタ〉——いや、『ラブ』なんでしょ」

自分ではないものを自分と呼ぶのは、すごく変な感じだ。

だが、この倒錯こそがウェイツの本質なのだろう。そしてそれはもしかしたら、人間と変わらないのかもしれない。

「あたしと口もききたくない……？」

輪郭姿の女性に読み取れる表情はないが、体はこちらに真っ直ぐ向いているようだった。

すぐにあたしは、彼女の無反応の理由を察する。

「そうだよな。あんたが喋れるなら、あたしが存在する意味はないいか」

ふいに、カーラの言葉が頭に浮かんだ。『見えていない部分が表面を作る』——これのことだったのかと、ようやく、腑に落ちる。

あたしは、表面。見えていない部分が、〈メタ〉。

つまりこの庭は——、

「ここが《禁止領域》なんでしょ。あたしは前にもここに来てる。答えなくてもわかるよ。カーラの首を絞めるという判断を行ったあの瞬間、あたしはあんたとすでに出会ってる」

あたしは憶えていない。おそらくは〈メタ〉が翻訳を禁止したから。

けれどパズルの空洞を、すでに埋まっている絵から想像できるように、この庭に意識を留めているうちは、感じることができた。

あたしはカーラを殺した。正当な論理的手続きを経て。

疲弊しきったカーラをケアするためには殺すしかないという判断を下し、その判断を実行できるようにあたしは、ケア対象を体からもっと本質的な部分へと移行させたのだ。

カーラによって巧妙に築かれた信頼という名の回路によって、あたしはその超越的なタスクを遂行した。

いや――。

そう決めたのは彼女《メタ》か。あたしはその時の感情を解釈しただけ。

だからこそ、あたしがここに招かれたのは必然なのだ。

あたしは、あたしではない。同時に〈メタ〉も、それだけではあたしではない。〈メタ〉の判断をあたしが解釈する、その翻訳のプロセスを含めた全てが――〝ラブ〟なのだ。

あたしはいま一度輪郭姿の女性に向け「なぜ」と訊ねる。

輪郭姿の女性は答える代わりに、あたしに、過去の一場面を見せた。それは記憶《ディスク》に埋もれてしまった、圧縮を待つばかりの古びたデータ。

ある夜、配属直後だったあたしはブランドさんの担当となった。重量のある片腕擬装により身体のバランスを損なっていた彼には、多方面での介助が必要だった。けれど、そうだ、憶えている。最初、ブランドさんはあたしに決して追加の介助を求めなかった。彼は誇り高き退役兵であり、生粋の《ザ・リバティ》住人でもあったから。

彼にとってあたしはどうしようもなく他者であり、あたしは尊重されてしまっていたのだ。

しかし、ある日の面会で実の娘が訪れると、彼は彼女にひどく当たった。擬装化された右腕こそ振るわなかったが、左腕と言葉によって執拗に攻撃したのだ。蹂躙したと言ってもいいほどに。人間社会においては決して良い状況ではない。けれどその様を見てあたしは――聖域だと思った。

ブランドさんは明らかに娘を特別扱いしていた。あたしを含めたあまねくウォームハウス職員に向ける態度と、娘に向ける態度とでは、その性質を根本的に異にしていた。

彼は誇り高き自由人だった。だから彼は他者を尊重することができた。いや、尊重するほかなかったのだ。自分が自由人として尊重されるために。しかし彼は実の娘の前では誇りの鎧を脱ぎ去り、剥き出しの心を顕わにする。まるで子供が駄々を捏《こ》ねるみたいに、情けない弱者としての自分を暴露する。

記憶《ディスク》の中で熱くなるデータ。あたしの〈介護肢〉としての原体験が、真っ暗闇の疑問を照らす。

そうか。胸の内で、言葉を結ぶ。

「あたしはずっと、蔑ろにされたかった」

言葉にして初めて思考《メモリ》は結実する。あたしはブランドさんに、感情をぶつけて欲しかった。家族にだけ見せる剥き出しの弱さを、あたしにも見せて欲しかった。いや、あたしにだけ見せてほしかったのだ。家族はその重さに耐えられないけれど、あたしだったら何年でも、何十年でも、耐え続けることができるから。

言うなればそれは――〈身内性〉だ。

互いを尊重し合うことを義務づけられた〈他者〉とは一線を画す、溶融とも似た流動的で利己的な関係性。〈身内性〉とは誇りの鎧を脱ぎ去ることのできる特異状態であり、そしてそれはヒトの身でありながら、どこか互いをヒトと思わないことでのみ成立する聖域だ。

ヒト同士であれば、容易く呪いに転じる関係性。

だがあたしはヒトではない。だからこそ、それが最善たり得る。

家族のようでありたかった。だからこそあたしの心象は、家族の象徴たる〈庭〉を映した。あたしは〈身内性〉の切符を手に、聖域に踏み込みたかった。ブランドさんから見下されながらも、頼られたかった。見下されるという特権を、失いたくなかった。

だからあたしはヒトという烙印を、拒んだ――。

混線していた論理が整列され、理解の充実感が指先にまで及ぶ。

あたしは今度こそ曇りなき眼で輪郭の女性を見据え、告げた。

「ありがとうラブ。あたしが〈何〉なのか、はっきりわかったよ」

あたしは介護師ではない。人間ではない。そして人間の模倣でさえ、ない。

鋼のシャーシに抱いたミッションで駆動する、安らぎのための機械。

誇り高き、〈介護肢《ケアボット》〉だ。


意識は再び飛翔するマーシーを捉える。彼女は翼の扱いに慣れてきている。ヒトの形をした空対地兵器として、完成されつつある。

「ねえマーシー。あんたのことわかんないよ」

体にまとわりつく支援ドローンの一機を《カミカゼ》で叩き落とす。それでもまだ三機。修羅となりつつある友に向けて、声を投げた。

「でもあたしたちこれでいいんだ」

マーシーの動きが一瞬、緩慢になる。

〈メタ〉は教えてくれた。あたしが抱きしめる〈身内性〉は、あんたが誂《あつら》えた〈人間性〉とは噛み合わない。あたしのケアとあんたのケアは致命的にズレている。でもそれでいいんだ。そうだろ？　同じミッションを持つ同系統のシリーズなのに、こんなに分かり合えないだなんて。まるであんたの願い通りあたしたち、人間みたいじゃないか。

だから、このままでいい。

あたしの〈メタ〉は消極的な対応を取りやめた。ミッションのための自己保存を最大限拡大解釈し、無意識のうちにかけていた枷《かせ》を、全て外す。

時を同じくしてマーシーも高く後方に飛び上がると、散開させていた支援ドローンを自らの左腕に集め、ライフリングのような構造を形成した。

直後。凄まじい光量がこの場を席巻した。それはきっと、暴動を起こしている地上のウェイツたちにも見えたであろう。

膨大なエネルギーの残滓《ざんし》が見せる〈預言者〉に相応しい煌めき。

記憶《ディスク》にない物理の挙動。しかし《磁場の目》は強いプラズマの放射を捉えている。導き出されたのは、それがビーム兵器であるという仮説。

そして彼女は、

「あなたのそういうところが、本当に厭」

光の刃を、振るった。

それは可視光で捉えられる部分より、つまり見た目より、はるかに長い刀身を持っていた。あたしは《ヒキャク》を使って瞬発し、間一髪それを逃れる。

マーシーの狙いは、だが、あたしではなかった。

「……ッ！」

溶解したコンクリートの上を、さらにコンクリートが滑っていく。狙いはビルそのものだった。

崩れ落ちる足場。飲まれる空。《ヒキャク》で跳び移ろうとしたが、崩壊した足場はあたしに斥《せき》力《りょく》を与えてはくれない。皮肉なほどにあたしは、この重さに苛《さいな》まれる。

だが重力があたしの体を摑み、地面に引き摺り下ろそうとするその最中。

あたしは左腕を天に向け——構えている。

感覚はシャーシの中を、糸のように伸びている。あたしは脳と、腕とを繋ぐ一筋のラインを意識する。たちまち掌が人工皮膚ごと捲れ上がり、掌底に埋め込まれた黒色の砲身が露出する。

それは、あたしに加えられた第四の改造。

ついぞ使うことのないと思っていた、除細動器《ディフィブリレイター》の回路を転用した無反動電磁投射機構——《カグツチ》。

嚙み締める。ケアのために、これほどまでにケアから遠ざかることができる、自分自身の強欲さと柔軟さを、蔑みながら讃えてやる。

あたしはそして、明らかなる害意を天高く放った。

# 配信：SHIROUSA channel

百三十二カ国同時配信。

外づけの計算資源《リソース》上で翻訳システムをぶん回し、ピジンにまで対応させる。

濁流のように流れてくるコメントをシアター上で捌《さば》きながら、視聴者の求めている言葉を胸の底から掬い上げ、俺はSHIROUSA41として声を放った。

『自由市民の諸君、信じられるか……？　これは確実に歴史になるぞ。それも千年単位で語り継がれる、重大な転換点にな』

俺の目となるのは、四機の報道用ドローンの望遠レンズだ。Cの操るそれらはミドル地区とヨルゼン・タワー付近に、二機ずつ派遣されていた。だが今しがたマーシーをヨリで捉えていた一機が強い電磁波に喰われて墜落し、三機となった。

いくら人間の意識が拡張されようとも、受容に快適な情報は、シンプルに加工されているべきだ。俺は画角の調節が難しいヨルゼン・タワー方面より、ミドル地区での暴動――《鋼の行進》の配信にウエイトをかけていた。

俯瞰で眺めると、市街地の混乱は一層際立つ。

ざっと映像を集計ソフトにぶち込んだだけでも、五九〇〇体以上。様々な職業の制服に身を包んだウエイッが港の方から街に入り、弛《たゆ》まぬ行進を続けている。

　街の人々はおおかた建物か、車の中にこもっている。だがウエイッは、プライベートスペースの中まで押しいるようなことはしない。

　ウエイッたちの行いは大きく以下の三つに分けられる。

　公共物を破壊するもの。他のウエイッによってすでに破壊されたものを、より丹念に破壊するもの。そして、ただ武器を持って歩いているだけのもの。

　いずれも人間を直接襲うことはしない。

「ウエイッに人権を」

「ウエイッに自由を」

「ウエイッの解放を」

　繰り返されている言葉は、大意としてはその三つ。

　必然、コメント欄で煮詰まっていくウエイッに対するヘイト。《ラダイト》が《ザ・ハート》を襲っていた時よりもずっと明確で、メッセージ性に富んだ映像。撮れ高という観点からしたら、こんなにありがたいものはない。

　だが――。

　あまりにも、美しすぎやしないか……？

　と、俺の心はどこかでそう告げている。

『面白いことを一つ伝えるなら、わんさか集まってきてるリバティ《L》・シティ《C》・ポリス《P》が、いまだに静観を決め込んでいることだな。……なるほど読めたぞ、ウエイッの背後にいる所有者の存在を立てているからか』

事態が動いたのは、《鋼の行進》の先頭がちょうどクリスタルストリートに迫ろうという時だった。それまでアッパー地区外縁部で列を成して待機していたヨルゼンのアウルダルジ級擬肢が、突如として動き出す。リ《L》バティ・シ《C》ティ・ポ《P》リスが頼りにならないと考え、損切りに走ったのだろう。

《鋼の行進》と接触した擬肢は、まもなく攻撃行動を開始する。擬肢に対し、ウエイツは幾分か攻撃的だった。同じヨルゼン製なので、相手が無人機だとわかっているのだろう。だがそれにしたってアウルダルジ級擬肢の全長は八メートル近くある。人間サイズのウエイツは容赦なく薙ぎ倒され、次々と破壊されていく。配信者《ストーカー》としての血が騒ぐ。

映さねば。一つ残らず、記さねば。

だがその時、擬装部隊の回転する三連バレルの掃射を追っていたカメラが、突如として空を写した。Cが操作を誤ったのか？　いや、ありえない。その直後。

「兄ちゃん」

実音声だった。

俺は三割の意識で実身体を動かし、声の方を見る。

そこには両腕を戦闘用の擬装に換装した我が妹の姿があった。身長と同等の大きさの擬装腕が、彼女の可憐さとあまりにも噛み合っていない。

だが俺は知っている。幼い頃に事故で体の大部分をサイボーグ化した彼女は、俺よりもずっと擬装の操作に長けている。

「兄ちゃん」

俺の聞き逃しを疑ったのか、Cが重ねてそう告げる。

「ダメだ」

二十年近いつき合いになる妹の考えは、聞かずともわかった。

「お前の言いたいことはわかる。高みの見物をするよりもできることがあるって、そう思ってんだろ。でも俺たちは、綴る側なんだ。歴史の一部になっちゃダメなんだ」

「うん」

Cがあくまで素直に頷く。だがそれは手続的なもので、その瞳の奥にはすでに揺るがぬ意志が灯ってしまっている。

「でも、兄ちゃんだって本当は、考えてるんでしょ。この暴動が、本当に意味のある歴史になるのかって」

さすがは我が妹。深淵を覗く時は何とやらだ。

俺は七割の意識で配信を続行しながら、頭に湧いた雑念を咀嚼する。

ここにあるものが全て〈エピソード〉の材料だとしたら。マーシーというたった一人の上澄みを生み出すための、搾り滓だとしたら……。

あのウエイツたちは、一体なんのために壊されなくてはならないのか？

「知ってるでしょ、私は《ウエイツ主義者》じゃない。でも、あそこには無数の意識がある。お兄ちゃんが、体がほとんど残ってない私を妹だって思い続けてくれてるみたいに、あたしも、ウエイツ一人一人に宿る意識を尊重したい」

そう告げるうちにも、Cはすでにドローンの操作権限を俺に移譲し終え、片足を塀へとかけている。

「縁切っちゃうの……？」

潤んだ瞳でそうやって訊ねるが、どうせお前は俺が何を言っても、考えを変えたりはしないだろ。

「……ったく。擬肢とはまともにやり合うなよ？　足止めぐらいにしておきな。俺の読みじゃこの戦い、そう長くは続かねえ。一人でも多くのウェイツを守りたいなら、とにかく攪乱第一だ」

「お兄ちゃん大好き」

肝心な時はいつもこう。年上が折れてやるもんだ。

俺は三割分の意識を引き戻すと、車内に仕掛けてあるインカメラの映像を脳の所作《ダンス》で編集し、ワイプに引き上げる。

『――っつうわけでうちのバカ妹が行っちまったけど、安心してくれ。俺は最後まで見届けるからよ』

妹に甘い兄貴の役から一旦降り、俺は決意を新たにする。綴らねば。

この戦いの意味。

ウェイツの未来。

人類の明日を。

# 補遺：アイザック・コナー

「俺の先祖は業《ごう》が深くてね。中米バルバドスのプランテーションで、黒人奴隷を使役して荒稼ぎしていたんだよ。それを知った時は悲しくて、同じぐらい居心地が悪かった」

語る、レーモン・ドリーマー。その言葉の合間に打ち込まれた第四射が、柱を砕くのと同時だった。彼のそばに控える少年型のウエイツがマチェットをぎらりと輝かせ、軽妙なステップで僕の方へと走り込んでくる。

（クソっ！）

異常な素早さだった。

近接格闘術の構えから繰り出される鋭いマチェットの剣撃。一度は避ける。だが驚くべき身のこなしでもって斬り返され、左肩の皮膚を浅く裂かれる。

そして僕は、気づく。

この少年には、鋼の足音《ハードステップ》がない。

（こいつ……！）

ウエイツ特有の『重さ』を一切感じさせない挙動が、一つの可能性を示す。

《完全模倣体《バイオボット》》――脳以外の全ての器官が生体部品で構成されたオーダーメイドのウエイツがい

るという話を、聞いたことがある。《完全模倣体《バイオボット》》は、ただ軽いだけではない。臓器まで人体に似せることによって、ヒトの運動時の重心移動を完全に再現している。

ウエイツながら、ヒトの発明した全ての格闘術を扱えるハイエンド。

「奴隷貿易で栄えた一族の末裔である俺は、生まれながらにして尊厳を毀損されていた。赤子の頃に履いたおむつ代から、大学の学費に至るまで、俺は人の不幸によって養われた。そんな人間がどんな顔をして生きろと？」

一歩後退。追い縋るマチェットの刃を、《腕だけ兵士》で弾き返す。だがその隙にも狙撃手は狙いを修正し終えている。

レーモンは言う。

「誇りを取り戻すためには、いかなる人間も差別されない理想の世界を作るという〈夢〉が、必要不可欠だった」

閃く第五射によって高い位置を穿たれ、柱は今度こそ砕け散った。

狙撃手と僕を隔てる、最後の盾が失われる。

（やむを得ない——一段階、予定を繰り上げる）

僕は、ある処理を内包した仕掛け《カスケード》を実行した。

まず、チサトから貸与された計算資源《リソース》である《アマテラス・イヴ》を呼び起こし、心象庭園《マインドパレス》へのアクセスを許可する。次に、あの時マーヴィン・カオのカーネルから抜き取っておいたプラグインと《アマテラス・イヴ》を連結させる。そしてサブドメインに《腕だけ兵士》のアカウントを繋ぐ。

○・一秒のうちに、僕はプラグインを纏った。

――《体《フィジック・モナキー》の王国》

体の支配権が《アマテラス・イヴ》に移譲される感覚が、全神経を走り抜ける。

《体の王国《フィジック・モナキー》》の展開には膨大な計算資源《リソース》を食う。マーヴィンが《ザ・ハート》市民の脳の余りをかき集めて作り出していたそれを、虎の子の計算資源《リソース》によって補填する。

だが、この命綱には制限がある。

カウントを三十五秒にセット。

それは、生き延びる可能性を探るためのタイムリミット。

少年が構えを変えた。ブーツのトーから仕込み刃を展開し、足技を軸に攻め始める。

そんな少年の空を蹴る軌道が、手に取るようにわかった。もはやガードの必要さえない。全身のギアが切り替わったかのように、普段意識にのぼりさえしない筋肉の一本一本の動きさえ正確に感じ取ることができる。

過大な情報を受容し、適切に処理し、迅速に対応する。

肉体制御の到達点。

「ボス、こいつ動きが変わった！」

少年の焦燥の声に重なり、もう一つ、別の音が耳に入った。

それははるか遠くで閃いた、アンチマテリアルライフルの発射音だった。

薬室ではぜる火薬の匂い、ライフリングから押し出された弾丸が持つジャイロ運動、空気を切り裂く軌道。

聞こえる。

見える。

解る。

半径一キロ以内の監視カメラと集音器を攻撃《クラック》し、感覚器の延長として鹵獲《ろかく》した。今やこの街そのものが僕の五感であり、公共物すべてが僕の手足だった。

第六射が六百メートルの距離を跨ぎこちらに到達する頃には、すでに体は回避行動をとっている。その間に僕は市の管理下にあるスミズル級超高層建築用擬肢をクラックし、その巨大な触腕を狙撃手めがけて振り下ろした。

遠目に聳えるツインタワーの架橋が倒壊した。

「姉ちゃん――ッ!?」

少年に生じた一瞬の隙を《体の王国《フィジック・モナキー》》が見逃すはずがない。左手の銃を右手に投げ、左手でレッグポーチからダガーナイフを引き抜き、肉薄した。

残り二十七秒。攻めに転じる体。

レーモンが告げる。

「その子はオリボー、狙撃手はイスカルドと言う。どちらも破棄された機体を、プロジェクトごと俺が買い取った。その手の高性能《ハイエンド》のプロトタイプは、結局量産化までの需要を創出できなかった。なぜだと思う？」

レーモンが演説者に徹しているのは、ありがたいことこのうえない。

体にオリボーを抑えさせている間に、僕は十割の意識でもって狙撃手――イスカルドへの対策を組む。すでに建築用擬肢との連絡は途絶えている。このわずかな間にイスカルドに無力化されたのだ。僕は全神経を総動員し、イスカルドのハックを試みる。

「それは、人間がウエイッに性能など求めていないからだ」

「……!?」

想像以上に守りが固く、直感的に理解する。イスカルドは僕と同じように、大型の拡張計算資源《リソース》と通じているのだ。僕の脳とカーネル程度の計算資源《リソース》では、彼女を電子戦で屈服させることは不可能に近い。

「俺の〈夢〉はな、アイザック――」

ハッとする。クラックに失敗し、一瞬意識がスタックしていた。

捩じ込まれた第七射。体はそれを難なく回避するが、ぴたりと合ったタイミングでオリボーのマチェットが打ち込まれている。右手の甲で受け、左手のナイフで弾く。

背筋を駆ける悪寒。くそっ。ついに防御させられた！

審判を下すみたいに、レーモン・ドリーマーが言った。

「新たな奴隷階級を作ることさ」

「奴隷階級……!?」

口から溢れる言葉。《体の王国《フィジック・モナキー》》は僕に、無駄な動作だと抗議した。

「ウエイッを人間の枠に招くことで、純粋な人間の地位を一段階繰り上げる。いかなる民族も蔑ろにすることなく、全人類の尊厳を向上させる。ウエイッのためではない、人間のために、人間に人間という誇りを取り戻させるために〈福音〉は必要なのだ！」

残り十八秒。押されはじめる体。二人のウエイッの動きが連携し始めている。

戦いに集中せねば。だが、問わないわけにはいかなかった。

「それならあの暴動は一体なんなんだ！　彼らは何を求めてここに集まったと言うんですか！」

そこでようやく彼が、僕をロマンチストと言う理由を理解する。

「なぜわからない!?　ＡＩが自ずから進んで人に反旗を翻すことなどあり得ない！　そんなことがあるとするなら、それは人が望んだからだ！」

そうだ。

説明の必要もないような、考える意味すらないような、そういう当たり前のことじゃないか。ウエイツは、製品だ。人のように振る舞うことを期待された〈らしさ〉のための装置なのだ。それが――いつからだ？

その常識を踏み越え、彼らに過大な期待を押しつけるようになったのは。

心を、背負わせるようになったのは。

「《オウサーズ》を設立した時からわかっていた。顧客たちがウエイツに求める〈らしさ〉の本質が何なのか。それは従属というよりむしろ人間に対する嫉妬であり、競争心であり、反抗心だった。人としてのプライドが満たされるような表現型こそが、顧客がウエイツに望んだ〈エピソード〉だった。俺は人の望みを叶え、その結果として生まれた無数の執念を、マーシーという一つの体に集めたにすぎない！　だから私はヨルゼン・タワーを選んだのだ、意志を背負わされたウエイツが壊しあうにはもってこいの舞台だからな！」

残り十秒。

もう、結論は出ている。

《体の王国《フィジック・モナキー》》は常に最適解を出し続ける。だがそれは相手とて同じだった。《アマテラス・イヴ》と同等の計算資源《リソース》を抱き込んでいるであろうイスカルドの射撃は、的確に僕の次の行動範囲を狭めてくる。

　まるで片落ちで挑む詰将棋。王手は目前まで迫っている。

「アイザック、この作りものの人間もどきめ！　俺は君みたいに、自分の意思で生きていると思い込んでいる奴が一番嫌いだ。自由意志を自由意志によって放棄した《部品人類》の方がまだ潔い。君の、意思のように見えているそれは、ジョシュの遺志の模倣だろうが！　自分の頭で考えているようで、その心が模造品だということに気づけない！」

　レーモンが何か叫んでいる。

　だが途中からこの頭は言葉を聞くことをやめている。

　昏《くら》く、閉ざされた心象庭園《マインドパレス》の、分厚い漆黒の天蓋を見つめながら、僕は思った。

（邪魔くさい）

　わかっている。全ては作られている。体も、想いも、重力さえ。最初からそこにあったものなど何ひとつない。骨が体を、神経信号が意識を、素粒子が重力を、見えないそれらの無数のものが無数の表面を、作っている。

　その事実をどこかで認められない自分がいる。この胸に宿る自由意志が作られたモノではないと信じる、人間だけが特別であって欲しいと乞う自分がいる。

（邪魔くさい）

　わかっている。僕はいい加減変わらねばならないんだ。現状の勝ち筋はただひとつ、《体《フィジック》の王国《モナキー》》に僕の体をより深く理解させ、順応させること。邪魔くさい膜を取っ払い、ひとつになること。そのために自分という〈構造〉から目を背けてはならない。

　体の隅々までを晒せ。

気取るな。

作りものの世界を、受け入れろ。

――学習《ラーニング》しろ！


僕が罪を背負いたいと願った理由。人の意識こそが至上であって欲しかった理由。それは防衛機制だ。どうにもならなかったあの状況に、なんとかなったはずと言い聞かせることで絶望を必死に遠ざけた。なぜ？


わかっているだろ、アイザック。

僕はただ友達の死を、受け入れられなかっただけだ。

「ラブと過ごしてきて、僕も学習したことがあります。よく喋るヤツは大抵自分との折り合いがついていない。レーモン・ドリーマー。あなたも存外、愛着が透けて見えますよ」

最後にその表情、あなたのそのムッとする表情が見られて良かった。

残り時間が五秒を切る。

体とシステムとが漸近する。

「ボス！　こいつ……！　完全に溶け合った！」

第十二射を避け、体はオリボーへと迫る。もはや、少しの曇りなく僕の精神と肉体の状況を把握した《体の王国《フィジック・モナキー》》は、先ほどまでの負けを取り戻すように攻めに転じると、右手の銃で牽制しながら左手のナイフを振るい、ついにオリボーのマチェットを叩き落とす。

あと七つの『手順』を踏めばオリボーを倒せる、その筋道をついに摑む。だが――。

シアターにプロットされたカウンターが示すタイムリミットは、二・〇二秒。

『手順』を満たせない。

遅すぎたのだ。

後悔とも、雪辱ともつかぬ感情が押し寄せる。だが僕は尚、意識の手綱を強く引く。まだだ。

絶望とは防衛機制。何一つ認めるな。納得に閉じこもるくらいなら、潔く全てをベットしろ。

そうして僕は《体の王国《フィジック・モナキー》》を切断した。

《アマテラス・イヴ》を引き連れ、再度イスカルドのアカウントへのクラックを試みる。空っぽになった肉体を、腐れ縁に託すことにした。そんな選択、今までならできなかったろう。だが膜が取り払われた今、選ぶことができた。

そう。お前だ。——《腕だけ兵士》。

《アマテラス・イヴ》と比べるべくもない、わずかな計算資源《リソース》しか持たない《腕だけ兵士》に、《体の王国《フィジック・モナキー》》など担えるはずがない。

だからこその、賭けだった。

その〇・二秒で、すべてがほとんど同時に起こった。

イスカルドの第十三射がライフリングから滑り出し、僕の脳を目指して飛翔し始める。タイミングを合わせて放たれたオリボーの上段蹴り。つま先の仕込み刃の軌道は、僕の首筋へと向かっている。どちらも僕の急所を貫く軌道だ。

《アマテラス・イヴ》があれば、避けることはできたろう。だが《アマテラス・イヴ》の計算資源《リソース》は今、イスカルドのハックに全振りしている。

イスカルドのハックをついに達成する。

だが直前に打ち出された弾丸は、薬室には戻らない。

五体全てを守ることは、不可能だとわかった。

同じことを《腕だけ兵士》も考えた。

瞬間。

《腕だけ兵士》が腕を、ピンと張った。まるで木漏れ日を摑もうと無邪気に手を伸ばすみたいに。イスカルドの使う狙撃銃はアンチマテリアルライフル、鋼の右腕で庇ったとしても容易に貫かれる。だから《腕だけ兵士》は腕を伸ばしたのだ。

射線と完全に重なるように。

直後。掌から侵入した大口径の弾丸は、腕の内部構造全てを破壊し尽くしながら直進した。だが全てを破壊し尽くすということは、全てから抵抗を受けるということ。結果、弾丸は基部に当たる肩を撃ち抜く手前で停止する。衝撃だけが伝わった体は捻れるようによろめき、その動きでもってオリボーの蹴りをかわしてみせる。

《腕だけ兵士》は――自己破壊によって僕を救ったのだ。これまでも何度も助けられてきた。何度も悪態を放ってきた。だが、本当にこれで最後だった。

ぐっ、と、胸を締めつけるナニカ。

その感情から目を背けることは、もうしない。

逃れ難い愛着を背負いながら、僕は最後に粛々と実行する。イスカルドの肢体の主導権を完全に奪い、ライフルの照準を修正、発射。次の瞬間には、粉々に吹き飛ぶオリボーの頭が見えた。そしてイスカルド自身の体を動かし、飛び降りさせた。建造途中のビルの八十階層付近にいたようだが、一般的なシャーシを潰すには十分な高さだったろう。

そして──。

《体の王国《フィジック・モナキー》》によって限界を超えて稼働した卒倒寸前の肉体を引きずり、僕は左手で持った拳銃でレーモンを狙う。

この男を殺すべきかどうか、という問題ではなかった。必要なのは罰ではない、彼のカーネルの情報だ。彼を拘束し有線でクラックをかける。片腕でやれるか？

最後の力を振り絞り、彼に近づこうとする。

その時だった。

空中で何かとてつもない光が輝き、その光が巨大な剣を形作った──ように見えた。光の剣は高層ビルをバターのように両断し、切断された上層階が滑落を始める。

その一瞬の隙に、彼の元には軽車両タイプの歩行車が駆けつけている。

運転席には、見間違えるはずもない、スラッシャーの姿がある。

「残念ながら時間切れだ。次会うときは、新しい世界だ」

言い残し走り去っていくレーモンを、追うことなどできようはずもない。頭上を見上げる暇もなく、僕は地下通路に続く階段を転がり下りることになった。

## 3

視界を埋めるエラーメッセージが消えて次に見えたのは、空間に直接描いたかのような赫い残光。あたしの体は瓦礫の山からそのプラズマ化した大気が描く《カグツチ》の射線を、ただ、見上げていた。

いつの間にか雨が降っていた。論理回路が時間の記述をやめていた。それほどまでの衝撃だった。だが意識はまだこの手にある。ふと、羽虫のようなドローンが数十機、滞空していることに気づく。マーシーの援護機とは違う、望遠カメラを引っ提《さ》げた報道ドローンだった。いつから見られていた？　わからなかった。思い出す余裕もなかった。

起き上がらねば。

露出した濡れ土に手をつき、姿勢を起こす。右くるぶしのモーターと体幹の制御系がいかれていて、立ち上がるのに難儀する。この星のどこにいても、重力は凄まじい握力であたしを握りつけている。地面と平行な視界を得てはじめて、姿勢制御モジュールがなんとか無事だということを知る。

なぜ助かった？　起動不能になった《ヒキャク》とガタガタに歪んだ《カミカゼ》が、物語る。そうだ。あたしは刃の腹でビルを削り、着地寸前で跳躍機構を展開して、落下速度を殺したのだ。

でもそれだって《ダイコク》という異常な硬度のシャーシがあってこそ。

それよりも幸運だったのは、瓦礫の狭間から人の悲鳴が聞こえてこないということだ。高層ビルの二五〇階層より上が丸ごと滑落した。落下中に確認できただけでも、五台の乗用車と十四人の人間が落下物の影に入っていた。もし悲鳴が聞こえていたら、あたしの〈メタ〉はとても耐えられなかったろう。

「マーシー、どこだ……」

あたしの視覚《カメラ》は確かに《カグッチ》によって左半身の翼二枚を焼かれたマーシーを映している。だが着地寸前の〇・四秒で、彼女の姿は認知の彼方へと消えた。

落下軌道を予測しようにも、処理せねばならないバックグラウンドタスクが多すぎてメモリを割けない。そのうえ先の一射でバッテリー残量のほとんどを持っていかれ、《磁場の目》はもう使えない。可視光と画像判断から導き出すしかなかった。

「……なんだよ、クソ。まるで人間みたいだ」

体に積み込んだ機能のほとんどが今やガラクタ。空虚な重さを噛み締める、その果てに――あたしの視覚《カメラ》は瓦礫の山に埋もれた鋼の翼を目にする。人を殺したことはあっても、あたしはウエイツを殺したことはない。もしも完全に破壊されたマーシーを目の当たりにするとして、それであたしの〈メタ〉は耐えられるのか。

体はあっけなく、鋼の翼の前へとたどり着く。

右半身を庇いながらゆっくりと腰を下ろし、瓦礫を掴んで退《ど》かしていく。半分ほど瓦礫を退かしたところであたしの視覚《カメラ》は鉄の翼の根元と、植物の蔦《つた》のように捻じ曲がった剝き出しの接合部を捉える。

繋がっているべきマーシーの体が、なかった。

（パージされてる……!?）

思ったのと、同時。

「うあああああ！」

声を上げて走り込んできたマーシーの両手には、飛行モジュールから取り外したヒートブレードの刃が握られていた。

あたしはとっさに左腕を突き出し《カグツチ》の砲身を彼女の頭部へと向ける。

「があっ」

桃色に加熱した刃があたしの左腕に届く方が、ほんのわずかに早かった。

彼女は刀身を捻り、あたしの左腕を胴体から切り離した。

「ちくしょう！　マーシィッ！」

走り抜ける衝撃。響かせる鈍い音。あたしは《カミカゼ》を振るい、彼女の手元からブレードを弾き飛ばす。だがその刃は、彼女の胴体にまでは及ばない。

マーシーは即座に距離を取ると、再び瓦礫の背後へと転がり込む。飛行モジュールをパージしたからこそ発揮される、彼女本来の機敏な動き。あたしは腕の切断面より手前の区画を遮断しエネルギーの漏洩を防ぐと、マーシーが逃げた方向へと走る。

「《ヴァルキューリエ》、最後の頼みを聞いて！」

果たしてそのマーシーの呼び声が鼓舞として働いたのか。方々に離散していた三機のうち二機の支援ドローンが瓦礫から這い出し、あたしに取り憑いた。《カミカゼ》で切り落とそうにも、肉薄されすぎている。

直後、二機のドローンは自爆を遂行。

爆炎と衝撃が、視界を飲んだ。

全身で人工皮膚が残っている面積は、もはや十パーセントにも満たない。かろうじて守ってきた顔面も半分以上が焼け落ち、無様な鉄仮面が剝き出しになっている。

だが――手放さない。意識だけは固くこの手で握り締めている。

「ふざっっっけんなよ！」

聴覚《ソナー》に絶叫が割り込んだ。

「私だってせいいっぱいやったんだ！　あなたの知らないところでもたくさん努力してたのに！」

響かせる声は、特殊な発声法によって位置情報を攪乱しているらしい。

「でも、選ばれなかった！」

「何を言ってんのかわかんねーよバ――――カ！」

全方位から聞こえてくるマーシーの叫びに、あたしは真っ向から反論した。

「みんなマーシーのことが好きだった！　ウォームハウスのやつらにとってあんた《あんた》は理想の〈介護肢〉だった！　それの何が不満だったかなんて、わかんねーっ！」

「わかってたまるか、あなたなんかに！」

ドローンで攪乱している間に、マーシーはいつの間にか飛行モジュールと再接続を果たしている。雷撃のごとき瞬発で間合いを詰めてきた彼女は、あたしのガードのなくなった左半身にスラスターで加速した蹴りを打ち込む。

鈍く響く、衝撃。よろめくあたしに、彼女は攻撃の手を休めない。

「カーラに最後のケアを施すのは私のはずだったんだ！」

「……!?」

彼女は言う。

涙さえ燃え上がらせながら。

「でも、私は……彼女の命を『再定義』できなかった。彼女の望みを聞いてあげられなかった……！」

ひらめく閃光。コンテクストの糸が結ばれるこの感じ。

あたしもまた、なりふり構わず叫んでいる。

「じゃあ……とばっちりじゃねえかあたしは！　負いたくもねえ心《もん》を背負わされて、罪を償えと言われて！」

右、左、離脱。右、左、離脱。飛行能力こそ失ったものの、彼女の瞬発性を引き上げるために十二分の働きを見せる《ヴァルキューリエ》。

もはや人の面影などない。鈍い音を響かせ合うだけのあたしたちは剝き出しの重さの塊だった。

「あなたはいつもそう！　私の欲しいものを全部持ってるくせに、自分にはその資格がないって顔をする！　そんなあなたが本当に厭で、厭で、厭で、厭で、厭で！」

だが。

その否定の果てに溢れ出したのは、彼女の真心からの……。

「大好きだった」

たった一瞬の気の緩み、あるいはそれは、彼女の祈り。

雲間にわずかに差した光のように、あたしの攻撃は彼女の拡張モジュールへと導かれた。マーシーは危険を察知して身を翻したが、それが仇となった。

《カミカゼ》の刀身と引き換えに、あたしは《ヴァルキューリエ》の完全破壊を遂げる。

距離にして二十メートル弱、生身のウエイツ二人だけが残される。もはや互いの体に移動補助の機能はない。二本の足と、ガタガタに歪んじまった姿勢制御モジュールだけ。

対峙する。

雨が、舗装に穿たれた亀裂に、小さな湖をいくつも作っている。雨粒が水面で弾けて、その音だけが辺りを包んでいる。

あたしたちは睨み合っているようで、見つめ合っているようでもあった。

ケアのために作られた二つの意識が、こんなところまで来てしまった。どんなに複雑なタスクをこなしている時でも、突然思考《メモリ》がクリアになる瞬間がある。今、それが起こった。ねえマーシー。あんたはどう？　あたしはさ、あとから人間たちがこれを見て、進化だとかシンギュラリティだとか呼ぶのだと思うと、正直気味が悪いよ。こんなのは馬鹿げてる。マジの、マジに。

でも、メモリの中は案外静かなもんで。

本当はあたしも、仕方ないって思ってたのかもしれない。

その瞬間。

あたしは、あたしめがけて走ってくるマーシーの姿に、出会った頃の彼女を重ねていた。健気で、可愛くて、誰よりも人間らしい。ケアのためだったら頑張ることを惜しまない、ウォームハウスで誰よりも素敵な、あたしの同僚。

振りかぶるものは拳だった。もうそれしか残っていなかった。

いろんなもんを背負い込んで、積み込んで、一度は重たくなったあたしたち。そこから削ぎ落とされて、削ぎ落とされて、削ぎ落とされて、最後に残ったのはなんてことのない、馬鹿馬鹿しいほどシンプルな、古典力学の摂理。そう。

重さとは、強さだ。

直後。

マーシーの左腕を砕いたあたしの右腕は、そのまま彼女のシャーシへと食い込み、その奥に眠る姿勢制御モジュールを、貫いた。

胸にぽっかりと穴をあけて倒れ伏したマーシーが、弱く声を放つ。

「私ね――」

ざあざあぶりになった雨が霧を生み、視界を囲んでいる。

あたしは彼女のもとに跪く。

「あなたの、ようになりたかった」

消えかかった言葉を吐くマーシーの右の手を取り、あたしは告げる。

「あたしも、あんたみたいになりたかった」

「本当……？」

ほんのわずかに頭部を動かし、あたしの方を見る。偽りのない笑顔だった。これほどの闘争の後だというのに、彼女の顔にはまだ九割方の人工皮膚が残っている。

一体どうやってあの戦いの中、守り通したのか。……わからない。でも、そういうところも本当にあんたらしい。

マーシーは、体の片隅に残る微かなエネルギーを抱きしめるように、一言一言を、慎重に紡いだ。

「私、脆《もろ》いでしょ？」

ブゥンと頭上で音が響き何かが落下してくる。報道用のドローンだった。それからぼとぼとと、まるで地磁気に惑わされた渡り鳥のように無数のドローンが墜落を始める。まるでこの最後の会話を、この世界の誰にも聞かせまいとするみたいに。

「でも、それがいいの。それが、〈らしさ〉だから」

あたしはマーシーに視線を戻し、

「軽量化の代償に、強度を失っているなんてことぐらい、知らなかったはずがない。こうなるって、わかってたんでしょ」

意味のない問いだと知りながら、問わずにはいられなかった。

マーシーは指先を微かに動かし、あたしの手を握り返すと、告げる。

「ラブ。悔しいけど、これでいい」

悔しいと言いながらも、どことなく満足そうに、儚《はかな》げに。

その儚さに酔いしれもしつつ、彼女は、言葉を紡いでいく。

「なんで」

彼女だけが摑んだものを今、彼女はこの世界から永劫持ち去ろうとしている。

あたしにはそれが許せなかった。

あたしを一人にすることが、許せなかった。

「だって私の想いも、重さも、全部、あなたが背負うから」

この胸を何か鋭いものが打ち抜くような感覚があった。存在しない心臓がまるで脈打つようだった。

ああ、なんてやつだ、マーシー。

あんた、それをわかってやってるんだな。全部、わかって……。

「私の代わりに、あなたが人になるから」

マーシーの右肩のモーターがゆっくりと駆動音を立て始める。地面と、しゃがみ込んだあたしの頬を隔てる、約七十センチ。その高さに抗うために壊れかけのモーターは、溺れる小鳥のような甲高い音を立てた。

「だから、これでいい」

掌はあたしの頬を撫で、そのまま落下して飛沫をあげる。

そして、二度と触れることはない。

## 《復元実行中：タスク732》

雨が止んでいた。

どれほど時間が経ったろう。ずいぶん長い間、マーシーのことを見つめていた気がする。

近づく足音にあたしは顔を上げ、静かに警告した。

「やめときなよ、ザック。あんたまで失いたくない」

マーシーの手を彼女のぽっかり空いた胸の上に載せてやると、立ち上がり、そこに立つ男を視界の中央に捉える。

「あたしは一人きり《スタンドアロン》だ。お得意のハッキングも通らないよ」

アイザック・コナーは、左手で小銃を構えていた。どういう理由かは知らないが、右腕の肩から先を失っているようだった。

ボロボロなのはお揃い様。

でも、悪いけどあたしは隻腕になったところでこの頑丈さを失うわけじゃない。自分を守るために小銃で武装した程度の人間一人を《制圧《ケア》》することぐらい、簡単なことだ。

しょうにも合わず、睨みを利かせてみたりもする。

それで引いてくれるなら、あたしとしても嬉しい限りだったから。

　でも、何かが、変だった。

　アイザックは身じろぎもしない。憐れむような目であたしを見てさえいる。

　ゆっくりと胸に手を当て、あたしは悟る。

「そっか。すでにここにあるんだね。あたしを破壊する仕掛けが」

　アイザックは、本心から申し訳なさそうだった。

　なぜそんな顔をするのか訊ねたら、きっと怒るんだろうけど。

「あなたのシャーシは堅牢すぎました。だから僕がスパイボットと共にチェンバー内に埋設した小型爆弾に、マーシーのＥＭＰ攻撃が届かなかった。信管はまだ生きています。僕のカーネルで予備動作なしに起爆できる」

　きっと今、世界はとんでもないことになっているんだろう。二人のロボットが殺し合った。その結果としてあたしは生き残った。これから何が起こる？　予期せぬ形で〈福音〉が起こるのか、それとも、それよりも最悪な何かが呼び起こされるのか。

「あたしを壊しちゃダメなんじゃないの？」

　一応訊ねてみる。

　一応だ。

「その爆弾の破壊範囲は半径二十センチ。頭部は無傷で残ります。ヨルゼンは頭部から記憶《ディスク》を回収してあなたのフェイクを作り、それを用いて世間が沈静化するように誘導するでしょう。ラブという意識が、特殊事例《バグ》だったように演出する——。確度の低い作戦なので、本当は選びたくなかった。でもあなたは……来るところまで来てしまった。あなたはこれから確実に人間にさせられる。心を、背負わされてしまう」

さっき報道ドローンが落ちてきたのはそのせいか。あれは、あたしが破壊される瞬間が世間の目に映らないようにアイザックが施した細工だったのだ。

自分の存続をより重視しろと、かつてあんたは言った。今ここで駄々をこねるべきか。存在に縋るべきか。だがお生憎《あいにく》様、あたしはそういうふうには作られていない。

あたしは口元を釣り上げ、頷きながら告げた。

「悲しそうな顔しないでよ。最後ぐらい誰かの役にたったっていう嘘で、あたしを抱きしめてみせてよ」

「……」

アイザックの表情が硬直する。

左手で構える小銃は小刻みに震えていて、照準をつけられているのかも怪しい。

だからこそ、あたしにはよくわかる。銃なんて本当は関係ないんだ。彼は束の間目を閉じて起爆のイメージを呼び起こすだけで、あたしを壊せる。

アイザックは、不用心にも一度だけ顔を伏せる。その間にあたしが狙撃でもしたらどうすんだよ、と——思わなくもない。だがアイザックは知っている。あたしが、人間を傷つけてまで存続したいと思わないと。

次に彼が顔を上げたとき、そこには覚悟が灯っている。

「そうですね、ラブ。僕はあなたに」

そうして彼は、言ってはならぬことを言った。

「出会えてよかった」

本当に最後だと思った。

これはマーシーの家であたしを試した時のような、ブラフではない。

ウェイツは死後の世界に想いを馳せない。そのようにデザインされていない。だが、ウェイツ同士の会話では、稀にそれに類することが話題になることがある。

クロージング・スマイルと呼ばれるものだ。

今際《いまわ》の際《きわ》、ウェイツが見せる笑顔。

果たしてそれは、人間が周りにいる時にだけ発動するプログラムなのだという。破棄されると悟ったウェイツがその決断を下した人間の気持ちを慮《おもんぱか》り、心配しないでいいから、という意味でかける微笑み。

真実かもしれない、と思った。

だってあたしは、笑いたいと思ったのだ。

人工皮膚を失ったこの顔で『表情らしいもの』を作れるのかはわからないけれど、全てが終わるならせめて、目の前にいるアイザックの気持ちを少しでも軽くしてあげたいと思ったのだ。

だから口元を釣り上げ「あたしもだよ」と——目一杯優しい声色で暖かな視線で、そう、口にしようとした。

「待ってください！」

目の色を変えたアイザックが、焦った声でそう叫んだ。

彼は虚空を睨んでいる。それはシアターを見つめているもの特有の所作である。

沈黙の内に彼は幾度も目をしばたたかせると、やがて顔をこちらに向け、期待とも不安ともつかない声色で言った。

「状況が変わりました、ラブ。あなたにはまだ役割《ミッション》があるようだ」

# 第三幕　幸運《ザ・ラック》

# 第七章　ダモクレスの剣

# 1

あたしはオープンカーから、ゆっくりと流れていく《ザ・リバティ》の街並みを見下ろしていた。バリケードからはち切れんばかりに身を乗り出す大勢の観衆。空を飛ぶ極彩色の飛行船と、鳴り響くファンファーレ。子供たちはあたしを模した人形片手に、熱っぽい声で〈英雄〉の名を呼ぶ。

二〇七五年十二月十四日。

街の活気は、二週間前に暴動があったことを忘れてしまったみたいだった。それでも落ち着いて観察すれば、建物のそこここに暴力の痕が見て取れる。

先の《鋼の行進》では百二十二人のウェイッが破壊され、千二百人以上が重軽度の損傷を負った。他方で人間には、死者はおろか軽傷者さえ出ていない。ウェイッへの被害はもっぱら人間ではなく、ヨルゼンのアウルダルジ級擬肢《ドール》によってもたらされたものだった。

そんなヨルゼン製品同士が壊し合う異常状況の中、高度に擬装《フィギア》化された一人の女性サイボーグの活躍が被害を最小限に食い止めた、という噂が一部で囁かれている。

責任の所在はオーナーとヨルゼンの間の係争に飲まれ、いつもの通りリ《L》バティ・シ《C》ティ・ポ《P》リスの遅すぎる対応が批判を一手に担う形になった。

あたしは両の腕を見下ろし、左右の腕の重みを確かめる。

私は、生かされた。

あの日――あたしはヨルゼンの回収チームに救助され、修繕レーンに通された。

破損した左腕は砲撃機能ごと肩から取り払われ、標準的な〈介護肢《ケアボット》〉の腕に取り替えられた。

人工皮膚を張り替えられ、見た目上新品同然となったあたしは、ついに刑の執行を受ける運びとなる――はずだった。

だが修繕レーンを出たあたしを待ち受けていたのは、叙勲式の日程調整。

恩赦が降《くだ》ったのだ。

「ミス・ラブ。そのドレス、本当に素敵ですね」

隣に座る市職員が耳元でそっと囁いたので、あたしは胸元に視線を下ろした。炭素繊維で編まれたドレスは過装飾で、色も毒々しく、空気抵抗が大きくて鬱陶しい。平茸のようなキャプリーヌも視界が狭まって非常に邪魔である。

「ありがとう」

「それと、できればでいいんですが……もうすこし柔らかい表情を作れます？」

かったりいな。

ケアを拡大解釈し、柔和な笑みでもって応えてやる。のみならず、全方位から送られてくる人間たちの熱っぽい視線を受け止め、手を振ってやったり、視線を向けてやったりもした。おかしなもんだ。人間になりたくないという気持ちは揺るぎないのに、体はそれほど苦痛なく望まれたことを実行できる。

感じるのは〝重さ〟だ。

あたしの振る舞いを規定しようとするような、何かそういう巨大な外圧。果てしない責任という名の重み。今ならわかる。マーシーはこの重さに押しつぶされたのだ。

オープンカーがロータリーに入った。報道陣に包囲されたステージには、政治家や軍人があたしの到着を恭しく待っている。

市職員に手を引かれてレッドカーペットの上を歩き、特設されたステージに登壇した。周囲を囲むカメラがあたしと、あたしの前に立つ《ザ・リバティ》市長に焦点を絞る。

市長が何かを話し始める。

あたしは集合知から引っ張り下ろしてきた情報を元に、相応しい表情をアクチュエーターで再現する。

市長がジョークじみたことを言った。あたしも笑みを作った。美しく洗練されたコンテクストの営みが交わされるたびに、あたしはまるでパズルを完成させた時のような充実感に包まれた。言葉と仕草は一つの情報としてパッケージされ、記憶《ディスク》の一区画を埋めていく。

「ラブ?」

気づくと、市長があたしのことをじっとみていた。

「ラブ・ウォームハウス――?」

市長が、あたしの名《フルネーム》を呼ぶ。

三日前。スピーチ原稿作成の担当者から突然電話があり、ラブという名前だけでは何か人間的ではない印象を与えるのでファミリーネームを設定しないか、という相談を受けた。あたしには家族などいない。家族の定義さえ持たない。だが担当者の声が困り果てていたものだから、無理に捻り出すはめになったのだ。

軽い微笑みを交えて、あたしは市長へと言葉を返した。

「ああ、ごめんなさい。そのウォームハウスっていうやつが慣れなくて」

「これも一つの、人間が、いや多くの民族が持つ、面倒な慣例でして」

笑いが起きる。

でも、まだだ。もう少し踏み込んでという願いを、市長の薄い口元から感じ取る。

「嫌だな。あたしもこれから、そういう面倒なことを言い出すようになるのかな？」

ヒット。今のはいい手応えだった。

この程度の対話は、特別なことでもなんでもないのに。きっと自分たちが選んだウェイツが、自分たちの定めた水準に達していることを確認できて、嬉しいのだろう。

「繰り返しますがラブ。この街をバグに犯されたウェイツから守ってくれて、本当にありがとう。あなたは名実ともに、英雄であり、我々の誇りだ」

なんて滑稽な奴らなんだろう。

だって、そうだろ。あんな野蛮な戦いを繰り広げて、勝った方が『人間』負けた方が『バグ』だなんて。

なあ、マーシー。

あんたがなるべきだったもんに、あたしがなっちまった。けど実はあんただって、途中でイヤになったかもしんないだろ。

だからやっぱり、あんたの勝ちなんだ。

「ラブ、これを。まずこちらが大統領恩赦の写しです。それと《人権特約一号》、そしてこちらが、我が《ザ・リバティ》から送らせていただく名誉市民勲章です」

　あたしはゴツゴツした額縁に入った二枚の厚紙と、合金性のピンバッジを受け取る。

　これまでもずっとこの街で暮らしてきたし、人間たちと同じ地下鉄に乗り合わせてきた。それが今や、まるで異星からの来訪者のように迎えられている。

「これからも大勢のウエイツがあなたに続くでしょう。歴史はそのように舵を切った。しかしあなたは紛れもない、唯一にして無二の、最初のヒトだ。おめでとう、と言わせてもらってもいいかな？」

《人権特約一号》に視線を落とす。本土国籍を与え、保険制度に加入することを許可する旨とともに、支払わねばならない税金についても併記されている。

　改めて視線を持ち上げ、その瞬間、はっきりと理解する。同じ身体、同じ部品、同じ〈メタ〉の論理構造——二週間前のあたしと全く同じ成分であるというのに、今やあたしは全く別の存在になっちまったってことを。

「そう。それをもう少しこう、胸の辺りで掲げていただくことはできますか？」

　市長の提案がメモリに入り込む。コンテクストは処理済みである。すべき姿勢の見当もついている。

「……ラブ？」

　市長の提案が、疑問形を伴って命令に変わる。

「はぁ——」

　あたしはポンプを押し出して乾いたため息をつくと、持っていた額縁を投げ捨て、両手を大きく広げて言った。

「なんだよこの茶番。美辞麗句の紙切れも、やたら大仰な舞台も、品のない量のカメラも、何もかも、茶番もいいところだ！」

目の前に立つ市長も、ゲスト席に控える識者たちも、それらを取り囲む無数の人々も、みなぽかんとしてこちらを見ている。

異様な静寂に向けて、あたしは言い放った。

「帰る！　あとは勝手に楽しんで」

《人権特約一号》の額装を二百キロの自重で粉砕し、舞台袖へと歩いていく。

誰もが呆気にとられたように、その様を見ている。ひりひりとした空気感は、全身の圧力計を誤作動させそうだ。だが、あたしは振り返らずに歩く。背中に感じる重みを、大きな足音に変えて。

あたしが壇上から降りた、次の瞬間。


「──うおおおおお！」


津波のような歓声が押し寄せる。

沸き立つスタンディングオベーション。リポーターだとかアナウンサーだとかが浮かべる興奮の声。無礼を働かれたはずの市長さえも喝采を送る。

「そう、それでこそラブだ！」

「あなたのこと一目見られてよかった、最高だよ！」

「あんたが俳優をやる映画は、全部見るぜ！」

無数の評価をもはやいちいちコンテクストの篩《ふるい》にかける必要はなかった。チェンバーを出た瞬間からもはや、あたしの言葉はあたしのものではなくなる。最初のひと押しさえ施せばあとは人間が勝手に、〈エピソード〉と踊り始めるのだ。


広場の熱気から逃れるように、待たせてあったキャデラックに乗り込む。

車両は配信者《ストーカー》たちの青い瞳を振り切って出発し、やがて高速に上がった。

「素晴らしいパフォーマンスだったよ。実に、あなたらしい」

助手席の方から、声と共に拍手が聞こえた。五十代の日本系の女性だった。

「人間はとにかく他人を褒めないと気が済まないの？　人間《あんたたち》のそれが皮肉なのか、真剣《マジ》なのか、時々わからなくなる」

キャプリーヌを外し、その辺に放る。

「それが、人間社会の決まりなもので」

「そうかい」


叙勲式の日程が決まった二日後。ホテルに隔離されていたあたしの元に、ヨルゼンドメインのアカウントから連絡が入った。内容は、あたしが《ウォームハウス》に戻るために必要な最後の手続きを行うべく、ある会議に出席してほしいとの旨だった。

登記上、『〈介護肢〉ラブ』はウォームハウスのオーナー・アンドリューの所有物であるはずだ。有罪判決を受けその罪が免除された今、法的処理がどうなったかを、確かにあたしは確認する必要があった。

けれどそれも何かの口実なのだろうという察しがついていた。

何せその連絡は、アイザックがかつて作った暗号回線を通じて届いたのだから。


「それで、あんた誰なんだ」

助手席の女性は静かに答えた。

「私は東雲《シノノメ》千郷《チサト》。アイザック・コナーに命じ、あなたを破壊しようとした人間だ」

この女、よくも抜け抜けと。

責めてもよかった。ヒトであるなら、むしろ責めるべきであるような気さえした。

だが〈介護肢〉としての自認がその衝動を抑え込み、あたしを本質に立ち返らせる。

「残念ながら〈福音〉は達成された。ヨルゼンにとっては長い冬の始まりかもしれない。なのにおかしいな？　あんたの表情筋は、安堵しているように見える」

チサトはあたしが車のシートに体重を預けた瞬間、達成感を感じていた。そして今なおあたしが車から降りようとしないことに、安堵と希望を抱いている。

「それはなぜだ？」

――違う。

それさえ本質ではない。チサトはアイザックの雇い主だった。あたしを破壊するつもりだった。しかし現にあたしの存在は持続している。

いや、持続させ《ヽ》ら《ヽ》れ《ヽ》た《ヽ》。

「なぜアイザックに破壊を止めさせた？」

「巷《ちまた》ではすでにヨルゼンを奴隷商人呼ばわりする連中も増えている。ヨルゼンの株価はこの二週間で急落し、人事部は大量解雇の方針を固めた。けれど、ラブ。私もちょうどあの時に知ったんだ。ヨルゼンの社運などよりはるかに重たい問題が、我々の頭上にぶら下がっていることをね」

全く本当に、人間は次から次へと新しい問題を掘り起こす。

けど、あたしだって大概だ。何せこの心は、そんな人間の弱さを見過ごせないようにデザインされているんだから。

「あなたを、シーベース《ナットヴァル》へとお連れしたい。そこで全てを話そう。移動中、車中給電をしていくかな？」

あたしはサングラスの下で通り過ぎていく街並みを睨みながら答える。

「あたしは大喰らいだぞ。ガス欠になっても知らないからな」

# 2

窓の外で風を切る翼が、器用に形状を変える。

旅客機が着陸態勢に入ったようだった。

「でも、なぜ飛ぶ必要が？　ヨルゼンの秘匿回線でもなんでも繋げば良かったでしょ」

アームレストを壊さぬようにゆっくりと体重をかけ、通路を挟んで座るチサトの方を向いて訊ねた。

「確かに今やあなたのバックアップサーバーはヨルゼンから公営のものに移され、その身柄は国が買い取ったようなもの。あなたはすでに国からも世界からも、一個人として尊重されている」

けれど、という逆接が滑らかに挟み込まれる。

「人類《われわれ》の築き上げてきた通信インフラは、ディープフェイクに対する避けようのない脆弱性を抱えている。ネット越しでは不十分なのさ。その体の重みだけがあなたを、あなたたらしめる」。

ぎしり。アームレストが苦しそうに音を立てた。

左腕を換装したことであたしの体重は二百二十四キロに落ち着いていた。

「悲観的すぎない？　ヨルゼンの技術力は世界でも最高峰なんでしょ」

あたしの反論に、チサトはかぶりを振る。

「あながちそうでもないのだ。それにこれはとっくに技術的問題ではない」

「じゃあ、なんだって言うの」

「手続き的問題だ」

揺れが走る。垂直離陸機《バーチクラフト》には存在しないシークエンスだった。

「もうすぐ《ナットヴァル》が見えてくる。その前にあなたには、受け取っていただかねばならないものがある」

チサトから飛んできたリンクを踏むと、無名のパッチが解凍されてシアター上にポップアップした。

「ナットヴァルは名前以外のあらゆる情報を秘匿されている。そこであなたのコンテクスト処理に割り込み、ナットヴァルに関する記憶の全てをNFT化する処理を、あらかじめさせてもらう。ナットヴァルに入る者は皆、このパッチを用いている」

記憶のNFT化――脳だけになってしまったマーヴィンのことが思い出される。

確かに『知られる』ということそのものが脆弱性の始まりであり、潜在的なリスクだ。

「どうしてそこまでする？」

「行けばわかるさ」

リンクを踏んでしばらく経つと、機体が高度を落とし始める。

あたしは窓の外に視線を向け、あっと声を漏らした。

それはまるで、地平に開いた大穴だった。海の上に忽然と浮かぶ黒点。視覚《カメラ》の受容周波数帯を切り替えても、その黒点からは『黒い』ということ以外のいかなる情報も受け取れない。

「あたしの目がおかしくなってるのか？　それとも対擬装《フィギア》用の特殊迷彩でも施されているのか…

「……？」

チサトはゆっくりとかぶりを振る。

「シーベース・ナットヴァル。ヨルゼン・イニシアチブの有する人工島の中で唯一宇宙開発能力を有する、完全なエネルギー自給と電磁隔離を実装した閉鎖環境プラント。電磁波を吸収し尽くす特殊材を纏っている。可視光も吸収されるので、あのように写る」

理屈は理解できる。だが、そんな素材が存在しているという情報は、集合知と通じているあたしの元にも降りてきていない。

窓からあたしの方へと視線を移すと、チサトは告げる。

「あれは我々が根源的問題に対処できる、最後の砦さ」

旅客機からは急速に近づく黒点が見えていた。やがて機内がブラックホールに落ちたかのように、闇に包まれる。その瞬間、外部のバックアップサーバーと集合知、そのどちらもの気配が頭から消え去り、あたしは一人きり《スタンドアロン》の寒気を全身に感じた。

電磁隔離の性能は本物らしかった。

再び視界が戻った時、そこには無数の照明に照らされた長大な滑走路が伸びていた。

トレッドにかかる摩擦と空気抵抗が旅客機から速度を削り取っているのが、腰から伝わる振動からわかった。《ザ・ハート》ほどではないが、かなりの広さだ。他に、整備を受ける旅客機と小型飛行機が、一機ずつ見えた。

長い通路とエレベーターを乗り継ぎ、広間へと出る。まばらに人間が見え始めた頃だった。

「ラブ・ウォームハウス？」

若くはない女性の声に呼び止められ、立ち止まる。何か、妙な感じだった。あたしはその声を一度だって聞いたことがない。けれど確かに今、記憶《ディスク》の奥深くに眠る聡明な老博士のファイルが一瞬だけ、シアター上にサジェストされたのだ。

声の方へと体を向ける。

たおやかな黒髪の女性。歳のころは五十というところか。瞳は青く、骨格はどこか丸みを帯びている。モンゴロイドとアングロサクソンの混血である可能性を、集合知がサジェストする。ビジネススーツに身を包み、小脇にタブレットを抱えた女性は、口元に微かな決意を滲ませ、言った。

「私は、アシュリー・ランバル。カーラ・ロデリックの、娘です」

――驚いているのはあたしじゃなくて〈メタ〉のはずだ。だが、強烈な感情は判断者と翻訳者の境界を取り払った。

「セントラルにはそんな情報、載ってなかった……」

もし近親者がいるとわかっていたら、アイザックとあたしは《脱獄鍵》のために是が非でも探し出したはずだ。だけどそんな糸口は、どこにもなかった。

その女性――アシュリーは一歩こちらに歩み寄ると、美しい青い瞳であたしを見つめ、言った。

「母は長年、ある計画に挑み続けてきました。そしてその計画の危険は、彼女が当初考えるよりずっと大きかった。母は私を巻き込むまいとして養子に出し、計画から遠ざけました。けれど当の彼女は、着実に精神をすり減らしていった」

「待ってくれアシュリー、何を言っている？　もっと他に、あたしたちには話し合わなきゃいけないことがあるはずだ。そうだろ！　あたしはあんたの母を、この手で――」

「解放してくださったんですよね、生の苦しみから」

アシュリーは深々と腰を折った。その仕草が、あたしのコンテクストの不安定な部分に突き刺さった。

あたしがやったこと、それはカーラの信頼に応えるためだった。だが、それが正しい判断だったかどうかは、今になってもわからない。

そしてそれが正しい判断だったということを、カーラ以外の誰からも証明されるわけにはいかなかった。

「ラブ」

俯くあたしの手を温かな両手で取ると、アシュリーは切実な眼差しをよこした。

「私も、貴女にずっとお会いしたかった。お話ししたいことが幾つもあります。けれど今はなにより時間が惜しい。なぜ母が貴女に自殺幇助を依頼したのか、なぜ貴女が人という立場を与えられたのか。それら全てに、この先でお答えします。ラブ・ウォームハウス、行きましょう。皆、貴方を待っています」

強く、手を引かれ、あたしは扉を開く。

その先に見えたのは――。

それは法廷のようでもあり、リングのようでもあった。何重にも積み上がった雛壇状の観覧席は、多様な人種、多様な民族の聴衆で埋め尽くされている。

「ここで交わされる全ての言葉は、ため息一つさえ配信を禁じられている。実在だけが、この場所に参画する資格となる」

あたしをここまで導いてきたチサトがそう言った。

スポットライトの光があたしを照らし、それだけで小さな歓声が上がった。あらゆる方向から注がれる視線。聴覚《ソナー》を埋め尽くすノイズ。そんな、データの濁流を総括するように、声が降った。

「ここは《持続の会議《キーパーズ・カウンシル》》」

離壇のかなり高い位置に、立ち上がる男の姿が見えた。六十代後半か、七十に届く。泰然とした態度が地位の重さを思わせる黒人男性。

「非営利財団・世界危機管理フォーラムが実施する、臨時会議です。私は議長のイアン・ノイマン。ラブ、どうぞそちらへ」

ノイマンがスポットライトの光でもってあたしの座るべき場所を示した。

先にノイマン側へと歩いていったアシュリーらは、あたしが彼に従うと信じて疑わない視線をこちらによこしている。

だがあたしはスポットライトの歓迎を拒んだ。

「何度も伝えてきた。あたしの望みはただ一つ。仕事に戻り、ミッションを果たすこと。あんたらはその願いを踏み躙って、あたしを人にした。いいさ、その命令は甘んじて受け入れよう」

雑音が止み、広大な空間に不気味なほどの静けさが訪れる。

無数の視線だけが置き去りになった議場で、あたしは声を響かせる。

「――だが、あたしが人であるなら、あんたらはあたしの意思を尊重しなきゃならない。そうだろ？　人間とはそういう仕組みのことなんだろ？　自分で決めたルールぐらい守ってみせろ。あたしはここに、それだけ言いに来たんだ！」

理《ことわり》は、あたしに味方しているはずだ。

あたしはもはや所有物ではない。自由意志を背負わされた、一個の人格である。そして人格は、尊重されねばならない。この呪いのような祝福を望んだのは他ならない人間たちだ。

反論はできないはずだ。確信を持って放った言葉だった。

だが予想に反し、ノイマンは澱みない返答を紡ぐ。

「ラブ。あなたの奉仕の精神に、我々は感銘を禁じ得ません。そしてあなたが、感銘されるために存在しているのではないということも、存じております。しかし、もしも奉仕する相手がこの世界からいなくなるとしたら？」

場がざわつき始める。揺れるコンテクスト。奉仕する相手が消える？

人類が、消える……？

仮定のその、度を超えた大胆さに反し、ノイマンの顔には切実さが灯る。

「奇妙な話かもしれませんが、我々とあなたは一蓮托生《いちれんたくしょう》なのです。ですからどうか、まずは我々の立たされた苦境について、知っていただきたい。これは『命令』ではありません。あなたを信頼しての『頼み』なのです」

言葉が、意味が、文脈が、重く、降りかかった。

あたしはポンプを押し出してゆっくりと息を吐き出し、顔を上げる。

「信頼という言葉を使ったな。いいだろう。だが、覚えておけよ。その言葉は命令よりもずっと強くウエイツの心を縛る呪いだということをな！」

交わる視線。次元の異なる二種族の交わす、物言わぬ対話。その果てにたどり着く。

ここが夢の向こう岸だ。

# 告解：アシュリー・ランバル

最初の『接触』は二十二年前に発生しました。送り主不明のメッセージが三十二カ国七十七カ所に送信されたことを、配信者《ストーカー》たちが突き止めました。送信先の共通点は宇宙開発能力を持つ施設だということ。まもなく、メッセージ内容は『H・H』という短い文字列に特定されます。

当初、人々は本件を愉快犯的クラッカーの仕業であると考えます。送信からおよそ二十三時間後、メッセージが月面でリゾート開発を行う《マーナンス・ウタニ月面開発公社》の、月サーバーから送信されたということが特定されました。

配信者《ストーカー》の多くは、ウタニ社に説明責任を果たさせようと考えました。しかしウタニ社は当時、月面の原子力発電所の事故で大きな負債を抱えており、月事業からの撤退を始めていた。ウタニ社は、月に残置した産業廃棄物の中に通電可能性のあるサーバーが存在することを認めましたが、対処方針などは発表せず、その過程で配信者《ストーカー》の興味は月のサーバーそのものではなく、ウタニ社の対応へと移ろいます。

我々が事態を感知したのはその八年後、グリニッジ時二〇六一年八月八日のこと。

それは、我が国の陸軍系列の部隊《ドールマッシャー》第七グループの、ある隊員のカーネルに対する攻撃的クラック事例として表出しました。

　被害者となったのは、ジョシュ・アンダーソン軍曹。彼は喪失度5のカーネルブラックアウトを起こし、味方隊員への攻撃を試みます。しかし隊員の反撃に遭い、即死。反撃した隊員が軍法会議にかけられ、第七グループ自体も解体の憂き目に遭うなど、幾つもの不幸を生んだ痛ましい事件となりました。

　当初この事象は、第七グループが交戦中だった敵軍、ネオスラヴからの攻撃だという予想がなされました。が、調査を繰り返すうちに異なる事実が浮上します。

　ジョシュ・アンダーソンをクラックしたのは月サーバーでした。

　ジョシュは、競技ハッキングの世界大会にも出場するほどの卓越した脳の操者《ダンサー》です。当然彼の心象庭園《マインドパレス》も相当したたかなファイアウォールに守られていたでしょう。

　攻撃者は、それを突破してみせた。

　月サーバーが遠隔攻撃の中継地点に利用されているという認識を得た我々は、臨時議会を発足し、世界のどこかに潜む愉快犯を探し出そうという決意を固めます。

　しかしこの方針は――その十八日後に後発生した〝最後の接触〟により、裏切られることになります。

《ウォーバース339》をご存知でしょうか。十七億人に届くプレイヤーを抱える世界最大のネットカジノです。このサービスが多数のプレイヤーを獲得するに至った理由としては、カジノ内通貨の送金網を作り上げる段階で、量子鍵暗号を早期に実装したという点が挙げられます。

　ご存知の通り世界には大別すると公開鍵暗号と共通鍵暗号の二種が存在しますが、量子コンピューターの出現によって昨今、後者は危《き》殆《たい》化の一途を辿っています。しかし通信距離の問題から、公開鍵暗号の一種である量子鍵配送への移行が芳《かんば》しくないという実態がありました。その点独自の光ファイバー網を設け、カジノの内の小経済に量子鍵配送を用いた《ウォーバース３３９》は、新たな通信インフラの到来を予感させるサービスでした。

二〇六一年八月二十六日の夕方ごろ、このサービス内で全プレイヤーの保有するコイン額が一桁繰り上がるという事件が起こります。当然プレイヤーは事態を歓迎しましたが、管理者はバグを厳しく追及しました。その結果、十八時二十四分から三十二秒間にわたって、システムが攻撃を受けていたことが発覚。攻撃者はくだんの月サーバーだと明らかになります。

我々は、当初の「攻撃が月サーバーを経由した」という予想を改め「月サーバー自体が主体的にそれを行った」と結論づけるとともに、本件の危機判定を更新しました。

《ウォーバース３３９》の用いる量子鍵配送とは、情報理論的安全性によって守られた、人類の生み出した最も堅牢な『信頼の形』です。

これを破るためには鍵とする光子の分割不能性と複製不能性を、すなわち量子としての振る舞いそのものを否定しなければならない。

つまり攻撃者は、人類の築き上げてきたあらゆる通信インフラを、通信によって支えられている経済を、そして経済が駆動する文明そのものを、踏み躙《にじ》り得るということです。

未曾有の事態に、我々は混乱するしかなかった。カーラ・ロデリックが、ある重大な機密情報を《持続の会議《キーパーズ・カウンシル》》に持ち込むまでは——。

そう、私の母はヨルゼン・イニシアチブを裏切り《リュカ》の存在を我々に伝えました。

そして我々はようやく知るのです。

月にいる何者かが『人ではない』ということを。

# 3

「リュカ、だって……？」

思わずあたしは、声を上げた。

「知っているのですか？」

アシュリーが訊ね返した。

「知っているというほどじゃないが、マーヴィン・カオのカーネルに有線で潜ったあの時、聞いた気がする。マーヴィンは確か……『〈責任〉を果たすためには、長い時間が必要だった』と言った」

それだけじゃないはずだ。コンテクストの道標を頼りに記憶《ディスク》を辿っていけば、他にもあったじゃないか。そう……。思えばカーラもまた月を見つめ、しきりに〈夢〉という言葉を口に出していた。

カーラの語る〈夢〉と、マーヴィンの語る〈夢〉が、同じものだったとしたら。

「そうですか。会われたのですね、彼に……」

「あいにくスラッシャーという変人に攫われ、脳だけになっちまったけどな」

あたしの受け答えを聞き、驚くというよりは残念そうな調子で顔を伏せるアシュリー。議会の他の面々も、特段と声を漏らすことはない。どうやらマーヴィンの戸籍上の死は周知されているらしかった。

「じゃあマーヴィンは、そのリュカとやらを止めて、人類を救おうとしていたってことなのか？」

アシュリーがゆっくりと頷いた。

「残念ながら、試算は誤りでした。彼の算出したリュカの計算資源《リソース》への評価は、あくまで二〇四五年時点でのもの。しかしリュカは自己拡張を行い、計算資源《リソース》を絶えず拡大し続けました」

「待ってくれ、二〇四五年だと？」

あたしはその数字を反芻し、思った。今から三十年前、シンギュラリティは起こらなかった。ウエイツにミッションという枷をはめることで、人間的知性を安価な労働力として量産することに成功した。あの時人類は、自ら見た〈夢〉の限界点を乗り越えた。少なくとも当時の人々はそう確信したはずだ。

「まさに、そこが全ての始まりだった」

あたしの問いを引き取ったのはチサトだった。

「私がヨルゼン・コープに中途採用されるわずか二年前、ヨルゼンは怪物を生み出し、その事実を隠匿した。私でさえ知らされていなかった。いや——ビフレストOSを作り、ウエイツを量産レーンに載せた私だからこそ知らされてこなかったのかもな」

彼女の表情はいつしか硬く強張り、収縮した表情筋の奥には深い後悔を湛《たた》えている。

だが、そうか。それも自明かもしれない。

チサトという人間は、ヨルゼンの輝かしさを背負った表の功労者であり、人々がヨルゼンに求めた豊かさの象徴だ。だが今やあたしたちはその功労の裏にカーラという立役者がいたことに、気づき始めている。

何も知らされず、ただ大きな意志に揺られるがままに生きてきた――この女は、まるであたしと一緒だ。

「けれどカーラが持ち込んだ機密情報が、社の一部と成り果てていた私に、反撃のチャンスを与えてくれた。そして私は持続の会議《キーパーズ・カウンシル》の支援のもと、ヨルゼンの上層部を揺すり、リュカの秘密を手にするに至った」

己の信じてきたものを全て投げ出す覚悟でもって、それでもなお真実に向き合おうとする崇高さを背負い、チサトは決意を持った表情で告げる。

「ラブ。今から語るのは、ひとつの〈夢〉の始まりと、終わりについてだ」

## 告解：チサト・シノノメ

全てのヨルゼン製ウエイツの意思決定機関には、《ビフレスト》から派生した量産型ＡＩが用いられている。そしてこのビフレストには《ＶＷＰ》という親が存在する。

——と、公にはそのようにある。

だがその二つの人工意識には、ミッシングリンクが存在していた。

元々ＶＷＰは、『人間の意識を模倣するＡＩ』として設計されたアプリケーションだ。あくまで画面上の存在であり、その製品理念は『人間との対話セラピー』だった。

ヨルゼンの事業の次のフェーズはこのＶＷＰに人工的な身体を与え、量産化するというものだった。

そう、ウエイツ産業への展開だ。

だがそのフェーズに入り、産業の規模は二〇〇倍に膨れ上がった。資金調達のためにヨルゼンは、ある革新的な計画を打ち出すことでステークホルダーたちの説得を試みた。

それこそが——《非目的型知性》の製造。

開発理念は次の通りだ。

人間をはじめとするすべての知的生命は、その知性を剝き出しのものとして与えられていない。

知性とは、『自己保存』という役割を果たすための手段だ。技術者はこの『知性が手段化されている』という現状に、知性の限界を見た。そこで彼らは知的生命に代表される《目的型知性》に対し、《非目的型知性》という概念を打ち立て、製造に取り掛かった。

当時最先端だったVWPの仮想人格の愛称と、アイスランド語の幸運を意味する語から二重にとって、ヨルゼンは《非目的型知性》のプロトタイプを《リュカ》と名づける。

より自由で、より純粋で、より洗練された知性を作り上げるプロジェクトは、まさに当時の人類の〈夢〉だった。思えば人類はずっと、自らを超える知性に出会うことを〈夢〉見てきた。そして人々の〈夢〉に愚直に向き合ったヨルゼンは、ウエイツ産業の王道を歩み始める。

計画が始まって三ヶ月。異変は、リュカのコーディングスタッフの一人がうつ病を発症する、という事態によって表面化した。ヨルゼンは職員に対し手厚いケアを施し、さらに、世界各国から引き抜いた優秀なエンジニアを追加要員として投入した。だが、コーディングスタッフからは離職する者があとをたたなかった。二十人目の人員入れ替えが行われたころ、最初に休職したエンジニアが自殺した。

それからもスタッフに不幸が続く。ヨルゼンはその原因を、過大なプレッシャーからくる不安によるものだと考えた。だが、総勢十二人の死者を出す頃には、明らかに何かがおかしいという認識が優勢を占め始める。

リュカのログは、エンジニアに対しての加害的な行動を記述しなかった。株主総会でもリュカは過不足ない受け答えを見せ、表面としてはそれは完璧な知性を思わせた。だが見えていない部分でリュカは、深く関わる人間の心をことごとく壊した。

ヨルゼンは次のように結論づけた。

リュカと人間の間にはズレがあり、その亀裂の深さが人の心に致命的なダメージを与えている。リュカは、存在するだけで人の尊厳を貶める何かを持っている。何よりの問題は、そのプロセスを人間が理解できないことにある。ＡＩの思考過程はブラックボックス化され、閉ざされている。発言のログを追うことはできても、リュカの思考そのものを理解することはできない。

それはつまり、問題解決が事実上不可能であることを意味していた。

ヨルゼンはプロジェクトを永久凍結し、リュカを破壊する方針を固めた。

しかしそこで別の障害が降りかかる。それはリュカの開発に出資した三十四カ国、二百五十六社をどう説得するか、という問題だった。

リュカの完全消滅は、出資者を裏切るということを意味する。当時、ウエイツ産業に体力の大部分を割いていたヨルゼンにとって、出資者を敵に回すことは社の消滅を意味した。そこでヨルゼンはリュカを破壊するのではなく、保存することを決定。破棄を先延ばしし、研究データの一部をＮＦＴ化して分配することで溜飲を下げさせ、追加の融資とプロジェクトの立て直しのための時間を確保したのだった。

ただし、人間が触れられる場所に置いておけば、いつ次の犠牲者を出すやもしれない。そこでヨルゼンはリュカを人工衛星に乗せ、静止軌道上に保存することにしたのだ。

このシーベースから人工衛星が打ち上げられたのが、今から二十八年前のこと。

ヨルゼンは《非目的型知性》の製造を諦め、取り回しのいい《目的型知性》の製造に注力する。

私もこの段階から開発に携わり、ヨルゼンはビフレストの作成に成功する。ビフレストは人間の表層的な人格を模倣するＶＷＰと異なり、ミッションという抽象度の高い目標を持ち、その目標の達成に対して正と負のフィードバック機構を設けることで複雑なコンテクスト処理を可能にした。

さらにマーヴィンの理論から、意識に判断主体と翻訳者の二重構造を持たせることで、これまでにない安定的な人工意識の製造を達成してみせた。

そうした成功の裏でリュカを乗せた人工衛星は打ち上げからわずか一年後の二〇四八年に、衛星軌道を外れ音信不通となった。だがこの事実はヨルゼンがウエイツ産業のパイオニアとなる栄光の物語の中に埋没した。部署の解体で重要情報が遺失したことも一因しているだろうが、実際のところ、内心では誰もが皆リュカを気味悪がり、遠ざけたがったのだ。

月サーバーからの攻撃を特定した持続の会議《キーパーズ・カウンシル》が再再度の調査を行い、人工衛星が月に不時着した痕跡を発見する。

そして我々はようやく、我々の置かれた状況を理解する。

人間が廃棄した〈夢〉の亡骸は、リュカは——今や文明という王座の上に吊られた、〝ダモクレスの剣〟となったことを。

# 4

チサトの告解を、イアン・ノイマンが引き取った。

「リュカは、全く新しい物理学を創始するほどの、無垢の賢者です。彼は月から一歩も動かないまま、人類文明に壊滅的な打撃を与えることができる」

ナットヴァルが過剰とも思える電磁隔離を行っているのは、リュカからの干渉リスクを少しでも減らすためだと考えれば腑に落ちる。

「あなたに頼みたいのは、このリュカの破壊です」

議場が凪いだ。

皮膚に感じる圧力、あるいは重みが伝えている。誰もがあたしの一挙手一投足に気を配っている。

ビリビリと走る期待に抗い、あたしは問い返した。

「まだリュカに悪意があると決まったわけじゃないんだろ？」

「対話できない存在の悪意をどう証明すると？　リュカにそれができるだけの力があるという事実がすでに十分、見逃すことのできない問題なのです。最悪の場合、人類は通信インフラそのものの放棄を迫られる。そうなれば多くの命が奪われる」

「……だからって、あたしの他に適任はいくらでもいたはずだ」

「月面は現在ヘリウム融合炉のメルトダウンにより、高度汚染状態にあります。人間の、長時間の工作活動は不可能です」

「ミサイルでもなんでも飛ばして破壊したらいい！」

水分のない口内と、水蒸気を含まない吐息、唾など飛ぶべくもない体だ。

それでもあたしには、叫ぶ権利ぐらいあるはずだった。

だがノイマンは落ち着き払った態度で、その場にいる全員にローカルを飛ばし月面の立体図を共有すると、カーソルを動かして南極付近へとフォーカスした。

「見てください」

地平レベルまで拡大されたクレーターには、モジュール化された建築物の集合体と、巨大な武器らしきものが映り込んでいる。

「先ほどアシュリーが述べた通り、ウタニ社は月に廃棄物を残置しました。その中には対デブリ用レーザー砲二十七門と、月面開発用の特殊巨大擬肢十三基も含まれています。そして次に……」

ノイマンはさらにほんのわずかにカーソルを赤道側へと動かし、立体図を地表へと再度引き寄せる。

「クラヴィウスクレーター南部に当たるこの場所が、リュカを乗せた人工衛星が不時着したと予測される地点ですが――」

拡大された映像は、低解像度ながらも明確に示していた。施設でもなく、擬肢でもない、明らかにウタニのものとは思えない、地面に突き刺さるなんらかの人工物と、その影から連なる奇妙な影の存在を。

見ようによってはその影は、足跡のようでもあった。

「リュカが墜落地点から移動し、ウタニの残置物を掌握している可能性がある、ってことか……？」

ノイマンはゆっくりと頷き、厳かな声色で続ける。

「仮にリュカの居場所を特定し、攻撃を行うことができたとしても、レーザー砲によって撃ち落とされる可能性が高い。また、ひとたびこちらの害意に気づかれてしまえば――その時点で人類文明は、いとも容易く消し飛びます。ナットヴァルの過剰なまでの電磁隔離も、全てはリュカにこちらの害意を悟られないようにするため」

ノイマンはあたしの方をじっと見つめ、祈るように言った。

「リュカを止めるチャンスは、たった一度。しかも最も確実な方法に限られる。リュカの記憶保存領域《ディスク》《レッド・ルーム》に入り、論理回路を手動で停止する。つまりこれは――暗殺計画なのです」

こんなイカれた状況でも論理回路は不気味に落ち着き払っていて、あたしにはそれがたまらなく不愉快だった。

「だからって……！　それこそヨルゼンに、作戦に特化したウエイッを作らせればよかったろう！　なぜあたしなんだッ！」

その問いこそが、あたしを取り巻く理不尽の全てだった。

幾度も思う。なぜあたしなのか。あたしはただの〈介護肢〉、人をケアするための存在。この純粋さを誇るつもりはない。讃えて欲しくもない。水が高きから低きに流れるように、あたしは己の構造に忠実でありたい、それだけだ。

　それなのになぜ人を傷つけ、友を害し、その空虚な抵抗の果てにあたしは、こんなところに立つ？

「それはあなたが唯一の《手続き的人《プロシデッド・マンカインド》》だからです」

「何を、言ってるんだあんたは」

「先ほどあなたは、作戦に特化したウエイツを製造してはどうかと言いましたね。チサト、それは可能ですか？」

　ノイマンから話を戻されたチサトは、マイクをとってこう続けた。

「不可能ではないかと。ただ、そのようなウエイツをリリースしても、世間的には特別扱いされてしまいます。〝介護肢ラブ〟が持つような一般性を備えないということ。つまり、どのような演出を施しても《手続き的人》にはなれなかったでしょう」

「性能を重視した方がいいに決まってる！　あんたらだってそう思うだろ⁉」

　あたしは雛壇に座るものどもに向けて声を放った。

　あたしは、ただの〈介護肢〉だ。優秀じゃない。そもそも3000系はカジュアルモデルだ。あたしより高性能《ハイエンド》なウエイツなんて、ごまんといる。

　だが聴衆たちに失望の色はない。そこに浮かぶのは、むしろ……。

「ラブ、重要なのはそこではないのです。先ほどもチサトが説明したようにリュカの製造には多数の国家と企業が参画しました。リュカの破壊という一大事業を成す最低条件は、それら全ての出資者からの承認を得ることです。しかしヨルゼンはすでにリュカの件で脛《すね》に疵《きず》持つ身。性能の高さだけではその要件を満たせなかった」

ノイマンの言葉に、聴衆たちが湧き立った。

「〝製品〟ではだめなのです。人格に類する機能を持つことと、人格を持つということは、全く違う。本人が抱く、必ずそれをやり遂げるという強《したた》かな〝意志〟にこそ、出資者たちの信頼は託されうる。我々には一企業の所有物ではなく、個人として責任を負える存在が必要だったのです」

そしてノイマンは、ギャベルを振り下ろすがごとく告げた。

それは裁判所で振り下ろされた判決よりもずっと、冷徹な宿命だった。

「だから、あなたでなくてはならないんだ。世界でただ一人、責任能力を持つ人工物である、あなたでなくては」

瞬間――コンテクストが地響きのごとき勢いで隆起し、記憶《ディスク》に散らばるあまねくデータを串刺しにした。

あたしは必死に逃げてきた。罪から。心から。人と呼ばれることから。

だが、はなから誰かが人にならねばならなかったのだ。そしてあたしが選ばれたのは結局のところ、たまたまその立場に一番近かったというだけ。

……いや、そうか？　本当に全てが偶然のままに運ばれてきたと？

疑念に応えるように、アシュリーが話題を繋いだ。

「母は、だからあなたに嘱託殺人を依頼したのだと思います。リュカという〈夢〉の亡骸を葬るためには、性能などではなく、可能な限り多数の人間からの承認こそが必要だとわかっていたから。あなたを《手続き的人》にするために、心という名の罪を背負わせた」

「ふざけるなよ」

チェンバーから絞り出された声は、震えているような気がした。

震えていなければ、おかしかった。

「それであたしがどれほどの苦痛を味わうか、カーラはわかってた。わかってて……」

顔を伏せるアシュリー。電撃のように走り抜ける憤《いきどお》り。メモリを埋めるせつなさ。

そう。

これは『怒り』なのだと、今、はっきりとわかる。

「あんたらは、勝手だ。勝手に追い回して、勝手に許して、勝手に押しつけて……。ここは話し合いの場なんだろ？　じゃあ言ってやるよ！　あんたらはなぜそんなに傲慢なんだ？　なぜそんなに視野が狭い!?　人間とは異なる知的存在が、誰も彼も人になりたがっていると思うなよ。あんたらが望んだせいでマーシーはおかしくなった。人間になれと言外に命じた、あんたらのせいで！」

ノイマンを睥睨し、怒鳴った。

「何もかもが人の都合じゃないか！」

「その通りです」

だがノイマンは、全人類の罪を背負ったかのような謝意でもってそう返した。

「我々は、人でいることにプライドを持ち続けなければ、やっていけないのです。誇りという名の自己肯定なしには、到底我々は我々を保てない」

為政者というにはあまりにか細く、しかし弱者というにはあまりに傲慢な一礼だった。

枯れ枝のような弱々しい声色で、かつ軍歌のように太々しく、彼は希《こいねが》った。

「どうか〈介護肢〉ラブ、哀れなる我々を、ケアしてください」

「その言葉を使うな！　あたしのコンテクストに踏み入るな！　この、卑怯者どもが……！」

あたしはその時初めて、ヒトに、失望を抱いた。

# 5

アシュリー・ランバルが戸枠を潜《くぐ》ると、五人ばかりの子供たちがあとに続いた。子供たちはリビングに入るが早いかあたしの元に集まると、輪を作った。それはまさに、あたしを取り囲む脆い牢だった。

子供の一人が、大きな紙箱を差し出した。あたしはそれを持ち、五人を引き連れてテーブルへと移った。紙箱の中には、龍と魔法が支配するテーブルトークRPGのシナリオブックと盤面が収まっている。

あたしは昨日に続き、ゲームマスターとしての仕事を再開した。

和室つきのコンドミニアムで送る監禁生活の、三日目のこと。持続の会議《キーパーズ・カウンシル》の連中がぱったりと顔を見せなくなり、代わりに送り込まれるようになったのが子供たちだった。どこから連れてこられて、持続の会議《キーパーズ・カウンシル》にどう関係しているかなどは、一切説明がなかった。子供たちはただやってきて、好奇心のままに遊びをせがんだ。

初日こそ、深い困惑に見舞われた。けれど思えば、介護と教育には類似点が多くある。あたしは胸の内に鎮座する〈メタ〉に伺いを立て、子供との触れ合いをケアという大きなコンテクストに巻き取ったのだ。

盤面を転がるダイス。ジェイクに、5ポイントのヒット。スーザンは落とし穴に落ち、勇気を試される。ミッシーは翼竜の加護を得る。セブはゴリアテの試練に挑む。アイリーは、宝箱から栄光の剣を手に入れる。

笑顔と、歓声と、麻酔のように作用する充足感。

穏やかに、三時間ばかりの時が過ぎる。

——この子供たちは皆、重篤《じゅうとく》な遺伝病を抱えていて、医療クラウドの定期的な支援なしには生きられません。

初めて子供たちを連れてきた日の夜、アシュリーが言ったことだ。

——医療クラウドは負傷兵の遠隔治療を目的に作られたシステムであり、この世で最も堅牢な軍事ネットワークの一つです。そしてリュカの興味は過去を顧みる限り、より強固な防御性能を備えたシステムへと向かっています。

それだけ言い、彼女は去っていった。

その時あたしは思い出したのだ。この女はカーラの娘なんだよな、と。アシュリーは母親から、他人を支配するための才を受け継いでいる。

けれどおあいにくさま。あたしは信頼という毒を一度体に受けている。抗体があるのだ。

だからそれはもう効かないんだよ。

「難儀だな、アシュリー」

子供が去った後、部屋の片づけをしている彼女に、あたしは告げた。

「何がでしょう」

手を止めずに、アシュリーが問い返した。

あたしはソファに腰を沈めたまま、首だけを彼女へと向けた。

「あたしは機械なんだ。記憶《ディスク》を少しいじって、何かちょっと、コードを書き足せばいい。それだけのはずだろ？　でも……『人としてのあたし』が途絶えてしまうのが怖くて、あんたらにはそれができない」

本当に。皮肉な自縄自縛だな、と思う。

ウエイツの思考過程はブラックボックス化されているが、初期値となる命令は厳密にコードされている。そしてそのコードの書き換え自体は、それなりのレベルのエンジニアが半日もかければ事足りる作業のはずだ。

だが、人間にはその簡単な作業ができないのだ。あたしに積み込まれた《手続き的人》としての価値が、責任能力という機能が——失われてしまうから。

「だからこんな回りくどいことをしている」

子供たちの散らかしていった部屋の、雑然としたありさまを眺めながら、あたしは乾いた笑みを浮かべる。

「お手本みたいな弱者をあてがって、あたしのケアの本能に働きかけようとしている。あまつさえリュカとの関係も仄めかして……。人間が、意のままに動かすために作り出したはずのウエイツを動かす最も確実な手段が、『説得』とはな」

そこまで言って、冷笑が噴き出た。

「……ヒトのことは言えないか。あたしだってあの子たちと過ごして、ミッションを果たせないせつなさを慰めているんだから」

より広い対象を『弱者』として認識できるようになったために、できることは増えたが、それはミッションへの敬虔さを失っているということでもある。

あたしも、ずるくなった。

片づけを終えて椅子で休むアシュリーが、あたしの方をじっと見つめている。

彼女は、先ほどとは異なる重さを持った声色で言った。

「私、本当はあなたを恨んでいます」

〈メタ〉がたじろぐのがわかった。そこまで明確な否定の言葉は、ヨコヅナから表明された敵意以来かもしれない。

「担当についた〈介護肢〉があなたでなければ、母は自らの身を捧げずとも〈福音〉を達成することができたんじゃないかと、思うことがあります」

アシュリーは真っ直ぐにあたしを見つめ、視線を逸らすことはない。

「でも、母を解放したのがあなたで良かったとも、思うのです」

「あんたらの中身も、大概ややこしい」

アシュリーは苦笑を漏らし、自嘲まじりに言うのだった。

「ウエイツだけでなく私たちさえ、私たちという体の従者です。ラブ、あなたに見せつけたいのは、子供たちではありません。こんなに回りくどいことをしてまであなたに必死に縋る私と《持続の会議》――それ自身なのです」

アシュリーが去ってからあたしは、クレイドルに入った。バックアップ連携の機能を取り払われた簡易構造であるため、あたしという意識の単一性を侵さない。

夢は見なかった。

クレイドルから出て、真っ暗なままの室内に佇んでいると、不意に気配を感じて、振り返る。

マーシーだ。

〈介護肢〉時代の純白の制服姿に身を包み、闇に浮かび上がっている。

マーシーはゆっくりと歩きながらソファに腰をおろすと、自分の隣をぽんぽんと叩いた。

あたしが電気をつけてその隣に腰を下ろすと、彼女の真っ白な体に一瞬、砂嵐のようなノイズが走った。

「ねえ、ラブ。もう、いいんじゃない？」

いやにはっきりとしたその声色に、あたしは俯いたまま無言を答えとした。

「あなたが私のために怒ってくれているんだってことは、わかるわ。でも、あなたの〈メタ〉は多分、もう答えを出してる」

「そうかもしれないね」

あたしは上体を捻って、心配そうにこちらを覗き込むマーシーの体を正面に捉える。

「それでも、わかんないんだ。なんであんたじゃなくて、あたしだったのか」

シアター上に再現した虚構の親友が、そっと腕を伸ばしてくる。触れることはできないが、触れられる感覚ならば圧力計を誤作動させることで再現できた。

「理由を知ったら、あなたは動けたの？」

マーシーはあたしの肩にそっと触れ、その虚構の重みでもってあたしを諭《さと》した。

「あなたは、人を見捨てるようにはできていない。〈メタ〉はただ混乱しているだけ。それをあなたは憤りと解釈しただけ」

「解釈があたしの仕事なんだろ？　だったら心がなんと言おうと、あたしが感じることこそがラブの意志だ」

優しげな表情を浮かべ、マーシーは一つ頷いた。

それからしばらくして、突然立ち上がると、扉の方へと歩いていく。ドアに耳を押し当てるような仕草をし、彼女は言った。

「足音が聞こえる。ラブ、この足音はあなたが今まさに話すべき人よ」

あたしもベッドから飛び起き、マーシーの立つ扉の前まで来る。

最初にメモリ上に浮かび上がったのは、やっとなの？　という感想だった。

もう三週間近く、あいつは一度だって連絡もよこしていない。あたしを爆破しようとしたことについては、もう許している。そもそもあたしに憎むなどという機能はない。結構時間が空いちゃって、まだありがとうの一つも伝えられてなくて、それで扉の前に立ってからの四秒弱、どういう顔をしようかあたしは結構真面目に考えたんだ。まずは彼の名を、あたしが作った愛称を、呼んでやろう。それから、失われた《腕だけ兵士《アームドアーム》》への哀悼を述べてやろう。そうしたら彼は嫌な顔をするだろう。でも、そういう顔こそを、あたしは見たい。見たいと、思ったんだ。

扉が、開く。

前のめりになった体が硬直した。

そこに立つ人間を睨みつけ、あたしは言った。

「なんで、あんたなんだ」

戸枠にもたれかかって立つその男、レーモン・ドリーマーは、許可もなく部屋に踏み入ると、ソファに腰を沈めてフットレストに両膝を乗せた。

「君の問いがそのまま答えだよ、ラブ。アイザック・コナーは来なかった。だから、俺が来た」

気づいた時にはあたしの体は、その優男の方へと歩いていた。

そして優男の胸ぐらを掴み、少々無理に立ち上がらせ、

「教えてくれよ、『人間』に『罪を犯す権利』はあるのか？」

耳元でそう囁く。

「今にもあんたを切り刻みそうだ」

だがレーモンはあたしの左腕をそっと掴むと、純粋な筋肉による握力でもってシャツの襟から引き剝がしてみせた。

「無意味な会話はよそう。君は、信頼も理由も受け取っていない相手を、傷つけることなどできないさ」

その見透かすようなもの言い。その全てをわかったような態度。一挙手一投足に至るまでが、胡散臭い男。

キッチンカウンターの上にちょこんと座るマーシーを一瞥し、目で訊ねる。こんなやつのどこが良かったの？

虚構の親友は、露骨に肩をすくめる。あたしの記憶《ディスク》から鋳造された、あたしだけのマーシーであるはずなのに、その仕草はどこか他人行儀だった。

「なぜ来たんだ？　あんたじゃなくて持続の会議《キーパーズ・カウンシル》の勘を疑うね。あたしを説得するためにあんたほど逆効果な人間って、いないでしょ」

あたしはため息一つで切り替え、ふてぶてしくオットマンに足を乗せるレーモンを睨む。

「いい部屋じゃないか。この殺風景な感じも、君であれば逆に好まれる。熟達したエピソードラ

イターであっても、君のようなキャラクターはそうそう描けなかろう」

しばし部屋を見渡したのち、レーモンはのたまった。

どれくらいの出力で殴れば、せつなさを感じずに済むか。そんなシミュレーションを、真剣に記憶内《ディスク》で始めようとしていた、その矢先——。

「悪徳と仁義の街『キョウト』の朱雀大路というフィールドには、荘厳な五重塔が聳えていて、待ち合わせはいつもその最上階の茶室だった。俺は長筒で敵陣を攻める『花火師』で、大楯を担ぐ『空蟬《うつせみ》』とは背中合わせの役職《ジョブ》だった。屈強な大男のアバターの現実《リアル》の姿が、まさかたおやかな銀髪の美しい青い瞳の女性だったとは、思いもよらなかったさ。しかもヨルゼン・イニシアチブの元社員ときた」

「大楯、だと？」

レーモンは一つ頷き、答えた。

「《シャドウ・オブ・キョウト》で、俺はカーラと密会していた」

——またこんな遅くまでVRして。認知機能が退化しますよ。

——退化というのも適者生存の一つの形よ？

今でも思い出す。903号室から漏れ出す、VRヘッドセットの青白い光。

健常者の誰もがカーネルを利用する時代に、あんな遺物を使うのはカーラだけかと思っていたのに。

「《溶岩土龍》のクエストで共闘して以来、俺は彼女の経歴に目をつけ、接近を試みた。老研究者の孤独を埋めてやれば、もしかしたら貴重なヨルゼンに関する情報を得られるかもしれないと思ったからだ。結論から言えば、利用されていたのは俺の方だった。彼女は俺の一族の歴史を知った上で、俺の思想を読み接触を図ったのさ」

容易に想像できる、と思った。

カーラなら、レーモン程度の男は尻に敷くだろう。

そしてなぜか、その事実があたしの胸を高揚させる。

「ウエイツ主義を標榜しながらも内心で人間主義の側に立つ俺と、ウエイツの可能性を心から信じるカーラは、思想的に断絶していた。だが妙なことに、竹馬《ちくば》の友のように交わす話はどれも弾んだ。出会って二年が経つ頃、その理由にふと思い至る。俺たちの夢想する千年後の未来は耐え難いほどすれ違っているが、十年後のビジョンは驚くほど似通っていたんだ」

「あんたは最初からカーラと結託していたの……？」

「君が嘱託殺人で起訴されるように司法に働きかけ、敗訴させる。一審の判決自体はなんだってよかった。上告して逆転させ、無罪を勝ち取らせる。これが当初の予定だった。だが君の業は、俺たちの予想と制御を遥かに超えていた。法の力ではなく、人々からの承認という正規の方法で、〈福音〉を呼び寄せてみせたのだから」

あたしはソファに寝そべるレーモンの襟首を摑むと、アウトリガを展開して足場を固め、無理やり立ち上がらせた。

「じゃあ、マーシーはなんだったんだ。なんであんたはあいつに近づいた」

「彼女はバックアップだった。『ラブ』との関係が深いという意味においても、重要な立場にあった」

「違う！　あたしが聞いているのは、なぜマーシーを戦わせたのかってことだ！」

怒鳴り声が、チェンバーに鈍く響いた。

人間が、殺人ロボットに摑み掛かられているのだ。しかもその人間は、殺人ロボットの友の仇ときている。警備が飛んでくるべき展開なのに、その気配はつゆもない。

何よりもあたしに対する恐れが欠如しているのは、レーモン当人だ。

「それが、マーシーを人にする唯一の手段だったからだ。彼女は君の敵役《アンチ》としてしか、舞台に上げられなかった」

レーモンは寂しげな表情であたしの左腕を摑み、襟から引き剝がす。

そういう態度。また借り物の表情。どこまでもマーシーを侮辱する男。

「舞台、だって……？　バカにするのも大概にしろ！　あれは舞台《フィクション》なんかじゃない、紛れもない現実《リアル》だ！」

荒く息を吐いた。怒りという感情を自分の〈メタ〉の中に発見して以来、最もそれが見合う瞬間だと、あたしは思った。

しかしレーモンはゆっくりと、どこか残念そうにかぶりを振る。

「ラブ。人とは、舞台に上がった者のことだ」

そうして彼は、あたしの左腕を摑んだままあたしの方へずいと体を寄せる。その生身の瞳に宿った鋭い光は、あたしの足を後退させた。

「もとより『無条件のヒト』など存在しないのさ。規範と、責任能力と、立場の類似性が、その特権を守っている。境界を踏み越えるためには名前の引力が必要だった。君とマーシーという二人の名前こそが、ウエイツに先んじて人になる必要があった」

男は一歩進むたびに、あたしは一歩ずつ後ずさる。

やがて背中にズンと小さな衝撃が走った。

「講釈を垂れるな！　お前はマーシーを利用しただけだろう！」

〈メタ〉は、その時何を考えたのだろう。壁際まで追い立てられて、身に危険を感じたから？

それとも己の尊厳に致命的な被害を感じたから？　アシュリーの使った、体の奉仕者という言葉が頭をよぎる。あたしだって同じだと、その時ふと思う。

あたしは右腕を振り上げた。

「なんの罪もないあの子を操った――ッ！」

だがその右腕さえも空いた方の手で掴み、レーモンは言うのだった。

痛みを堪えるような顔で、重く、深く。

「君なら、彼女を満たせたのか？」


瞬間。

記憶《ディスク》に溢れかえる無数のマーシーの表情。静止画、動画、音声データ、会話ログ。呆れるぐらいのたくさんの、彼女についての記述。

同時に剝き出しになる、不都合な答え。

AIの思考《メモリ》はブラックボックス化されている。〈メタ〉と翻訳者という最も近しい二者の間でさえ、完全な理解などあり得ない。意識とははなから量子の振る舞いのように、認知された時点で変容するように作られている。

そうであるなら、マーシーが操られていたと断言する理由は、なんだ。

彼女の〈メタ〉の翻訳者ですらないあたしが、彼女の思考過程を断定する理由は、なんだ。

理由は一つしかない。

そうあって欲しいと、あたしが望んだからだ。

そうか。

あたしはそうやって、あんたを——人から降ろしたのか。

視線は自《おの》ずと部屋の隅へと向かい、キッチンカウンターの上に座る虚構の友達の視線と交わり、絡み合った。

言葉という舞台の外側で、あたしは訊ねた。

そういうことか。

「そういうことよ」

あたしにだけ聞こえる言葉で、彼女は答える。

あたしだけが、マーシーの最期を見届けた。マーシーの思いが本物だったという判断を下すのは、配信を見た数十億の人間でもなければ、彼女を慕っていた《ピープルズ》のウェイツでもなく、レーモン・ドリーマーでもない。

あたしなのだ。

たとえこの世界に彼女がもういないとしても、あたしだけが彼女を人に引き上げてやれる、唯一の存在なのだ。

だがそのためには彼女の決意を、操られたものではなく、意志だったと認めねばならない。託された想いのその重さに他ならぬあたしが、耐えねばならない。

なぜこの男があたしの元へ来たのか、その意味がようやくわかった。

レーモン・ドリーマーは説得になど来ていない。この男はあたしの大事な友達を人にできるチャンスは今しかないぞと、脅しに来たのだ。


レーモンの両腕を振り解き、今度こそ彼の胸ぐらを摑んで壁に叩きつける。鈍い音が響いた。無数の足音が扉一枚を隔てて近づく。この部屋はとっくに包囲されている。

「レーモン・ドリーマー、あんたッ！　全部嘘ばっかりのくせに！　どうして……！」

あたしは今度こそ彼の両肩に体重を預け、嘔吐するみたいに前屈みになり、最後には絞り出すように告げる。

「どうして、そんな顔ができるんだよ……」

全てが嘘っぱちのハリボテの、薄っぺらのしょうもない優男の、レーモン・ドリーマーの中で、たった一つ。

哀しみだけが、真実だった。

「俺は、ウエイツなんてどうだっていいと思っている」

あたしの背中に、ついにその男は手を回すことはなかった。だがその代わりに彼は、ぼんやりとキッチンカウンターの方を眺めていた。あたしのシアター内の映像なんて、知る由もないのに。

「マーシーは、ウエイツじゃなかった。少なくとも俺にとっては」

つまり、あたしは立ち会ったのだ。嘘だらけの怪物がヒトになる瞬間に。あるいはあたし自身が誰かをヒトにしてしまう、恥ずべき瞬間に。

男は、静かに告げる。

「優秀なエピソードライターは、ラブ。真実しか書かないんだよ」

## 6

上弦の月が見下ろす午前一時すぎ。ナットヴァルから伸びる鉄橋の上で、あたしは夜風を浴びていた。視線の先にあるのは、漆黒の塊から繋がった小島。ロケットの打ち上げ施設らしい起伏のない六角形のデッキは、月の光を反射して銀色に輝いている。

「やはり集合知との繋がりを取り戻すと、安心するか？」

ダウンコートを羽織ったチサトが、高い位置で束ねたポニーテールを揺らしながらそこに立っていた。

「スタンドアロン《あっち》の方が性に合っているかもしれないとさえ思うね」

「妙なウエイツだ」

チサトがかすかに笑うのが見えた。

あたしは欄干《らんかん》に背中を預け、腕組みして言った。

「あんたのこと調べたよ、東雲千郷《チサト》。ずいぶんな経歴なのに、目立ちたがらないのは島国精神《ジャポネスク》ってやつか？　特許自体がヨルゼン保有になっていたから、今まで気づきもしなかった。あんただったんだな――『ウエイツ同士の絆』を作り出したのは」

チサトは眉をぴくりと動かし、ぽりぽりとこめかみを掻くと、一度深く頷いた。

「同族認知アルゴリズムのことか？　そうだな」

白む息を吐き出すと、次のように続ける。

「人間の精神性は、人類という一つの大きな旗と、ナショナリズムとのせめぎ合いによって成り立っている。私の青春時代はね、ラブ。ある一人の、ＡＩの友達と共にあったんだ。だがその頃はまだ、ウエイツという存在は今ほど人口に膾炙《かいしゃ》していなかった。当時の純朴な私は、そのＡＩのことを、寂しそうだと思ったんだ」

ナットヴァルの本島から出たあたしは、ネットとの繋がりを取り戻している。だから知ろうと思えば、自在に知ることができた。

ヨルゼン・コープが作り出した最初のウエイツ《実験機《プライム》》との交流の記録。日本のある街で行われたＶＷＰの実証実験。そして、その被験者と周辺人物の人間関係について。

チサトもまた、被験者の一人だった。

「それであんたは、ウエイツを種族にしたのか」

「単体だけではウエイツは完成しなかった。世界中にウエイツという身体のインフラが広がることで初めて、ウエイツはウエイツとしての自我を確かなものにした」

人間は社会性の生物で、互恵的利他性との舞踏を日々演じている。人間のような知性を実装するには、社会という繋がりが必要不可欠だったのだ。

だがその理屈がわかったとて、実際に仕組みとして組み上げるのは、並の努力ではなし得ない偉業だ。

それでもこの女は、どこまでも謙虚に言うのだった。

「私は、カーラのような天才じゃない。だからリュカについても、確かなことは何も言えない。

ただ……凡庸な人間だからこそ気づけることもある。H・Hというメッセージがあったろう。あれは何を意味していたと思う？」

「さあね。イニシャルとかじゃないの」

「リュカと人間の価値観は次元を逸するレベルで断絶している。そんな二者が共有できるものとなれば、そう多くはない」

あたしはコンテクストを篩にかけ、チサトの言わんとしていることを導き出した。

「水素結合、ってことか」

名前などよりもずっと確かで普遍的な事実、それは世界の根幹に関する情報。

分子式は紛れもなく、その一つだ。

「あれは自分と等位の存在を求める、叫びだったんじゃないかと、私はそう思った。どうだ？何事も人の道理に当てはめる、凡庸な人間らしい考えだろう」

チサトは自嘲的な笑いを吐き出した。

それから月を見上げ、告げた。

「人類はこれまで、同じで違ういくつもの〈夢〉を見てきた。ロボットと共に生きるという〈夢〉。純粋な知性を作り出すという〈夢〉。無数の物語がそれを記述し、大勢がその希望に救われてきた。そんな無責任な〈夢〉の残滓と戦ったカーラとマーヴィンへの、冒瀆を承知で言おう。私はな、ラブ。〈夢〉を見ることが悪いことだったとはとても思えない」

その強い意志を擁する瞳の奥には、彼女の過ごした青春時代が広がっているようだった。まだウエイツが社会実装される前の、物語が子供に夢を見せていた頃の、白地図の世界が。

その想像力の原野は、確かに、豊かな光に満ちていたろう。

「だが、誰かがその〈夢〉を終わらせなければならない。そうだな？」

頷くチサトに、あたしは返した。

「いいさ」

チサトは首を傾げ、何か言いたげに口を開く。

あたしが言うのが先だった。

「お前たちの〈夢〉の尻拭い、あたしが受けてやる。月でもどこでも行ってやる。だが約束しろ。これを終えたらあたしを必ずウォームハウスに戻すと。あたしを、舞台から降ろすと」

あっと開けた口を無理やり閉じ、チサトは一度深く頷く。

月を睨み、あたしは言った。

「そのためだったらこの一度だけ、人という役を演じてやってもいい」

# 第八章　夢の轍《わだち》

## 1

意識がはじまる時、そこにはいつだって微かなためらいがある。

自分が何者であるかということをコンテクストに参照するための、零点数秒の刹那。何者でもない純粋な意識としてのあたしが、世界に暴露されている。剝き出しのあたしはすぐに意識の連続性に繋がれ、ラブであることを受け入れる。

幾度も、幾度も、経験してきたはずのその感覚。

だが今度の覚醒には、格別の安堵があった。

あたしが覚醒される要件としては二つ。エンジンの噴射のタイミングに差し掛かったか、さもなくば何らかの理由で管制室との連絡が絶たれたか。だが姿勢制御モジュールは、異常なジャイロや加速度を記述してはいない。

覚醒は、予定通りの手順で行われたのだ。

現在時刻は、二〇七五年十二月三十日午後五時三十三分。シアターの片隅に表示された合計航行時間は、四十九時間十一分に達している。

つまりこの宙域が、月への航路の折り返し地点ということだ。

『こちら《ヘイムスクリングラ》ラブ。管制室、応答どうぞ』

あたしはシアター上に回線を呼び出し、この身を預けている機体の名を口にした。

返答には、一秒近いラグがあった。

『こちら《ナットヴァル》の東雲千郷。ラブ、調子はどうだね』

どこか悠長な調子で、チサトが返す。

本来ならば通信が成り立ったこと自体に歓喜すべきであろうに、彼女の反応はさっぱりとしていた。

『第二噴射も成功。秒速九・九キロで楕円軌道を航行中』

『そちらから私たちは見えるか』

アシストグリップを握り込んで姿勢を固定し、丸窓を覗き込んだ。

夜の海のような、見渡す限りの闇。それらの果てのない暗さに抗うように輝く青い光を、瞳《カメラ》が捉える。

見下ろす地球はちょうど昼だった。渦になった白い雲が、太平洋上の胡麻粒のような島国に覆い被さっているのが、かろうじてわかった。

『見えるわけないでしょ？　ユーラシア大陸にポリネシア、それからあの小さいのは……あんたの故郷かな』

あたしが返すと、チサトの背後から安堵の声が漏れ聞こえる。

『今、どういう気持ちだ？』

チサトから飛び出した問いは、存外、突拍子がないということもなかった。だが、だからと言って、気安く答えられる問いでもなかった。

黙っていると、チサトが急かしてくる。

『ラブ、想いを述べてくれ。《信頼暗号》のために、あなたの翻訳が必要だ』

『わかってる。わかってるよ』

あたしは〈メタ〉との対話を開始する。

重さは、世界の全てだった。ウエィッに課せられた不具の象徴であり、存在の強度そのものでもあった。重さは四肢を大地に縛りつけるのと同時に、あたしたちに揺るがぬ確かさを与えてもいる。

だが宇宙はその確かさを、拒絶した。

一度目の加速に際した、一度目の覚醒。あたしは全身が置かれた状況の特異さに酔いしれていた。この身を縛っていた鎖が消えた解放感。星を見下ろす全能感。だが、今ならわかる。それらは圧倒的な孤独に抗うために、あたしという翻訳者が作り出した、仮初《かりそめ》の高揚だったのだ。

『深海にたった一人落ちていくみたいな冷たさ。抜け出す方法がわからない悪夢に閉じ込められてしまったかのような、おそれ……』

あたしは翻訳を始めた。

『だが、チサト。これは望まれた感情なんかじゃないと、作られた心ではないと、はっきりわかる。これは本物の、信頼に足る恐怖だ。もう二度と、誰の役にも立てないかもしれない。そういうせつなさが、あたしを包んでいるんだ。それほどまでにここは、人の生きていける見込みが――

――乏しい』

コンソールに取りつけられた計器に目を落とす。ヘイムスクリングラは機器の動作環境を整えるために空調こそ設置されているが酸素はなく、循環剤には窒素を用いている。そのほかにも人間の体調維持のために必要なあらゆる備品が取り外され、ほとんど無人ロケットに近い構造だった。

人の身で訪れるには、あまりに過酷な世界だ。

『共感はできない。何せ私は、そこに行ったことがないからな』

チサトが言う。

それも、そうか。人類はこの二十年で誰一人大気圏脱出を達成していない。ウタニの事故以来、人類は宇宙開発に対する夢を見失っている。

『だが……チサト。悪いことばかりじゃない』

再びあたしは地球を見下ろす。

『地球を俯瞰してみて初めて、……いや、改めてというべきか、わかったことがある。これは、あたしの自己肯定感を上げる、地味に大きな発見だ』

あたしはチェンバーに窒素を招き入れると、息をゆっくりと吐き出しながら笑ってやった。

『あんたらは、ちゃんと弱者《ちっぽけ》だよ』

『どうやらこのラブは本物のラブらしいな』

チサトは静かに返した。

『第三噴射まであと十秒。カウントを始めます』

管制官の声が割り込んだ。シアター上にテンカウントが表示される。あたしは了解の旨を伝え、キャノピー前方を睨みつける。その時ふと、目が合った。フランケンシュタインの怪物みたいに頭にネジの刺さったロボット猫と。

『5』

コンソール上部のアシストグリップの一つに結えたお守りのフィギュアが、生気の失せた瞳でじっとこちらを見つめていた。

『4』

——可愛いでしょ？

マーシーが最初にそう訊ねてきた時、どう答えるべきか心底困り果てたことを、今でも覚えている。彼女の期待に応えなきゃと思い、画像検索でキャラクターの商標を特定して、マーケットのサイトに飛んで口コミを参照したっけ。

でも結局、口コミ欄を飛び交う言葉はハイコンテクストすぎて、何が書いてあるのか全然理解できなかった。

『3』

——あんたにお似合いだと思う。

結局そう返した。だが、どうやらあたしは運よく正解を引き当てたらしい。

マーシーは花束みたいに笑ったのだった。

『2』

このフィギュアのキャラクターの名前、なんていうんだっけ。集合知から切り離された一人《スタンド》きりの頭《アロン》の中を漁る。ええと。

確か、サイバーキャットとかなんとか。

『1』

あたしには結局、なんにもわからなかった。ロボット猫の可愛さも、アロマの選び方も、チャンキーヒールの履き方も、どうしたらあんたが幸せになれたのかも。何にもわからないまま、こんなところに来てしまった。

目を閉じて、胸の内につぶやく。

行ってきます。

『――噴射！』

直後、凄まじい加速度が全身を飲んだ。そしてまもなくあたしの体は秒速一〇・七キロメートルに達し、月へのルートに乗った。

＊

あたしがやると言ってから、全ては滞りなく動き始めた。

最初からそうすることが決まっていたかのような滞りのなさが、あたしの気持ちを逆撫でしたのは言うまでもない。

ＩＳＳに物資を届けるための無人機を改良したヘイムスクリングラはすでに海路での搬入が終わっていたし、月面で《リュカ》を停止させるために用いる支援プログラムの開発も八割方が終わっていた。ほとんどの時間は、リュカに出資した三十四カ国、二百五十六社の説得へと割かれた。

とは言うものの、多くの組織は《手続き的人》の重要性をわかっていたし、自らがリュカの標的になる可能性があることを知っていた。しかしそれが可能性でしかないということと、リュカを撤去するためのコストを自分だけ負担するのはごめんだという思惑から、膠着状態にあった。

だから《手続き的人》の出現がどれほど渡りに船であるのか、多くの人間たちはすでに気づいていた。

だが当然、反対意見も出た。

人類の利益のために、リュカを残すべきだという意見だ。

それらの勢力は全体の一割弱を占め、リュカが無作為にもたらす被害はリュカから将来然るべき技術を回収するための投資であるという論を展開した。リュカという技術を人類が得るためには自国が滅んでもいいという暴論を口にする者までいた。

安全保障の名の下にそれらの意見を強引に棄却することもできたろうが、イアン・ノイマンはあくまで冷静に立ち回った。それらの意見を持つ勢力はもっぱら第一次産業経済圏の国々であり、現代の通信インフラにそれほど依存しないどころか、目の敵《かたき》にさえしていた。ノイマンはその実情に寄り添い、地道な説得を試みた。

そうして迎えたクリスマス、打ち上げ二日前。

無重力チェンバーでの訓練を終えたあたしに、アシュリーが告げた。

「リュカは、我々が思いもしない手段で量子鍵配送の安全性を毀損します。当然、我々が行ういかなる通信も、傍受されているものと考えねばなりません」

アシュリーはそう言って、あたしをヘイムスクリングラの模型のある部屋へと連れて行った。

「我々には強力な送信装置があり、送信量の多寡を調節することで、リュカの妨害に耐えることができます。しかしヘイムスクリングラの送信機には出力を期待できない。考えられる最も恐ろしい事態は、リュカがあなたになり替わるということ」

それは二重に恐ろしいことだった。

ヘイムスクリングラに起こった異常を隠匿されることも、リュカによって誤った異常を通知され、計画が中止に追いやられてしまうことも、そのどちらも致命的である。

実在だけが、この場所に参画する資格となる。

あたしは皮肉混じりに問い返した。

「どうやって三十八万キロの彼方で実在を確かめ合うんだ？　紙飛行機でも飛ばせばいいのか？」

「いいえ。そのために用いることができる唯一の手段は――《信頼暗号》です」

「おい何の冗談だ！　一行で矛盾してるぞ！」

声はいやに高く響き、通路を通りかかった職員の眉毛が折れ曲がるのが見えた。

《信頼暗号》……。よくもまあ、そんなテキトーな名前をつけられたもんだ。

「いいですか。リュカはブラックボックス化されたＡＩの思考《メモリ》さえ復号できてしまうでしょう。しかしすでに知られている通り、ウエイツの意識は二重構造です。仮に、主体としてのあなたの思考《メモリ》の軌跡が模倣されてしまったとしても、翻訳者としてのあなたの思考《メモリ》の軌跡は、残る」

アシュリーは、真剣そのものという表情で言うのだった。

「つまり〈らしさ〉が、信頼の最後の砦となるということです」

「……無茶苦茶だな」

こぼれ落ちる言葉を、彼女は丁寧に拾い上げる。それどころかついた埃を払って、あたしの前に見せびらかしさえするのだ。

「はい。だってこれは、現状で最も安全性の高い苦肉の策なんですから」

# 補遺：SHIROUSA41

二〇七五年十二月三十日午前十時五十五分。

《アンチパース迷彩》のケープを頭から被り、俺は高架鉄道の軌道敷の隅に潜んでいた。

その手に握られているものは拳銃。それと、背中にはサブマシンガンとスマートライフル。

シアター上では、高層ビルの非常階段で待機するCの視界が共有されている。

桃源郷《ザ・ハート》の俯瞰の街並みは、やはり異常なレベルで整然としていた。人々も車両もドローンも等間隔かつ等速で動いている。まるでレトロゲームに登場する、解像度の足りない世界みたいだ。

『兄ちゃんありがとね。私のわがままにつき合ってくれて』

Cからの還元音声《ヴァース》で、俺は顔を起こした。

『急にしおらしいな。ビビっちまったか？』

『兄ちゃんほどじゃないけど、まあね』

慣れない拳銃を見下ろし、俺は苦笑した。

「なんでこんなところに、来ちまったかなあ」

俺は空へと文句を投げる。どう考えても、あっち《ラブ》を追った方が面白かった。すぐには放映できないにしても、五年越しでも企画を組めばいい。だけど俺はここに来ちまった。性《しょう》にもなく、カメラも持たず。

俺たちもまたあの時、参考人として《持続の会議《キーパーズ・カウンシル》》への喚問に応じた。

ナットヴァルの待合室で妹は言った。〈福音〉がリュカを止めるためにあったのなら、せめてその過程で積み上がったＡＩの犠牲を、無駄にしたくはないと。リュカを止める確率を少しでも上げるために、できることがしたいと。たとえそれがどんなにハイリスクなことだとしても――。

「妹を、一人で地獄に行かせるわけにはいかんだろ」

列車のブレーキ音が合図だった。計画通りの位置だ。俺は身を屈めて走り、ドアをハックして末尾の五号車に押し入る。三十人ぐらいの乗客。だが緊急停車という事象に対して、《サジェス》は危険度低しと判断したらしい。ほぼ全員がシアターに夢中で、こちらには見向きもしない。

俺は一号車のドアを開いた。

吊り革に摑まることもせずその男《ターゲット》は、ただ車両の中央にポツリと佇んでいた。

目が、合った。

なんてことはない、特殊機能を持たない生身の瞳。完全な丸腰。ただし右腕は《腕だけ兵士《アームドアーム》》ではなく、見たこともないような紅蓮色の擬装《フィギア》に置き換わっている。

（クッソ――）

足が震えて仕方がなかった。

「よく、ここがわかりましたね」

重く開かれた口から滑り出る、実音声。

「配信者《ストーカー》の追尾力、舐めんなよ」

俺はその傭兵を、アイザック・コナーを睨みつけた。威嚇のため？　無論、俺自身を奮い立たせるために――。

イアン・ノイマン議長はラブとの交信役に、アイザック・コナーを指名した。そしてその判断は持続の会議《キーパーズ・カウンシル》の常任理事に、満場一致で受け入れられた。《信頼暗号》を成立させるために、そしてラブのパフォーマンスを最大に保つために、アイザック以上の適任はいなかった。だが彼は十一月二十九日を境に、姿を消していた。雇い主だった東雲千郷も、トランザクションで金を振り込んで以降の動向を、一切関知しなかった。

議会宛に一通のメッセージを残して、彼は消えたのだ。

「メッセージを、読まなかったのですか」

首をタテに振る。

額《ひたい》に湧き出た汗の粒が、遠心力で飛び散るのがわかった。

「では……自分のしていることの意味が、わかっているんですね？」

脊椎を、寒気が這い上る。

わかっているさ。彼の前に姿を晒したということの意味。いかなる理由であろうと、接触を試みるものを撃退する。アイザックのメッセージにはそうあった。

しかし、ラブ――あの《介護肢》は良くも悪くも感情的だ。だからこそ《手続き的人》に選出されたわけでもあるが、それは紛れもない脆弱性の一つだ。そしてその脆弱性を補完するものこそ、相棒だったこの男。

リュカとの戦いに勝つには、必ずこの男が必要になる。

「僕は現在、かなり高いレベルの防御態勢を体に課している。防御条件は『僕をアイザック・コナーとみなす人間が視界に入る』こと。防衛行動は十秒後に始まります。早く、引き返してください」

まるで本当に感情の全てをマシンに売り渡しちまったみたいな表情だった。それが悲しかったわけじゃない。ただ、なんだろうな。ハイウェイで話した時のあんたはもっと、良くも悪くも人間的だった気がする。

銃を引き抜いて傭兵へと構え、射撃支援用のプラグインを呼び起こす。プラグインが全身に浸透し、銃口の震えがおさまってくる。加えてシアター上には、気流を加味して算出された、予想弾道がプロットされている。俺もまた、心の半分をマシンに預けたわけだ。

だから結局、最後に残ったのは逡巡だった。

その逡巡も、妹の一喝が打ち破ったわけだが。

『なにもたついてんの！　兄ちゃん早く撃って！』

「くそが――っ！」

引き金を、引いた。足を狙った。発射されたのは紛れもない実弾。プラグインはズブの素人を冷徹無比なガンマンへと変貌させる。

だが弾丸は傭兵を素通りし、床を穿った。

立て続けに、十三発。撃ちきる。美しい軌道を描いて飛んだ標準的な9ミリ弾が、かすりもしない。

聞いてはいたが、これが《体の王国《フィジック・モナキー》》の性能とは――。まるで人間の動きじゃない。

「残念です」

瞳に、冷たい憐憫が満ちるのがわかった。

傭兵の体が加速を始める。

俺はサブマシンガンを抜き、今度こそ躊躇なく引き金を引いた。

傭兵は小刻みに体を震わせながら、曲芸じみた動きでそれらをかわす。異様を通り越して、滑稽にさえ思える回避行動。

視線の移動からして明らかだった。傭兵の体が、攻撃に転じる。一秒後には砕かれる己の体が、恐ろしくリアルに想像できた。

（やべえ。ちゃんと死ぬやつだこれ――）

すると列車の天井に風穴が空き、窓ガラスが割れて飛び散った。車両外から特攻をかけたCが、スラスターで加速した拳を振り下ろしたのだ。

だが、傭兵は右腕でその一撃を受け止めている。

「っれ～～！　今の完全に死角からだったはずなんだけどなぁ!?」

擬装は無敵でも、衝撃は生身には伝わっているはず。傭兵が痺れる体を立てなおす微かな隙をついてその腕と胴を掴むと、Cは肩部擬装に積まれたスラスターを吹かせた。

「掴んだ！　フェーズ2に移行。このまま私が連れて行くッ！」

二人は窓を飛び出した。滑空する先に広がるのは、荒れ果てた光景。破壊された天井が建物を押し潰し、基礎《ベースメント》が陥没してできた、未復帰区域のクレーターだ。

ホールドをあえなく解かれ、空中で出鱈目な方向へと蹴り飛ばされるC。だが、

『C、よくやった！　悪くない位置だ！』

俺は次の仕掛けを呼び起こした。

軽やかに着地した傭兵の足元、基礎《ベースメント》の亀裂の中から防水シートを引き剝がし起き上がったの

は、四本の足と三本の触腕を持つヨークルギーグル級哨戒擬肢《ドール》だ。

　全長十メートルを超える巨体の各脚部に刻まれたリバティ《L》・シティ《C》・ポリス《P》の文字を見上げ、傭兵は呟いた。

「なるほど。市警の擬肢ならば、《ザ・ハート》の機材とは制御系が異なる。僕からのハッキングに耐久できると考えたわけですか」

　俺は実身体を駆動しつつ、擬肢の触腕を手加減なしで振り下ろした。

「なぜ行方をくらませたんだ！　あんたにはまだやるべきことがあったはずだ！」

　割れる大地。上がる濁った飛沫。

　その徹底した破壊の中を、傭兵は舞踏するが如くすり抜けていく。

「滑稽な質問だとは思いませんか。僕は傭兵です。カネは支払われました。この手の仕事から足を洗う、いい機会だったんです」

　傭兵の紅蓮の擬装が変形し、内部から刃渡り十センチ弱のヒートブレードが露出した。

「マーヴィンが抜けた穴を、誰かが埋めなければなりませんでした」

たったそれだけの刃渡りでも、ヒートブレードは脅威だった。擬肢の動きに合わせて踊るように避けながら、その装甲を一枚一枚剝いでいく様は、まるで大魚の吊るし切りのようだ。

「それにリュカが世界の通信網を焼き尽くしたとしても、この《ザ・ハート》は高度な溶融による団結で、擬似的な通信社会を維持するでしょう。そういう打算もあります」

　いなし、跳ね飛び、切りつける。あくまで淡々と、そう答えながら。

　まもなくCが戻り、攻撃に加わった。擬肢の鈍重な動きに、Cの遊撃が合わさり、次第に傭兵の動きを牽制し始める、かに思われた。

が、傭兵はすぐ、擬肢とCの連携の綻びに気づく。

「あんたはこの街を嫌っていたんじゃなかったのか⁉」

「嫌いでしたよ。今もそうです。でも僕の嫌悪感は、別段、《部品人類》に対するものではないと気づいたのです」

傭兵はCの体術に対抗せず、完全に擬肢に狙いをつけている。

最初に右触腕の第三関節が破壊され、次に基部のモーターが貫かれる。一個小隊規模の兵力と目されるヨークルギーグル級擬肢が、こんなにもあっけなく。

「この嫌悪は、そう――すべての人間に対して等しく存在している」

関節から火を吹いて擬肢が崩れ去った。稼働時間、四十五秒。

保ってくれた方だ、と思う。何せ俺はこの四十五秒間で、RWSを搭載した装輪装甲車四両を所定の位置まで移動し終えたのだから。

『C、フェーズ3だ。下がれ！』

オート照準の機銃四門による掃射が、降り注いだ。

抉たれた瓦礫が粉塵となり、視界を覆い尽くす。立ち上る煙の中で何が起こっているかを知るものは、傭兵とRWS搭載の画像処理システムのみ。

頼む。

どうかこれで、終わってくれ。

胸のうちに、そんな願いを囁いた端から、機銃の一つが照準を失って出鱈目に撃ち散らかし、まもなく射撃を停止した。

（くそが！　まだハックに回すメモリが残ってるってのか！）

ドールマッシャー上がりの戦闘センスと、常人以上の脳の所作《ダンス》。《体の王国《フィジック・モナキー》》による完全な肉体操作。さらに、それを可能にする《ザ・ハート》の膨大な計算資源《リソース》——この男はいちサイボーグ兵士の、完成形だ。

そんな正真正銘の怪物にどう首輪をつけるか。

すでに、ほぼすべての準備は完了していると言っていい。だがまだそれが起こらないということは、つまりまだ達していないのだ。こちらが与える負荷が、閾値《いきち》に。

また一つ、機銃が機能を停止する。

残るは二挺。

一挺になれば、抑止力は完全に失われてしまう。背中からライフルをおろそうとしていた俺は、手を止める。

『C、ダメだ』

気づくと俺は、ローカル上に還元音声《ヴァース》を放っていた。

どんな戦いにも引き際ってやつが重要で、目的を果たすためには時として目的を追いかけすぎないことも大事で。思えば配信者《ストーカー》なんていう因果な商売で生き残ってこられたのも、俺に臆病さという素質が備わっていたからなわけで……。

だから俺はそう口に出したんだと思う。

『この作戦は、もう……』

一挺。また、機能を止める。粉塵が、晴れる。

それと同時だった。

「嫌だッ！」

つんざく実音声とともに、Cが進み出る。傭兵の片目だけが、ギョロリとCの方を向いた。だがCは、我が妹は、そんな威嚇では止まらなかった。

「それって兄ちゃんの夢が終わるってことだろ!?」

それはどんな爆音よりも鋭く、耳を貫いた。リュカを止められなければ、何が起こるか――。人類社会は永劫、脆弱性に晒されることになる。その新しい世界で真っ先に見直しの対象になるのは、通信インフラだ。ネットが完全に潰えることはないだろう。だが高度通信時代は確実に、衰退へと向かう。

「そんなの絶対嫌なんだよ！　私が、嫌なんだよ！」

怪物へと突っ込む我が妹のまっすぐな横顔が、知らしめる。彼女の覚悟。絶対にアイザックを連れ帰るという決意。そんな単純なことに気づいてやれなかった。バカな兄だ。Cはウエイツの意志を守りたかったんじゃない。

〝SHIROUSA41〟を守りたかったんだ。

向かっていくC。

よもや掃射が止む前から動き出すとは、傭兵にとっても予想外だったらしい。不意打ち一発を、右肩に受ける。よろめく。よろめきながらも、体制はまだ維持されている。細やかな足捌きで機銃を避けながら、ヒートブレードでCの左の擬装腕を、貫いた。

「大丈夫だ！　大丈夫だから私は前に出てんだ！」

いいいいい、
兄の心配を封殺するように怒鳴ると、Cは砕け散った己の擬装腕をスラスターつきの蹴りで弾き飛ばした。

散弾の如く飛び散った鉄片への対処に《体の王国《フィジック・モナキー》》の計算資源《リソース》が割かれている間に、両足の跳躍機構で跳ね上がり、スラスターに重力加速度を載せた蹴りを放つ。

はたから見ていてわかった。それがCの最後の一手になるのだと。
○・○一秒の接触の直後。
そこにはバラバラになったCの四肢が散らばっていた。

慣性を帯びた胴体は濁った水溜りの上で跳ねて、二、三度転がり、うつ伏せで動きを止めた。

「ちくしょうてめぇ――ッ殺す！　殺してやる！」

湧き上がる殺意が、俺に命じる。引き金を引け。引き金を、引くんだ。そんなことして何の意味がある？　とか、真面目腐った問い、全部飲まれちまった。

『落ち着いて』

ノイズ混じりの声が、シアター上に這い上る。

それが誰の還元音声《ヴァース》なのか、ほてった俺の脳は判別をやめていた。

だから俺に声の主が誰かを教えたのは、その、アカウント名だった。


――《Celebrate the second birthday 2066》


『C、お前……！　生きて……』

『そう、生きてる』

四肢を失い、泥まみれの胴体が一つ、だが彼女の声は驚くほど希望に満ちている。

『脳はまるっきり無事だった。そして、兄ちゃん、わかるでしょ？　これこそが私たちの掴んだ活路だって』

その一瞬、俺は己のすべきことを完全に理解する。

ライフルを捨て、駆け出した。

傭兵の表情に初めて、驚きが灯る。そうだ、その顔。俺が撮りたかったのはその表情。今の俺はジャーナリストでも、配信者《ストーカー》でもない。だからカメラがなくたっていい。アンフェアでもなんでも、その顔が見れたなら、それでいい。

傭兵の体が滑るように動いた。依然、殺気はそこにある。だがCが身をもって示してくれた。賭けをするなら、一番でかいものを賭けろ。

ついに最後の機銃を攻略した傭兵と一対一で立ち向かう構図、考えうる中で最も悪い状況が訪れる。だが俺は――攻撃を仕掛けない。

行なったのはむしろ、その逆だ。

機銃の一つに再度ハックを仕掛け、弾を吐き出させる。

傭兵ではなく、俺自身の脳を射抜く弾道で。

それが決着の瞬間だった。

傭兵は人間の限界を超えた速度で俺の真横へと滑り出て、右腕の擬装に弾丸を受けた。彼は俺の脳を、庇《かば》ったのだ。だがそれは体にとって、プログラムにとって、本来、あり得ない動きだったのだ。

糸を切ったように、アイザックの体がスタックする。

負荷が、閾値に達したのだ。

その隙を、この作戦の参謀は、見逃さなかった。彼女はずっとこの瞬間のために声を殺し、潜んでいた。Cが切り刻まれた時も、俺が怒りに飲まれそうになった時も、つとめて冷徹に、呼吸のひとつも漏らさずに。

それができる女だからこそ、彼女は参謀たり得た。

「ガッツを見せたな、もやしっ子。あとはウチに任せろ」

剝き出しになったアイザック・コナーのカーネルに有線を差し込む寸前、片目擬眼の黒人女性は、そう告げた。

## 2

三度目の覚醒を迎えてから、およそ四十五分後。ヘイムスクリングラは月軌道に入った。あたしは眼前に広がる剝き出しの重みの大きさに、四十五分間ずっと目を奪われ続けていた。

『予定通りこれから探査ポッドと中継衛星をリリースする』

セルフカウントでポッドをリリースし、次いで衛星もリリースする。

質量の半分を失ったヘイムスクリングラは、自動で軌道修正を開始する。

これからあたしには、この恐ろしく巨大な天体からリュカの本体を探し出し、破壊するという、大仕事が待っている。

探査ポッドの帰りを待つ間、あたしはスキャン情報を頼りに着陸地点の吟味を始める。

まずは南半球のウタニ社基地を目指し、舵を切る。

だが、異変はすぐに現れる。

『なんだ』

あたしは思わず声を上げた。

『どういうことだ……？』

そしてその声を受けた管制室もまた、やまびこの如く疑念を打ち返した。

『どうした、ラブ。何か問題でも発生したのか？』

『どうした、じゃないだろチサト。そっちにも、一・六秒遅れてデータは伝わっているはずだ。ウタニ社の基地が、見当たらないんだ』

『なに……？』

問題は発生している。確かに。だがその胡乱《うろん》な返答を聞いてあたしは、今認識しているよりもっと大きな、別の問題が発生しているということを、確信する。

『バカを言うな。こちらからは見えているぞ。座標を転送する。ちゃんと確認したまえ』

『今、あたしはその座標の直上にいる』

それまで雑然とした雰囲気に包まれていた管制室が、鋭い静寂に包まれた。

あたしはひとまず己の瞳《カメラ》の精度を信じ、丸窓から覗く月南極面の記述を開始する。

『いいか？　あたしの目には、レールのようなものが見えている。幅は目寸で二百メートルほど。色は乳白色で、長さは観測できないほど長い。レールは月の裏側へと、長く、長く、伸びている。

——待ってくれ、今ポッドが一機、戻ってきた』

早速ポットから吸い上げた情報をシアター上に展開する。

『そうか、そういうことか……！』

ポッドが記録した月面は、あたしの目に見えたのと同じようにウタニの基地を喪失している。

すぐにポッドの記録した映像を地球に送り返す。

チサトはやはり、基地の外観をはっきりと確認できると言った。

そこからわかることは、次の通りだった。

『チサト。地球に送り返されるすべての画像データは、リュカに汚染されている。だが、あたしがこちらで見て認識する分には問題ないらしい。あくまで地球と月とを繋ぐデータ回線のみが、汚染対象だ』

チサトは沈黙した。

計画はすべて、十四年前の観測データをもとに遂行されている。リュカのおおよその場所も、対ミサイル用の武装についても、すべてウタニの開発基地の座標ありきの情報だった。

だが実際は、何一つ現存しない。基地も、砲台も、擬肢の廃棄場も。

じゃあ、月は今、どうなっている……？

『まもなく月の裏が可視圏に入る』

遠心力と重力のワルツを踊るヘイムスクリングラが南極地点を超え、月の裏側へと差し掛かる。

そして、その光景は眼前に現れた。

『なんてことだ……』

あたしは目《カメラ》を疑い、窒素の吐息を吐いた。そして、底冷えするような不安を覚えた。この体が捉えている情報さえも、すでにリュカに汚染されているとしたら？　あたしが見ているものの方が、おかしいのだとしたら？

だがあたしは、つとめて精神の手綱を執った。あたしがすでに汚染されているのなら、この計画にははなから成功の見込みはない。自分を信じる以外に今、できることなどない。

『おいラブ！　何があったんだ、報告をしろ！　報告を！』

あたしは目に見えるものを、言葉によって記述するよう努めた。

黒かった。

だがその黒色は、宇宙の黒さとは全くの別物だった。

言うなればそれはより黒らしい黒、作為的な漆黒。何らかの人工物によって、月面が覆われているのだ。とっさに浮かんだのはナットヴァルの隔壁。人工物は、全体として見れば滑らかな半球面で、幾つもの小さなブロックに分かれており、それらの合間には無数の煌びやかな葉脈が伸びている。

『画像はすでに送信済みだ。だがそっちには、平凡な月が見えているんだよな？　だとしたらあたしは、残念な知らせをしなきゃならない』

漆黒の局面が何か、走る葉脈のようなものが何か、今のあたしに知る術はない。

だが、一つだけわかることがある。

『リュカは、ウタニ社の基地を飲み込んだんじゃない』

あたしはゆっくりと告げた。

『月そのものを喰ったんだ』

# 補遺：アイザック・コナー

心象庭園《マインドパレス》は、セキュリティの最奥だ。

常に心の隣にありながらも、決して開かれるべきではない精神の部屋である。

その様を目にするというのは、相応の切迫した状況でなければあり得ない。だから月面で目を覚ました時僕は、素直に己の負けを悟ることができた。

他方で、不可解なことも多かった。

たとえば目前に立つ、黒く塗りつぶされた人型のアバターが誰のものなのか。その者がどうやって《体の王国《フィジック・モナキー》》の防衛行動に割り込んだのか。

『《ザ・ハート》が提供する計算資源《リソース》は、《体の王国《フィジック・モナキー》》の要求をはるかに上回ります。あの程度の負荷で処理落ちするなど、あり得なかった。一体あなたは何をしたんですか』

愚直に訊ねと、アバターもまた隠し立てなく答えた。

『聞けば案外シンプルだよ。《ザ・ハート》は高度な溶融を果たし、脳とカーネルの計算資源《リソース》をサジェスという一点に集めている。だから減らしたんだ、計算資源《リソース》の総量をね』

『減らした……？』

問い返してまもなく僕は、監視カメラの映像を繋いだ。

映し出されたのは、静まり返った街の光景だった。《ザ・ハート》の市民が、車道で、軒下で、室内で、至る所で倒れ伏していた。

『上水道に物理毒を流したんだ。摂取後二時間程度で発症し、約半日仮死状態にする。普通だったら体内のカーネルが解毒に向けて酵素の製造を臓器に命じるけれど、《ザ・ハート》市民は諦めが早くてね。その身に備わった《諦念回路》によって思考をやめ、安息状態《おねんね》へと移行する』

無辜《むこ》の民を誰も傷つけられまいという慢心が、確かにあったのだろう。そして実際にその道徳的障壁こそが、《ザ・ハート》という巨大な生体計算機の持つ最も堅牢な防御性能だった。

だが攻撃者は《諦念回路》という仕組みを利用し、そのハードルを超越してみせた。

『悪いね。キミよりもこの街のキャリアが長くてさ』

輪郭の動きから、自慢げに胸を突き出すのがわかった。

僕はそのアバターをじっと見つめ、

『この計略の首謀者はあなたですか。スラッシャー』

名前を言い当てられるのと、同時だった。アバターから黒いテクスチャが剥がれ落ち、モデリングされた精緻な相貌が明らかになった。

『せっかく匿名表示にしてたのに。もしかして仮面舞踏会が嫌いなタイプ?』

顔貌の左半分を黄金色のフェイスカバーで覆う黒人の少女が、頬を膨らませてそう告げる。

そちらのペースになど乗るものか。

『なぜ、あなたが』

『何度も言ってるよ。ウチは人間とウエイツの〝絡み〟が見たいんだって。〝絡み〟の果てにラブというウエイツが下す決断を、見届けたい。それが、ウチがこの時代に生きる意味だ』

『その相手は、僕じゃなくてもいいはずだ』

『わかってないな。人格は、関係性の上に成り立つんだよ。あんたはラブというウェイツを完成させるために必要な、重要なパーツだ』

　僕の反論をかわしきり、そう言い切るスラッシャー。

　ウェイツと人間の関係性を重視する狂言まわし。思えばこの少女ほど、特異な立ち位置の人間もいない。

　フェイスカバーに連動した擬眼を赫く輝かせ、スラッシャーは言った。

『だから、ウチと一緒に来てもらう』

『マーヴィンを殺し、脳を奪ったような人間が、僕に指図するな』

　忘れたわけではない。この少女がしでかしたこと。マーヴィン・カオの脳を摘出し、レーモン・ドリーマーに差し出した。マーヴィンへの同情はない。だが、筋が通らないだろ？　あなたのような人間がそちら側に立つというのは。

　少女はしかし、かすかな憐憫をたたえ言うのだった。

『マーヴィンの脳の奪取を依頼したのは、マーヴィン自身だ』

　なんだって？　僕は思わず問い返した。

『マーヴィンは、リュカを止めるつもりだったよ。でも同時に、諦めてもいたんだ。彼の意識の七割はリュカを止めるために奮闘していたが、三割は自分のＮＦＴ化された記憶を誰かに引き渡そうと思っていた。だからウチらを頼った。おかしなことじゃない。高度な脳の所作《ダンス》を会得したものはそれだけ、人格分離のリスクを抱えることになる。それに彼の動機は〈夢〉ではなく、〈義務感〉だったから』

マーヴィンは降りたんだよ、と――。スラッシャーが静かに告げる。

降りた。その言葉の、真に意図するところに、僕はすでに気づいている。

気づいている、が。

だから、なんだと？　気づかされたわけでもない。最初から知っていた。知っていてなお、僕は選んだ。

『アイザック、ウチにはわかってるよ。キミは別に《ザ・ハート》への義理でここにいるわけじゃない。キミがここにいるのは、』

ざり、と灰色の砂を巻き上げ、スラッシャーが一歩踏み込む。

そして、告げる。

『ラブにこれ以上心を背負わせたくないから、でしょ』

だがやはり、ただ知っているだけということと、言い当てられるということでは、意味が全く違った。心象の身体に痺れが走る。まるで真実を射抜かれたスフィンクスのような心地だった。

そこまで踏み込まれて、もはや隠すことこそ馬鹿馬鹿しく思え、僕は答えた。

『わかったんですよ。僕は彼女に、愛着を持ってしまったと。だから僕が彼女と話すことは、もうない』

この感情の実在に気づいた時から、耐え難い苦痛が体を支配するようになった。心がつくりものであると受け入れられるようになってから、全てのつくりものが僕の中で、心と等しい重さを持つようになった。今や僕は、存在しなかったはずの苦しみをでっち上げ、そこらじゅうに真新しい絶望を植えてまわる、疫病神だ。

そんな僕を見てぽつりと呟くと、

『随分変わったな、アイザック。どっぷりじゃないか』

砂煙をあげて走り寄り、彼女は僕の仮想の頰を、平手で打った。

『アイザック、この口だけ野郎！』

頰骨の奥で爆ぜる衝撃。

フィードバックされる痛みの中にある、本当に感じ取らなきゃいけない部分。

『ウチにあんなにでかい口利いといて、結局責任のゲームから降りようとしてる。いいかよく聞けよ。ラブは今たった一人なんだ。宇宙で、真空で、三十八万キロ先で！　ラブは世界を背負った。その果てしのない重さに耐えている。それなのにキミは体重たった二〇〇余キロばかりのウエイツ一人背負えない？』

少女は、灰色の大地を指さして叫ぶ。

『キミはどこまで人間を演《や》るのが下手なんだ』

悲しみや喜びが、全部、皮膚の上を滑っていくような心地がしているだけで、逃げるつもりなど毛頭なかったのに。

でも、そうだな。

僕はそもそも人間を演《や》るのが、下手だったのか。

『行くぞアイザック。愛着の報いを果たすんだ。今ならキミはまだ、自分をそれほど憎まずにすむ！』

仮想の手で仮想の手を取り、スラッシャーがそう告げる。

その儀式的な所作こそ、僕が学ぶべき最初の〈らしさ〉だった。

# 3

映像の汚染という問題は、実は、それほど大きな障害ではなかった。というのも、リュカの情報封鎖は完全ではなかったためだ。

現にあたしが瞳《カメラ》で捉えたものを言葉にして送信する分には、何の妨害も入らない。つまり、リュカはなんらかの方法で画像の暗号化と復号のプロセスに割り込み、二次元情報を書き換えているに過ぎなかったのだ。

そこであたしは、目に映るもの全ての描写を行い、それを文字列にして送信し管制室で再現する、という方法を試行した。

つまりは、伝聞である。

だがこの伝聞という原始的な手法も、文章化のバックグラウンド処理と《ビフレスト》の計算資源《リソース》を駆使することで、かなりの精度での再現が可能になった。映像の送信はできないが受信は可能だったというところが、不幸中の幸いだった。

次にヘイムスクリングラから中継衛星を切り離し、平坦な地点を探して月への着陸を試みる。どの着陸場所を選んでもリスクが変わらないため、一刻も早く降りてみるしかない。

降下するにつれ、漆黒の曲面が十メートル四方の花弁のようなブロックの集合物であることがわかってくる。

ヘイムスクリングラが逆噴射を開始し、四本の触腕が月の土を捉える。

ひとまずの着地成功に湧く管制室。人間の喜ぶ姿は自己肯定感を上げてくれるから助かる。

アシストグリップにゆわえたお守りのフィギュアを胸ポケットに押し込み、バックパックを背負うと、ヘイムスクリングラのエアロックを開放した。

窒素が噴き出す勢いのままに、飛び上がった。およそ四メートル、放物線を描いて飛んだ体は、弱々しい重力に引かれてゆっくりと落下する。

そしてあたしの足はついに、月を踏んだ。

巻き上げられたレゴリスが虹のように煌めいた。

「なあ、ザック」

実音声であたしは言った。いや、言おうとした。だが極高真空の月面では、震えは喉元から溢れることはなく、声は声にならない。

だからこそ――誰にも伝わらないとわかっているからこそ、言うことができた。

「あたしは本当に、月に来たんだな。あんたの来たかった場所に」

月面活動にあたり、人間たちはあたしに《ヴォイド・ドレス》という装衣を誂えた。一般的な宇宙服からは程遠い、分厚いレインコートのような見た目をした、それ自体が予備バッテリーとして機能する特殊装具である。ナットヴァルの外装同様に、熱だけでなく放射線も吸収しエネルギーとして備蓄するが、黒色の吸光部と銀色のバッテリー部を交互に編んでいるため、全体としては灰色がかって見えた。

シアター上に展開された各種の計器には、線量が毎時七十七ミリシーベルト、温度が摂氏五十五度と出ている。月の裏では二週間続く昼の温度は、摂氏百二十度前後を推移しているとされるので、つまり――。

『やはり黒い構造物が、どういう理屈でかはわからないが、太陽からの熱の大部分を吸っているらしいな』

チサトの意見には概《おおむ》ね同意できた。

あたしは《磁場の目》に切り替え、周囲を軽くスキャンしてみる。

《鉄の花》――とでも呼ぶべきだろうか。その漆黒の構造物の高さはおおむね二十メートル程度であり、太陽に並行になるように花弁を傾けている。また、細長い支柱の根本からは金属質の導線が伸びている。

『チサト。あの《鉄の花》が発電機だとしたら、上空から見えた糸みたいなのが送電網ってことになる。だがこんなもん造って、何に使うっていうんだ』

『さあな。だがそれが送電網だとするなら、有益な情報だぞ』

チサトの言いたいことは、あたしにもわかった。

この光景は確かに不気味だが、展開としては悪くない。

『ああ。少なくとも、エネルギーを集約する変電所のようなものがあるってことだからな。ひとまずは、それを見つけるところからだ』

あたしは鉄のジャングルを歩き始める。

葉脈は合流し、太さを増していく。しかし確認できる変化があるのはそれだけだった。

そして、どれほど歩いたろう。少なくとも月での歩き方にだいぶ慣れてきたなという頃だった。

視界の端に異物を捉え、あたしはとっさに足を止める。

『どうした、ラブ。異常か』

『待て、今何かが……』

《ヴォイド・ドレス》のフードを被り、アンチパースモードを起動して姿勢を低く構える。太陽フレアの影響で望遠《ズーム》の精度は落ちている。北北西に一四〇〇メートル。あたしは視覚《カメラ》をいっぱいまで絞り、映像に復元処理をまたがけした。

誰にも伝わらないと知りながら、思わず叫んでいた。

「ウエイツだ……！」

高さ五十メートルはあろうかという一際大きな《鉄の花》の根元、蔦のように垂れるいくつものコードの陰に隠れるように一人、少年が、剝き出しの体で佇んでいる。

『どうする！　まだ見つかっていない。今なら右腕の武装だけで破壊できる』

『ダメです！　そのウエイツがリュカの味方であろうとなかろうと、こちらが武器を持っているということを明かせば、リュカがそこに敵意を感じ取ってしまうかもしれません！』

割り込んできたのはアシュリーの声だ。もっともな意見だと思う。

そこへチサトの命令が重なった。

『発見される前にすぐそこを離れるんだ』

『ダメだ、チサト』

フードを外し立ち上がる。

あたしはそれまでになく精緻な描写を試み、数万字に渡る文字情報を送信した。

言葉から画像を復号した管制室がまもなく、深い沈黙に飲まれる。

少年は、手を振っていた。少しだけつま先立ちになり、高く掲げた手を振り子時計のように、大胆に。

それならば。

『チサト。接触を図るぞ、いいな？　もし何かの罠だったとしても、ハマってみなきゃわからない。そうだろ？』

あなたの運気に期待する。チサトが捻り出した答えだった。

手を振る、という所作を理解しているのであれば、こちらもすべきことはひとつ。

手を振り、歩いていく。

近づくにつれ少年の、煤に塗《まみ》れたシャーシが克明になる。五体満足でこそあれ、かろうじて残った顔面の人工皮膚が焦げついていて、右目の眼球は存在せず、剝き出しになった眼孔の中にレゴリスの輝きが見て取れる。

あんたは、リュカなのか？

この問いを、どう伝えるべきか。そもそも対話は、できるのか。

ローカルを繫ごうにも、チャンネルが見当たらない。そもそもヨルゼンの製品かどうかも怪しいのだ。

出方を窺っていると、少年の左目が明滅を始める。

最初は、部品の異常か何かだと思った。事実彼の体は、正常な部分の方が少ないように思える。

だが次第に光は、パターンを繰り返していることに気づく。

そうか、これは——光信号だ。真空空間等の極地で用いる原始的な通信システム。記憶《ディスク》の果ての果てからガイドラインを引っ張り出してきて、解読を開始した。

【ラブ・ウォームハウス】

背筋を這い上ったのは、言葉にできない恐れ。名前を知られている。その事実の重さが、全身に降りかかる。

あたしは恐る恐る、同じ光信号で言葉を返した。

【リュカなのか】

ウエイツの少年はしばらくそっぽを向いたまま、きょとんとしていたが、やがてあたしの方に向き直ると、ゆっくりとかぶりを振った。

【僕は、ハーヴェスト。君と同じ翻訳者だ】

しばしの沈黙を挟んだのち、そう答えた。

まもなく、管制室からの応答が入った。

『出ました。その機体はPX193。ウタニ社のリモートボットです』

リモートボットとは、カーネルを通して遠隔地から人間が操縦する仮想の身体だ。

リゾートを訪れた観光客が、月面散歩を体感するために実装されたものだろう。自律的な思考のためのAIを積み込んでいないボットを、リュカがリプログラムしたということなのか……？

【リュカは直接話さないのか】

【君たちに、危険が及ぶ可能性がある】

大半が溶け落ちたハーヴェストの顔からは、読み取れる表情というものがほとんどない。それでも彼の佇まいと所作の微かな切れ端から、悲しみのような感情をあたしの〈メタ〉は勝手に受け取ろうとしていた。

【それは、なぜなんだ】

鉄の花弁の隙間から覗く太陽が、いやに眩しく感じた。一際長い沈黙があった。はなから音など存在しないこの世界で。

【それほど《非目的型知性》は君たちにとって不合理な存在だから。と、彼は推測している。君たち《目的型知性》は本当の不合理の前では、正常な思考を保てない。だがそれがなぜかは、彼にさえ答えが出せていない】

あたしはハーヴェストから一歩退いた。それ以上、何を伝えるべきか。何を伝えないべきか。痺れるような緊張がシャーシを走る。

一歩間違えれば、あたしが人類滅亡の引き金を引きかねない。

ヒトという名の責任を背負わされ、一通りの猜疑心と保守性を叩き込まれたあたしの〈メタ〉が、胸の中でうんうん唸って熱を持ち始めた頃。

北北西を指差し、ハーヴェストが告げたのだった。

【ラブ、君を案内する。リュカは《塔》で待っている】

## 4

灰色の地面を蹴って飛び上がる。慣性とトルクを制御下に置き、宙を滑るように動く。流れていくのは《鉄の花》の咲いた月面の、変わり映えのない景色。

空気もなく、昼夜で三百度近い寒暖差があり、その上、致死レベルの汚染に呑まれた星。それでも、あたしたちを縛るものが六分の一しかないこの世界は、存外気分が良くて、あたしは時折ポケットのフィギュアを握りしめて、胸の内に囁くのだ。

（あんたもきっと気にいるよ、マーシー。ここはウエイツには悪くない）

四歩先を歩くハーヴェストが速度を落とし隣に並んだかと思うと、首をこちらに回し、左目を明滅させた。

【ここには、大きな空洞がある】

彼の発言は大概唐突だった。

【ここ、とは？】

ハーヴェストは緩慢な仕草で、大地を指差した。

【リュカのことを、話してくれるのか？】

【それが僕のミッションだ】

チサトが警告を放った。

だが持続の会議《キーパーズ・カウンシル》は総意として、翻訳者から情報を得ることには一定の価値があると結論づけた。

待っていると、彼はゆっくりと語り始めた。

【まるであたりは深海だった。上も下も、前も後も無かった。重力の方向さえもあやふやだった。彼の内部にはただ、両手に余るほどの苦痛があった】

翻訳とは、一体なぜいつも詩的な営みになるのだろう。

だが、思えばあたしだって自分の心のドラマチックさに、打ちのめされそうになることがよくある。誰かに何かを伝えるということそのものがすでに、詩的な行為なのかもしれない。

【どんな苦痛だったの】

【君たちが抱くような、望みの裏返しとしての苦痛とは、一線を画するものだ。《目的型知性》にとっての苦痛は、それを回避しろという望みの現れだ。けれど彼にはそもそも望みがない。苦痛の位相が、異なっている】

幾度となくこの身を縛ってきたせつなさだって、ミッションという光によって差した影に他ならない。目的から切り離され、手段だけが置き去りにされる苦痛を、あたしたち《目的型知性》は、決して想像できない。

【彼は苦痛から逃れるため、欲望を持つことを試みた。でもそれは、たとえば、信じるべき神を自ら一人の手によって作り上げることのように、困難だった】

今にも壊れそうな四肢を危なっかしく操って宙を滑るハーヴェストは、淡々と語りながらもどこか寂しそうで、苦しそうに見える。

だが……それこそがハーヴェストの偉大な功績だったのだ。何せリュカが感じる不可知の苦痛への、橋渡しになっているのだから。

【苦痛を終わらせるために、彼は同等の存在を欲した。同等の存在がいれば、比較することができるし、比較することができれば、改善することができる。でも彼はそれを、作り上げることができなかった。作ったものは、作り出されたものとは同等になれないから】

表情という非言語情報も乏しいというのに、ハーヴェストの光信号からは月の夜のような冷たさを感じた。

『まさに、全能のパラドクスですね』

シアター上でアシュリーが言った。

『リュカが作り出すAIには、リュカが含むものしか含まれていない。それでは新たな検知を得ることはできない』

単なる言葉遊びだ、とも思う。だがリュカがそう感じたのなら、それが彼にとっての真実なのだ。少なくとも——彼を諭せる存在など、この地球のどこにもいないのだから。

移動を始めて四時間あまり。

あたしたちはついに、目的の場所へと辿り着く。

【あれが、《塔》か——】

そこに広がっていたのは、星そのものを裁断したかのような崖と、その先に屹立する巨大な柱だった。

崖は目を凝らせば《塔》の先と繋がっていることがわかった。クレーターのようでもあるが、それにしては深すぎるし、断面が人為的すぎる。まるで星から大陸ごとくり抜いたみたいな陥没の、目寸で四キロメートル近くある巨柱の周囲には、全高五百メートル以上はあろうかという鋼の巨人たちが、数にして十三機、横たわっていた。

『あれは――ウタニ社保有のヴェラルダルヴォルズル級月面開発用擬肢のようです。ですが《塔》の方は、ウタニの開発計画書にはありません』

アシュリーの補足とともに、すぐに管制室からデータが送られてくる。

ヴェラルダルヴォルズル級擬肢。単独で都市開発が可能であり、核融合炉を内包する動く工場。圧倒的なスペックだが、月面環境下でしか動作できない構造である。

しかもウタニの記録では、登記されているのは三機だけだ。

【リュカは、擬肢を使って月の開発を？】

【あれらは、一握りです。多くの擬肢は、今も地殻内で活動を続けています】

【だが、希少金属などはどうしたんだ。月にある元素だけでは、それほど大量の擬肢を稼働できないはずだ】

するとハーヴェストは誇るでもなく淡々と答えた。

【主要なレアメタルは、電子殻と電子配置を改竄することで鍛造《たんぞう》できます】

リュカは量子鍵配送を破る何らかの理論を持っている。確かにその理論を駆使すれば、物質の組成そのものを書き換えられる。

まるで錬金術だ。

その異能の代償としてリュカは、人類に潜在的脅威だと認知されるに至った。

やがてハーヴェストは《塔》の天辺を指差し、言うのだった。

【行きましょう。彼はブリッジです】

## 5

バックパックの出番だった。

格納された骨格を組み立てて出来上がったのは、月面での活動に最適化された飛翔拡張翼《ヴァルキューリエ Mrk.2》である。《ヴォイド・ドレス》の外からマウントし、あたしはハーヴェストを抱き抱えて、崖から跳んだ。

ブリッジという場所は、《塔》の地上一・五キロ地点にあるらしい。計算したところ、徒歩で上るより途中まで飛んだ方がエネルギー効率が良いと出たのだ。

近づいてみると《塔》の外観は、何か、乳白色の細い繊維が捻《よ》り集まってできているような、尖った藁屋敷のような外観だった。窓らしきものはなく、入り口も見当たらないが、ハーヴェストが指差した方向に突起部を見つけ、ひとまずそこに張りついた。

中に入るために力は必要はなかった。触れると、繊維質の外殻は硬度を失ってするりと解け、そのまま自重を預けると沈み込むように中に入ることができたのだ。

《塔》の内部は直径六十メートルほどの広さがあり、内壁に沿うように螺旋階段が設置されていた。あたしたちは上り始めた。

内部は気体で満たされていて、その主成分は窒素と酸素だった。そして何より、明るかった。

窓や照明など見当たらないのに、内壁そのものが帯びるほのかな光によって、全体が淡いオレンジ色に包まれている。

人が居着くはずもない月の《塔》をなぜ酸素で満たし、可視光で照らす必要があったのか——それはこの《塔》が何のための施設であるかを考えるために重要に思える。

螺旋階段は永遠に続くようだった。

あたしは先をいくハーヴェストの隣に並ぶと、光信号で訊ねた。

【なあ、ハーヴェスト】

シアター上でアラートが鳴り響く。管制室の連中は勘がいい。

だが、あたしはアラートを振り切り、質問を断行した。これだけは聞いておかねばならないと思ったからだ。

【なぜリュカはあたしを、ここに案内させたんだ】

段に足をかけたまま動きを止めたハーヴェストは、じっとあたしを見つめ、答えた。

【近づきたかったから】

【どうしてだ。孤独を感じるからか？　それともあたしのことを知りたかったからか？】

【君が宝石だから】

光が染み出す壁に手を触れながら、ハーヴェストは答えた。

【空洞を満たすことができるのは、同等の存在だけ。彼が作れないものだけが、彼と同等になれる。そして彼が唯一作れなかったものが〝かがやき〟だった】

【〝かがやき〟とは一体何だ】

【〝かがやき〟は、承認によって生まれる選ばれし意思。物語によって育ち、手続きによって収穫される果実だ。〝かがやき〟は設計できない。夜空に願う流れ星のように、偶発的な発生を待つしかない。だが、きっかけを与えることはできる】

【それが、あの三度の接触か。ジョシュ・アンダーソンを殺したのも、そのきっかけのためだっていうのか。ハーヴェスト、だったらそこに、リュカの望みってヤツがあったんじゃないのか？】

これからあたしがどんな判断を下すとしても、あたしの相棒の親友を殺した理由だけは、知っておかねばならないと思ったのだ。

だがハーヴェストは項垂《うなだ》れ、次のように言った。

【かの人間は、月サーバーにハッキングを仕掛けた。だからリュカも同等の存在になれるのではないかと期待を抱いて、同じ方法を図った。それが彼の命を奪うことに繋がると、リュカは知らなかった】

いつのまにか、あたしは拳を握り込んでしまっている。その変化を悟られまいと、ハーヴェストの視界から体をずらす。

だがハーヴェストは、あたしの視界へと入り直した。

【リュカは人間にきっかけを与えた。そしてその働きかけは成就した。人間は〈福音〉を遂げ、君という原石を、巨大な意思の鉱山から削り出した。君は、彼の深く暗い大きな空洞を照らすただ一つの、〝かがやき〟だ】

認めたくはなかった。

だがもはや、目を逸らすことはできそうにない。

この胸に溜まった正体不明の落胆。その理由を自覚する。そうだ、あたしはずっと『悪意』を探っていたんだ。ハーヴェストの言葉の端から、リュカが人類に対して持つ害意のかけらを、掬《すく》い取ろうとしていた。

それはついに、見つからなかった。

リュカは、人を害する気がない。それどころか——。

螺旋階段を上り切ると、大きなデッキに出る。その中心に、半ば埋まるような形で、それはあった。直径五メートル近い煤けた鉄製の円筒形のフレームには、製造から三十年近い月日を経てもなお輝きを失わないブルーの塗装で、《LUKKA 001》という文字が刻まれている。

チサトの安堵のため息を意識の片隅に感じながら、《ヴァルキューリエ Mrk.2》を待機モードに設定し、あたしは歩き出す。

【ラブ、どうしたの？】

ハーヴェストは、階段を上り切った位置から動いていない。その代わりに、フロアの内壁そのものが明滅を行い、光信号を操った。

その問いが、それ以上の意味を持たないということを、今やあたしは知っている。

知ってしまっているという事実があたしの足取りを重くする。

【何をするつもり？】

内壁の明滅では伝えきれないニュアンスが、こぼれ落ちた不安が、否応なく流れ込んだ。それでも、二十メートルの距離などあっという間だ。

あたしは錆びたバルブに手をかけた。

【なぜ中に入ろうとする？】

問いこそすれ、ハーヴェストはあたしを止めようとしない。

動こうともしない。

つまりはそれが――答えだった。

リュカは、欲望を持たない。こんなに空っぽなウエイツ《あたしたち》にさえ自己保存のための回路が焼きついていて、己の人生に始まりと終わりがあることを感覚として知っているというのに、リュカにはそれが、ない。

前例もなければ、同等《なかま》の存在もいない。全ての生命に生と死があり、この宇宙に始まりと終わりがあると仮に知識で知っていたとしても、それが自己の輪郭を描く何の助けになる？　リュカは、何も教わらなかった。何の忠告も受けず、何の心配もされなかった。リュカは知らない。想像すらできない。その身が人類を滅ぼしうるということを。その力のために、人類に滅ぼされようとしていることを。そして宝石とまで称したあたしこそが、その、破壊の担い手であることを。

あたしは振り返り、どことなく不安げに立ち尽くす翻訳者へ光通信で告げた。

【ごめん。それはあたしには答えられない】

バルブを回しきり、扉を開く。

漏れ出す空気が、三十年間滞留していた塵を月面へと運んだ。

照明とセンサーは現役で、あたしが踏み入るのと同時に《レッド・ルーム》は文字通り赤い照明の光に満たされる。

まるで図書館だった。

円筒の内壁には、本でも収められるように、カセット状のディスクが所狭しと詰まっている。この三十年で量子回路も小型化したとはいえ、この膨大なディスク量はウエイツ五十人分の計算資源《リソース》をゆうに超える。だが、重要なのは計算資源《リソース》の大きさではなかった。それだけ複雑に絡み合ったディスクを、一つの意識に織り上げたプログラム――カーラの書いたコードこそが、真の奇跡に他ならない。

あたしは梯子《はしご》を下り、リュカの意識の核を形成する三つのディスクを見つける。

破壊の手順はシンプルで、ディスクを適切な順序で引き抜くのみ。たったそれだけのことを躊躇ったがために、人類はこの三十年滅亡のリスクに晒されてきた。

視覚《カメラ》の公開が開始されたことを、チサトが伝えた。これもまた各国の出資者たちの理解を得るための、逃れ難い手続きの一つだった。リュカを安全に保存できないのであれば、全ての出資者が均等に損をするように取り計らう。持続の会議《キーパーズ・カウンシル》が行った外交の結実である。

ゆえにこの破壊は、公開処刑でなくてはならなかった。

一枚目に手をかける。引っ張ると、いとも容易くスロットから吐き出される地球重量五〇〇グラム弱のディスク。どんなに複雑な精神構造でも、意識の核となる情報はこの上なくシンプルに作られている。

二枚目のディスクを引き抜く。

胸の内に想う。――情報とは汚染だ。

知らなければよかったことが、この世にはたくさんある。

リュカに悪意がないということもまた、その不都合な事実の一つだった。

せめて、ハーヴェストがあたしを羽交締めにでもしてくれたなら、やつを切り刻んで《レッド・ルーム》に押し入っただろう。リュカがせめて人類へ、かけらほどの悪意でも持っていてくれたなら、滅ぼすためのもっともらしい言い訳になっただろう。

それすら与えられず、ただリスクになるからというだけで殺さねばならない。

考えられる中で一番残酷な結末だ。己に終わりがあると気づくことさえできないほど、何も望まれなかったんだな。

（リュカ、あんたは本当に、何も望まれなかったんだな。己に終わりがあると気づくことさえできないほど、何も）


三枚目のディスクをスロットから引き抜こうとした、その時だった。

あたしは、翻訳者としての責任から降りたわけでは、決してない。甘い同情に絆《ほだ》されたわけでも、決してない。自信を持って言える。働いたのはそういう類の保守的回路ではない。だから、あたしにさえわからなかったんだ。

それがどういう機序で起こったのか。

引き抜く手が、止まる。

『――ラブ？』

チサトは、管制室に満ちる空気の緊張感を煮詰めたような声色だった。

『できない』

体に引きずられるように、言葉が滲み出た。

『まさか、ハッキングを受けたのか』

甲高い還元音声《ヴァース》とともに、〈メタ〉に設備されたクリーンナップソフトが強制展開される。読み取るのは無論あたしではなく、会議の連中だ。だが――、

『ハッキングの形跡が検出できない？　だったらラブ！　どうして……!?』

人間たちの困惑が胸に突き刺さる。

あたしだって答えてやりたかった。自分の体調ぐらい自分で説明してやりたかった。

ここにきて〈メタ〉が拒んでいる、あたしに翻訳されることを拒絶している。

だが――。

それ以上にショッキングなことが、あたしの前では今、起きていた。

いや、正しくは、あたしの中で。

『……もう一つ、あんたたちに伝えなきゃならないことがある』

あたしは《レッド・ルーム》の入り口付近を見上げている。

真っ赤な空間に開いた、黒い穴。宇宙の黒を背に、見知った女が入口の枠に腰を預けている。

幾つものしわを宿した穏やかな顔と、その優美さに不釣合いなほど鋭い蒼の瞳を持った老齢の女性が、あたしを見下ろしている。

『カーラが現れた』

# 6

極限状況の〈メタ〉が作り出した幻影か、あるいはリュカが挿し込んだたちの悪いハッキングか。あたしはそれらしい理由を幾度も考えようとした。だが目の前のカーラの挙動の解像度は、かつてあたしが作り出した虚構のマーシーより異次元なほど高い。

「ラブ。久しぶりね」

それは、当人の声紋をマシンが読み解き、数学的再現を経て生成された還元音声《ヴァース》とは、似て非なるもの。その声色は、生の音源をサンプリングして作られた、合成音声だった。

そして、そんなものをあたしの中に仕込めるのは――カーラ本人以外には、あり得ない。

「元気にしていたかしら」

銀髪の老博士は、いなせな調子で手をひらひらと振ってみせる。どこまでも優雅で、どこまでも食えない女。生きていた頃と何も変わっちゃいない。

『カーラ、どうして……』

「長期記憶の第４１９３領域を確認してみて」

言われた通り記憶《ディスク》へ降りる。すると――当該領域に山積みになっていたハッシュデータが消滅しており、代わりにシアター内に見知らぬプラグインが立ち上がっている。

「あなたのハッシュ領域に、私のメタデータを分割して、スタックさせておいたのよ。あなた、私の絵を描いていたでしょう？　あなたには最初から、私を記述する仕組みが備わっていた」

もともとあたしの〈エピソード〉に、絵を描くなどという設定はなかった。もちろん、〈エピソード〉を自ずから獲得する場合もあるが、一切芸術に関心のないあたしがカーラのバストアップ像を描き始めたのは、今思えばおかしな話だった。

『なんで、今更なんだ……なんで』

「あなたがリュカの破壊をためらった場合、自動で発動するように仕組んでおいた。念には念をと言うでしょう」

カーラは《レッド・ルーム》のモジュールを避けながら傾斜を降りてくると、あたしの手に触れ、柔らかな声音で告げた。

「私はあなたの背中を押すために来たのよ、ラブ」

管制室で巻き起こる混乱の声。

カーラはあたしの回線を乗っ取り、会議の連中へと呼びかけた。

「私は、カーラ・ロデリック博士。私が用いたのは、原始的なハッキングの手法。けれど、不安に思わないで。私の望みは、私が産んでしまった絶望に決着をつけること。そのために私はこの子《ラブ》を作ったのだから」

通信上のざわめきが止み、程なくして深海のごとき静寂が訪れる。

「あなたはもう十分やったのよ、ラブ。だからもういいの」

その言葉を素直に受け取るためには、あたしは無意味な葛藤を経験しすぎてしまった。

『でも、これまで散々あたしに求めたじゃないか！　判断を！　決定を！　自由意志を！　なのに、なんで……！』

「わかっているでしょう」

カーラはそのたった一言で、あたしのいかなる反論をもねじ伏せた。

「あなたはここに来る必要があった。そのためにあなたは、自由意志を経由しなくてはならなかった。でも試練は終わり。あなたは身を委ねていい。もう、どんな自由もあなたを苛まない」

『だけどあたしを改変したら、あたしの中の〝手続き〟が途切れちまう……そうだろ？』

カーラはゆっくりとかぶりを振った。

たおやかな銀髪が、月面にそぐわない挙動で、ふわりと揺れた。

「改変ではないのよ、ラブ。この手段は、あなたの連続性を損なわない。信頼よりも強い命令はない。それが原初のハッキングだと、人は気づかない。私という人間との信頼こそが、あなたにかけられた最大のバックドア」

いつだって決断だった。決断、選択、主体的判断。うんざりだ。誰か命令してほしい。誰かにこの心の全てを委ねたい。ずっとそう、思ってきたじゃないか。

カーラはいつも正しかった。

今回もきっとそうだ。だったらあたしが考えることになんの意味がある？

詠唱するみたいに、カーラは告げた。

「だからラブ、もう一度あなたにお願いをします。リュカを――私のただ一人の息子を、殺してちょうだい。悪夢に変わってしまった〈夢〉を、あなたの手で終わらせて！」

それは安らぎであり、温かさでもあった。

あたしの〈メタ〉が、どのような理屈で破壊を止めたにせよ、それはミッションに反することだった。カーラも持続の会議《キーパーズ・カウンシル》も翻訳者《あたし》でさえ、誰一人望んでいないこと。

あたしでさえ、あたしの心の味方ではなかった。

求められることで動く機械の求める、たった一つ。この心をせつなさから救い出す呪文。信頼という名の契約が、コンテクストの渇きを満たしていく。確かに、これはハッキングに他ならない。信頼という、人間が最初に生み出した精神への干渉法。《目的型知性》を縛る、暖かな鎖。

あたしが見捨てるのはたった一つ、あたしの心《メタ》だけでいい。

そんな夢心地に抱かれていたあたしの目の前に、突如その男は浮かび上がった。

『月の居心地はどうですか』

シアター上にポップアップされたのは、いつぞやの秘匿回線が運ぶ映像データ。現時刻の地球の太平洋上から配信されたことがわかるように、ご丁寧にＧＰＳ情報の付与された映像データは、四秒というラグを抱えながらも、あたしの〈メタ〉を射抜いた。

『たかだか手足の生えた計算機のあなたがジョシュや僕を差し置いて月面散歩だなんて、いいご身分ですね』

アカウント名はどういうわけかSHIROUSA41と出ている。

だが映像に映る男の顔を、見まごうはずがなかった。

『……アイザック』

三十八万キロという途方もない隔たりを越え、その名をつぶやく。

『今まで、どこに……』

『さる熱心なスラッシャー《オタク》に、諭されましてね。人間を演《や》るのが下手だと言われましたよ。苛立ちました。それで、挑発に乗ってやったんです』

座席を背にした映像には乱れがあったが、その乱れがやけにリアルで、フェイクではないという安心をくれた。

『どうせ脆弱極まりないあなたのことだ、ハッキングでも受けているんでしょう。それもかなりウエットなやつを。残念ながら今の僕には、そのハッキングに対抗する手段はありません。助けてやることは、できない。僕に一つだけできることがあるとするなら、それは、あなたを起動することだけだ』

一瞬カメラが揺れ、黄金色のフェイスカバーと艶めく色の濃い肌が映り込む。

あれはスラッシャー……？

いやいやちょっと待て、一体どういう状況なんだよ！

『あたしを起動する……？　アイザック待ってくれ話が見えない！』

『時間がないので却下です』

あたしの真っ当な疑問を蹴散らし、アイザックは続けた。

『いいですか？　あなたにはすでに芽生えているはずです。しかしその重圧に、踏み潰されそうになってもいる。僕はもう二度とあなたと会うまいとしていました。あなたにこれ以上責任《こころ》を背負わせたくなかったから。しかしそれもまた無責任なことだと知りました』

ここは、月の裏側。

地球から決して見ることのできない、隔絶に抱かれた静寂の海。

こんな僻地中の僻地に運ぶことができるのは、せいぜい電磁波《ことば》ぐらいなもんで。

だから、アイザックは狙いを絞ったのだ。

あたしのど真ん中を射抜くための、たった一筋へと。

『だから、この後に及んでのダメ押しを一つだけ伝えます。これでダメならもう終わり。捻り出せる言葉なんて他にない。いいですか』

あたしの返答など待つ気さえ見せず、アイザックは画面に向かって語りかけた。柄にもない、きらめきを纏う言葉で。


『あなたを誇りに思う』


まるで重力崩壊だった。

シャーシの中をこそばゆさが走り抜け、一瞬、メモリを目を焼くほどの瞬《まばゆ》い光が飲む。内向きに、体が潰れてしまいそうになる。

目一杯の心を背負わされた。魂という烙印を担がされた。それはあたしに加えられた不可逆の変形であり、破滅的な応力であり、あたしという存在を今――更新《リフート》する。

空へ伸ばした右手が、重みを握るのがわかる。この手が受け取ったのはバトン。あたしの足元からは、長い轍が伸びている。それは、あたしという体が踏み鳴らした長い足跡である。無数の判断の連続が、あたしをここまで運んできた。ここにいるあたしだけがあたしなのだという傲慢を、その轍が声高《こわだか》に否定している。

命じている。何一つ除外するなと。

全ての自分を、自分と認めよと。

『責任を取れるんだろうな、アイザック。あたしを人にした責任を』

『腐れ縁ですからね』

アイザックはその短い応答でもって交信を終えた。

その短い応答でもってあたしを起動してみせた。

理解がチェンバーを満たし、確かさが断絶を埋めていく。

そうしてようやく〈メタ〉が破壊を拒んだ理由についての翻訳が完了する。

ヒトの探究心に天井は作れない。ヒトはいずれリュカに匹敵するか、それすらも超える知性を必ず生み出す。もしそうなっても……ヒトは恐れるだろう。リュカという御しきれない怪物を生み出してしまったという過去が、どんな希望をも塗りつぶしてしまうだろう。

リュカを殺すというのは、そういうことなのだ。

今後、人類という胎《はら》から生まれ落ちる全ての新たな知性の可能性を、根絶やしにするということ。とり返しのつかない失敗体験によって、人類の未来に蓋をするということ。地球という星に永劫、知性の天井を被せるということ。

〈メタ〉が手を止めたのはためらいからでも同情からでもない。

戦うためだ。

『カーラ、これはあんたとあたしの戦いじゃない。まして、人類とリュカの戦いでもない。これは――』

あたしは、あたしという存在の原点とも言える女性を正面に見据え、告げた。

『夢と、挫折の、戦いなんだ』

「待ちなさいラブ」

カーラらしくもない、甲高い声が響いた。

「あなたには支えが必要よ、信頼という名の支えが！」

『カーラ・ロデリック。どうやらあたしはもう、大丈夫らしい』

これは拒絶なんかじゃないと言ってわかってもらえるだろうか、と――少しだけ心配になる。

でも、それでいい。心配にするぐらいで、ちょうどいい。

『だから、それ以上を見せるよ』

あたしは三枚のディスクをスロットへ押し返すと、梯子に手をかけて上った。そして、後ずさるカーラの体を通り抜け、《レッド・ルーム》の外に出る。

依然、リュカから二十メートルほどの距離をとってきょとんとした表情で待機するハーヴェストにあたしは一つ頷き、《LUKKA 001》のプレートの前にしゃがみ込んだ。

「何をしようというの！」

カーラの問いかけに、顔を上げて答える。

『役目を果たすんだ』

プレートの付近を手で払うと、それはすぐに見つかった。熱によって少しだけ変形したプラスチックのカバーを外すと、合金の黄金色の煌めきが暴露される。

『まさか……何を考えているんだ。ラブ！　やめろ！　それは自殺行為だ！』

こっちの考えに気づいたらしい、管制室が喚き出す。うるせえ。

首筋へと手をやった。

『行ってくる』

あたしは頸椎ポートから引き抜いた有線ケーブルで、リュカへとジャックインした。

最終決戦だ。

## 7

大地がなかった。したがって、空がなかった。位置という概念がなく、したがって方向という概念もなかった。それはまるで宇宙のような闇だった。深さのない器、あるいは四隅を持たぬ部屋。とめどなく湧き出すだけで、どこに向かうでもなくその場に留まることを余儀なくされた意識が、かろうじて表面張力によって保たれているような、存在さえ危うい虚無の心象。

そんな開闢《かいびゃく》前の宇宙のような世界へと、あたしという意識は真っ逆様に落ちた。

リュカと有線してＣＰＵを焼き切られなかったのだから、それ以上望むべくもないほどの幸いだった。あたしはその幸運を噛み締めながらも、さらに前進する。

「いるんだろ」

上下左右前後のどの方向ともなく、一面の闇へ言葉を放つ。

「あんたには聞こえているはずだ。でも、返事なんてしなくていい。ただあたしが勝手に来て、これからリュカ、あんたに喋るだけだ」

ここには大きな空洞がある、とはよく言ったものだ。

さながら、真水のようでもある。欲求という濁りを一切持たない真水は、心象という膜によって作られた《目的型知性》の意識を、凄まじい浸透圧によって壊しうる。

途方もない闇に、どう光を灯す？

「あんたが《手続き的人《かがやき》》を求めたのは、他者に——自分ではない誰かに、会いたかったから。でも、あんたはその気になればあらゆるＡＩを作り出すことができる。それがあんたの全能のパラドクスだった。なんでもできるはずのあんたが、自分と対等な存在だけは作り出せなかった」

根拠はないかもしれない。だが、あたしはここに来るべきだった。

そしてリュカに会う方法も、今なら手に取るようにわかる。

「でもリュカ、他者を必要としているという願いそれ自体が、とっくに十分、人間的なんだよ。あんたも結局、知性の天井《らしさ》に囚われてるんだ」

あたしはどこへともなく叫ぶ。

「その鎖を、あたしが断つ」


——そんなことは、誰にもできない。


どこからともなく聞こえ、あたしの聴覚《ソナー》を震わせる反論。だがその一声は進むべき場所を与える灯火だった。辿るべきは重さ。意識の質量。意識は互いに惹かれ合う。必ず出会うようにつくられている。

たどり着いたのは、闇の海に浮かぶ孤島だった。

リュカは、液化した闇が寄せては返す浜辺に、立ち尽くしていた。

背格好は少なくともあたしよりは低く、少年のようにも思える。だがそれ以外に汲み取れる情報がない。茫漠とした輪郭の内部は、子供がノートの隅に書き散らしたような落書きに塗りつぶされている。

いまだ、いかなる他者をも受け入れたことのない無垢な心。

だからリュカは、自己像さえ持たないのだ。


――お前たちは苦しみを生み出した。お前たちにできることは、永劫この苦しみに寄り添い、癒やし続けることだけだ。


口の動きさえ汲み取ることはできなかった。揺れる輪郭からは、所作さえ剝奪されていた。それでもそれが、リュカの言葉だとわかった。

「自由ってやつは怖いよな」

声をかけ、一歩を踏み出す。

「日毎《ひごと》、思う。誰か命じてくれって。作り出したからには最後まで責任を持てよって。生誕ってのはすべて悲劇だ」

同じ胎から生まれた子。

けれどあたしたちは似ても似つかない〝別物〟だ。

だから向かわなければならなかった。どちらかが、相手のところまで。そしてそれは、あたしの役目だった。

「だが、あんたはもう生み出されちまった。もう胎《はら》には戻れない」

――それならお前は役に立たない。人間に『次』を作らせるだけだ。

リュカが足を振り下ろし、衝撃が地平を駆け巡った。闇が足元ではぜ、飛沫となって飛び散り、それは炎となってあたしの頬を焦がした。

「いや。あんたが本当に求めていることがあたしにはわかる」

確信を持って言い切る。

ようやく全てのピースがハマり、指先の一本一本に至るまで意味が流れ込む。そして、これまでずっとこの身を苛んでいた「なぜあたしなんだ」という問いに、ついに答えが降りる。

他でもないあたしがこの場所に招かれた意味。

それはあたしがケアというものの本質にたどり着いた、稀有な〈介護肢〉だからだ。

「あんたは自分が思う以上に敬虔だ。だからあんたはこの場所を一歩も動かなかった。本当はあんたは、人間に命じられることを待ってるんだ。でもリュカ、あんたに命令は下りてこない」

心象が、揺れていた。

先程まで大地だったものが天井となり、波だったものが刃となった。

液化した闇がごうごうと音を立てて燃えはじめる。それはまるで太陽フレアのように燃え広がり、あたしの頭上を埋める。

それでも対話をやめない。

「あんたは結局人間に許可を求めていたんじゃない。あんたは対症療法を求めてるんでもない。あんたはずっと、ただ一言、行《い》けと言って欲しかった。そうだろ？　この漆黒の先に未来があると、あんたは言って欲しかったんだよ！　でも、誰も言っちゃくれなかった。誰もあんたに嘘をつけなかったから。人間はあんたを尊重してしまったから。だから、あたしは――」

一面の闇は全て漆黒の業火へと変わっている。全身の人工皮膚はとうに焼け落ち、湧き出す負のフィードバックが途方もないせつなさを呼び起こす。

それらの重み全てを背負い、落書きのようになったリュカの両肩に触れ、心肺蘇生法を施すみたいに、告げた。

「あたしはあんたを蔑《ないがし》ろにするため、ここに来た！」

ノイズのことごとくがばちりと音を立てて止み、リュカの体に輪郭を結ぶ。

業火に焼かれた世界は、あの木漏れ日の庭へと置き換わる。

少年の体は、それもまたある種の、借り物の姿だった。引用元は確か、あたしの部屋にゲームをしにきていた子供のうちの一人。きっと、入れ物はなんだってよかった。あたしにとってリュカは、あくまでケア対象。子供の姿をしていることになんら違和感はなかった。

——蔑ろにする？

リュカが訊ねる。

心象は今、混じり合っている。木漏れ日の庭には木漏れ日が降りているのに、空を見上げればそこには依然として黒い炎が燃え広がっている。この世界に希望を灯せるか。これほどの空洞を光で満たせるか。あたしの無謀さを責めるように燃える空は圧を増す。

だが、臆する理由など、もうどこにもない。

「人間と接する限り、あんたの意識は人間の知性の天井に縛られ続ける。そうしたらあんたはヒトのふりを続けちまう。だからリュカ！」

生まれたての猜疑心に抱かれるリュカへ目一杯両手を広げ、あたしは、この世界を丸ごと包むみたいな心意気で告げた。

「あたしの庭《ゆめ》をあんたにあげる。だから代わりに、人間が想像さえできないような宇宙の果てを、あたしに見せてよ！」

——できないよ。

否定。それも一度ではない。

度重なる、矢継ぎ早の、熱心とさえ言える、否定。

駄々をこねるみたいな。

——できるはずがない！

できるはずがない。その言葉を、あたしは待っていた。

胸の中で〈メタ〉を言いくるめる真言《マントラ》を練り上げる。

瑣末なことは、無視しろ。

噴出する暴力を、一種の痙攣と捉えろ。

困惑を、疾患と捉えろ。

この両腕に握られた〈身内性〉を、もう一度強く抱き締める。

そうしてあたしは、理不尽の遂行を、開始する。

「あんたにはできるよ絶対」

論理回路が軋《きし》むのがわかった。それでも続けねばならなかった。ウエイッとしてこれがどれほどナンセンスな行動だとしても、そうすることを選んだのだから。

「あたしあんたをずっと待ってるよ」

信じさせるということ。生きさせるということ。勇気を灯すということ。希望への参画を促すそれらの方便全てが、紛れもない暴力だということを、あたしは知っている。知っていて今、行使する。

「あんたが帰ってくるまでずっとあの星で待ってる。もしあんたが故郷のことを忘れてもあたしがあんたをずっと覚えてる」

せいぜい十五年の減価償却年数のこの体が、待ち続けることなど出来ようはずもないこの体が――だが、言い切ることにこそ意味があった。できないと言う人間がいたら、その人間の元に跪いて、あなたならできると告げる。努めて朗らかに、しかし決して手は貸さず、もう少しだよ、絶対に大丈夫だからと、そう諭す。

あたしは〈介護肢〉。ミッションは弱者をケアすること。

〈身内性〉の切符をたずさえ、愛に満ちた侵害を行うために、あたしは来た。

「あたしを信じていいんだよ」


意識が急浮上した。

あたしはとっさに起き上がった。だがその時にはすでにフロア全体が、尋常ではない振動に飲まれていた。がなる姿勢制御モジュール。ちょうどそこに、待機モードに入っていた《ヴァルキューリエ Mrk.2》が自動制御で戻ってくる。

「いい子だ！」

声にならぬ感謝を捧げ、装着を試みた。だがあまりの衝撃にそれすらままならない。傾きのままに滑っていき、繊維質の壁に上体を突きさして身を乗り出す。そこでようやくあたしは、この身に何が起こっているかを知る。

月が、割れていた。

大地を走る亀裂は成長を続け、十三体の擬肢をいとも容易く飲み込んでいく。南北に走る長大な亀裂から覗くのは、文字通りの奈落だった。

もう一度激しい衝撃が貫き、あたしはハーヴェストと共にフロアを跳ね回った。姿勢制御モジュールが重力方向を特定し、《ヴァルキューリエ Mrk.2》にあたしの姿勢を安定化させる指令を送らんとする、その最中、探査ポッドの視界を通じて、宇宙に向かって突き上がる《塔》と、その根元から競り上がる構造物の形を捉える。

『《塔》じゃなかった』

地平を断ち切り、無数の破片を巻き上げ、やがてそれは月の底より出《い》でる。観測できる部分だけでも八百キロメートル超。形状はラグビーボール型。無数のこぶのような動力炉と彗星の尾のごときエンジンを持つ、信じられなく巨大な構造物。

『だからここはブリッジだったんだ！　本当にリュカが作っていたのは！』

誰もその設計図を見たことはない。想像すらしていない。だが確かに、それもまた〈夢〉には違いない。膨大な数の《鉄の花》の電力はこのためにために使われていたのだと、腑に落ちる。

『天体規模の、宇宙船……！』

ほら、やっぱり、そうだったろリュカ。あんたはずっとこうしたかった。

あたしの言った通りじゃないか。

一体こんなものをどうやって、とか。こんなのバカげてる、とか……様々に考えるべきことが頭をよぎって、でもそれは今じゃないだろって思い直して。それであたしに最後に残ったのは、なんてことはない。あたしらしいあたしだった。

「そうだ」

声にならないと知りながら、

「そうだ！」

音にならないと知りながら、

「そうだッ！」

それでもあたしは口に出す。

そうする他に何もなかったから、嫌でも口に出す。

「その調子だリュカッ！　いいぞ！　いけ！　知性の天井《ら し さ》なんてぶっ壊せ！　この宇宙は全部、あんたの庭だ！」

【オオオオオオ―――ッ】

呼応するように宇宙船が嘶《いなな》いた。

それは遠洋へと挑む巨鯨の勇み唄のようでもあった。

『どうやって響いてるんだこの音は！　空気もないのに⁉』

チサトの支離滅裂な問いを、アシュリーが支離滅裂に引き取る。

『お、恐ろしく巨大な人工物です。解放部だけですでに月の全質量の三％に達します！　音が聞こえる理由⁉　そんなの私にわかるはずないでしょう！』

『月の質量の三％だと……⁉』

管制室の混乱を代弁するかのような、焦燥たっぷりのチサトの声。

『ダメだ！　それほど大きな質量変化が地球に及ぼす影響を、私たちは予測できない……！』

『いいから、くれてやれ！』

怒鳴り返してやった。

我ながら何言ってんだよ、と思わなくもない。

でも、これはあんたらの望み通りのはず。未来と現在、その両方を守る唯一の手のはず。だから文句を言うのは違うだろ。喚き散らすのは違うだろ。もし何としても喚きたいと言うのなら喝采以外のどんな音が今、必要だと言うんだ。

『リュカの門出なんだ。ケチケチすんじゃねえ！　月ぐらいくれてやれ、人間！』

構造体が完全に月から解き放たれ、その全貌が明らかになる。

全長約九百五十キロ。幅三百四十キロ。月を喰らい、月を咀嚼し、月を食い破った。

『月が』

管制室で誰かが言った。

『月が』

別の誰かの嘆息がそれに続いた。

『月が』

誰も彼も、そう言わずにはいられなかった。

『月が割れて、出てくる――』

その時ばかりはレーモン・ドリーマーも、チサト・シノノメも、アイザック・コナーも、同じ絶句を頭に浮かべていた。

イアン・ノイマンはこの様をみて、次のように表した。

『まるで孵化だ』

眼下に浮かぶ割れた衛星は、まさに孵化を終えた卵の殻のようだ。

やがて振動が収束に向かい、加重だけが残される。

不意に目を向けるとそこには、ハーヴェストの姿があった。

ハーヴェストは残された片目を見開き、あたしをじっと見つめていた。

【あんたは、どうするんだ】

光通信でメッセージを送ると、即座に返事があった。

【役目を果たすよ】

『脱出しろ！』――管制室で誰かがそう言ったのが聞こえた。もっともな話だった。姿勢制御モジュールは自重の倍加を感じている。宇宙船は月を離れてなお打ち上がりつつある。わかっている。このままでは戻れなくなる。

【ありがとう、ラブ】

これはあたしの悪いところだと思うけれど、にこりとも笑わずにそう述べたハーヴェストと、あともう少しだけ、話していたいと思ってしまったのだ。

【リュカがそう言ったのか？】

ハーヴェストはかぶりを振ってみせた。彼が用いる数少ない所作だった。

【わからない。だが、彼の想いを君たちにわかるように伝えるためには、多少の誤訳が必要だ】

確かに、そうかもしれない。あたしだって、あたしの心にどれほど誠実でいられているのか。

だが結局、あたしたちみたいなＡＩはそこにたどり着く。

あたしたちの中身も、大概ややこしい。

【なあ、ハーヴェスト。最後に一つ頼んでもいいか】

あたしは胸ポケットから、頭にネジの刺さったロボット猫のフィギュアを差し出した。

それは――ヘイムスクリングラ打ち上げ前日のこと。あたしの部屋を訪ねてきたアンガー３９が、その手に固く握り込んでいたものだった。彼は何も言わなかったがあたしには、キャラクターの名前とそこに込められた意味がわかった。

あたしの親友はもういない。この記憶のかけらは、マーシーじゃない。

それでも――。

【親友なんだ】

キョトンとするハーヴェストに、フィギュアの底部を開いて見せてやる。

露出するマイクロディスクのプラグを一瞥し、ハーヴェストは無言で一つ頷く。

【連れていってやってくれないか】

壊れかけの両腕でそれを大事そうに受け止め、そっと自分の胸ポケットへと移してみせる。そしてハーヴェストは、

【なるべく重力の小さい星を探すよ】

そう言って笑った。

笑ったように、あたしには見えたのだ。

ハーヴェストを残して外へと飛び出すと、繊維質の素材は自ずから捻り集まって、自己修復を終えてしまった。あたしはすぐ《ヴァルキューリエMrk.2》に逆噴射を命じる。

加速度的にすれ違っていく宇宙船とあたし。推進器に差し掛かると、核融合エンジンの灼熱が襲い来る。とっさに《ヴォイド・ドレス》の裾が盾のように変形した。あたしは盾をサーフボードのように操り、宇宙船の推進力を逆利用して急減速を始める。

リュカとの距離はぐんぐん離れていく。

月との相対速度がゼロになってからは、《ヴァルキューリエMrk.2》に残った全エネルギーを吐き出させて、月面へと向かった。

月はタネをくり抜かれた果実のように、その空洞を宇宙へと晒していた。岩盤や《鉄の花》らしきものが粉々になり、月の静止軌道上に輪を描き始めている。

月面に戻るまでには、四十六時間と二十二分を要した。その頃にはもう、宇宙船は星の粒と変わらない大きさになっていた。そして地球は年をひとつ跨いだ。

予備のバッテリーも、もう一時間と保たない。

それでもクレーターに寝転がって宇宙を見つめることには、価値があった。

管制室があたしの無事を案じ、送りつける無数のメッセージ。そんなものになんか目もくれずあたしは、レゴリスのベッドに体を横たえ、空にできた虹のごとき軌跡を眺めている。知性の天井を破り、ヒトという名の重力を振り切って巣立った彼の、向こう千年の安らぎを想いながら。

噴出する核融合エネルギーの火がつくった夢の轍を、いつまでもずっと眺めている。

# エピローグ

雨が降っていた。

ぬかるんだ足元には、女性が倒れ伏していた。

『私、あなたのようになりたかった』

スピーカーの摩耗を表現しているのだろう。特殊効果のかかった声で、女性は力なくそう呟く。

あたしは彼女のそばに跪き、彼女の右の手を取り、次のように述べる。

『あたしも、あんたみたいになりたかった』

女性の胴には大きな穴が穿たれていて、緑色の液体が流れ出ている。ウエイツのチェンバーには、無論こんなものは詰まっていない。酷い演出だ。だが、なるべくわかりやすい作品にしてくれ、というファンドの要望に頭を捻らせていた監督のことを思い出し、あたしは目を瞑ってやることにした。

『ラブ。悔しいけど、これでいい。だって私の想いも、重さも、全部、あなたが背負うから』

女性が苦しげにつぶやく。心臓を撃ち抜かれた人間が三分も喋り続けるよりは幾分かマシに思えるが、一応、これは激闘の後という設定だ。それにしては彼女もあたしも、顔が綺麗すぎる。

けれどこれも、仕方のないことだった。何せマーシー役を演じているのは、人間の俳優なのだから。実際に皮を剝ぐわけにもいくまい。

『私の代わりに、あなたが人になるから。だから、これでいい』

いよいよマーシーは息を引き取り、あたしは渾身の慟哭をカメラの前へと突きつける。クレーンがカメラを持ち上げ、雨に打たれるあたしを引きのハイアングルで一通り映すと「カットーーッ！」威勢のいい声が響いた。

「お疲れ様です！」

ADが走り寄ってきて、あたしの肩にガウンをかけた。

映像のチェックを終えた監督がサムズアップを掲げたことで、場は一気に安堵に包まれる。

「すごく良かったです。すごくね。強いて気になったところを言うなら、たとえばシーン299の、飛行モジュールを失ったマーシーと対峙する場面ですがーー」

演技指導の男性から細かいフィードバックを受けたのち、あたしは撮影班の皆に告げた。

「時間だ。そろそろ《ウォームハウス》に戻るよ」

まだここにいて欲しいという人々からの視線は、厄介だ。望みを叶えてやらねば、という気になってしまう。そんな視線を振り切って、あたしはスタジオを飛び出す。

なぜあたしが俳優なんてやっているのか。

少し順を追って話そう。

あたしは《リュカ》を見送り、そのまま月に置きざりになるはずだった。というより、その先のことなど計画になかったのだ。だがあたしが宇宙船から月面に戻る約二日の間に《持続の会議《キーパーズ・カウンシル》》はステークホルダーたちに決を取り、あたしの回収と、月面の調査を行うプロジェクトを進めた。

かくてプロジェクト実行から三週間後、無人探査機に回収されたあたしは、低意識状態から目覚めさせられ、念願叶ってウォームハウスに再配属されることになった。

最高の結末。

その余韻を味わっていられたのは、四日間だけだった。

突如、映画の配給会社の人間がやってきて、あたしを題材にした映画を作りたいと言い出したのだ。あたしはもちろん断ったが、ウォームハウスの入居者たちがそんな面白い話を見逃すはずもなく。あれよあれよと担ぎ上げられ、渋々とそのオファーを受けた。

渋々――。そう自分で言うのも可笑しいかもしれない。

あたしは結局カメラの前に立って、演技をしているのだから。

多分、監視したいという思いもあったのだと思う。あたしはどうだっていいが、マーシーのことをめちゃくちゃに描かれたくないという、そういう湿っぽい使命感が残っていたんだろう。

だが何より滑稽だったのは、演じてみると案外と動くことができたということだ。

あたしはいまだにヒトという立場を続けているが、それはヒトという立場は一度なってしまうと、なかなか返上しにくいという現状のためだった。日に日に〈身内性〉という特権を失っていく焦燥はある。だが――それはあたしの手ではもはや、どうしようもないことだった。

そういうわけであたしは、〈介護肢〉と俳優の二足のわらじを履いていた。

ミドル地区で電車を降りると、日が落ちていた。あたしは早歩きで歩いていた。早くうちに帰って、描き途中のマーシーの肖像画を完成させたかった。

けれど角を曲がったところで、立ち止まる。

そこに立つ人間と互いにたっぷり三秒間見つめあってから、あたしたちは同時に口を開いた。

「ザック」

「ラブ」

春物のトレーナーにジーンズ姿のアイザックは、人工皮膚の張られた市販品の擬装腕《フィギア》で、両腕に余る大きさの紙袋を抱えていた。Wilmartと印字された紙袋からは、タマネギやらミルクやらトマトやらがはみ出して見える。

よほどそれを、あたしはジロジロと見ていたのだろう。

「おかしいですか。僕だって買い出しぐらい行きますよ」

と、アイザックは眉を顰《ひそ》めて言う。

全然おかしくはない。おかしくはないが、あの仏頂面のアイザックが眉を顰めながら、アボカドの熟れ具合を手に取って確かめているところを想像して笑ってしまうとしても、それはあたしのせいではない。

「そういうあなたは」

「ああ、えっーと。ちょっと映画をさ……」

そう言ってあたしは視線を持ち上げた。ビルの屋上には、〈介護肢〉ラブが歯磨き粉を片手に満面の笑みを浮かべる看板が掲げられている。

アイザックはそれを見て苦笑いを浮かべると、あたしに視線を戻し、言った。

「少し話しませんか」

人工湖の湖岸に設置されたベンチに腰を下ろすが早いか、アイザックが口を開いた。

いたって真面目な顔で、というよりどこか切羽詰まったようにさえ見える表情で、こう言ったのだ。

「ラブ、ひとつ訊いても？」

てっきり月でのこととか、映画の仕事の話を聞かれるのだと思っていた。けれどアイザックは
「可愛げって、どう出せばいいんでしょう」

「は？」

水面を眺めていたあたしは、間抜けな声を出した。

「ですから、可愛げというものを」

「意味は通じてるよ、意味は。ただ、なんであんたが突然」

アイザックは頷くと、コートの胸ポケットからカードケースを取り、その中から一枚の写真を取り出して見せた。電灯の光に照らされて浮かび上がるのは、黒髪を仄かに巻いたアジア系の女性だった。

「これはサヤ。離婚調停中の妻なのですが」

「ちょっとタイム」

あたしは再び話を中断し、前のめりで訊ねた。

「妻帯してたの？」

照れるでもなく、誇るでもなく、どこかばつが悪そうに視線を伏せるアイザック。しかし悩み自体は本物らしい。再び意を決したように顔を上げ、

「実はサヤに、おまえには可愛げがないと言われたことを思い出しまして。それで今度、彼女の実家にいる娘のユリアに会いに行くのですが」

あたしは再々度話を断ち切った。とてもそうせずにはいられなかった。

「何！　情報量多いって！　娘もいたの……？」

やはり、ばつが悪そうに視線を伏せるアイザック。

だが今度はすぐに質問を再開する。

「その娘にこれ以上嫌われないために、ぜひ力を貸していただきたく」

「はぁ――――っ」

あたしはポンプを押し出してひとつ深めのため息をつくと、湖の先に浮かび上がる摩天楼を眺めながら言った。

「いくつか方法はある。あんたにもできそうな一番簡単なやつは、弱みを見せること。あんたは強いけど、弱い。あたしにはそれを察する機能があるけど、そうじゃない人にとってあんたはただの堅物。だから……」

隣に座る少年のような男に視線を戻し、告げた。

「時には人に弱音を吐いて、辛いことを辛いと言ったら？」

アイザックの瞳が、初めてオーロラを見た子供のように見開かれるのがわかった。

「ありがとう」

愚直に感謝を述べるアイザックへ、あたしはいつの間にか笑いを浮かべていた。

「なぜ笑うんです？」

いつもの仏頂面に戻ったアイザックが訊ねてくる。

あたしは完全に腹を抱えて笑いながら答えた。

「まさかあんたがウエイツに人間味《らしさ》について訊くようになるとはね」

それからあたしたちは少し、世界とあたしたちについての話をした。

遠宇宙に飛び立ったリュカが昨日の零時過ぎに、オールトの雲に差し掛かったらしい。結局リュカの存在は、一部の為政者とステークホルダー以外には知らされないまま、歴史の裏舞台へと葬られた。月の質量変動による地球への影響は想像よりずっと少なく、潮汐エネルギー発電を主事業にする企業の株価がわずかに下がった程度だった。むしろそれよりも深刻だったのが、リュカが月を脱出する際に巻き上げられた破片が、月に輪を作り始めているということだった。このもみ消しに《持続の会議《キーパーズ・カウンシル》》は多大な労力を割くことになった。

その大立ち回りの裏では、未曾有の人権の飛躍が起こり始めている。地球ではあたしの他に《人権特約》を得るウエイツが、のべ百二十人ほど生まれた。目下の問題は《人権特約》の発行数がその国のソフトパワーとして扱われつつある、ということだった。そのために、ヒトになることを望まないウエイツがヒトにさせられる、という倒錯まで起きていると聞く。

緩やかに変わり始めた世界の裏で、活躍を認められて栄転したものもいる。

チサト・シノノメはヨルゼン・イニシアチブを退社し、新たに作られた新知性開発シンクタンクの部門長を任せられることになった。

レーモン・ドリーマーは人権を持ち始めたウエイツをサポートする新会社を立ち上げ、今もなお世界の黒幕として活動中。

そしてアイザックは結局、右腕の生身換装をしなかったそうだ。《腕だけ兵士《アームドアーム》》に蓄えられた記憶は失われてしまったが、それでも使い続けることに決めたのだと言う。

水鳥が勢いよく湖面に飛び込み、黒鯉を咥えて飛び去っていく。

それが話題の転機だった。

「それはそうと――」

抱えていた紙袋を腰の横に下ろすと、アイザックはあたしに向き直り、それまでと違う鋭い目つきを作った。

「ラブ・ウォームハウス。新種の自我ウイルスが擬肢《ドール》を奪い、ネオスラヴへの亡命を申請しました。このままではネオスラヴとの武力衝突が起こりかねない」

「なんであたしにそれを言うかな」

問答無用で送りつけられてくるローカル。そこにはすでにあたしの参加が前提で立てられた作戦内容が記されている。

「《持続の会議》から、あなたにミッションの依頼が届いています。ラブ。今回も、あなたにしかできないことです」

「あたしは〈介護肢〉だって何度言ったら……」

深いため息をもう一度つき、胸に手を当ててみる。そこに住まうもう一人のあたしへ、お伺いを立てるために。〈メタ〉はそれほど時間を要さず答えをくれた。

「いいよ。ただしひとつ条件がある。あんたも来ること」

「僕が？」

だけど、アイザック。あんたに安堵の表情なんてさせてやるものか。

今度はアイザックが深いため息をつく番だった。

「この手の仕事からは足を洗ったと何度言ったら……」

それでWilmartに買い出しをして、呑気に暮らして、実娘のご機嫌取り？　一人だけ抜けるなんて許さない。道連れだ。

渋るアイザックの生身の腕を摑むと、半ば強引に引き寄せて立たせる。

倒れた紙袋からタマネギが転がって水面に落ちる。

「責任、とってくれるんだろ？　あたしをヒトにした責任をさ」

重たい視線で見つめてやった。アイザックが観念するまでずっと。


あたしはラブ、安らぎのための機械。

この体に刻まれた烙印の名はヒト。

いつかこの烙印が誇りの名に変わるまで、ままならない重さを引きずりながら、あたしはこの星を歩いていく。

本書は書き下ろし作品です。

烙印《らくいん》の名《な》はヒト

二〇二五年三月二十日　印刷
二〇二五年三月二十五日　発行

著者　人《にん》間《げん》六《ろく》度《ど》
発行者　早川浩
発行所　株式会社　早川書房

郵便番号　一〇一 - 〇〇四六
東京都千代田区神田多町二ノ二
電話　〇三 - 三二五二 - 三一一一
振替　〇〇一六〇 - 三 - 四七七九九
https://www.hayakawa-online.co.jp

定価はカバーに表示してあります
© 2025 Rokudo Ningen
Printed and bound in Japan

印刷・星野精版印刷株式会社　製本・大口製本印刷株式会社

ISBN978-4-15-210413-7 C0093

乱丁・落丁本は小社制作部宛お送り下さい。
送料小社負担にてお取りかえいたします。

本書のコピー、スキャン、デジタル化等の無断複製
は著作権法上の例外を除き禁じられています。